Le patient était un prince

*

Père et chirurgien

*

Une infirmière amoureuse

LOUISA HEATON

Le patient était un prince

Traduction française de
MATHILDE SEGAS

Blanche

HARLEQUIN

Collection : Blanche

Titre original :
THE PRINCE'S CINDERELLA DOC

HARPERCOLLINS FRANCE
83-85, boulevard Vincent-Auriol, 75646 PARIS CEDEX 13
Service Lectrices — Tél. : 01 45 82 47 47

www.harlequin.fr

ISBN 978-2-2804-1462-3 — ISSN 0223-5056

1.

Depuis des années, le Dr Krystiana Szénac promenait son chien sur la plage, admirant au loin la façade du Palazzo Grande. Le bâtiment brillait tel un magnifique joyau au sommet de la colline, ses fenêtres et ses murs blancs étincelant sous l'éclat du soleil.

Elle s'était souvent demandé ce qu'on pouvait éprouver à vivre dans un tel endroit, mais n'avait jamais imaginé franchir un jour les portes de ce sanctuaire royal où vivaient le roi et son fils.

Un lien particulier la liait au prince héritier, qui ignorait pourtant jusqu'à son existence.

Plus pour longtemps.

Tandis que la longue voiture blindée franchissait les grilles du palais, Krystiana retenait son souffle. Telle une touriste avide, elle approcha son visage de la vitre pour admirer les gardes dans leurs uniformes bleu marine, croisés d'une écharpe blanche sur la poitrine, les massifs de fleurs parfaitement entretenus, les hauts murs blancs flanqués aux quatre coins de tours rondes et le toit crénelé sur lequel flottait le drapeau aux couleurs de la famille royale.

Le palais conservait toutes les caractéristiques du château fort qu'il avait été, jusqu'aux sentinelles qui montaient la garde en haut des tours, bien qu'Isla Tamoura n'ait pas reçu la moindre menace depuis des siècles. Ce faste était destiné aux touristes qui envahissaient l'île en foule, impatients de découvrir ce bijou de la côte sud-est de l'Italie.

Le prince héritier Mattéo se sentait-il en sécurité derrière ces hauts murs ? Comment pourrait-il en être autrement avec toutes ces barrières, ces gardes ? Un niveau maximum de sécurité. Avant même de monter dans la voiture, Krystiana avait été fouillée par un agent des services secrets à l'aspect bourru. Si elle en avait éprouvé un certain malaise, elle avait souri quand il lui avait ensuite tenu la portière de la voiture.

— *Grazie.*

L'agent, qui affichait cet air impénétrable et inflexible propre à sa profession, ne lui avait pas adressé la parole.

— Arrivée prévue dans quinze minutes, avait-il annoncé dans son téléphone en s'installant derrière le volant. Je répète, quinze minutes.

La voiture poursuivait maintenant son chemin en ronronnant, passant sous une arche pour finalement s'arrêter devant une terrasse à colonnades. L'agent descendit et prit soin de rectifier sa tenue avant de lui ouvrir la portière.

Soudain nerveuse, Krystiana regretta de n'avoir pas pu manger quelque chose avant son départ. L'appel téléphonique, inattendu, l'avait surprise. Sa présence était requise séance tenante. À peine avait-elle eu le temps de jeter quelques affaires dans un sac pour la nuit et d'appeler sa voisine pour lui confier son chien.

La vie de château pendant une journée ! Presque un rêve. Difficile d'imaginer qu'une femme comme elle — qui avait grandi à Cracovie en Pologne — puisse se retrouver ainsi à fréquenter les membres de la famille royale.

Enfin, il ne s'agissait en réalité que d'une visite professionnelle. Elle avait été appelée en remplacement du médecin attitré de la famille royale pour soumettre le prince héritier à son bilan de santé annuel. Le choix s'était naturellement porté sur elle parce que, à son embauche en qualité de médecin dans la clinique du Dr Bonetti, le médecin privé du roi, ses antécédents avaient été soigneusement épluchés. Aucune irrégularité ne pouvait entacher les membres de la famille royale, qui avaient déjà eu leur compte de publicité.

Un tapis rouge était déployé jusqu'à l'entrée du palais, à l'extrémité de la terrasse.

Le cœur battant, Krystiana gravit les marches, l'agent des services secrets sur ses talons. Quelqu'un s'occuperait certainement de son sac. Quand elle franchit le seuil, la vue de la somptueuse décoration intérieure lui coupa le souffle.

Faisant de son mieux pour garder un aspect nonchalant, elle s'avança sur le sol en marbre vers un homme, raide comme un soldat de plomb — un majordome, à n'en pas douter.

— Bienvenue au Palazzo Grande, docteur Szénac, dit-il. Je suis très heureux de vous accueillir dans cette demeure. Mon nom est Sergio et je serai à votre service pendant votre séjour. Êtes-vous déjà venue au palais auparavant ?

Elle secoua la tête, sa tresse blonde balayant son dos.

— Non. C'est la première fois.

— Oh ! Dans ce cas, espérons que ce ne sera pas la dernière. La visite organisée est extrêmement intéressante et documentée, si vous souhaitez en apprendre un peu plus sur l'histoire du palais.

À vrai dire, l'histoire ne la passionnait guère et, même si elle appréciait les beaux bâtiments et respectait cet édifice vieux de plusieurs siècles, son intérêt se portait beaucoup plus sur ses occupants actuels.

— Merci. Je m'y inscrirai peut-être un de ces jours.

Sergio l'entraîna vers un escalier incurvé, décoré des portraits des rois et reines de la famille qui, pour la plupart, arboraient les cheveux noirs et les magnifiques yeux bleus de la famille Romano. Près d'eux, le portrait des pièces rapportées, les conjoints, comme celui de la reine Marianna, aujourd'hui décédée.

— Elle était belle, n'est-ce pas ? dit Sergio qui avait suivi son regard.

— Oui, très.

— Et pas seulement sur le plan physique. C'était une femme généreuse. L'enlèvement de son fils lui a brisé le cœur. Elle est malheureusement morte avant qu'il ne soit de retour, sain et sauf.

Krystiana hocha la tête à l'évocation de cet épisode tragique. Le kidnapping du prince héritier Mattéo avait fait la une des journaux, et elle avait suivi les événements en priant pour sa libération. Cela remontait à deux ans maintenant.

— Le prince a dû être terriblement triste à son retour d'apprendre le décès de sa mère.

Sergio opina.

— Ils étaient très proches. Ah, voici votre appartement.

Il s'était arrêté devant une double porte qu'il ouvrit en grand. De nouveau, Krystiana s'efforça de demeurer impassible devant tant de richesses.

— Merci, Sergio. C'est magnifique. Je suis sûre que je serai très bien.

— Votre rendez-vous avec le prince est fixé à 15 heures cet après-midi. Prenez votre temps pour vous installer. Si vous avez besoin de quoi que ce soit, tirez sur ce cordon rouge près de la cheminée et je viendrai aussitôt.

— Merci.

— Un serviteur va vous apporter votre sac. Puis-je vous offrir quelque chose à boire ?

Elle avait soif et, maintenant que ses nerfs se détendaient un peu, la faim la tenaillait.

— J'aimerais bien du café et de l'eau et, si ce n'est pas trop demander, quelque chose à manger. Je suis partie si vite que je n'ai pas eu le temps de déjeuner.

— Je vais immédiatement vous faire apporter une collation. Bienvenue au palais, docteur.

À peine la porte refermée, Krystiana se précipita vers les portes-fenêtres et sortit sur la terrasse ensoleillée. Le parfum des bougainvilliers et du jasmin était exquis.

Des fleurs en pots s'étalaient un peu partout, sous la garde de petits sapins plantés dans des jarres bleues. Sous un grand parasol, une table et six chaises invitaient à la détente. La terrasse offrait une vue plongeante sur les jardins royaux — un dédale de haies basses avec au centre une fontaine où s'ébattait un cheval de pierre éclaboussé de vagues sculptées dans la roche. Plus loin, un jardin d'agrément et un petit étang. Des allées serpentaient ici et là, l'une conduisant à une grotte et une autre se faufilant sous une arche de roses jusqu'à un banc circulaire. Ce jardin avait certainement été conçu avec beaucoup d'amour.

Au-delà des murs du palais, la campagne environnante révélait ses oliveraies, ses petites églises couleur ocre, ses calvaires au bord des routes et ses collines ondoyantes qui chatoyaient sous la chaleur estivale. Un paysage qu'elle aurait pu peindre. La créativité l'apaisait en période de stress et, jamais encore, elle n'avait eu un tel décor sous les yeux. Il faudrait qu'elle en trace une esquisse avant son départ.

Elle aurait pu passer la journée à contempler le paysage, mais la réalité se rappela à elle. Se détournant à regret, elle rentra dans sa chambre — une suite féerique, toute de marbre blanc. Au milieu de la pièce, trônait un grand lit aux draps blancs immaculés, recouverts d'un dessus-de-lit doré. Dans le salon mitoyen, un bureau et un fauteuil encadraient deux canapés bleu vif. Sur presque tous les meubles, des vases de fleurs fraîches étaient disposés. Une porte dans un coin menait à la salle de bains aux murs recouverts de miroirs, pourvue d'une baignoire sur pieds et d'une douche à l'italienne, d'un lavabo et de tout un assortiment d'articles de toilette.

Cette opulence visait à ce qu'elle se sente bien. Mais Krystiana avait toujours préféré la simplicité et les décors un peu plus rustiques. Des couleurs pastel, des murs blancs — un décor minimaliste agrémenté de branches en bois flotté et de coquillages qu'elle ramassait sur la plage où elle se promenait tous les jours, pieds nus, son pantalon roulé sur les chevilles.

Tout ce faste était magnifique, mais irréel.

Le prince héritier Mattéo Romano serra la main de l'attaché culturel du Portugal, avant de lui souhaiter bonne route. Il était maintenant impatient de se rendre à Lisbonne où la Galleria 111 devait exposer de magnifiques œuvres d'art. L'attaché culturel avait réussi à le convaincre d'ajouter cet événement à son agenda, d'autant qu'il était un fervent admirateur d'Antonio Dacosta, un peintre surréaliste dont la galerie affirmait détenir de nombreuses pièces.

Sitôt la porte refermée derrière son visiteur, Mattéo poussa un soupir de soulagement. Il en avait presque fini avec ses rendez-vous du jour. Il pouvait s'accorder quelques secondes de repos avant de rencontrer le nouveau médecin appelé en remplacement du Dr Bonetti.

Il espérait que tout allait bien pour ce dernier, qu'il connaissait depuis des années et avec qui il avait eu l'occasion de déjeuner à plusieurs reprises, en compagnie de son épouse et de ses enfants. Leur mariage heureux, leurs enfants souriants lui avaient fait envie. Ils donnaient l'image d'une famille si unie…, si gaie.

Aucun d'eux n'avait à supporter le poids qui pesait sur ses épaules. Personne ne pouvait imaginer ce que représentait le fardeau d'être un prince, un futur roi.

Il attrapa la tasse de café que Sergio lui avait apportée un peu plus tôt, lorsqu'il l'avait informé de l'arrivée du médecin. Puis il sortit sur la terrasse pour admirer les jardins du palais, une vue qui ne manquait jamais de l'apaiser.

Comme toujours, il sentit son corps se détendre et, les yeux clos, respira l'air doux et parfumé. *Perfezionare.*

Derrière lui, Sergio s'éclaircit doucement la voix.

— Le Dr Krystiana Szénac, monsieur.

— *Grazie*, Sergio.

Se retournant, il découvrit une jeune femme vêtue d'une jupe noire et d'un chemisier vert émeraude. Ses cheveux blonds étaient rassemblés en une longue tresse qui pendait dans son dos. À peine maquillée, elle avait un sourire incroyable.

— Votre Altesse, dit-elle avec une révérence.

— Docteur Szénac. Je suis ravi de vous rencontrer.

Il s'avança pour lui serrer la main.

— Je vous remercie d'être venue aussi vite. J'espère que nous n'avons pas trop bouleversé votre emploi du temps.

— Non. Pas du tout. Quand le devoir vous appelle…

Il sourit.

— En effet. Votre voyage s'est-il bien passé ?

— Très bien, merci.

— Avez-vous des nouvelles du Dr Bonetti ?

— Je sais seulement que sa femme a dû être opérée en urgence.

Une opération d'urgence ? Voilà qui ne présageait rien de bon.

— Espérons que tout se passera bien.

— Ce sera le cas, j'en suis sûre.

Il lui proposa de s'installer sur la terrasse. Là, il tira une chaise à son attention, et elle s'assit.

— Je ne vais pas vous retenir trop longtemps, promit-il en prenant place en face d'elle. Il ne s'agit que d'un simple check-up annuel.

— En effet. D'après votre dossier médical, que le Dr Bonetti m'a transmis, vous avez retrouvé une parfaite santé après votre… votre…

— Mon enlèvement. Oui… Passer deux ans dans une cave est un peu éprouvant.

— Je m'excuse d'avoir évoqué ce sujet pénible.

— Inutile. À en croire mon thérapeute, plus j'en parlerai, mieux ce sera. Vous êtes originaire de Pologne, je crois ? demanda-t-il pour changer de sujet.

— En effet. De Cracovie. Mais je n'y suis pas retournée depuis des années. Je me rappelle juste qu'à l'époque c'était une ville grise et froide.

Elle frissonna, et Mattéo fut étonné de sa réaction à sa simple évocation, après toutes ces années.

— Quand êtes-vous arrivée ici ?

— Après le décès de ma mère. Mon père n'était… pas là et je n'avais plus que ma tante Carolina qui vivait ici.

— Sur Isla Tamoura ?

— Oui.

— Eh bien, je suis heureux que vous habitiez ici, maintenant, conclut-il avec un sourire.

— Moi aussi.

2.

Le lendemain matin, à peine réveillée, Krystiana tendit le bras pour éteindre sa lampe de chevet — un réflexe dont elle n'avait même plus conscience. Ce jour-là pourtant, elle se demanda si le prince Mattéo faisait de même.

Après avoir passé deux années enfermé dans une cave, redoutait-il toujours l'obscurité ?

Rejetant les couvertures, elle se leva et sortit sur la terrasse où l'air embaumait, s'abandonnant à la douce caresse du soleil. Voilà pourquoi elle aimait tant vivre sur cette île. Pour sa chaleur, ses couleurs et sa beauté.

Quelle chance elle avait eu que sa tante réside ici — le remède idéal après l'expérience traumatisante que son père lui avait fait subir. Dans cet endroit magnifique, elle avait pu oublier son terrible passé. Bien sûr, il lui avait fallu apprendre une nouvelle langue, mais des gens merveilleux, aimants et passionnés, l'avaient soutenue. Isla Tamoura lui avait offert une renaissance.

Après une douche rapide, Krystiana tressa ses cheveux et enfila une robe d'été avant de s'asseoir pour prendre son petit déjeuner qu'un serviteur avait apporté. Elle avait l'habitude de déjeuner seule et appréciait ce moment. Mais, ce jour-là, elle se dépêcha. Elle regagnerait son domicile l'après-midi même et n'avait donc pas de temps à perdre, si elle voulait tracer une esquisse du paysage qui s'offrait à elle depuis la terrasse. Attrapant donc son bloc et ses crayons, elle se mit au travail. Son ébauche se résumait à quelques lignes et formes qu'elle peindrait plus tard, laissant son imagination prendre le relais.

Concentrée sur son dessin, elle n'avait pas vu le temps passer et, quand elle regarda sa montre, il ne lui restait que quelques minutes avant l'heure prévue pour la visite médicale du prince. Abandonnant son matériel sur le lit, elle tira sur le cordon pour appeler Sergio.

— Bonjour, docteur Szénac, dit ce dernier, déjà tiré à quatre épingles. Avez-vous bien dormi ?

— Très bien, merci, Sergio. Je dois rejoindre le prince Mattéo, mais je ne sais pas où exactement.

— J'imagine qu'il se trouve dans le gymnase. C'est toujours là que le Dr Bonetti l'examine.

Krystiana ne fut pas surprise d'apprendre que le prince disposait de son propre gymnase. Il pouvait difficilement s'inscrire dans une salle publique.

Sergio l'entraîna le long des couloirs aux murs recouverts de tapisserie et de blasons. Une armure rutilante montait la garde dans un coin et des fleurs garnissaient l'âtre des cheminées. Finalement, le majordome s'arrêta devant une double porte.

— Voici le gymnase, docteur Szénac. Tous les appareils du Dr Bonetti ont été installés pour vous, et l'ordinateur est prêt à enregistrer les résultats.

— Merci, c'est très gentil de votre part.

Avec un sourire, Sergio ouvrit les portes.

Le gymnase débordait d'équipements de toutes sortes — tapis de course, stepper, appareils à charges, poids, tapis de sol… Tout ce qui existait en matière d'équipement de salle de sport se trouvait là. Derrière un mur en verre, elle aperçut également une piscine de taille olympique.

Elle passait en revue les différents tests prévus quand elle sentit une présence derrière elle.

— Docteur Szénac.

Elle se tourna et plongea dans une petite révérence.

— Votre Altesse.

— Si vous êtes prête, je suis à votre disposition.

— Très bien. Pour commencer, je vais prendre votre tension et votre pouls.

Après avoir accroché au bout de son doigt, un oxymètre

destiné non seulement à prendre son pouls, mais aussi à déterminer le niveau en oxygène de son sang, elle glissa un tensiomètre autour de son bras.

Ces premières mesures se révélèrent normales.

— Très bien. Maintenant, vérifions votre poids et votre taille.

— Je ne crois pas avoir rapetissé.

— Heureuse de l'apprendre, dit-elle avec un petit rire.

Là, encore, rien à signaler.

— Maintenant, direction le tapis de course. Je vais poser sur votre poitrine des électrodes qui me permettront de contrôler votre rythme cardiaque et votre capacité respiratoire pendant que vous courrez trois minutes sur le tapis légèrement incliné. Ce tube calculera votre consommation d'oxygène,

— Parfait. Puis-je m'échauffer un peu ?

— Je vous en prie.

Krystiana en profita pour s'installer devant l'ordinateur et entrer les premiers résultats, consciente de la présence du prince qui ôtait ses vêtements derrière elle puis commençait à s'étirer.

Quand elle se retourna, elle constata qu'il était en excellente condition physique. De toute évidence, le gymnase n'était pas là pour le décorum. Pendant quelques secondes, elle admira sa musculature parfaite — mince et finement sculptée. Puis, gênée, elle détourna le regard.

— Très bien. Je vais maintenant poser des électrodes sur votre poitrine.

Il resta immobile pendant qu'elle fixait les électrodes, faisant de son mieux pour rester concentrée. Puis elle connecta les fils à la machine. Alors qu'elle attachait le masque respiratoire autour de son nez et de sa bouche, ce qu'elle redoutait arriva. Leurs yeux se rencontrèrent, et elle se sentit rougir.

— Bien, dit-elle, précipitamment. Vous allez d'abord marcher pendant une minute. Puis j'augmenterai progressivement la vitesse jusqu'à ce que vous couriez. Prêt ?

Il leva le pouce, et elle lança le tapis de course en même temps que le moniteur qui enregistrerait le rythme cardiaque du prince. Aussitôt, la machine commença à imprimer un listing que Krystiana surveilla pour s'assurer que tout allait bien.

Elle observait discrètement le prince qui courait sans efforts apparents, son corps fonctionnant comme une mécanique bien huilée. Sa consommation en oxygène était parfaite et sa capacité cardiaque avait augmenté dans des proportions normales.

À la fin des trois minutes, elle arrêta les différents appareils et, prenant la main du prince, posa trois doigts à la base de son poignet pour vérifier son pouls.

— Tout est parfait pour l'instant, dit-elle.

— Tant mieux, répondit-il en ôtant son masque.

— Faites-vous beaucoup d'exercice ?

— Ça ne se voit pas ? demanda-t-il en haussant les sourcils.

— Eh bien, je… Euh… Oui… Vous êtes…

Il éclata de rire.

— Je voulais dire à partir des résultats des tests ?

Elle rit avec lui, les joues carrément écarlates maintenant.

— Oh ! oui ! Évidemment, dit-elle.

— Dans la mesure du possible, j'essaye de courir une demi-heure par jour. J'alterne avec des longueurs de piscine et je fais un peu de musculation et de cardio…

— Vous êtes bien plus sportif que moi.

— C'est que mon emploi du temps me le permet. Ma vie est chronométrée à la minute près, si bien que je sais exactement quand je peux descendre au gymnase.

— Est-ce un avantage ou un inconvénient ? demanda-t-elle, curieuse.

Elle ne savait pas si elle apprécierait de voir sa vie ainsi orchestrée. Quand disposait-il d'un peu de temps libre ? Qu'en était-il de la spontanéité ?

— Cela dépend des jours, répondit-il en essuyant son visage avec une serviette.

— Et aujourd'hui ?

— Après les tests, je passerai un peu de temps avec ma fille.

— La princesse Alexandra ? Elle est magnifique. Quel âge a-t-elle ?

— Cinq ans.

— Vous devez en être très fier…

— En effet. Malheureusement, je ne peux pas la gâter autant que je le voudrais.

Non, bien sûr, puisqu'elle ne vivait pas avec lui. La princesse habitait avec sa mère, sur son domaine familial privé.

— Ce doit être difficile pour vous.

— Vous n'imaginez même pas.

En fait, elle ne savait que trop bien combien il est difficile d'être séparée de ceux qu'on aime.

Se détournant, elle s'efforça de chasser ces pensées de son esprit pour se focaliser sur son travail.

— Test suivant, annonça-t-elle.

— Je suis tout à vous, plaisanta le prince.

Ils venaient juste de finir les divers examens quand la porte s'ouvrit. Sergio s'approcha, l'air grave — plus grave encore que d'habitude.

— Que se passe-t-il, Sergio ? demanda Mattéo, inquiet.

— J'apporte de bien mauvaises nouvelles au Dr Szénac, monsieur.

Krystiana releva brusquement la tête, les sourcils froncés.

— Il est arrivé un accident, expliqua le majordome. Un conducteur ivre a raté le virage près de chez vous et foncé droit dans le mur de votre maison. Le salon et la chambre ont été totalement détruits et la structure du bâtiment fragilisée. La demeure est inhabitable en l'état.

— Bon sang ! s'exclama Mattéo, sous le choc.

— Le conducteur est-il blessé ? demanda Krystiana, très pâle.

Il fut impressionné que sa première pensée aille au conducteur.

— Je crois qu'il s'en sort plutôt bien, étant donné de la situation. Il a été pris en charge par les ambulanciers.

— Bien. Tant mieux. Oh ! et mon chien Bruno ?

— Heureusement, votre voisine l'avait emmené en promenade à ce moment-là, répondit Sergio.

— Grâce au ciel !

Elle se laissa tomber sur la chaise et cacha son visage entre ses mains.

— Vous allez rester ici jusqu'à ce que votre maison soit de nouveau habitable, déclara Mattéo.

Krystiana releva la tête, des larmes dans les yeux.

— Mais ce n'est pas possible, dit-elle.

— Bien sûr que si ! D'ailleurs, c'est décidé. Sergio, occupez-vous, s'il vous plaît, de faire venir les vêtements du Dr Szénac, ainsi que tout ce dont elle aura besoin, y compris son chien qui, j'en suis sûr, lui sera d'un grand réconfort. Nous allons avoir des invités pendant quelque temps.

— Je ne sais pas quoi dire…, commença Krystiana.

— Dites oui.

— Alors, oui. Merci.

— J'ai eu beaucoup de chance de me trouver ici au moment de l'accident, dit Krystiana, un peu plus tard. J'aurais pu être gravement blessée.

— Vous allez bien. Tout est bien qui finit bien.

— Mais…

— Pas de « mais ». Il ne sert à rien de supputer sur ce qui aurait pu arriver. Concentrez-vous plutôt sur le présent. J'ai appris cela en thérapie, déclara-t-il avec un grand sourire.

Elle sourit à son tour en caressant la tête de Bruno. Le chien lui avait fait la fête à son arrivée. Sergio avait également apporté ses vêtements, son ordinateur et des photos impressionnantes de ce qui restait de la maison.

— Les travaux vont durer des semaines, soupira-t-elle.

— Laissez-moi me charger de cela, intervint Mattéo.

— Il n'en est pas question, voyons ! Cela va coûter une fortune.

— Allons, je serai heureux de vous rendre ce service. Vous avez eu la gentillesse de venir ici séance tenante lorsque j'ai eu besoin d'un médecin. Alors, je veux vous rendre la politesse, maintenant que vous avez besoin…

— D'un maçon ? demanda-t-elle en riant.

— D'un chevalier en armure. N'avez-vous pas vu ma belle armure en bas ?

Elle s'inclina donc et le remercia chaleureusement.

— Je vous suis vraiment très reconnaissante.

— Inutile. C'est à cela que servent les amis.

« Amis ». L'étaient-ils vraiment ?

Ce soir-là, Mattéo avait invité Krystiana à partager son dîner, convaincu qu'elle avait besoin de compagnie. Ils se trouvaient maintenant sur la terrasse, admirant le coucher de soleil en attendant qu'on apporte les plats.

— Au fait, la femme du Dr Bonetti va bien, dit-il. Son état est stable et elle ne devrait pas tarder à rentrer chez elle. Le docteur a appelé de l'hôpital et laissé le message à ma secrétaire.

— Enfin de bonnes nouvelles ! Cela fait du bien. À propos, avez-vous appris quelque chose au sujet du conducteur qui a percuté ma maison ?

— Il est rentré chez lui, mais la police l'a inculpé pour conduite en état d'ivresse. Il devrait passer devant le juge d'ici quelques jours.

— Je suis certaine qu'il regrette ce qu'il a fait.

— Malheureusement, d'après mes sources, cet homme est un alcoolique notoire. Son permis de conduire lui avait été retiré, et la voiture qu'il conduisait ne lui appartenait même pas. Il avait « emprunté » celle de son fils.

— Oh.

— Nous allons l'envoyer en cure de désintoxication.

— Nous ?

— Mes hommes de main, dit-il d'un air sérieux.

— Des hommes de main ?

Mattéo ne put retenir un éclat de rire.

— Je plaisante, rassurez-vous. J'estime seulement qu'on doit aider cet homme. Je vais faire en sorte qu'il intègre un programme de désintoxication avant qu'il ne finisse par tuer quelqu'un.

— Je devrais lui rendre visite.

— Je ne crois pas que ce soit une bonne idée. Vous êtes émotionnellement concernée.

— Ce qui l'obligera d'autant plus à écouter. Se retrouver en face de la victime de ses actes lui donnera peut-être un choc salutaire.

— Avoir défoncé votre mur ne constitue-t-il pas un choc suffisant ? D'où tenez-vous toutes ces connaissances sur les rapports victime et criminel ?

Comme elle détournait le regard, Mattéo comprit qu'il avait touché là un point sensible.

— Excusez-moi. Vous n'êtes pas obligée de répondre.

— Je croyais que les psychologues préconisaient la parole pour la guérison de l'âme, fit-elle remarquer avec un sourire.

— En effet, mais seulement quand on est prêt. Êtes-vous prête ?

— Je ne sais pas.

— Vous le saurez lorsque le moment sera venu. Et, plus important, si vous êtes en face de la bonne personne. Vous ne me connaissez pas vraiment, alors je comprends votre réaction.

— Je crois que vous, plus qu'aucun autre, serait susceptible de comprendre, dit-elle finalement.

— Vraiment ?

Elle parut hésiter, puis il la vit prendre sa décision.

— Quand j'avais six ans, j'ai été enlevée.

— Enlevée ? répéta-t-il, pétrifié.

— Par mon père.

3.

Durant quelques instants, Krystiana fixa le prince, cherchant à jauger sa réaction.

— Surpris ?

Il ouvrit la bouche, mais aucun mot n'en sortit.

— Je suis plutôt choqué ! s'exclama-t-il enfin. Kidnappée par votre propre père ?

— Il avait tout planifié. Mes parents s'étaient séparés et se disputaient âprement la question de ma garde. Leur divorce n'avait rien d'amiable.

— Cela a dû être très difficile pour vous.

Elle hocha la tête.

— Oui. Ma mère avait obtenu ma garde et mon père, un simple droit de visite, un jour par mois. Alors que j'étais chez lui, mon père m'a annoncé que nous allions jouer dans les bois où il travaillait comme garde-chasse. Je devais l'aider à attraper des lapins.

Mattéo l'écoutait attentivement, visiblement consterné qu'elle ait eu à subir une telle épreuve.

— Nous nous sommes enfoncés dans la forêt. Il faisait sombre et humide. Les arbres étaient si denses qu'il n'y avait presque pas de lumière.

— Étiez-vous effrayée ?

— Pas au début. Je me sens bien dans la nature. J'avais déjà joué dans ces bois et j'étais avec mon père. Je me croyais en sécurité. Puis il m'a montré l'abri qu'il avait creusé dans le sol.

— Un abri ? Comment était-il ?

— Pas très grand — de la taille d'un lit. Les murs étaient bardés de planches de palettes, je crois. Il m'a expliqué qu'on allait jouer. Que je devais entrer dans le bunker et attendre pendant qu'il allait chasser les lapins pour les ramener vers moi. Il m'a dit que la trappe s'ouvrait facilement et que je pourrais la relever. Ainsi les lapins sauteraient dans le trou pour jouer avec moi.

— *Mio Dio…*

— Quand il a rabattu la trappe sur moi, j'ai entendu le cadenas qui se refermait. Il a dit : « Przepraszam » — je suis désolé — et il est parti.

Elle avala une gorgée d'eau, tandis que les souvenirs affluaient — les pas de son père qui s'éloignait, ses petits poings cognant contre la trappe recouverte de terre au-dessus de sa tête.

— Il revenait de temps en temps pour me donner à manger et à boire. J'ai essayé de m'échapper, mais il était trop fort. Une fois, il m'a apporté un livre et une bougie pour que je puisse avoir un peu de lumière pour lire.

— Combien de temps êtes-vous restée dans ce trou ?

— Six semaines.

Il blêmit.

— Comment en êtes-vous sortie ?

— On m'a trouvée. Mon père avait déclaré ma disparition évidemment. Il avait raconté que je m'étais volatilisée pendant que je l'attendais devant le magasin où il faisait les courses. Mais la police a eu des soupçons. Au bout de quelque temps, elle a entrepris de le filer dans les bois. Les chiens ont détecté ma présence. En entendant leurs aboiements déchaînés au-dessus de moi, je me suis mise à hurler. J'ai tellement crié que je suis restée aphone pendant trois jours.

— Et votre père ?

Elle déglutit avec peine.

— Il est en prison.

— Allez-vous lui rendre visite ?

Comment pouvait-il ignorer tout cela ? Elle travaillait avec le médecin particulier du roi son père ! Krystiana avait toujours pensé que son histoire était inscrite dans son dossier, mais sans doute les éléments de l'enquête avaient-ils été scellés parce qu'elle était enfant au moment des faits.

— Non. Je ne suis jamais retournée en Pologne.

— Vous croyez que vous devriez ?

— Avez-vous rendu visite à vos kidnappeurs en prison ? demanda-t-elle en penchant la tête pour le regarder.

Mattéo sourit, pris de court.

— Vous marquez un point. Mais mes ravisseurs étaient des étrangers. Dans votre cas, il s'agissait de votre père. Vous deviez l'aimer ?

— Je l'aimais, mais plus maintenant.

— Et…

Il but une gorgée d'eau avant de reprendre.

— Avez-vous encore des flash-back ? Souffrez-vous d'angoisse suite à votre captivité ?

— Pas vraiment. Mais je ne peux pas dormir sans une lampe allumée.

— C'est compréhensible.

Il leva la tête vers l'immensité rose orangée du ciel dénué de nuages au-dessus d'eux.

— En conséquence, Votre Altesse, nous sommes tous les deux des oiseaux blessés.

— On peut dire cela. Mais nous sommes forts et nous volerons de nouveau.

Elle hésita.

— Je crois que je me suis déjà envolée.

— Oui. N'ayez aucun doute là-dessus.

Elle lui sourit, reconnaissante de sa compréhension et de son soutien. Qui aurait pu croire qu'elle raconterait son calvaire au prince héritier ?

Combien de fois avait-elle regardé vers les murs du palais, souhaitant lui faire savoir qu'elle comprenait ce qu'il ressentait ? Combien de fois avait-elle envisagé de lui écrire avant de se rétracter, consciente qu'il ne lirait jamais sa lettre, qui serait certainement traitée par son secrétaire particulier.

Ils étaient probablement les deux seules personnes sur cette île à avoir vécu une telle expérience. Cela créait un lien entre eux. Et c'est ainsi qu'elle se retrouvait à partager ce coucher de soleil en sa compagnie et à lui confier ses plus sombres cauchemars.

— Vous êtes un homme bon, Votre Altesse.

— Appelez-moi, Mattéo, dit-il avec un grand sourire.

Elle acquiesça d'un signe de tête.

— Krystiana.

Étendue sur son lit, elle fixait le plafond. Que lui avait-il pris de livrer ainsi son histoire ? Elle ne l'avait jamais racontée à personne. Seule sa tante Carolina était au courant. Elle n'en avait même pas parlé au Dr Bonetti, qui était pourtant son associé dans le cabinet médical qu'ils partageaient dans la ville de Ventura.

Quand elle s'était retrouvée face à Mattéo, elle avait voulu qu'il sache. C'était aussi simple que cela.

Il s'était montré si gentil.

« Merci, Krystiana, d'avoir partagé avec moi ce que vous avez vécu. Il faut beaucoup de courage pour confier une épreuve aussi personnelle. »

Relevant la tête, elle s'était attendue à découvrir de la pitié sur son visage. Mais pas du tout.

« Ne regrettez pas de m'avoir parlé, avait-il ajouté. Je lis sur votre visage que vous vous sentez mal à l'aise, maintenant. »

Elle avait souri devant sa perspicacité.

« D'habitude, je suis très secrète, avait-elle avoué avec un petit rire. Ma meilleure amie n'est même pas au courant. »

Mattéo l'avait dévisagée avec intensité.

« Je me sens honoré de votre confiance. »

À présent qu'elle était seule, Krystiana fixait toujours le plafond — très différent de celui de sa maison. Chez elle, il y avait un ventilateur. Ici, un chandelier qui reflétait la lumière de sa lampe de chevet.

Ce n'était pas le fait d'avoir raconté son histoire à Mattéo qui l'avait mise mal à l'aise, mais la prise de conscience qu'en lui racontant cela elle lui avait dévoilé une partie d'elle-même. Bien sûr, il ne s'agissait que d'une petite partie de son passé, mais quand même… Si elle avait pu lui parler de cela, où s'arrêterait-elle ?

Elle dormit peu et, à son réveil, se promit de rester à l'écart du prince pendant quelque temps. C'était de toute façon un homme très occupé qu'elle ne reverrait sans doute pas avant plusieurs jours. Et puis, elle-même quitterait le palais chaque matin pour se rendre au cabinet.

Elle lui avait raconté son histoire parce qu'elle pensait que cela l'intéresserait de savoir, point final. Leurs vies ne suivaient pas le même chemin.

Une voiture l'attendait pour l'emmener au travail. Une voiture blindée noire et élégante, conduite par l'un de ces types des services secrets en costume sombre.

Krystiana descendit l'escalier, prête à reprendre ses fonctions et impatiente de voir les dégâts occasionnés à sa maison. Inquiète et pleine d'appréhension, elle avait été incapable d'avaler quoi que ce soit pour le petit déjeuner à l'exclusion d'une tasse de café.

— Bruno ! Viens ici. Dépêche-toi !

Son chien, de race indéterminée et grincheux comme un vieillard, s'avança vers elle d'un pas tranquille.

Sergio ouvrit la portière pour elle.

— Je vous souhaite une bonne journée, docteur Szénac.

— *Grazie*, Sergio.

Elle se glissa sur le siège et sursauta.

— Votre Altesse ! Que faites-vous là ? Je croyais que cette voiture devait m'emmener à mon travail.

Il sourit.

— Mattéo… Vous vous souvenez ? Je me suis dit que j'allais vous accompagner pour examiner les dommages causés à votre maison.

— M… Mais, balbutia-t-elle. Je suis sûre que vous avez des choses bien plus importantes à faire, comme gouverner ce pays.

— Un de mes sujets a vu sa maison détruite par un sot qui n'aurait jamais dû se trouver derrière un volant. Il est donc de mon devoir de me rendre sur les lieux pour évaluer les dégâts et voir si je peux faire quelque chose. Cela s'appelle apporter son soutien, ajouta-t-il en se penchant vers elle. Alors, acceptez-le et fermez la porte. Bruno !

Il tapota ses genoux, et le chien sauta sur le siège en cuir pour finalement s'installer sur les genoux du prince. Ce dernier adressa un sourire taquin à Krystiana en baissant ses lunettes de soleil sur son nez.

— Est-ce là tout votre déguisement ? demanda-t-elle.

— Non. J'ai également une casquette de base-ball et, quand nous arriverons à votre maison, nous porterons des casques. Le chef de chantier nous montrera les lieux.

— Les travaux ont déjà commencé ?

— Depuis l'aube.

Sergio ferma la portière derrière elle.

— Je suis impressionnée.

— C'est mon travail.

Elle lui adressa un coup d'œil en coin avant d'éclater de rire. Il était si gentil et si différent de tout ce qu'elle avait pu imaginer. Il avait dit qu'ils étaient amis, mais elle avait un peu de mal à gérer cette relation.

Ses rapports avec les hommes n'avaient pas été particulièrement heureux, et elle n'avait pas menti quand elle avait affirmé aimer sa solitude. Elle n'avait qu'une amie, Anna Scottolini, sa voisine — une vieille dame de quatre-vingt-douze ans.

— Au fait, vous avez réussi, dit-elle.

— Pardon ?

— Votre bilan. Vous avez passé tous les tests avec brio. Vous êtes en parfaite santé.

Le sourire que lui adressa Mattéo remua quelque chose en elle.

Mal à l'aise, elle mit ses lunettes de soleil et tourna la tête, feignant d'admirer le paysage.

Si elle ne le regardait pas, peut-être cesserait-elle de penser à lui.

La maison de Krystiana se trouvait à l'entrée de la ville. Quand Mattéo descendit de voiture, vêtu d'une simple chemise blanche et d'un pantalon noir, sa casquette baissée sur le front et ses lunettes de soleil sur le nez, il aperçut le palais au loin, qui brillait comme une perle. Blanc et scintillant.

Pourrait-il repérer la maison de Krystiana depuis les murs du palais ? Parce qu'évidemment il ne pourrait plus jamais l'oublier. Quoi qu'il puisse se passer dans le futur, un lien le relierait toujours à cette femme, à cause de l'expérience qu'ils avaient vécue. Une expérience similaire et pourtant si différente.

Elle avait passé six semaines sous terre. Seule et dans le noir.

Des âmes sœurs. Voilà ce qu'ils étaient. Il se félicitait de lui avoir offert l'hospitalité et tenait à constater les dégâts causés à sa maison. Mais… Ne s'agissait-il vraiment que d'une simple inquiétude pour l'un de ses sujets ? Pour une amie ? Ou y avait-il plus que cela ?

Il se sentait bien avec Krystiana. Il émanait d'elle une telle sérénité. Ce qui ne manquait pas de l'inquiéter par ailleurs, parce qu'en sa compagnie il n'avait pas besoin de jouer un rôle. Il pouvait montrer son vrai visage… C'était à la fois déroutant et alarmant. Pendant longtemps, il s'était tenu à l'écart de toute relation. Depuis son retour chez lui, après son enlèvement. Mais une seule journée avec Krystiana et…

Il se tourna pour contempler sa maison, la clôture métallique défoncée et derrière… une ruine. Voilà tout ce qui restait. Un mélange de brique et de gravats, de mortier et de plâtre, de verre et de bois. Cela lui rappela les dégâts constatés après le tremblement de terre que l'île avait connu dans le passé.

Dieu merci, Krystiana n'était pas chez elle lors de l'accident. Sans les ennuis de santé de la femme du Dr Bonetti…

Le destin ? Il n'y croyait plus.

De la chance pure ? Peut-être…

Un homme vêtu d'un gilet réfléchissant et d'un casque jaune apparut au coin de la maison. Levant la main, il s'avança vers eux, se frayant prudemment un chemin au milieu des gravats.

— Votre Altesse.

— Carlo ?

— *Si*.

— Voici le Dr Szénac, la propriétaire de cette maison. Pourriez-vous nous faire un état des lieux ?

Carlo leur ouvrit la voie. Le sol était instable, jonché de débris de toutes sortes, aussi Mattéo se tourna-t-il pour offrir sa main à Krystiana.

— Ça va aller, merci, dit-elle. Je vous suis.

Il hocha la tête, soulagé finalement qu'elle ait refusé son aide. N'était-il pas supposé garder ses distances ?

La cuisine et la salle de bains avaient l'air intacts, mais le reste n'était qu'un enchevêtrement de débris divers et les pièces à l'étage donnaient l'impression de s'être pratiquement écroulées. La voiture qui avait percuté la maison était un gros 4x4 lancé à grande vitesse. Krystiana s'était attendu à un gros trou dans le mur, mais certainement pas à cela. C'était… affreux. Sa maison, qu'elle avait pris tant de plaisir à meubler et décorer…

— Je suis vraiment désolé, Krystiana, dit Mattéo.

Il ne fallait pas qu'elle pleure.

Apparemment, un de ses canapés avait disparu. Des photos encadrées traînaient par terre, le verre brisé. Se baissant, elle en ramassa une. La seule photo qui lui restait de sa mère. Cette fois, elle ne put retenir ses sanglots.

— Eh… Venez là…

Mattéo l'attira contre lui, et elle posa sa tête contre sa poitrine, la photo toujours dans sa main.

Son contact était chaud et réconfortant. Apaisant. Elle aurait pu rester là pour toujours, pourtant elle se dégagea de son étreinte. Elle ne pouvait pas se laisser aller ainsi, contre le prince.

— Je vais bien. Vraiment. Montrez-moi tout, Carlo.

Carlo jeta un coup d'œil à Mattéo, qui acquiesça d'un signe de tête, avant d'entraîner Krystiana, lui faisant part de ses constatations, citant linteaux et murs porteurs. Elle hochait la tête, prétendant comprendre de quoi il parlait. Impossible de monter à l'étage — pas encore suffisamment sécurisé.

— Combien de temps dureront les travaux ? s'enquit Mattéo.

— Si nous pouvons obtenir rapidement toutes les fournitures nécessaires, quatre semaines au minimum. Mais cela pourrait être plus long.

— Faites au mieux. L'argent n'est pas un problème — c'est bien clair ?

— Oui, Votre Altesse.

— Je vous raccompagne, ajouta Mattéo à l'attention de Krystiana.

Il la suivit à travers le chantier qu'était devenue sa maison, posant occasionnellement sa main dans son dos pour la guider.

— Comment vous sentez-vous ? demanda-t-il une fois qu'ils furent arrivés devant la voiture.

— Je vais bien.

— Vous ne devriez peut-être pas aller travailler aujourd'hui.

— Il le faut. Mes patients m'attendent, ainsi que ceux du Dr Bonetti. Impossible de les laisser tomber.

— Très bien. La voiture va vous déposer et retournera vous chercher, ce soir. Voulez-vous que je garde Bruno ?

— Non, il restera dans le bureau avec moi. Les patients l'aiment bien.

— Un étudiant en médecine un peu spécial.

— Qui a une véritable passion pour les os.

Une plaisanterie un peu facile pour détendre l'atmosphère après ces vingt-quatre dernières heures particulièrement stressantes. Mais elle avait connu pire.

— À ce soir, alors, à la maison, conclut Mattéo.

« À la maison »… Trois petits mots qui allèrent droit au cœur de Krystiana, bien malgré elle.

Krystiana passa la journée à soigner ses patients et, pendant près de six heures, oublia sa maison dévastée et sa nuit au palais. Elle apprécia de retrouver sa routine, de revoir ses patients et de dispenser des soins. Il y avait là un rythme, une logique. La médecine est souvent un puzzle dont les patients sont les pièces maîtresses. Rien ne lui plaisait davantage que de guérir un malade. Aider les gens était ce qu'elle faisait de mieux et cela lui apportait beaucoup. Un psychologue aurrait sans doute dit qu'il fallait y voir une conséquence de sa captivité, pendant laquelle elle s'était sentie impuissante. Ou qu'à travers son métier elle compensait le fait de n'avoir pu aider sa mère à sa mort.

Quoi qu'il en soit, elle avait hâte de renouer avec la vie réelle. Pour cela, il lui faudrait quitter le palais au plus vite. Sa mission là-bas était achevée. Pourtant, les circonstances l'obligeaient à y séjourner.

Elle ne pouvait tout de même pas demander à sa voisine, Anna, de l'accueillir en attendant la fin des travaux, cette dernière était trop âgée.

Krystiana avait beaucoup de chance que Mattéo se mêle des travaux. Les ouvriers seraient certainement plus efficaces si le prince s'intéressait au chantier !

Il se montrait très généreux envers elle, alors qu'elle n'était pas habituée à tant de sollicitude. Elle s'était toujours débrouillée seule et appréciait son indépendance.

Elle cogitait encore quand sa dernière patiente entra. Sofia de Laurentis. Seize ans et fille d'un duc. Beaucoup de ses patients appartenaient à la haute société, mais la classe et le prestige ne garantissaient pas une bonne santé.

Sofia s'assit, l'air nerveux, jouant avec son sac à dos.

— Bonjour, Sofia. Que vous arrive-t-il ?

— Promettez-moi de n'en parler à personne, dit-elle. Je… Je crois que je suis enceinte.

Krystiana demeura impassible.

— Très bien. Quels sont les symptômes ?

— Mes règles ont du retard. Et je me sens bizarre.

— Avez-vous fait un test de grossesse ?

— Oui. J'ai dû me déguiser pour l'acheter — vous imaginez cela ? À l'intérieur du paquet, il y avait deux tests. Je les ai faits tous les deux.

— Positifs ?

Sofia hocha la tête.

— Savez-vous qui est le père ?

Nouveau hochement de tête.

Krystiana posa ensuite la question la plus importante pour une patiente de seize ans.

— Étiez-vous consentante ?

— Oui.

— Très bien. Allongez-vous.

Elle palpa son ventre, même s'il était trop tôt pour détecter quoi que ce soit dans l'utérus. Avec un sourire, elle aida Sofia à se relever.

— Asseyez-vous, Sofia, dit-elle gentiment.

Elle passa un brassard autour de son bras et prit sa tension.

— Je peux faire une prise de sang pour confirmer la grossesse, si vous le souhaitez. Comptez-vous garder le bébé ?

Sofia secoua la tête, ses yeux se remplissant de larmes.

— Je ne sais pas. Mon père va être furieux.

— Vous vivez avec votre père ? Et votre mère ?

— Elle est morte quand j'étais petite.

Oh. Krystiana pouvait comprendre sa douleur. Mais Sofia pouvait encore compter sur son père.

— Vous avez un peu de temps pour prendre votre décision. Vous pouvez garder l'enfant ou bien le donner à adopter. Et, bien sûr, vous pouvez choisir l'interruption de grossesse. Mais la décision vous appartient, à vous seule, et personne ne peut vous forcer la main. Vous comprenez ?

— Oui. Que dois-je faire maintenant ?

— Vous réfléchissez. Le premier trimestre peut être difficile, et toutes les grossesses ne passent pas le cap. Je vais vous donner un rendez-vous avec une sage-femme. Si vous voulez annoncer la nouvelle à votre père dans un endroit sûr, vous pouvez le faire ici, en présence d'un membre de l'équipe ou de moi-même. Avez-vous déjà des nausées ?

— De temps en temps.

— Grignotez aussi souvent que vous le voulez. La faim cause des nausées. Gardez un ou deux biscuits près de votre lit pour le matin au réveil, avant de vous lever. Pas de chocolat — quelque chose de simple. Un biscuit au gingembre, par exemple.

— Merci de votre compréhension, dit Sofia en se levant.

— C'est mon travail.

Après son départ, Krystiana resta un moment à réfléchir à la jeune femme. Quelques moments pénibles l'attendaient, et un avenir difficile à prédire. Un peu comme elle avec sa maison dévastée et ouverte aux étoiles.

Elle se dit qu'elle avait dû batailler à toutes les étapes de son existence. Une situation à laquelle elle s'était accoutumée et qui expliquait peut-être pourquoi les richesses et l'opulence du palais la mettaient si mal à l'aise. Elles dissimulaient le monde réel. Il ne s'agissait que d'un mirage.

Elle n'appréciait pas non plus qu'on vienne la chercher en voiture. Cela ne lui ressemblait pas. Elle avait le sentiment qu'on lui volait une partie de sa vie.

Elle attrapa le téléphone pour appeler le palais et décommander la voiture avant de réaliser qu'elle ne connaissait pas le numéro et que toutes ses affaires — vêtements, ordinateur, tout ce qu'elle aimait — se trouvaient là-bas. Elle devait y retourner, ne serait-ce que pour une nuit. Ensuite, elle ferait ses valises.

Mattéo avait son médecin attitré. Il n'avait pas besoin d'elle. Elle avait partagé son expérience avec lui, et il était inutile d'en dire plus. Or, elle devinait que, si elle restait trop longtemps, le caractère amical de Mattéo l'amènerait à se confier davantage, à lui faire confiance. Mais elle n'accorderait plus jamais sa confiance.

Visiter le chantier de ce qui avait été la maison de Krystiana avait perturbé Mattéo. Si une petite partie de la structure avait résisté au choc, l'essentiel n'était plus que décombres. Quand la jeune femme s'était effondrée en ramassant la photo de sa mère, ses propres cicatrices s'étaient rouvertes. Il connaissait sa douleur et sans même réfléchir, n'écoutant que son cœur, il l'avait attirée dans ses bras.

Il ne cherchait qu'à la réconforter, rien de plus. Mais en entendant ses pleurs, en sentant ses larmes qui mouillaient sa chemise, il avait ressenti le besoin de la garder contre lui pour toujours.

En prendre conscience l'avait perturbé. Pourquoi s'impliquait-il ainsi dans sa vie ? Pourquoi l'avoir invitée au palais, avoir pris en charge la reconstruction de sa maison, lui offrant un toit et lui ouvrant ses bras ? Comme s'il avait besoin d'une inquiétude supplémentaire, d'une nouvelle crise émotionnelle dans sa vie. Il avait eu son compte de ce côté-là. S'investir dans la vie des autres, s'inquiéter pour eux ne vous apporte que du chagrin, en fin de compte.

Aussi, quand Krystiana s'était reculée, s'était-il senti soulagé devant cette manifestation d'indépendance. Il se savait incapable d'offrir à une femme ce qu'elle était en droit d'attendre de lui. Il s'était juré de ne plus jamais tomber amoureux alors, s'il ne pouvait plus s'abandonner à ce genre de sentiments, à quoi cela servirait-il ?

Après l'avoir déposée au travail, il avait regagné le palais pour vaquer à ses occupations. Une pile de rapports attendaient d'être lus et signés, et il devait aussi discuter de son agenda avec sa secrétaire.

Son emploi du temps allait sérieusement se compliquer. Son père, le roi, devait abdiquer dans l'année — le jour de ses soixante-dix ans. Les prochains mois s'annonçaient déjà comme un tourbillon de rendez-vous, visites, bains de foule et autres devoirs royaux. Tout le monde voulait approcher le futur roi.

Pourtant, tandis qu'il était assis derrière son bureau, la concentration le fuyait. Krystiana occupait tout son esprit.

Finalement, Mattéo se retrouva à faire les cent pas en regardant sa montre. Elle terminait sa journée à 18 heures. Ensuite, la voiture la ramènerait au palais.

Il avait conscience de devoir garder ses distances avec elle. Pas question qu'elle franchisse les barrières qu'il avait érigées autour de son cœur. Le risque était trop grand.

Il avait déjà perdu sa mère, son épouse et presque son enfant. Trop de pertes pour un seul homme. Permettre à une personne de l'approcher était dangereux. Les affaires de cœur rendent un homme terriblement vulnérable et faible. Une faiblesse que les guérilleros avaient exploitée en toute impunité, lui laissant croire que sa femme et son enfant étaient morts.

Dorénavant, il laisserait Sergio s'occuper de Krystiana.

Il ne doutait pas qu'elle comprendrait. Ne l'avait-elle pas repoussé dans les décombres de sa maison ?

C'était la meilleure solution pour tous les deux.

Alors pourquoi se sentait-il aussi mal ?

Sa journée de travail terminée, Krystiana reprit le chemin du palais, espérant regagner sa chambre sans croiser la route de Mattéo. Dans le cas contraire, elle lui expliquerait poliment qu'elle était fatiguée et qu'elle rêvait de se mettre au lit. Ainsi tout le monde resterait à sa place.

Mattéo était un homme chaleureux, pourvu de magnifiques yeux bleus qui invitaient aux confidences. Un homme auquel elle pourrait facilement s'attacher, mais qui n'avait pas sa place dans sa vie. Ils ne suivaient pas le même chemin. Il était le prince héritier du royaume et elle, un médecin — deux statuts incompatibles.

Arrivée dans sa chambre sans l'avoir vu, Krystiana se laissa tomber sur le lit. Elle sortit la photo de sa mère de son sac, l'épousseta et la posa sur la table de chevet, la contemplant pendant un long moment.

Si seulement elle pouvait la voir maintenant. Dans ce palais italien. Bien loin de leur petit logement de Cracovie.

Que dirait sa mère ?

« Est-il beau ? Est-il célibataire ? »

Elle sourit en imaginant sa voix.

— *Tęsknię za Tobą*, murmura-t-elle. Tu me manques.

Un coup à la porte la tira de ses pensées. Elle s'empressa d'essuyer ses yeux.

— Bonsoir, docteur Szénac, dit Sergio sur le pas de la porte. Sa Majesté le roi Alberto vous invite à le rejoindre pour dîner avec sa famille.

— Oh !

Le majordome dut lire sa contrariété sur son visage, car il poursuivit :

— Si vous me permettez, je ne crois pas qu'il serait sage de refuser l'invitation du roi, docteur Szénac. Ce matin même, il a approuvé le financement de la rénovation de votre maison et il souhaiterait vous rencontrer. J'ai peur qu'il ne prenne assez mal votre refus.

Évidemment.

Ce n'était pas seulement Mattéo qui payait pour les réparations. L'argent venait des caisses de la famille royale. Habiter dans leur maison, prendre leur argent et refuser une simple invitation à dîner serait d'une grossièreté impardonnable.

— Bien sûr. S'il vous plaît, dites au roi que je serai ravie de me joindre à eux pour le dîner. À quelle heure dois-je être prête ?

— À 19 heures.

— Parfait. Merci.

— Le code vestimentaire requiert une tenue décontractée, mais élégante.

Le code vestimentaire ne l'inquiétait pas, contrairement au fait de passer la soirée assise en face de Mattéo.

Mattéo ne dînait pas souvent avec son père, l'un comme l'autre étant tenus par de nombreuses obligations et différents agendas. Mais le roi venait juste de rentrer d'un petit voyage en Afrique et souhaitait rattraper le temps perdu, avant son prochain déplacement en Europe.

— J'ai été désolé d'apprendre les problèmes de santé de Mme Bonetti, dit son père. Mais d'après ce que l'on m'a dit, elle a surmonté cette épreuve.

— En effet. Mon conseiller m'a informé qu'elle avait quitté l'unité de soins intensifs.

— C'est une bonne nouvelle. Il faut que j'envoie à sa famille un petit témoignage de mon affection. Rappelle-moi d'en parler à ma secrétaire.

À cet instant, les portes de la salle à manger s'ouvrirent.

— Ah ! lança le roi en se levant. J'imagine que vous devez être notre nouvelle invitée, le Dr Szénac ! Soyez la bienvenue au palais ! Je suis ravi de faire votre connaissance, malgré les circonstances. Qu'en est-il de votre maison ?

Mattéo observa son père qui accueillait Krystiana, l'embrassant sur les deux joues avec gaieté. Malgré la fatigue, les yeux de Krystiana pétillaient.

— Votre Majesté, dit-elle avec une petite révérence. Je vous remercie de votre accueil. Les travaux ont commencé, de sorte que je ne vous imposerai pas ma présence trop longtemps.

— Sottises ! Notre maison est votre maison. Je vous en prie, asseyez-vous.

Sergio lui avança une chaise, face à Mattéo qui lui sourit.

— Comment s'est déroulée votre journée de travail ? s'enquit-il.

— Intéressante, comme toujours. On ne sait jamais quel genre de problème va passer la porte.

— Ce qui vous oblige à rester vigilante, remarqua le roi.

Krystiana hocha la tête.

Sergio remplit son verre d'eau et posa une serviette sur ses genoux.

— Que désirez-vous boire, docteur Szénac ?

— Rien pour l'instant, merci Sergio.

— Je vais faire les présentations, déclara le roi. À votre droite se trouve ma sœur Béatrice et en face d'elle son mari Edoardo, venus de Florence pour une petite visite.

— Enchantée, dit Krystiana avec un sourire.

Mattéo devina sa nervosité à se retrouver ainsi au milieu des têtes couronnées, un roi, un prince, un duc et une duchesse. Ses joues s'étaient empourprées, et il détestait la voir aussi mal à l'aise.

Sachant combien sa journée avait mal commencé, il décida de voler à son secours.

— Comment Bruno s'accommode-t-il du changement de domicile ? demanda-t-il.

Elle lui adressa un regard reconnaissant.

— Très bien. Apparemment, il se considère tout à fait digne d'une vie de château. Je crois qu'il apprécie beaucoup d'avoir des serviteurs.

— Et toi, Mattéo ? Comment se passe ton retour à la vie de château ? interrogea sa tante Béatrice. J'imagine que tu dois te sentir soulagé de retrouver une vie normale.

— En effet, rétorqua-t-il, même si j'escomptais que mon retour serait… différent.

— Que veux-tu dire ?

Béatrice avait l'air extrêmement intéressé, ce qui n'avait rien de surprenant. Leur dernière rencontre datait d'avant son kidnapping, et il n'avait pas eu l'occasion de vraiment discuter avec la branche paternelle de ce qui lui était arrivé.

— Quand on est retenu captif, ce qui vous soutient, c'est la perspective du retour à la maison. De retrouver sa vie.

— Mais…

— Mais rien n'est plus pareil. Les autres ont poursuivi leur chemin, alors que vous êtes resté sur place. Une épreuve difficile à digérer.

— Ton père m'a dit que tu avais suivi une espèce de thérapie ? dit-elle comme s'il s'agissait d'une grossièreté.

— En effet. Je continue d'ailleurs, ajouta-t-il en souriant à Krystiana.

Elle savait de quoi il parlait.

— Vraiment ?

— Cela me fait du bien.

Béatrice leva un sourcil parfaitement épilé, mais n'insista pas.

— Je souffre encore de quelques séquelles.

— Lesquelles ? s'enquit Edoardo alors qu'un serviteur déposait devant eux des bols de soupe.

— Des cauchemars. La claustrophobie. La peur du noir.

Au regard de Krystiana, il devina qu'elle connaissait les mêmes tourments. Soudain, il eut envie de se trouver en tête à tête avec elle pour lui demander comment elle supportait tout cela. Si elle avait réussi à surmonter ses peurs ou si elles continuaient à la hanter.

— Sans parler de toute cette histoire avec Mara, reprit Béatrice d'un ton acerbe. J'ai toujours dit qu'elle n'était pas faite pour toi.

— C'est ma meilleure amie, tante Béa.

— Dans ce cas, elle aurait dû t'attendre.

— Elle s'est retrouvée seule et effrayée.

Il s'efforçait de prendre la défense de son ex-épouse malgré ses sentiments ambivalents. Il savait ce qu'elle avait traversé.

Ils en avaient beaucoup parlé et, en ce qui le concernait, elle avait fait ce que tout le monde aurait fait à sa place. Néanmoins, l'humiliation qu'il avait ressentie en rentrant chez lui et en découvrant qu'elle l'avait quitté pour un autre homme avait été difficile à surmonter.

Sa tante émit un petit bruit méprisant en tapotant ses lèvres avec sa serviette.

— Toi aussi, j'imagine.

— Elle ignorait si j'étais vivant ou mort. Elle devait élever un enfant toute seule, accablée de chagrin. Elle avait besoin de réconfort.

— Alors elle s'est tournée vers Philippe ? Un ancien petit ami ?

— Il était là pour elle et pas moi. Voyons, tante Béa. Tu connais Mara. Sans compter qu'il s'agissait entre nous d'un mariage arrangé.

— Elle venait juste d'accoucher de ton enfant !

De toute évidence, l'attitude de Mara était inconcevable aux yeux de Béatrice.

— Ça suffit, Béa, intervint le roi. Veuillez nous excuser, docteur Szénac. Nous sommes une famille passionnée et, lorsque nous nous retrouvons ensemble, l'ambiance peut devenir… animée.

— Je vous en prie, ne vous excusez pas. Je suis certaine que c'est la même chose dans toutes les familles.

— Je vous remercie de votre compréhension. Votre famille se comporte-t-elle aussi de cette façon ?

Mattéo la vit porter une cuillerée de soupe à sa bouche, la main tremblante, et comprit qu'elle aurait du mal à répondre. Sa mère était décédée et son père en prison.

— Je n'ai plus que ma tante Carolina et, bien que nous nous aimions beaucoup, nous avons également nos désaccords.

— Donc, nous sommes des gens normaux, déclara le roi en riant.

— Oui, tout à fait normaux, approuva Krystiana, riant également.

— Vous êtes médecin, n'est-ce pas ? demanda Edoardo.

— Oui. J'exerce à Ventura dans un cabinet que je partage avec le Dr Bonetti, le médecin attitré du roi.

— Ah, oui. Quelqu'un me l'avait dit. Êtes-vous mariée, docteur ? Fiancée ?

— Non, répondit-elle en rougissant.

— Pourquoi pas ? s'enquit Béatrice.

Krystiana s'agita, visiblement mal à l'aise.

— Le mariage n'est pas une fin en soi, tante Béa, intervint Mattéo. Des tas de gens sont célibataires et heureux de l'être.

— Comment avez-vous rencontré Mara ? demanda Krystiana.

— Nous sommes cousins éloignés et nous nous connaissons depuis l'enfance.

— Vous avez grandi ensemble ?

Il hocha la tête.

— Son père est comte. Nous étions les meilleurs amis du monde. Nous sommes allés à l'école ensemble. J'aimais bien sa compagnie et, finalement, il m'a semblé naturel de l'épouser. Et puis, cette union renforçait les liens entre nos deux familles.

— Votre mariage était-il heureux ?

— Il y avait des hauts et des bas comme dans tous les couples, mais nous tenions tous les deux à notre amitié, qui a d'ailleurs survécu aux épreuves que nous avons traversées.

Il jeta un coup d'œil à sa tante, qui de toute évidence n'approuvait pas.

— Et ensuite, vous avez eu un enfant, fit Béatrice, levant les sourcils comme si elle doutait du bien-fondé de cette décision.

— Je suis impatient de vous présenter Alexandra, ajouta Mattéo à l'attention de Krystiana. C'est une enfant magnifique.

— Je serais heureuse de faire sa connaissance.

Son visage s'illumina, et il en oublia presque qu'ils n'étaient pas seuls. Quand il en prit conscience, il constata que tous l'observaient d'un drôle d'air. Gêné, il but une gorgée de vin.

Il se rappelait le visage rayonnant de Mara quand elle avait appris sa grossesse. Lui-même avait été excité à l'idée de devenir père, même s'il avait conscience que son épouse n'était pas l'âme sœur dont il rêvait. Elle voulait être une bonne mère, s'occuper seule de ses enfants sans l'aide de nurses royales. Tous deux avaient de grands rêves pour leur progéniture, et il avait été déçu que cela n'ait pas marché.

Mais il se réjouissait que Mara ait trouvé le bonheur avec Philippe. Malgré le kidnapping, elle était parvenue à continuer sa vie et à trouver l'amour. Un véritable amour. Romantique à souhait. Dont il avait lui aussi rêvé, un jour, mais dont il ne voulait plus aujourd'hui.

En fait, il enviait Mara et savait qu'il ne connaîtrait jamais ce genre de relation. Le départ de Mara l'avait blessé, tout comme accepter qu'un autre homme élève son enfant. Il ne voulait plus jamais connaître une telle douleur.

Il avait déjà connu trop de souffrances dans sa vie.

À la fin du repas, Krystiana demanda à être excusée. Une longue journée l'attendait le lendemain. Mattéo proposa de la raccompagner jusqu'à son appartement.

Tandis qu'ils marchaient, Mattéo commença à lui raconter son enlèvement.

— … et soudain, ils sont sortis de nulle part.

— Vos ravisseurs ?

Ses yeux bleus s'étaient assombris.

— Oui. Brusquement, ils étaient là, sur le bord de la route, armés de mitraillettes, des masques sur le visage. J'ai dû arrêter la voiture. Mara se trouvait à l'arrière, en proie à des contractions. Ils se sont approchés, pointant leurs armes sur mes hommes et m'ont tiré de force du véhicule, attachant mes mains avec des cordes et glissant un sac noir sur ma tête.

— Vous deviez être terrifié !

— Oui. J'ai eu peur qu'ils s'en prennent à Mara, qu'elle perde le bébé. Je me souviens de m'être débattu, essayant de détourner leur attention de ma femme et de mon enfant à naître.

— Mais ils ont laissé Mara ?

— En effet. C'est à moi qu'ils en voulaient. J'ai reçu un coup derrière la tête — probablement un coup de crosse —

et j'ai dû perdre connaissance pendant qu'ils me traînaient jusqu'à leur voiture.

Elle secoua la tête, impressionnée.

— Je ne sais pas comment j'aurais réagi dans de telles circonstances…

— Nous avons roulé longtemps. J'essayais de me repérer, de guetter des bruits significatifs dehors — comme des trains, la circulation, la mer… N'importe quoi !

— Et ça a marché ?

— Non. Nous nous sommes enfoncés dans la campagne, et ils m'ont ensuite descendu dans un endroit sombre et froid.

— Une cave.

— Oui. Ils m'ont enchaîné comme un animal à un poteau métallique et laissé moisir dans ce sous-sol pendant deux ans.

Krystiana déglutit alors qu'ils arrivaient devant la porte de son appartement. Elle ne pouvait que trop bien imaginer ce qu'il avait dû ressentir. La panique, la perte de contrôle, le sentiment d'impuissance. Se retrouver à la merci d'un sombre individu.

— Deux ans… Et moi qui trouvais que six semaines représentaient déjà une éternité.

— Vous étiez une enfant.

— Je sais, mais…

Il baissa la tête.

— Cela vous fait prendre conscience de la résilience de l'esprit humain, n'est-ce pas ?

Elle hocha la tête, se mordant ses lèvres. Son histoire lui rappelait tellement la sienne. C'était la première fois qu'elle rencontrait une personne susceptible de la comprendre. Le besoin de partager avec lui la brûlait.

Ce qui était exactement la raison pour laquelle elle devait maintenir une certaine distance entre eux.

— Bien. Une longue journée m'attend, demain. Je dois me lever tôt.

— Bien sûr. Vous dormez bien ?

— Avec une lumière allumée, avoua-t-elle. Et vous ?

Il lui adressa un sourire triste.

— Même chose.

Krystiana hocha la tête. Elle aurait dû s'en douter. Elle en avait toujours ressenti une certaine honte et n'aurait jamais cru pouvoir l'avouer à qui que ce soit. De toute façon, elle n'aurait jamais permis à qui que ce soit de s'approcher assez près pour cela. Mais lui comprenait.

— Bonne nuit, Mattéo. Faites de beaux rêves.

— Vous aussi, Krystiana.

Elle se réveilla tôt, dérangée par un songe dans lequel, prisonnière du bunker, elle appelait à l'aide. Soudain, la porte qui fermait sa prison s'ouvrait. Elle protégeait ses yeux de la lumière, et une personne s'agenouillait pour lui tendre la main. Elle la saisissait et, en sortant du trou, se retrouvait dans les bras de Mattéo, blottie contre sa poitrine.

Elle s'était réveillée en sursaut, le cœur battant la chamade.

Ayant besoin d'air, elle sortit contempler le lever du soleil et se promena un moment dans les jardins. Elle ferma les yeux, humant l'odeur des fleurs et de la terre. Elle croyait être seule, tout le monde endormi à l'exception des serviteurs, vacants à leurs occupations dans l'ombre, quand elle sentit brusquement une présence à côté d'elle. Mattéo.

— Bonjour, dit-elle.

— Bonjour. Vous ne pouviez pas dormir ?

— Je n'ai jamais aimé rester cloîtrée à l'intérieur.

— Moi, non plus. Venez. Je voudrais vous montrer quelque chose.

Il l'entraîna le long d'une allée. Les couleurs et la végétation se mélangeaient — vert olive et émeraude, fougères, tilleuls, pins et sauge éclairés ici et là de quelques touches de fuchsia, d'or, de blanc et de rose. Une personne talentueuse avait dessiné ce jardin.

— Quel endroit magnifique, dit-elle émerveillée. Ces jardins sont-ils ouverts au public ?

— Non. C'est mon projet personnel.

— C'est vous qui l'avez conçu ! s'exclama-t-elle, ébahie.

— Conçu, créé et j'ai aussi planté chacune de ses graines.

— Mais cela représente des années de travail !

— J'ai commencé jeune. J'ai toujours eu… Comment dit-on ? La main verte !

Elle éclata de rire.

— Waouh. Je n'imaginais pas. Cela a dû terriblement vous manquer pendant votre absence.

— Je savais qu'il se trouvait entre de bonnes mains. Et penser à ce jardin m'a beaucoup aidé pendant ma captivité.

— La mémoire ?

— Je m'imaginais marchant le long des allées, humant les fleurs. Je me remémorais sa conception. Mentalement, je me suis souvent perdu ici. Mais, en me perdant, je me retrouvais. Comprenez-vous ce que je veux dire ?

— Oui. Cela vous ancrait.

— *Si.*

Il l'entraîna vers un petit escalier qui s'incurvait, bordé d'arbrisseaux parsemés de petites fleurs bleues et blanches, et qui les amena jusqu'à un espace pavé de pierres colorées — une mosaïque dépeignant un chevalier luttant contre un dragon vert géant — avec un cadran solaire au milieu.

— Vous avez également conçu ceci ?

— Cela vient d'un livre que j'ai lu, enfant — *Saint Georges et le dragon.* Cette histoire m'avait fasciné. Cette mosaïque est un cadeau de ma mère pour mon dixième anniversaire.

— Une grande mosaïque ? Ma mère m'offrait généralement des chaussettes pour mon anniversaire.

— Les chaussettes sont utiles, dit-il avec un sourire. Faisait-il froid en Pologne ?

— Seulement en hiver.

— Votre anniversaire tombe-t-il en hiver ?

— Non, en juillet, avoua-t-elle en riant.

Elle s'approcha du cadran solaire, composé d'une pierre couleur ardoise, marbrée de blanc. Le cadran était ravissant avec une main qui traçait une ombre.

— Il donne l'heure exacte, constata-t-elle en jetant un coup d'œil à sa montre.

— Bien entendu.

Regardant autour d'elle, elle constata que le château disparaissait derrière les arbres.

— On pourrait presque oublier la présence du palais. Si j'habitais ici de façon permanente, je souhaiterais avoir ce jardin sous les yeux toute l'année, même en hiver. J'aimerais capturer cette beauté.

— Vous pouvez la photographier.

— Vous savez quoi ? Je peux même faire mieux.

— Vraiment ? demanda-t-il en fronçant les sourcils.

— Ne bougez pas !

— Vous voulez que je peigne ? s'exclama Mattéo.

Il pouvait planter des fleurs, dessiner un jardin et, éventuellement, diriger un royaume, mais peindre ? De ses mains ? Il n'était plus un enfant…

Pourtant quelque chose dans le sourire de Krystiana, lui donna envie d'essayer. Difficile de résister à sa force de persuasion !

À l'idée de le mettre devant une toile, son visage rayonnait. Elle avait envoyé un serviteur chercher son équipement de peinture dans sa chambre — des chevalets, palettes et tubes de couleur acrylique et pastel de toutes les couleurs de l'arc-en-ciel.

— Rappelez-moi pourquoi nous n'utilisons pas de pinceaux ?

— Parce que c'est plus amusant ainsi. Vous touchez la toile pour créer, vous faites un avec votre dessin. Je veux que vous peigniez le jardin. Pas seulement ce que vous voyez, mais aussi ce que vous ressentez en le contemplant. Utilisez la couleur pour nourrir vos émotions pendant le travail.

— Comment faire ?

— Ne réfléchissez pas. Laissez votre instinct guider votre main. C'est ce que je fais.

Il considéra un moment la toile vierge devant lui.

— Je me sens ridicule.

— Oubliez ma présence.

— Vous allez me regarder ?

— Non. Je dois aller travailler. Mais je serai impatiente de voir votre toile à mon retour.

Il lui jeta un coup d'œil dubitatif, puis ferma les paupières un instant, appréciant la douce brise sur son visage, la chaleur du soleil sur sa peau, et chercha à définir ses émotions.

Avant même qu'il s'en rende compte, l'action combinée de la brise et du soleil avait réveillé ses sens. Et il se mit au travail.

Krystiana le regarda un moment, fascinée par le petit sourire qui se dessinait lentement sur son beau visage, avant de s'esquiver discrètement.

4.

La princesse Alexandra Romano était une fillette délicate, mignonne comme un cœur qui avait hérité de son père ses traits et ses yeux bleus, bordés de cils noirs.

— Alex, je te présente Krystiana, dit son père.

— Bonjour, Alex. Mattéo, il était inutile de sortir pour m'accueillir. Je suis certaine que vous avez beaucoup mieux à faire.

— Nous nous promenions quand la voiture s'est arrêtée et j'ai eu envie de vous présenter ma fille.

Derrière elle, Bruno sauta de la voiture à la grande surprise d'Alex qui poussa un cri de joie.

— Toutou !

Mattéo la posa par terre pour qu'elle puisse caresser le chien qui, ravi, se mit aussitôt sur le dos, langue pendante.

— Je ne peux pas gagner contre un chien !

— Aucun de nous ne le peut, dit Krystiana avec un sourire.

Elle se pencha sur le siège arrière pour attraper son sac.

— Comment s'est passée la journée ?

— Très bien. Et la vôtre ?

— Bien. Au fait, j'ai fini ma toile. Ce n'est pas un Picasso, mais… c'est fini.

— J'espère que vous voudrez bien me la montrer, tout à l'heure ?

— Avec plaisir. Alex ? Viens, ma chérie. Nous devons partir.

— Mais je veux jouer avec le chien !

— Je suis sûre que Bruno serait très heureux de vous accompagner dans le jardin.

— Merci. Vous pourrez peut-être nous rejoindre plus tard pour récupérer Bruno avant que ma fille chérie ne l'épuise complètement.

— Entendu. Mais je dois d'abord travailler un peu.

— Dans ce cas, à tout à l'heure.

Elle s'éloigna aussitôt. Ils avaient déjà passé bien trop de temps ensemble et l'attraction qu'il exerçait sur elle l'inquiétait. Elle brûlait d'aimer et d'être aimée, mais une crainte viscérale l'en empêchait. L'amour transforme les gens de façon inattendue, et rien ne permet de deviner la tournure que prendra une relation.

Son père l'avait tellement aimée qu'il avait cherché à la garder en l'enfermant sous terre. Mais pour autant, depuis son incarcération, avait-il seulement essayé de la contacter ? Jamais. Bel exemple d'affection !

Krystiana ne voulait ni d'un amour au rabais ni d'un amour si excessif qu'on veuille la cloîtrer. Elle se contenterait de l'affection de sa tante et de son chien.

Mattéo observait sa fille occupée à construire un château dans le bac à sable. Le visage radieux, elle disposait des dinosaures en bois autour pour le protéger tout en faisait elle-même la bande-son. « Grr… », lançait-elle en déplaçant les animaux devant le château.

Le cœur de Mattéo débordait d'affection pour elle. Alex était tellement parfaite, malgré les imperfections de ses parents. Son cœur lui appartenait. Il n'y aurait jamais de place pour quelqu'un d'autre. Elle était la personne la plus honnête de sa connaissance. Un livre ouvert. Aucune inquiétude à avoir. Elle ne lui briserait pas le cœur. En tout cas, il l'espérait.

Il s'agenouilla pour se rapprocher d'elle.

— Tu construis un château ou un palais ? demanda-t-il.

— Un palais.

Mattéo ne pouvait détacher ses yeux de sa fille. Il en était si fier. Elle avait grandi en son absence pour devenir une petite fille forte. Il regrettait tellement d'avoir manqué cela, même s'il savait que Mara n'avait pas permis à leur fille de l'oublier. D'ailleurs, Alberto, son père, n'aurait pas manqué d'intervenir si Mara avait cherché à éloigner la future héritière du trône. Mattéo regrettait que sa propre mère — victime d'une rupture d'anévrisme — n'ait pas vécu assez longtemps pour voir sa petite-fille grandir.

— Elle vous ressemble quand elle se concentre.

Il sursauta et se leva d'un bond en découvrant Krystiana avec Bruno en laisse.

— Krystiana ? Je croyais que vous travailliez ?

— J'avais envie de prendre l'air. Après être restée enfermée pendant quelques heures, je ressens toujours le besoin de sortir. C'est si beau ici.

— En effet. Si je pouvais passer ma vie dans ce jardin, je serais un homme comblé.

S'agenouillant de nouveau, il érigea son propre château, puis installa autour les dinosaures qu'il fit tomber dans les douves, poussant un râle pendant la chute.

Alex gloussa, et il échangea un sourire avec Krystiana. Une drôle de sensation l'envahit, les battements de son cœur s'accélérèrent.

Il était tard, mais Mattéo avait besoin d'elle. Tout de suite.

— Krystiana ! Réveillez-vous, cria-t-il en tapant à sa porte.

Des bruits assourdis, puis sa voix.

— J'arrive… Une seconde !

Il attendit, conscient du temps qui passait. Quand elle ouvrit finalement la porte, il s'efforça d'ignorer sa charmante tête ébouriffée et ses yeux bleus endormis. Sans parler de sa courte robe de chambre blanche, nouée à la taille, qui découvrait ses jambes parfaites.

— Un bateau qui transportait des réfugiés syriens a coulé au large des côtes, annonça-t-il. Il y avait des familles et des enfants à bord. Une opération de secours est en cours sur la plage, et comme vous êtes un des rares médecins de l'île…

Il n'eut pas besoin d'en dire plus. Toute fatigue disparut du visage de Krystiana, remplacée par une farouche détermination.

— Donnez-moi deux minutes !

Traversant sa chambre en quelques pas, elle se débarrassa de sa robe de chambre et attrapa son jean, un T-shirt et une veste qu'elle enfila par-dessus sa chemise de nuit. En bas de son placard, elle récupéra un sac et fut prête à partir.

— Que savez-vous exactement ? demanda-t-elle en courant à côté de lui dans le couloir.

La voiture royale fonça vers la plage où un camp improvisé avait été dressé pour accueillir les réfugiés dès leur arrivée.

Au-dessus d'eux, des lampes éclairaient le rivage, révélant l'énorme opération en cours. Sur le côté, se trouvait une tente avec un drapeau orné d'une croix rouge, vers laquelle Krystiana se précipita.

Mattéo sauta de la voiture et rejoignit le petit bateau motorisé qui l'attendait pour l'emmener au large, sur les lieux du naufrage, afin de superviser les opérations. Tout le monde savait pouvoir compter sur la famille royale en tant de crise. Les citoyens ne l'en aimaient que davantage.

Des années auparavant, un tremblement de terre avait ébranlé l'Italie. Les secousses et répliques successives avaient touché Isla Tamoura, mettant à mal les constructions qui s'étaient effondrées sur leurs habitants. Alberto et son fils n'avaient pas ménagé leur peine pour prêter main-forte aux secours.

Krystiana constata que Mattéo savait ce qu'il faisait et qu'il était entre de bonnes mains. Pour l'instant, des patients trempés, frigorifiés et en danger d'hypothermie l'attendaient.

Quand elle pénétra dans la tente, elle fut heureuse de découvrir le Dr Bonetti occupé à examiner un homme dépenaillé. Après l'avoir salué d'un signe de tête, elle se mit au travail.

Une femme grelottante serrait autour d'elle une couverture, les yeux écarquillés et terrifiés.

— Je suis médecin, dit-elle en s'approchant avec un sourire rassurant. Je m'appelle Krystiana. Et vous ?

— R… Roshan.

— Roshan ? Je vais vous ausculter, d'accord ?

Elle tapota sa propre poitrine, et la femme hocha la tête.

Son cœur battait un peu vite, ce qui était compréhensible. Krystiana s'efforça de la rassurer en expliquant au fur et à mesure ce qu'elle faisait. Elle vérifia ainsi sa tension, son pouls, sa saturation en oxygène. Elle allait plus lentement qu'elle n'aurait voulu, ne tenant pas à effrayer cette femme plus qu'elle ne l'était déjà.

Finalement, plus de peur que de mal. Outre le stress, Roshan ne souffrait que de déshydratation et de faim.

Roshan éclata soudain en sanglots, prononçant des paroles en arabe, incompréhensibles pour Krystiana. Elle semblait supplier, mais ses paroles ne constituaient qu'une cacophonie de sons.

Krystiana comprenait sa terreur, si loin de son pays qu'elle avait dû fuir pour quelque raison que ce soit. Sa vie était-elle en danger ? Qu'avait-elle donné au capitaine du navire en échange de son passage ? Lui avait-elle offert tout ce qu'elle possédait ? Tout son argent ?

Elle donna une autre couverture à Roshan et s'apprêtait à s'occuper d'un autre patient quand Mattéo pénétra dans la tente, un enfant dans les bras.

Roshan cria et se précipita, rejetant ses couvertures.

— *Qamar !* hurla-t-elle.

Krystiana indiqua un lit de camp vide.

— Par ici.

Mattéo déposa délicatement l'enfant sur le matelas.

— Il n'a pas repris connaissance depuis que nous l'avons repêché, mais il respire. Il a une bosse derrière la tête.

— S'il vous plaît, demandez au Dr Bonetti où se trouve le réchauffeur de fluides intraveineux et apportez-moi d'autres couvertures.

Mattéo courut chercher le matériel pendant qu'elle examinait Qamar.

Bien que l'enfant fût inconscient, sa respiration était régulière. La bosse derrière sa tête indiquait un choc brutal, mais elle ne détecta pas de fracture ni de coupure qui aurait nécessité des points.

Avec l'aide de Roshan, elle lui ôta ses vêtements mouillés,

puis l'enveloppa dans les couvertures que Mattéo avait apportées.

— J'ai le matériel, déclara-t-il.

— Je vais introduire la canule.

— Puis-je vous aider ?

— Veillez sur Roshan pour moi. Je crois que c'est sa mère.

Après avoir installé la transfusion, elle s'assura que l'enfant ne souffrait pas d'autres blessures. Il n'avait que la peau sur les os, et elle ignorait sa capacité de résistance. Elle serait plus rassurée si elle pouvait l'envoyer dans un grand hôpital où un scanner permettrait de s'assurer qu'il ne cachait pas une hémorragie interne.

Mattéo cherchait à communiquer avec Roshan, indifférent au fait que ses propres vêtements étaient trempés. Krystiana eut une bouffée de gratitude envers lui pour s'être ainsi impliqué. Il était parvenu à réconforter Roshan, assise maintenant près de son fils, qui serrait son chapelet dans sa main et tamponnait ses yeux avec un mouchoir en papier.

— *Shukrann ! Shukraan !* leur dit-elle à tous les deux.

À cet instant, le Dr Bonnetti approcha.

— Reste-t-il d'autres blessés ? lui demanda Krystiana.

— Par prudence les bateaux vont rester là-bas pendant quelque temps encore mais, apparemment, nous les avons tous retrouvés.

— Combien y avait-il de personnes à bord ?

— Une douzaine.

Douze personnes à l'eau.

— Dans quel état sont les autres patients ? interrogea Mattéo.

— Ils souffrent d'hypothermie. Deux ou trois sont sous-alimentés mais pourront facilement se remettre d'ici quelques semaines. L'un d'eux avait une épaule disloquée que j'ai remise. Nous déplorons néanmoins une perte.

— Qui ? interrogea Krystiana.

— Un vieil homme. Son cœur n'a pas résisté à la température glaciale de l'eau.

Cette nouvelle l'attrista vraiment. Après tout ce que ces gens avaient enduré pour tenter de trouver la liberté, prêts à tous les sacrifices pour y parvenir, comme le voyage sur ce rafiot, serrés les uns contre les autres, sans eau, ni nourriture en quantité suffisante pour tous.

Roshan avait-elle donné sa ration d'eau fraîche pour que son fils survive au voyage ? C'était ce que faisaient les parents, n'est-ce pas ? Ils les aimaient tant qu'ils n'hésitaient pas à donner leur vie pour eux. Elle aimait à penser qu'elle en ferait autant.

— Que vont-ils devenir ?

— Nous allons les garder cette nuit. Nous assurer que tout le monde va bien. Puis ils seront conduits dans un hôpital…

— Il faudra qu'ils remontent sur un autre bateau pour cela, coupa Mattéo, les sourcils froncés.

— Une navette. Nous l'avons déjà utilisée — ils seront en sécurité.

— Une navette ? J'ai un bateau, certainement plus grand et plus confortable. Plus rapide aussi. J'imagine qu'ils ne tiennent pas à passer encore trop de temps sur l'eau.

— C'est très généreux de votre part, fit remarquer Krystiana.

— C'est le moins que je puisse faire. J'ai honte de ne pouvoir faire plus.

Elle croisa son regard, et son cœur battit plus vite. Ces yeux bleus, hypnotiques… Ces cils noirs et épais… Ses lèvres douces et pleines…

Se détournant brusquement, elle s'éclaircit la gorge.

— Bon. J'ai encore du travail.

— Bien sûr, dit précipitamment Mattéo. Quant à moi, je dois m'occuper de faire venir mon bateau.

Elle hocha la tête, le rouge aux joues, la bouche sèche.

Que lui arrivait-il ?

5.

Krystiana ne dormit pas beaucoup cette nuit-là. Les pensées se bousculaient dans sa tête.

Mattéo lui plaisait.

Aucun doute. Elle connaissait les premiers symptômes, et il ne s'agissait pas là d'une simple étincelle mais d'un véritable brasier, non maîtrisé.

À l'université, elle avait rencontré Adamo. Il suivait les mêmes cours qu'elle et se montrait charmant. Ils étaient sortis plusieurs fois en amoureux — un dîner, une virée en boîte de nuit — et, chaque fois, il était parvenu à la faire rire.

Elle en était venue à croire que c'était le bon. Alors, follement amoureuse et déterminée à prendre l'initiative, elle lui avait demandé de l'épouser.

Et là, le monde s'était écroulé parce qu'il avait refusé. Il ne pouvait pas l'épouser pour la bonne raison qu'il était déjà marié ! Pour lui, Krystiana n'avait été qu'une brève aventure sans lendemain.

Elle s'était sentie stupide et honteuse de s'être laissé ainsi aveugler, persuadée d'avoir trouvé le bonheur qu'elle pensait mériter.

Pendant des semaines, elle avait été incapable de dormir ou de penser normalement. Elle avait eu l'impression de faire un bond dans le passé, quand plus rien n'avait de sens, et elle avait détesté cela.

Après l'expérience traumatisante vécue avec son père et l'humiliation infligée par Adamo, elle s'était juré de ne plus jamais perdre ses moyens. De ne plus jamais permettre à quiconque de s'approprier son cœur. Elle avait été suffisamment blessée.

Pourtant avec Mattéo… les sentiments naissaient, bien malgré elle.

Devait-elle partir sur-le-champ ? Louer une petite chambre ? Échapper ainsi à leur troublante proximité ?

L'idée lui trottait toujours dans la tête après le petit déjeuner, quand on frappa à la porte de sa chambre. Priant pour que ce ne soit pas Mattéo, elle ouvrit. La princesse Alex se tenait là, accompagnée d'une jeune femme qui devait être sa nounou.

Krystiana sourit à la fillette et s'accroupit pour lui parler.

— Bonjour Alex ! Que fais-tu là ?

— Je vais monter à cheval.

— Du cheval ? Mais c'est formidable. Je n'en ai jamais fait. Tu en as de la chance !

« Un jour, ma Krystiana chérie, je t'offrirai un poney. »

Elle chassa la voix de son père de son esprit.

— Tu pourrais venir ? demanda la fillette.

Pourquoi pas. Dieu sait qu'elle avait besoin de se changer les idées. Le week-end était arrivé, et ce serait peut-être la dernière chose qu'elle ferait avant de boucler ses valises.

— Avec plaisir. Partez devant, je me change et vous rejoins très vite.

Une fois Alex et la femme reparties, Krystiana fouilla dans sa garde-robe à la recherche d'une tenue adéquate. Elle espérait qu'on lui donnerait un cheval docile et non un canasson qui n'en ferait qu'à sa tête.

Krystiana caressait la crinière de la magnifique jument grise qu'on lui avait attribuée, quand une voix la fit sursauter.

— Elle s'appelle Matilde.

Elle n'avait pas imaginé qu'il les accompagnerait.

— Mattéo…

— C'est une bonne jument qui prendra soin de vous, déclara-t-il en flattant l'encolure du cheval.

— Parfait. C'est la première fois que je monte.

— Vraiment ? s'exclama-t-il, surpris. Dans ce cas, je

suis ravi que vous ayez accepté de nous accompagner. Tout le monde devrait monter à cheval au moins une fois dans sa vie. La passion du cheval peut vous consumer.

Les chevaux n'étaient pas les seuls à susciter la passion. Sa nuit blanche en témoignait.

— Eh bien, je pouvais difficilement dire non à une princesse et laisser passer une telle occasion, n'est-ce pas ?

Mattéo éclata de rire.

— Personne ne peut rien lui refuser. Sitôt qu'elle sourit, c'est fichu.

Elle connaissait ce sentiment.

— Et l'étalon noir ? C'est le vôtre ?

— Galiléo ? *Si*. Un animal très fier. Nerveuse ? demanda-t-il en lisant l'inquiétude sur son visage.

— Un peu, je l'avoue.

— Vous me faites confiance ?

Que répondre à cela ?

— Bien sûr.

— Dans ce cas, ne vous inquiétez pas. Je tiendrai Matilde par la longe, et Sofia guidera le poney d'Alex. Nous nous contenterons d'une balade tranquille à travers le verger. Pas de galop. Alex, *mia cara*, laisse-moi t'aider à te mettre en selle.

Il hissa sa fille sur le dos du cheval, s'assurant qu'elle était bien assise.

— Ta bombe est attachée ?

— *Si*, papa.

Krystiana était perplexe.

— Je vais peut-être avoir besoin d'aide pour monter sur cette bête. Comment faites-vous pour ne pas retomber de l'autre côté ?

Mattéo sourit. Tenant les rênes de Matilde, il lui montra comment glisser son pied dans l'étrier et se hisser sur la selle.

Elle s'exécuta rapidement, de peur qu'il ne pose ses mains sur elle. Son cœur n'y résisterait pas.

— Tout le monde est prêt ? lança Mattéo, une fois en selle.

Avec un petit claquement de langue, il donna un coup d'étrier sur les flancs de son étalon qui se mit docilement en marche, suivi des trois autres.

Le soleil brillait, réchauffant les bras nus de Krystiana. Bercée par le rythme lent de Matilde, elle se détendit et commença à apprécier l'aventure.

Mattéo entraîna les chevaux le long d'une pente raide, avant de s'engager sur un chemin herbeux. Le chant des oiseaux les accompagnait, et Krystiana entendit le léger clapotement de l'eau d'un ruisseau. Un cadre idyllique.

Ils firent une pause pendant laquelle les chevaux dédaignèrent l'eau pour brouter l'herbe grasse à côté.

— Tout le monde va bien ? demanda Mattéo.

Krystiana hocha la tête, ainsi que Sofia, la nounou.

— *Si, papà*, répondit Alex.

Souriant, Mattéo tira sur les rênes de son cheval pour reprendre la promenade.

Mattéo ignorait que Krystiana se joindrait à eux pour la balade et avait été surpris de la trouver à l'écurie, vêtue d'un jean moulant et d'une chemise à carreaux. Ne lui manquait plus qu'un Stetson pour avoir le look de la parfaite cow-girl.

Ses longs cheveux étaient comme toujours rassemblés en une tresse. Mattéo avait passé la nuit à tourner dans son lit en les imaginant étalés sur un oreiller.

Le moment qu'ils avaient partagé sous la tente des réfugiés avait été... électrique. Heureusement, Krystiana avait bien réagi.

Pas question pour lui de se compliquer la vie avec une nouvelle histoire d'amour. Son mariage avec sa meilleure amie s'était soldé par un échec... Quel espoir pouvait-il donc y avoir avec une inconnue ? D'ailleurs, l'idée même de s'investir dans une nouvelle relation lui paraissait inconcevable.

Aimer était trop risqué. Aimer conduisait à la souffrance.

Il ne cherchait pas l'amour, ni même une aventure. D'ailleurs, dans sa position, une aventure n'était pas envisageable. Le prince héritier d'Isla Tamoura ne se conduisait pas ainsi avec les femmes. Une question de principe et de morale. Quant à un engagement plus sérieux, inutile d'y penser. Alors...

Pourtant, à la vue de Krystiana, le matin même, son sang

n'avait fait qu'un tour. Son esprit était perturbé, agité de mille pensées troublantes.

Il devait se ressaisir, et vite. Pas question qu'il mette son cœur en danger. Une liaison interdite ne lui apporterait que des ennuis. Parce qu'il ne pouvait s'agir que de cela.

S'il se sentait un lien particulier avec Krystiana, c'était uniquement en raison de l'expérience traumatisante qu'ils avaient vécue tous les deux. Ils se comprenaient. Cependant, dans quelques semaines, elle sortirait de sa vie.

À lui de contrôler ses émotions pendant ce bref laps de temps.

6.

— Elle est belle…, chuchota Mara.

Mattéo regarda son ex-femme, étendue sur le lit à côté de leur fille qui venait de s'endormir.

— C'est vrai.

— Je ne parlais pas d'Alex qui est indéniablement très belle. Je parlais de la femme que j'ai vue avec toi.

Il décida de jouer les innocents.

— Sofia ? Tu la connaissais. C'est toi qui l'as embauchée.

— Le docteur, Mattéo.

— Krystiana ? Elle restera ici le temps que sa maison soit réparée.

— C'est tout ?

— Évidemment, c'est tout.

Il attrapa le livre qu'ils avaient lu à leur fille pour le remettre sur l'étagère.

— En es-tu sûr, Mattéo ? Tu viens de l'appeler Krystiana et non Dr Szénac.

— Nous sommes amis, et les amis s'appellent par leur prénom.

Elle hocha la tête.

— Bien sûr ! Je sais comment se comportent des amis. Mais je ne crois pas avoir déjà vu des amis se regarder de la façon dont vous vous regardez, tous les deux.

— Je la connais à peine.

— Tu la connais à peine ou vous êtes amis ?

Son ex-femme se leva avec précaution pour ne pas réveiller leur fille, et ils quittèrent la chambre pour regagner la pièce voisine.

Mattéo lui tendit son verre de vin.

— S'il te plaît, ne fais pas ça, Mara. Ne joue pas les entremetteuses.

— Certainement pas. Je te demande simplement d'être prudent.

— Le fait que tu sois amoureuse et que tu te sentes coupable de m'avoir abandonné ne te rend pas responsable de ma vie.

— Je ne cherche pas à te caser, Mattéo. Je m'inquiète de ce qui pourrait arriver.

Il secoua la tête, amusé.

— Il ne s'est rien passé.

— Fais en sorte que cela reste ainsi — ou tu vas blesser beaucoup de monde.

Le lendemain, Krystiana retrouva sa tante Carolina devant sa maison. Les travaux avançaient. Les gravats avaient été déblayés et des échafaudages posés pour étayer le plafond, si bien que le trou paraissait deux fois plus grand qu'avant. Le mobilier donnait une impression d'abandon. Krystiana remercia le ciel qu'il n'ait pas plu.

— Carlo !

Elle fit signe au contremaître qui s'approcha d'elles.

— Comment ça se passe ?

— Aussi bien que nous pouvions l'espérer. Mon équipe travaille dur, vingt-quatre heures sur vingt-quatre.

— Dans combien de temps pensez-vous finir ?

— Trois… Peut-être quatre semaines s'il n'y a pas de mauvaises surprises, répondit-il en se tournant vers Carolina.

Remarquant son sourire intéressé à l'attention de sa tante, elle fit les présentations.

— *Buongiorno.*

— Vous travaillez dur toute la journée, sept jours sur sept ? interrogea Carolina.

— *Si.*

— Je devrais peut-être vous apporter à manger et à boire, à vous et à votre équipe ?

— Ce serait vraiment très aimable à vous... Merci. Cela nous ferait certainement gagner du temps.

Le visage de Carolina s'illumina.

— Je serai ravie de me rendre utile.

Le regard de Krystiana passa de l'un à l'autre, et elle ne put retenir un sourire. Qui aurait cru cela ? Carolina et Carlo ? Sa tante qui vivait seule depuis son divorce, des années plus tôt, avait toujours affirmé que les hommes ne valaient pas tous les ennuis qu'ils causaient. De toute évidence, il y avait du changement dans l'air !

Restée seule avec sa tante, Krystiana l'invita à la suivre dans la voiture.

— Eh bien, on dirait que ton opinion sur les hommes a évolué, lança Krystiana, une fois qu'elles furent installées.

— C'est un homme charmant !

— Ils le sont tous au début. N'est-ce pas ce que tu me répètes à longueur de temps ?

— Peut-être, mais être seule ne me paraît plus aussi amusant qu'autrefois. Il faut savoir donner aux autres une chance de vous prouver que vous vous trompez.

Vraiment ? Devrait-elle donner sa chance à Mattéo ?

Elle soupira. Il était absurde de se poser une telle question. Il s'agissait d'un prince ! Quand bien même elle serait prête à vivre une aventure avec lui, jamais il ne se lancerait à la légère dans une histoire sentimentale.

7.

À tort ou à raison, Mattéo avait invité Krystiana à dîner dans son appartement. Pourquoi pas ? Ils étaient tous les deux adultes et amis, et il appréciait sa compagnie.

D'ailleurs, leur tête à tête ne durerait guère longtemps. Krystiana avait sans doute du travail à boucler, tout comme lui.

Il jouait peut-être avec le feu, mais il ne pouvait pas passer les prochaines semaines à sursauter chaque fois qu'il la croisait. Mieux valait partager un dîner avec elle et se détendre. D'accord, elle avait de beaux yeux et un sourire agréable, elle était bienveillante, généreuse et de bonne compagnie…

Bon sang, la sortir de son esprit ne serait pas simple !

Contrarié, il enfila un pantalon noir et une chemise blanche. Une tenue simple et élégante à la fois, parce qu'un gentleman se doit de soigner sa mise.

À 19 heures précises, Krystiana frappait à sa porte. Le cœur de Mattéo s'emballa, l'obligeant à prendre une grande inspiration avant d'ouvrir.

Elle était magnifique dans une robe bleue drapée autour de sa taille mince, sa longue tresse ramenée sur l'épaule.

— Bonsoir. Entrez !

Quand elle franchit le seuil, il se baissa naturellement pour l'embrasser sur la joue, retenant son souffle en approchant son visage du sien. Elle sentait les fleurs et le savon, un mélange délicieusement enivrant.

Puis il se redressa et put à nouveau respirer.

Rougissante, elle chercha à détourner l'attention.

— Ne serait-ce pas la toile que vous aviez promis de me

montrer ? demanda-t-elle en indiquant un chevalet recouvert d'un drap.

Il hocha la tête.

— Ce n'est pas une œuvre d'art, prévint-il, gêné, en soulevant le drap d'un geste ample. Qu'en pensez-vous ?

Elle prit la toile en mains pour l'examiner de plus près.

— Mattéo, c'est magnifique ! Pour une première œuvre, c'est très réussi.

Elle semblait sincère, et il en fut heureux.

— Merci. Imaginez un peu ce que je ferais avec un peu de pratique, plaisanta-t-il.

Elle reposa le tableau sur le chevalet et recula pour mieux l'admirer.

— Vous avez su capturer l'essence même du jardin. Plein de vie et de joie.

Soudain, il sut ce qu'il voulait faire.

— J'aimerais vous le donner.

— À moi ?

— J'ai le vrai jardin sous les yeux tous les jours. Vous allez rentrer chez vous d'ici peu. Cela vous fera un souvenir de votre visite.

L'évocation de son départ l'attrista. Krystiana était son âme sœur, une personne qui avait vécu la même épreuve que lui. Mais pas seulement. Il émanait d'elle un naturel, une chaleur qui le touchait. C'était à la fois déroutant et excitant. La raison de ce dîner.

Malgré tout, il devait garder à l'esprit que Krystiana ne serait jamais plus qu'une amie. La loi lui interdisait de s'unir à une roturière, ce que Mara s'était efforcée de lui rappeler. Krystiana ne faisait pas partie de son monde, et les hommes comme lui n'avaient pas de liaisons. Les médias s'empareraient de l'affaire, et ce serait un scandale. Dieu merci, son cœur était en lieu sûr — toujours enfermé dans cette grotte de montagne où il resterait à jamais.

— Je suis très honorée. Merci.

Il sourit. Se noyer dans ses yeux était grisant. Toute la pièce disparut autour d'eux, et il ne vit plus qu'elle. Il recula, montrant du doigt la terrasse où la vue était magnifique dans la lumière du soleil couchant.

— Voulez-vous vous asseoir ? Sergio ne va pas tarder à nous apporter l'entrée.

— Qu'y a-t-il au menu ?

Une touche d'attirance, un soupçon de concupiscence et une forte dose de désir.

— Je lui ai demandé de nous surprendre. Je suis certain qu'il va se montrer à la hauteur. C'est un connaisseur.

— Vraiment ?

— Sa famille possède un vignoble sur les collines d'Auriga.

Parfait. Parler de Sergio n'avait rien de romantique. Il devait se concentrer sur l'image du vin, des grappes, des pieds écrasant le raisin dans des tonneaux centenaires.

— Je l'ignorais.

— Je suis sûr qu'il serait ravi de vous faire visiter.

— Y êtes-vous allé ?

— Oui, il y a quelques années. Avant mon enlèvement.

Elle hocha la tête.

— Que ressentez-vous aujourd'hui, en y repensant ?

Parler de cela avec elle ne le gênait pas non plus.

— Parfois, j'ai l'impression d'avoir fait un mauvais rêve. Que ce n'est pas vraiment arrivé. D'autres fois, c'est un cauchemar et je me souviens de tous les détails. Qu'en est-il pour vous ?

— Cela remonte à très longtemps, mais je comprends ce que vous voulez dire. J'ai essayé de trouver un sens à tout cela, à l'époque, en retournant sur les lieux de mon enfermement. Je m'étais dit que, si je le revoyais, il perdrait son pouvoir sur moi.

— Comment cela s'est-il passé ?

— C'était bizarre. Le propriétaire du terrain avait accepté de m'accompagner jusqu'à l'endroit où mon père avait creusé le bunker. Il s'est montré très aimable avec moi, s'enquérant de ma santé. Il s'est même excusé pour n'avoir pas deviné que j'étais là sur ses terres. Puis il m'a montré le sol qui présentait une petite déclivité. Cela semblait si normal et inconséquent. Aucune différence vraiment avec le champ alentour. Et pourtant, dans mon esprit, il possédait un tel pouvoir. Le trou avait été bouché avec de la terre et du paillage, mais je ne pouvais en détacher les yeux. Je m'y revoyais, grelottant de froid.

— Faisiez-vous des cauchemars avant cette visite ?

— Chaque nuit.

— Et revoir les lieux vous a-t-il délivrée ?

— Oui, parce que j'ai pris conscience que ce n'était pas eux qui m'avaient blessée mais mon père, ce qui est d'autant plus difficile à oublier. Cette visite m'a permis d'exorciser les fantômes qui me hantaient, de tourner la page.

— Comment ça ?

Elle croisa son regard, mais se détourna vite.

— Pour moi, le bunker représentait une prison dont je voulais m'échapper. Il avait pris une place considérable dans mon esprit. En y retournant, je me suis prouvé que j'étais plus forte que mes démons.

Mattéo hocha la tête, impressionné par son courage.

— Vous pourriez y retourner vous aussi, vous savez. Si vous avez pu survivre deux ans dans cette grotte, vous pouvez tout supporter.

— Je n'ai pas besoin d'y retourner. J'y ai pensé, mais mes cauchemars ne reviennent que de temps en temps et mon psychanalyste m'aide beaucoup.

— Bien. Je suis heureuse que la psychanalyse vous réussisse.

— Moi aussi.

À cet instant, Sergio arriva avec un plateau et déposa un petit bol devant chacun d'eux.

— Risotto de courge musquée, annonça-t-il. Bon appétit.

Après avoir mangé en silence pendant quelques minutes, Krystiana reprit la parole.

— Pensez-vous que votre enlèvement vous a changé ?

— Je suis toujours moi.

— Bien sûr, mais vous sentez-vous plus fort qu'avant ?

— J'aime à le croire. Ma vision de la vie s'est modifiée. Oui, j'ai le sentiment que cette épreuve traumatisante m'a endurci et que je serai un roi plus fort lorsque je monterai sur le trône.

— Vous serez un excellent roi, déclara-t-elle avec force.

Il fut heureux de cette manifestation de confiance.

— Merci. En tout cas, je ferai de mon mieux.

— Je n'en doute pas. Quel autre souverain aurait ouvert son palais à une sans-abri ? Aurait participé aux recherches de survivants dans les décombres d'un tremblement de terre ? Aurait secouru des réfugiés en péril ? Vous n'avez pas peur de vous salir les mains. Vous montrez de la compassion. Vous ferez un excellent monarque.

Il n'eut aucun doute qu'elle pensait chacune de ses paroles.

— Merci. Cela me touche beaucoup.

Leurs regards se croisèrent.

— Mangez avant que cela refroidisse, s'empressa-t-il d'ajouter.

Tout en conversant, Krystiana se demandait à quoi pourrait ressembler une relation avec Mattéo. C'était un prince, mais aussi un bel homme, d'une virilité indéniable. Il était à l'écoute, toujours aimable avec ses serviteurs. Elle-même appréciait sa gentillesse, son inquiétude pour son peuple et l'avenir qu'il lui offrirait. De toute évidence, il prenait très au sérieux son destin de roi.

— Avez-vous une idée de ce que sera votre vie, une fois que vous serez devenu roi ? demanda-t-elle.

— Elle ressemblera à celle d'aujourd'hui, j'imagine. Le titre en plus et certainement beaucoup d'obligations et de déplacements.

— L'éloignement de vos proches n'est-il pas trop difficile à supporter ?

— Si. Mon enlèvement m'a fait comprendre l'importance de la famille. Les choses matérielles, les biens, sont insignifiants. Seules comptent les personnes que vous aimez. M'en éloigner reste douloureux, mais cela devient un peu plus facile avec le temps. À vous maintenant. Enfant, vous avez quitté votre pays. La Pologne vous manque-t-elle ?

— Pas vraiment, mais les personnes que j'ai laissées derrière moi, oui. Mes amies. Le psychologue qui m'a aidée et avec qui j'étais proche. Mes maîtresses d'école.

— Vous aimiez l'école ?

— Oui, beaucoup. J'avais même envisagé de devenir enseignante quand j'étais petite — j'adorais cela.

— Qu'est-ce qui vous a fait dévier vers la médecine ?

— Le décès de ma mère, renversée par un bus. À mon arrivée à l'hôpital, j'ai assisté à la lutte des médecins pour tenter de la sauver…

La bouche sèche, elle but une gorgée d'eau.

— J'aurais voulu les aider. Après mon installation à Isla Tamoura, j'ai décidé que plus jamais je n'éprouverais ce sentiment d'impuissance et je me suis inscrite à la faculté de médecine.

— Je comprends cela. J'ai grandi en connaissant mon destin. Un jour, je serai roi. J'ai dû subir un entraînement spécial pour cela. Des cours de droit, apprendre toutes les règles du protocole, l'histoire des traditions. Des enseignements en politique et en langues. Même le langage du corps.

— Vraiment ? s'étonna-t-elle en riant.

— Vraiment. J'ai toujours voulu être un bon roi. Aussi bon que mon père et aimé de mon peuple. Mais pas question de rester cloîtré derrière les murs du palais. Je veux m'impliquer, me rendre utile. Aider mes sujets.

— Comme en donnant l'hospitalité à un médecin sans-abri ?

— Exactement, déclara-t-il avec un grand sourire.

Elle avala quelques bouchées, réfléchissant à sa prochaine question.

— Quoi ? demanda-t-il.

Elle releva la tête, surprise.

— Je sens que vous avez une question à me poser.

Krystiana avala une gorgée de vin.

— Vous sentez-vous seul parfois ?

Il l'observa un instant.

— Et vous ?

— J'ai posé la question la première.

— Faire partie de la famille royale est synonyme de solitude. Les gens vous placent sur un piédestal — ils pensent que vous êtes au-dessus d'eux, alors ils n'essayent même pas de vous atteindre. Ils se contentent de vous admirer de loin. J'aime à penser que je suis accessible pour tout le monde, mais… j'ai mon père et ma fille. Et les membres du cercle familial comme Béatrice et Edoardo.

— Je ne parlais pas de cela.

— De quoi parliez-vous ?

— Regrettez-vous de ne plus être marié ?

— Mon mariage avec Mara n'a jamais été un mariage d'amour. Nous étions amis depuis l'enfance et le sommes toujours, malgré les événements. Je ne l'ai pas perdue. Et vous ? Vous imaginez-vous mariée, un jour ?

Elle secoua la tête.

— Certainement pas.

— Pourquoi cela ?

Krystiana tourna la tête vers la terrasse et la campagne avoisinante assombrie par le soleil couchant. Devait-elle lui parler d'Adamo ? Non. Ce serait bien trop embarrassant.

— Je ne pense pas être capable de me donner entièrement à quelqu'un. Plus maintenant.

— Expliquez-vous.

— Cela vous rend vulnérable. Je me suis promis de ne plus jamais me retrouver dans une telle situation.

Elle le regarda droit dans les yeux, le défiant de la contredire. Ou de rire de ses peurs ridicules.

Mais il ne fit rien de tel.

— Cela me paraît une bonne raison.

— Je vous remercie pour ce bon dîner. J'ai passé une soirée très agréable.

— Tout le plaisir a été pour moi, dit Mattéo, sincère.

Devant la porte, chacun cherchait la meilleure façon de prendre congé.

Il était tenté de l'embrasser sur la joue, mais il devinait que cela risquait fort de l'empêcher de dormir. Et Dieu sait qu'il comptait déjà bien trop de nuits blanches à son actif.

— Bonne nuit, Mattéo.

— Bonne nuit, Krystiana.

Il hésita encore, la raison lui dictant qu'il serait impoli de simplement tourner les talons, bizarre de lui serrer la main et carrément impoli de ne rien faire. Les amis s'embrassaient et ils étaient amis, n'est-ce pas ?

Se penchant, il déposa un baiser sur sa joue, retenant son souffle pour ne pas respirer sa délicieuse odeur. Ce qui serait une erreur.

Une aventure avec elle était hors de question. Il ne pouvait pas se permettre de tomber amoureux. Il menait une vie publique. La presse et les médias se jetteraient sur elle et voudraient tout apprendre à son sujet. Sans compter qu'elle venait de lui déclarer ne plus vouloir de relation amoureuse.

Se retrouver sous les yeux du public vous rend vulnérable. Tomber amoureux vous rend vulnérable. La vie est cruelle.

Pas question de lui imposer cela.

Mais il ne niait pas qu'elle lui plaisait. Il appréciait sa compagnie, il pouvait rester naturel et lui confier des choses qu'il n'avait jamais révélées à personne.

En refermant la porte, il soupira. Il ne se passerait rien entre eux, même si son corps s'embrasait à son contact. Il résisterait. Quel intérêt de se lancer dans une aventure sans lendemain ? Se lier à Krystiana le détruirait.

Krystiana sourit à Mara, assise en face d'elle dans une magnifique robe de couturier blanche qui soulignait sa taille de sylphide et son corps souple et gracieux. Elles s'étaient rencontrées dans le couloir du palais et s'étaient installées dans le jardin pour boire une tasse de café.

— Comment avez-vous vécu l'enlèvement de Mattéo ? demanda Krystiana, curieuse.

— Très mal. Personne ne savait ce qui lui était arrivé et je redoutais le pire. D'autant que j'avais vu comment ses ravisseurs l'avaient traité quand ils l'avaient attrapé. Ils l'avaient frappé sur la tête avec la crosse d'un fusil. Le son de ce coup hantera mes rêves jusqu'à la fin de ma vie.

— N'aviez-vous pas d'escorte ?

— Si, bien sûr. Mais ces criminels ont bloqué la voiture de tête et des hommes armés nous ont encerclés. Le nouveau garde qui se trouvait avec nous dans la voiture était en fait un complice. Il a braqué son arme sur Mattéo. Notre escorte n'a pas eu le choix.

— Que s'est-il passé ensuite ?

— Ensuite, ils sont partis. J'ai hurlé, j'ai pleuré. Il fallait que je passe à l'avant de la voiture pour attraper la radio et j'avais des contractions. Le travail avait commencé. J'ai eu l'impression que les secours mettaient une éternité à arriver.

— Vous avez accouché seule ?

Krystiana avait du mal à imaginer cela.

— Ma mère et ma sœur sont venues. Elles ont pu m'emmener à l'hôpital à temps.

— L'accouchement a-t-il été facile ?

— Ma tension était très haute, mais les médecins ont estimé qu'il ne s'agissait que d'une réaction au stress. Le traumatisme de l'enlèvement de Mattéo. La violence. J'ai accouché en salle d'opération — juste au cas où une césarienne se serait révélée nécessaire.

— Vous avez dû être terrifiée.

— Oui, vraiment.

— Alex allait bien.

— Oui, répondit Mara avec un sourire. Elle était magnifique.

— Elle l'est toujours. Son prénom, Alexandra, était un choix commun ?

— C'était un des choix de Mattéo. Nous n'avions pas encore pris de décision, mais une fois Mattéo disparu… Ce choix s'est imposé. Et maintenant, je l'adore. Il lui va à la perfection.

— Doutiez-vous de son retour ?

— Pas au début. Mais avec le temps… Les jours passaient, puis les semaines, les mois… Une année s'écoula, et j'ai commencé à perdre espoir. Je voulais un père pour ma fille.

— Cela a dû être très difficile pour vous ?

— En effet. J'avais perdu mon meilleur ami, le père de mon enfant… Je me sentais terriblement seule. Pourtant, on attendait de moi que je continue à vivre, à représenter la famille royale. Que je me montre brave face aux paparazzis. Finalement, je n'ai plus pu le supporter et j'ai commencé à m'appuyer sur un vieil ami de la famille.

— Philippe ?

Elle hocha la tête.

— Je sais que beaucoup de gens m'en ont voulu. Mais quand vous êtes si seule… Votre cœur cherche le réconfort.

Krystiana réfléchit à cela. Le besoin d'être soutenu était énorme. Une oreille attentive, une épaule réconfortante. À quand remontait la dernière fois qu'on l'avait étreinte ?

En regardant Mara, elle se demanda comment elle pouvait être aussi heureuse et comblée en sachant que la vie pouvait se montre si injuste et vous arracher l'homme que vous aimez en une fraction de seconde ?

— Vous êtes heureuse avec Philippe ?

Le visage de Mara s'illumina littéralement.

— Oui, je le suis.

8.

— Aïe !

Krystiana retira vivement sa main. Une épine l'avait piquée alors qu'elle se penchait pour humer la délicieuse odeur d'une Blue Moon — sa rose préférée. Sa mère en cultivait autrefois dans son minuscule jardin et, en découvrant le rosier familier dans les jardins du palais, Krystiana s'était précipitée.

— Tout va bien ?

Elle sursauta. Mattéo s'avançait vers elle — toujours aussi beau avec son pantalon en lin sombre et sa chemise blanche, les manches roulées jusqu'aux coudes.

— Oui. Une simple piqûre.

— Laissez-moi voir ça.

— Non, c'est inutile…, protesta-t-elle.

Mais il avait déjà attrapé sa main et l'examinait avec douceur.

Elle n'eut pas d'autre choix que de rester là, le souffle court. Bien trop troublée par ce contact.

— Vous saignez, dit-il en tirant un mouchoir blanc de sa poche. Il l'enroula autour de son doigt, ce qui lui arracha une grimace.

— Je vous fais mal ?

— Un peu.

— L'épine est peut-être encore là, dit-il en déroulant le mouchoir pour regarder de plus près.

Le sang rendait l'examen difficile.

— Je m'occuperai de cela tout à l'heure, dit-elle finalement en retirant brusquement sa main. Que faites-vous donc ici ? Je vous croyais en réunion.

Elle avait cru pouvoir se promener sans crainte de le rencontrer.

— Une annulation de dernière minute.

— Oh. Vous n'en avez pas profité pour aller voir Alex ?

— Elle fait la sieste. Dès son réveil, nous irons à la piscine.

— Oh.

— Comme vous vous en doutez, je ne peux pas fréquenter les piscines publiques. Vous devriez vous joindre à nous.

Elle, à la piscine ? En maillot de bain ? En compagnie de Mattéo, à moitié nu ? Un peu trop intime à son goût.

— Une autre fois, peut-être.

— Mais si, venez. Ce sera amusant.

— Pas pour moi, non.

Les mots étaient sortis, avant même qu'elle s'en rende compte.

— Pourquoi cela ? demanda-t-il, les sourcils froncés.

Un million d'excuses se présentèrent à elle, mais elle détestait mentir. De plus, s'il connaissait la vérité, peut-être la laisserait-il tranquille.

— Je ne sais pas nager.

— Quoi ?

Il la fixa d'un air incrédule.

— Je ne sais pas nager. Je n'ai jamais appris.

— Personne ne vous a donné de leçons ?

— Non.

Elle sentit ses joues s'empourprer. Après son enfermement, elle s'était plongée dans les livres, et la natation n'avait vraiment pas fait partie de ses priorités. Pourquoi apprendre à nager ? Elle n'avait pas l'intention de s'approcher de la mer, sinon pour l'admirer et n'avait jamais éprouvé l'envie de s'y baigner. Même si, aujourd'hui, elle vivait sur une île, entourée d'eau.

Le visage de Mattéo s'illumina d'un sourire qui fit fondre le cœur de Krystiana.

— Je vais vous apprendre.

— Non.

— Mais si. Vous me remercierez, vous verrez.

— Non. D'ailleurs, je… Je n'ai même pas de maillot.

— Nous en achèterons un.

— Non, Mattéo. Sincèrement.

— Je n'accepte pas votre refus.

Elle pouvait lire dans ses yeux combien la perspective de lui apprendre à nager l'excitait.

En imaginant son corps pâle à côté du sien doré par le soleil, elle laissa échapper un soupir.

Mattéo n'avait pas pris le temps de réfléchir avant de proposer à Krystiana de lui apprendre à nager. Sur le moment, cela lui avait semblé une bonne idée : nager lui procurait un tel sentiment de liberté, un tel apaisement. C'était bon pour l'esprit, et il tenait à partager cette expérience avec elle. Mais, de nouveau, il se retrouverait près d'elle, soumis à la tentation.

Quand elle pénétra dans le local attenant à la piscine, l'air nerveux dans son peignoir, et qu'il aperçut ses longues jambes fines et élégantes, une bouffée de désir l'envahit. Il émanait d'elle vulnérabilité et innocence, et solitude aussi. Des sentiments qu'il partageait.

Dans le jardin, lui prendre la main l'avait bouleversé. Et quand il avait plongé son regard dans ses yeux bleus, ses sens s'étaient déchaînés, à tel point qu'il avait eu du mal à la lâcher.

Certes, il devait garder ses distances avec elle mais, pour l'heure, il allait lui apprendre à nager. Elle habitait sur une île, tout de même !

Arrivé en premier, il avait déjà effectué quelques longueurs, espérant qu'en se fatiguant un peu son corps réagirait moins violemment à sa présence. Se retrouver dans une piscine avec elle, en petite tenue, serait de loin beaucoup plus intime qu'un dîner sur une terrasse.

Il sortit de l'eau et s'approcha d'elle.

— Merci de vous joindre à moi.

— Où est Alex ? demanda-t-elle nerveusement.

— Elle ne va pas tarder. J'ai pensé que vous apprécieriez de vous mettre à l'eau avant son arrivée. Personne n'aime voir une enfant de cinq ans nager mieux que soi.

— Oh ! oui. Merci.

— Bientôt, vous barboterez aussi bien que nous.

— J'ai du mal à vous imaginer en train de barboter.

— Peut-être pas, en effet, convint-il en riant.

— Bon, dit-elle en jetant un regard vers la piscine. Par quoi voulez-vous commencer ?

— Enlevez votre peignoir, dit-il en sentant son sang bouillir dans ses veines.

Hésitante, Krystiana regardait Mattéo. Elle était partagée entre son désir de passer du temps avec lui et sa crainte des conséquences potentielles.

Mattéo était un homme magnifique, tout à fait inconscient de l'effet qu'il produisait sur elle — ce dont elle se félicitait d'ailleurs. Se retrouver en maillot de bain devant lui la remplissait d'appréhension. Bien que considérée comme plutôt jolie, elle manquait cruellement de confiance en elle. Et s'exposer ainsi devant Mattéo, vêtue d'un simple maillot de bain, la rendrait terriblement vulnérable.

— Pourriez-vous vous retourner, s'il vous plaît ?

— Bien sûr.

Il s'exécuta et, pendant un bref instant, elle resta immobile, les yeux fixés sur ses larges épaules bronzées, sa taille mince, son maillot de bain qui moulait joliment ses fesses fermes et ses longues cuisses minces, ombrées de poils fins.

Puis elle retira vivement son peignoir et entra dans l'eau.

Mattéo se retourna en entendant le clapotis et la rejoignit.

— Ça va ?

Elle hocha la tête. La température de l'eau, fraîche de prime abord, était maintenant parfaite.

— Vous sentez-vous capable de plonger votre visage dans l'eau ? J'ai des lunettes, ajouta-t-il, devinant sa peur.

Il attrapa une paire de lunettes posée sur le bord du bassin. Puis il s'approcha d'elle, bien trop près, pour les lui ajuster sur le visage. Le souffle court, elle ne savait plus où poser les yeux ou les mains. Il était pratiquement nu…

— Je dois avoir l'air ridicule, dit-elle en rougissant.

— Vous êtes parfaite. Maintenant, prenez une inspiration et mettez la tête sous l'eau pour voir ce que cela fait.

— Très bien.

Elle inspira deux ou trois fois avant de pincer son nez et de s'exécuter.

Sous la surface, les sons étaient étouffés. Elle voyait les côtes de Mattéo et ses longues jambes. Elle jeta un coup d'œil rapide à son maillot, à la ligne de poils sombres qui descendait de son nombril et disparaissait sous son maillot.

Elle se redressa alors précipitamment.

— Comment c'était ? demanda-t-il.

— Bien.

Elle releva les lunettes sur son front et éclata de rire, rougissante.

— C'était bien !

Il sourit, clairement heureux de son succès.

— Formidable. Je vous apporte une planche.

Elle le regarda se hisser sans effort hors du bassin, l'eau dégoulinant le long de son corps, et attraper une planche bleue avant de sauter de nouveau dans l'eau.

— Maintenant, vous allez prendre cette planche à bout de bras, le visage dans l'eau et vous pousserez avec vos pieds contre le mur du bassin pour voir jusqu'où vous allez à travers la piscine.

Cela avait l'air simple.

— Très bien…

Elle s'exécuta. Son corps fendit l'eau, glissant rapidement et sûrement à la surface de l'eau jusqu'à ce que l'air lui manque. Elle se redressa alors.

— J'ai réussi ! cria-t-elle, essoufflée.

— En effet ! Vous êtes douée. Recommencez, mais cette fois, battez des pieds en même temps que vous glissez.

Elle revint vers le mur et suivit ses instructions. Lorsqu'elle se redressa, elle avait presque atteint le milieu du bassin.

— Je l'ai fait ! Vous avez vu ?

Elle recommença, encore et encore, traversant la piscine, relevant de temps en temps la tête pour respirer.

— Bien, fit Mattéo. Vous allez essayer sans la planche.

Elle hésita. Comment allait-elle flotter ?

— Je vais vous montrer, poursuivit-il.

Elle le vit s'enfoncer sous la surface de l'eau et repousser le mur de ses pieds, et sourit de soulagement quand son corps réapparut.

— C'est facile, vous voyez ?

— Facile pour vous.

— Ayez confiance, Krystiana. Essayez de venir jusqu'à moi.

Il se trouvait à peu près au milieu du bassin — pas si loin que cela, techniquement parlant — et, avec les lunettes, elle pourrait se repérer sous l'eau. De toute façon, elle ne risquait rien. Il la rejoindrait en une seconde si cela se passait mal.

— Vous m'attraperez si je coule, n'est-ce pas ?

— Vous ne coulerez pas.

Elle rajusta ses lunettes puis, après une inspiration, s'efforça d'imiter Mattéo. Sous l'eau, elle le voyait, mains tendues devant lui.

Et elle y arriva !

Attrapant ses mains, elle sentit qu'il la tirait jusqu'à lui. Elle se redressa alors, ravie.

— J'ai réussi ! Vous avez vu ça ?

— Vous avez été formidable.

Il la tenait contre lui. Les mains de Krystiana reposaient sur sa poitrine et, brusquement, leurs regards se croisèrent. Leurs corps se touchaient. À la vue de ses lèvres humides, elle réalisa combien elle désirait les embrasser. Une prise de conscience qui la frappa avec force, tandis qu'elle reconnaissait dans son regard le même désir, si fort que l'espace entre eux se rétrécit lentement.

Il va te faire du mal. Tout le monde te fait du mal.

Mais elle ignora cette voix, ne voulant rien entendre. Pas maintenant.

Les lèvres de Mattéo se posèrent sur les siennes et elle ne résista pas, s'abandonnant contre lui, sentant son propre corps s'éveiller. Son cœur se gonflait d'allégresse sous les caresses expertes de ses mains, tandis qu'elle se lovait contre lui.

Plus rien d'autre n'existait. Ce qu'elle ressentait était indescriptible. Le monde réel disparut. Les peurs s'effacèrent et elle s'abandonna, donnant libre cours au désir sensuel qu'elle refrénait depuis si longtemps.

— Krystiana ?

La voix de Mattéo l'arrêta, alors qu'elle courait presque vers sa chambre, les cheveux dégoulinants.

— Oui ?

Arrête de rougir. Elle se comportait comme une adolescente timide, mais c'était incontrôlable : elle venait d'embrasser un prince !

— Avec tout ça…, j'ai oublié de vous dire que mon père vous invitait au bal, ce soir, dit-il d'une voix éraillée.

— Un bal ?

Elle ne possédait aucune tenue adéquate pour un bal, mais comment se dérober à une telle proposition ? Les événements se bousculaient en ce moment, un peu trop vite à son goût. Ce baiser dans la piscine avait été une folie !

— Je… Je n'ai pas de robe de bal.

— Mara aura sans doute une tenue à vous prêter.

Elle hocha la tête.

— Très bien.

— Parfait. À tout à l'heure.

Elle le regarda s'éloigner, le cœur battant à tout rompre. À quoi jouait-elle, exactement ?

9.

Mattéo fixait sans le voir le vin qu'il faisait tourner dans son verre. La scène de la piscine repassait en boucle dans sa tête.

Je l'ai embrassée…

Quand Krystiana s'était redressée dans l'eau, rayonnante, si fière de son exploit, il avait senti son cœur faire un bond dans sa poitrine. Toute raison, toute logique l'avaient alors déserté pour le conforter dans l'idée qu'un seul baiser ne porterait pas à conséquence.

Foutaises !

Soudain, il avait cédé à la tentation. Manquait-il donc à ce point de volonté qu'un seul sourire pouvait faire vaciller ses résolutions ?

Après le baiser, Krystiana l'avait regardé d'un air choqué, avant de sortir de l'eau précipitamment, tout en s'excusant.

Malgré ce qui s'était passé, il ne voulait pas qu'un malaise subsiste entre eux. Il l'avait donc poursuivie et… invitée au bal !

Que lui arrivait-il donc ?

Mattéo tira sur le cordon d'appel pour demander à Sergio de lui apporter son chevalet et ses tubes de peinture. La dernière fois, peindre lui avait permis de libérer son esprit — exactement ce qu'il lui fallait maintenant.

Il installa le chevalet sur la terrasse et médita un instant sur les émotions qui l'agitaient. Puis, du bout des doigts, il commença à étaler la peinture sur la toile.

Il était tellement concentré sur sa tâche qu'il n'entendit pas les pas derrière lui et sursauta à la voix de son majordome.

— Le Dr Szénac, Votre Altesse.

Mattéo se retourna, surpris de trouver Krystiana devant lui.

— Pris en flagrant délit, dit-il. J'ai eu envie de me remettre à la peinture.

— Je suis contente que vous en retiriez du plaisir. Ces couleurs sont très belles.

— Tout va bien ? demanda-t-il.

— Je vais partir.

La phrase résonna douloureusement dans sa tête, et son sourire s'effaça.

— Quoi ? Pourquoi ? À cause de ce qui s'est passé à la piscine ? Je suis désolé de vous avoir mise mal à l'aise, je...

— J'ai pris une chambre dans un hôtel. J'ai besoin de retrouver le contrôle de ma vie, Mattéo. J'ai l'impression qu'elle m'échappe.

Il ne sut quoi dire. Ce simple baiser avait-il déclenché cette crise ? Ce n'était qu'un accident, qui ne se reproduirait plus. Mais il ne pouvait prononcer ces paroles. Impossible pour lui de la supplier de rester. Les princes ne supplient pas. Il se devait de respecter sa décision, qui était probablement la plus sage.

— Quand souhaitez-vous partir ?

— Demain matin. Mais je me devais de vous prévenir après que vous m'avez si gentiment accueilli chez vous.

— C'était naturel...

Il avait tant de choses à dire. Pourtant, il garda le silence, les mots bloqués dans sa gorge. La seule personne capable d'apaiser son âme, de lui redonner envie de rire, s'éloignait de lui par sa faute.

— C'est mieux ainsi, reprit-elle. Pour nous deux.

Il approuva d'un signe de tête, bien qu'il ne fût pas prêt. Il avait cru avoir du temps devant lui pour leur permettre de se connaître et de renforcer leur amitié. Mais ce départ brutal... Parce qu'il avait franchi la ligne rouge...

— Je vous considérerai toujours comme une amie, Krystiana. J'espère que ce... moment n'a pas gâché cela.

— Non. Je me suis toujours sentie proche de vous et je le resterai. Cela a été un honneur pour moi de vous connaître.

Elle donnait l'impression de vouloir ajouter quelque chose, mais n'en fit rien. Avait-elle autant de mal que lui à s'exprimer ? Voulait-elle qu'il la retienne ? Que voulait-il lui-même ?

D'un signe de tête, elle prit congé.

Mattéo jura intérieurement, la colère et la frustration se disputant en lui. Il considéra sa toile couverte de couleurs vives, un festival de vert et de jaune. Puis il trempa ses doigts dans le noir et d'un mouvement rageur, barra la toile. Le noir trancha la lumière — le chagrin jetant un voile sombre sur sa vie.

Il resta devant le tableau jusqu'à ce que sa colère s'apaise.

— Laquelle voulez-vous essayer en premier ? demanda Mara en désignant d'un geste l'étalage de robes suspendues sur un portant à l'attention de Krystiana. La bleue ferait ressortir vos yeux.

Krystiana n'était pas d'humeur à apporter de la couleur à quoi que ce soit, en particulier à ses yeux. Elle ne tenait pas à ce qu'on la remarque, à ce qu'on devine la tristesse de son âme.

— Pourquoi pas la noire ?

Mara la regarda comme si elle avait perdu la tête.

— La noire ? Certainement pas ! Le noir est beaucoup trop classique pour vous. La rouge alors.

Non, le rouge serait trop voyant. Tout le monde se retournerait sur elle.

— Que pensez-vous de celle-ci ? Je crois qu'elle vous conviendrait à merveille. Essayez-la !

Krystiana prit la robe et drapa la soie gris pâle autour de son bras avant de se diriger vers la chambre.

Le gris était parfait — pas tout à fait argent. Sans manches, avec un décolleté en cœur, la robe était sobre — le genre de tenue qui n'attirerait pas l'attention sur elle. Et bien qu'elle ait été dessinée pour Mara et sa taille de sylphide, elle allait comme un gant à Krystiana, moulant ses formes.

Tournant devant le miroir, Krystiana s'admira tout en tempérant son excitation. Ce soir, elle raserait les murs, un verre de vin qu'elle ne boirait probablement pas à la main, avant de s'éclipser discrètement après une heure ou deux.

Prendre la décision de partir n'avait pas été facile et l'attristait, mais elle n'avait pas le choix. Mattéo se rapprochait trop et la situation lui échappait. Elle l'avait embrassé dans la piscine. Son attirance pour lui ne cessait de grandir et lui faisait mal, parce que rien de bon ne pouvait en sortir. Entamer une relation avec un homme comme lui… Perdre le contrôle… Donner au prince un pouvoir sur elle… Avec un homme aussi puissant, elle perdrait son âme et son cœur. Elle se retrouverait fragile et démunie. Ce baiser avait suffi à lui faire prendre conscience de sa vulnérabilité.

Mattéo appartenait à son peuple et, si elle se liait à lui, les médias s'intéresseraient à elle. Ils fouilleraient dans sa vie, son passé — son histoire serait exposée au grand jour.

Personne à Isla Tamoura ne connaissait son histoire, à l'exception de sa tante Carolina et de Mattéo. Elle s'était bâti une nouvelle vie. Personne ne la regardait avec à l'esprit ce qu'elle avait enduré. Elle n'inspirait pas la pitié, on ne l'interrogeait pas à ce sujet.

— Alors ? demanda Mara depuis le salon.

Krystiana ouvrit la porte pour s'avancer devant la princesse.

— Qu'en pensez-vous ?

Mara la considérait d'un air admiratif.

— *E bellissimo !*

— N'est-ce pas un peu trop pour moi ?

— Non ! Vous êtes magnifique.

Krystiana baissa la tête pour admirer la robe en se mordant les lèvres, pensive. Elle ne voulait pas être « magnifique ». Mais alors pas du tout.

— Non, non, ne faites pas cette grimace. Vous allez la porter. J'ai même une pochette assortie et des chaussures qui devraient vous aller. Vous serez la reine du bal !

— Je ne veux pas être la reine du bal. Je ne suis pas une invitée d'honneur — juste une amie, c'est tout.

— Oh ! voyons. Vous aimez Mattéo, non ?

Krystiana sentit son visage s'enflammer. Pas question de se confier à Mara ! Son ex-femme !

— Non, pas comme ça.

Mara haussa les sourcils.

— J'aimerais pouvoir vous croire.

— Il n'y a rien entre nous. D'ailleurs, je m'en vais demain.

— Vous partez ? s'exclama Mara, visiblement choquée.

— Demain matin. Il le faut.

Mara hocha la tête.

— C'est peut-être une sage décision…

Krystiana se détourna pour baisser la fermeture Éclair de la robe. Même Mara comprenait qu'une relation entre elle et Mattéo n'avait aucun avenir.

— Je sais que partir ne sera pas facile, fit Mara en lui posant une main sur le bras. Vous éprouvez des sentiments, pour lui, c'est évident.

— Je l'aime bien, répondit Krystiana, hésitante. Peut-être un peu trop.

— C'est un homme facile à aimer.

L'aimait-elle ? L'idée même était ridicule.

Krystiana avait lu quelque part que l'attirance physique entre deux personnes était due à une réaction du cortex préfrontal médian, la partie du cerveau responsable du fameux « coup de foudre ». Le cortex temporal inférieur réagissait aux stimuli visuels, le cortex orbitofrontal intervenait dans la prise de décisions et dans la régulation des réactions émotionnelles, tandis que le cortex insulaire gouvernait l'excitation sexuelle.

En gros, cela signifiait que la majeure partie du cerveau s'emballait régulièrement. Alors comment garder les idées claires ?

Tout en se préparant dans sa chambre, s'efforçant de trouver la coiffure et le maquillage adéquats pour cette soirée, sa dernière au palais, elle cherchait à se convaincre du bien-fondé de sa décision — même si elle soupçonnait que celle-ci avait été dictée par ses émotions plus que par la raison.

Elle devait s'éloigner de Mattéo. D'ailleurs, il ne chercherait probablement pas à lui parler ce soir, tant son départ l'avait surpris.

Elle mit ses pendants d'oreille en diamant et se plaça devant le miroir pour vérifier sa tenue. Cette robe grise était très belle, élégante et classique. Dommage qu'elle ne lui appartienne pas…

Elle jeta un coup d'œil à sa montre. L'heure approchait.

Pourquoi était-elle aussi nerveuse ?

Un coup discret à la porte. Probablement Sergio. Elle alla ouvrir et son cœur sauta dans sa poitrine quand elle découvrit Mattéo, magnifique dans son smoking et nœud papillon noirs.

— Je suis venu vous chercher pour vous conduire au bal. Vous êtes mon invitée, même si c'est la dernière nuit que vous passerez au palais.

— Je ne pourrai jamais assez vous remercier pour tout ce que vous avez fait pour moi.

— Vous êtes *bellissima*, vraiment, dit-il avec un petit sourire.

Elle rougit du compliment.

— Merci. Vous êtes très élégant aussi.

Il tendit son bras qu'elle accepta et, ensemble, ils s'engagèrent dans les couloirs du palais.

Elle était un peu gênée d'être ainsi à son bras. En parfait gentleman, il n'avait certainement pas voulu qu'une dame arrive seule dans la salle de réception. Son parfum léger faisait des ravages sur elle.

— Combien d'invités attendez-vous ?

— Quelques centaines.

Quelques centaines !

— Où se tient le bal ?

— Dans le salon blanc.

— Je ne crois pas l'avoir vu.

— Nous le réservons aux grandes occasions.

Elle hocha la tête.

— Mara et Alex seront-elles présentes ? Cela me permettrait de leur dire au revoir.

— Bien sûr.

Soudain, Mattéo s'arrêta.

— Il vaut mieux que je vous laisse continuer seule. Si nous arrivons ensemble, les convives pourraient se méprendre.

— Vous avez sans doute raison.

Une relation était impossible entre eux — voilà le message qu'il cherchait à lui transmettre. Ce baiser dans la piscine avait été une erreur.

Il retira son bras et rajusta sa veste.

— Je ne voudrais surtout pas vous jeter aux loups. La presse, expliqua-t-il.

— En effet. Je ne tiens pas à devenir le sujet de leur curiosité.

Même si c'était le cadet de ses soucis. Seule son attirance pour lui motivait son départ.

— Vous me promettez de ne pas partir sans me dire au revoir ? demanda-t-il avec un sourire triste.

— Je vous le promets.

Elle détesta chacun de ses mots.

Au fond d'elle, elle mourait d'envie de se jeter dans ses bras et de se serrer contre lui. Ce baiser avait été sa plus grande erreur, mais cela avait été si bon !

— Je ne veux pas que vous partiez sans avoir une chance de…

— Une chance de quoi ? demanda-t-elle hypnotisée par son regard.

Elle lut l'hésitation dans ses yeux, le combat qu'il menait contre lui-même. Puis il fit un pas vers elle et caressa sa joue.

— J'ai l'impression de vous connaître et je crains de ne jamais retrouver chez une autre ce que j'ai découvert en vous. Je n'ai pas envie de vous perdre.

Krystiana tenta de ralentir les battements de son cœur.

— Je…

— Vous ressentez la même chose, n'est-ce pas ?

— Mattéo…

Et soudain, sa bouche s'empara de la sienne.

Elle ferma les yeux de bonheur, s'accordant cet instant d'euphorie, un bref moment pendant lequel elle accepterait tout ce qu'il était prêt à lui donner.

Les mains appuyées sur sa poitrine, elle percevait les battements de son cœur et ses muscles tendus sous sa peau, tandis qu'il l'enlaçait, la serrant toujours plus fort contre lui.

Sa raison lui criait de reculer, mais elle en était incapable. Alors, elle ignora cette voix. Rien n'avait plus d'importance que le contact de ses lèvres sur les siennes, son corps contre le sien, le feu qui embrasait son âme, la chaleur qui l'envahissait tout entière. Jamais encore, elle n'avait ressenti cela.

Leur baiser s'intensifia, leurs langues se mêlant, et elle gémit de plaisir, entourant son visage de ses mains, caressant les poils doux de sa barbe sous ses doigts. Elle voulait plus. Tellement plus… Mais…

Ils se séparèrent et se regardèrent, aussi surpris et dépassés l'un que l'autre par cette étreinte.

Ce baiser venait de rendre la perspective de son départ plus difficile encore.

Krystiana jeta un coup d'œil autour d'eux ; ils étaient seuls.

— Nous… n'aurions pas dû faire cela, dit-elle.

Il recula d'un pas.

— Je suis désolé. Je ne voulais pas, mais quand je suis près de vous…

— Quoi ?

Elle voulait comprendre. Pourquoi persistait-il à l'embrasser ? Pourquoi en éprouvait-il le besoin ? S'il pouvait l'expliquer, peut-être pourrait-elle elle-même comprendre ce qui la poussait ainsi vers lui.

Il fronça les sourcils et s'approcha d'elle, son regard se posant sur sa bouche avant de remonter à ses yeux.

— Je vous verrai dans la salle de bal.

Le salon blanc portait bien son nom. Murs et plafond blancs, sol en marbre blanc, colonnes argentées, lustres en cristal. Partout, des bouquets magnifiques de lis blancs, de roses et de jasmin emplissaient de grands vases dorés.

Krystiana descendit les marches pour rejoindre les invités et accepta une coupe de champagne d'un serveur.

Les sentiments se bousculaient en elle : l'euphorie, la confusion, l'impression d'être prise au piège. Les convives pouvaient-ils deviner l'empreinte des lèvres de Mattéo sur les siennes ? Devinaient-ils son trouble ?

Elle ne parvenait pas à penser clairement. Au contact du prince, son cerveau cessait de fonctionner normalement. Elle abordait là un tout nouveau territoire. Dangereux, inconnu, avec un être inaccessible !

Inaccessible, vraiment ?

Après qu'elle eut embrassé Mattéo et goûté à ce qu'il avait à offrir, une nouvelle voix s'élevait en elle, suggérant qu'elle devrait peut-être en profiter. Malgré les circonstances, pouvait-il être un homme pour elle ? Commettrait-elle une erreur en lui offrant son cœur ?

Krystiana porta la coupe de champagne à ses lèvres et, sans même s'en rendre compte, la vida d'un coup. Surprise, elle la posa sur le plateau d'un serveur qui passait en échange d'une pleine.

Si tous deux étaient attirés l'un par l'autre, pourquoi refuser de l'accepter ? Ils étaient adultes, capables de prendre leurs propres décisions. Mattéo avait vécu la même épreuve qu'elle. Ils partageaient les mêmes cicatrices, les mêmes peurs. Ils étaient faits l'un pour l'autre.

Soupirant, elle sirota son champagne jusqu'à ce qu'une fanfare de trompettes annonce l'arrivée officielle de Sa Majesté le roi Alberto et de son fils, le prince héritier Mattéo.

Au milieu de la foule, elle observa ce dernier et lut sur son visage sa conviction et son assurance, dissimulées derrière un sourire de façade. Son regard survolait la foule autour de lui, empreint d'autorité et de pouvoir, pendant qu'il descendait les marches, quelques pas derrière son père comme l'exigeait l'étiquette.

Le roi, qu'elle n'avait rencontré qu'une seule fois, était un homme grand et fier, occupé à saluer une longue rangée de courtisans. Il lui parut fatigué… Le poids de sa charge commençait de toute évidence à lui peser.

Il devait d'ailleurs bientôt abdiquer, sans regrets apparemment. Krystiana ne doutait pas que Mattéo ferait un excellent roi, fort et équilibré, s'investissant sans compter dans des actes désintéressés et des œuvres de bienfaisance. Il ferait un excellent leader pour son pays, les épreuves qu'il avait subies l'ayant rendu plus solide encore.

Le peuple l'adorait.

Tout comme elle.

Le roi monta sur le podium blanc décoré du blason royal — un bouclier en or avec une épée en son centre, flanqué de part et d'autre d'un lion et d'une licorne, tous les deux cabrés comme pour honorer le glaive.

Le silence se fit.

Le roi regarda autour de lui, savourant cet instant.

— Mesdames et messieurs de la Cour, rien ne peut me réjouir davantage que de vous voir tous réunis ici aujourd'hui — même si ma joie est un peu teintée de tristesse, puisqu'il s'agit là du dernier bal auquel j'assisterai en tant que roi. Mais vous connaissez tous, aimez et respectez mon successeur qui, je n'en doute pas, saura se conformer aux honneurs, traditions et héritage de ce beau pays. Mon fils unique — Mattéo.

La foule applaudit en souriant.

— Nous connaissons tous son histoire. Ce fut pour nous une épreuve difficile. Nous étions perdus sans lui, à la dérive. Nous faisions tout ce qui était en notre pouvoir pour qu'il nous revienne sain et sauf mais, chaque fois, les guérilleros qui le retenaient prouvaient leur duplicité et le gardaient. Mattéo n'a pas assisté à la naissance de sa fille, ni connu ses premières années, ses premiers pas. Pas plus qu'il n'a entendu son premier mot : « papa ».

Il sourit à son fils, debout fièrement à son côté.

— Mais nous avons fini par le récupérer, et il nous a prouvé sa force et son courage. Nous sommes très reconnaissants d'avoir pu le retrouver sain et sauf. Je voudrais lui dédier cette soirée et vous annoncer une grande nouvelle.

La foule attendit, impatiente.

Krystiana vit le sourire de Mattéo hésiter, tandis qu'il se tournait vers son père. De toute évidence, il ignorait ce que le roi s'apprêtait à dire.

— Il a été décidé qu'en prévision de son intronisation, l'année prochaine, Mattéo ferait pendant six semaines, le tour du royaume, visitant chaque ville importante et chaque centre urbain, rencontrant ses sujets et montrant au monde que personne ne peut vaincre sa force et son courage. Il deviendra un roi puissant ! Un roi dévoué au bien-être de son peuple. Son itinéraire sera affiché demain à l'hôtel de ville et son voyage débutera dans une semaine !

Le sourire de Mattéo s'élargit comme s'il avait été au courant, mais Krystiana ne fut pas dupe. Elle pouvait lire la surprise dans son regard.

Il ignorait tout de ce voyage.

Elle-même était sous le choc. Il allait quitter le palais. Finalement, le moment était bien choisi pour elle de faire ses valises. Après ce tour du pays, il reviendrait dans son monde et elle… rejoindrait le sien. Elle avait des patients et lui, des sujets.

Jamais elle n'avait eu la moindre chance avec lui.

Le roi tendit la main à son fils et l'attira dans ses bras sous les vivats de la foule. Mais les cris de joie se transformèrent vite en murmures d'horreur quand le roi Alberto s'affaissa soudain dans les bras de Mattéo, le visage pâle et couvert de sueur.

— Appelez une ambulance !

Mattéo ne pouvait en croire ses yeux. Qu'arrivait-il à son père ?

— Tiens bon, papa. Ne m'abandonne pas !

Derrière lui, il entendit la voix de Krystiana.

— Excusez-moi ! Excusez-moi ! disait-elle en se frayant un chemin dans la foule. S'il vous plaît, laissez-moi passer…

Et elle fut là. S'agenouillant à côté de son père dans un nuage de soie grise, elle posa deux doigts à la base de son cou pour prendre son pouls.

— Il respire, c'est bien.

Elle déboutonna rapidement la veste du roi et plaqua son oreille contre sa poitrine pour écouter les battements du cœur.

— Il fait de la tachycardie.

— C'est grave ? demanda Mattéo, les sourcils froncés.

— Son cœur bat trop vite. Nous devons l'emmener d'urgence à l'hôpital, où on pourra ralentir son rythme cardiaque avec un médicament ou un défibrillateur.

Des serviteurs surgirent en nombre pour entraîner les invités dans une autre pièce, de façon à libérer le passage pour les ambulanciers. Le roi fut installé sur un brancard, des électrodes posées sur sa poitrine. Le cœur battait à 152 battements par minute.

— Je vais bien, dit le roi en prenant la main de son fils.

— Voulez-vous monter avec nous dans l'ambulance ? proposa l'un des ambulanciers à Mattéo.

— Oui. Et le Dr Szénac nous accompagne, ajouta-t-il en rivant son regard à celui de Krystiana.

Mattéo et Krystiana suivirent la civière le long des couloirs du palais, jusqu'à l'ambulance garée derrière le bâtiment. Avec un peu de chance, la presse n'aurait pas vent tout de suite des événements. Et puis, il ne s'agissait que de tachycardie et non d'une crise cardiaque. Ils allaient le soigner, se répétait Mattéo, comme pour s'en convaincre.

En prenant place dans l'ambulance, Krystiana jeta un coup d'œil au tracé de l'électrocardiogramme.

— Apparemment, il souffre de fibrillation auriculaire.

— De quoi s'agit-il ?

— Les cavités supérieures du cœur — les oreillettes — manifestent une activité électrique anarchique et irrégulière.

— Quelles conséquences pour mon père ?

Elle le dévisagea quelques instants, l'air grave.

— Ce n'est peut-être qu'un dérèglement temporaire qui cessera tout seul ou le médecin devra agir pour y remédier.

— Comment ?

— À l'aide d'un médicament ou d'un défibrillateur.

— Un choc électrique ? Mais qu'est-ce qui a déclenché cela ?

— Je l'ignore. Je ne connais pas les antécédents médicaux de votre père. Fait-il de l'hypertension ?

— Je ne crois pas. Il n'en a jamais parlé.

— Des problèmes cardiaques ?

— Non. Papa, comment te sens-tu ?

— J'ai l'impression que quelque chose cherche à s'échapper de ma poitrine.

— Souffres-tu ?

— Non. Je me sens juste… bizarre.

— Nous sommes presque arrivés. Tiens bon.

Mattéo sentit Krystiana poser une main rassurante sur son épaule.

Les ambulanciers surveillaient le tracé de l'électrocardiogramme, ainsi que la tension et le pouls du roi. Krystiana avait posé un masque à oxygène sur son visage, en lui murmurant de rester aussi calme que possible. Bientôt, ils franchirent l'entrée réservée aux membres de la royauté.

Les ambulanciers firent rouler le brancard jusqu'aux urgences où ils connectèrent le roi à une autre machine, tout en mettant l'urgentiste de garde au courant de la situation.

Le médecin informa le roi qu'ils allaient lui donner un bêtabloquant pour ralentir les battements de son cœur.

— Vous allez certainement vous sentir fatigué et vous aurez froid aux mains et aux pieds. Mais nous surveillons attentivement votre tension et nous aviserons.

— *Grazie.*

— Reposez-vous maintenant.

— *Si.*

Mattéo s'était attendu à plus d'action. Il s'agissait du cœur de son père ! Pouvait-il mourir ?

— Pourquoi ne faites-vous rien, docteur ? demanda-t-il.

— Nous faisons ce que nous pouvons. Nous devons d'abord donner une chance au médicament d'agir.

— Et dans le cas contraire ?

— Mattéo, faites-leur confiance, intervint Krystiana d'une voix douce.

Elle avait raison. Ils connaissaient leur travail.

— Mattéo… ?

Son père levait la main vers lui.

— *Si, papà.*

— Je crois que je vais devoir abdiquer plus tôt que prévu, dit-il avec un sourire triste.

Quoi ? Non !

Mattéo ne voulait pas en entendre parler. Devenir roi ? Non. Son père avait encore de belles années devant lui.

— Non, pas question. Ce n'est rien, papa. Bientôt, tout ceci ne sera plus qu'un mauvais souvenir. Tu verras.

— Non, je crains bien que non. Je ne t'ai pas tout dit…

Mattéo fronça les sourcils.

— Docteur Szénac ? Pourriez-vous nous laisser seuls, que je puisse m'entretenir avec mon fils ?

— Bien sûr. Prenez tout votre temps.

Elle sortit de la chambre, refermant doucement la porte derrière elle.

Mattéo se tourna alors vers son père, plein d'appréhension et de crainte.

— Qu'y a-t-il ?

— Je ne savais pas comment te dire cela… Mais… pendant ton enlèvement, j'ai été malade. Les cardiologues ont dit que c'était à cause du stress causé par ta disparition.

Le cœur. Il sentit l'angoisse le submerger.

— Que s'est-il passé ?

— J'ai fait une crise cardiaque.

— Quoi ?

Mattéo s'était levé d'un bond.

— Une petite, mais ils ont dû me faire un pontage coronarien. Tu vois cette cicatrice ?

Mattéo se pencha sur la poitrine velue de son père. La cicatrice, à peine visible, descendait du cou au sternum.

— Pourquoi ne m'as-tu rien dit ?

Son père haussa les épaules.

— J'ai toujours dit que j'abdiquerais à soixante-dix ans, tu le sais. Après ton enlèvement, j'ignorais où tu étais, toi, mon seul fils. Alors, le stress est monté… J'ai cru qu'Alexandra allait devoir monter sur le trône. Le jour de ton retour fut le plus beau de ma vie !

Il tenta de rire, mais n'y parvint pas.

Mattéo regardait la cicatrice, preuve que son père n'était pas aussi résistant qu'il l'avait cru, mais simplement humain comme tout le monde.

— Tu aurais dû m'en parler. Comment as-tu pu me cacher une chose pareille ?

— J'ai fait jurer à tout le monde de garder le silence. Pourquoi te faire de la peine ? Tu venais juste de rentrer, d'apprendre le décès de ta mère et la fin de ton mariage ! Inutile d'en rajouter. Je voulais te protéger, persuadé que je survivrais jusqu'à ton couronnement. Honnêtement, je pensais que tu n'en saurais jamais rien. Et je suis désolé de m'être trompé.

Au-dessus de son père, la machine signala l'accélération des battements du cœur. Le médicament ne semblait pas agir. Mattéo sentit renaître ses doutes et ses craintes. Son père ne pouvait pas mourir !

— *Ti amo, papà.*

— Je t'aime aussi. Maintenant, laisse-moi me reposer un moment.

— Très bien. Je suis juste derrière la porte — sonne si tu as besoin de quoi que ce soit, d'accord ?

— Oui. Va maintenant.

Mattéo embrassa son père et sortit.

Dès qu'il vit Krystiana, toutes les émotions qu'il contenait jusque-là remontèrent, et ses yeux s'emplirent de larmes. Il se précipita dans ses bras.

La chaleur et la tendresse de cette étreinte le réconfortèrent. Près d'elle, il se sentait en sécurité, un sentiment qui l'avait déserté après deux années de captivité où il avait cru ne jamais revoir la lumière du soleil.

— Comment vous sentez-vous ? demanda-t-elle en l'invitant à s'asseoir.

Il lui raconta l'aveu de son père au sujet de son opération cardiaque.

— Cela explique tout, dit-elle.

— Va-t-il guérir, à votre avis ?

— Il y a longtemps que je n'ai pas mis le pied dans un service de cardiologie, Mattéo, et je ne voudrais surtout pas dire n'importe quoi. Mais il est entre de bonnes mains.

— Son rythme cardiaque est toujours élevé. Combien de temps faut-il au médicament pour agir ?

— Le cœur aurait déjà dû ralentir. Le roi aura peut-être besoin d'une défibrillation, à moins qu'on lui administre de l'amiodarone. Je ne sais pas.

— Je suis content que vous soyez là.

— Je resterai tant que vous aurez besoin de moi.

Il fut heureux de l'apprendre. L'idée de la perdre lui était insupportable. Il caressa sa joue.

— Merci, Krystiana… Il y a quelque chose chez vous que…

Elle posa un doigt sur ses lèvres.

— Ne dites rien.

— Merci.

Et, sans s'expliquer davantage, il se pencha pour l'embrasser. Depuis leur dernier baiser, il brûlait de recommencer, mais celui-ci était différent et ils en savourèrent chaque seconde. Krystiana avait le goût du champagne, et son odeur de miel affolait ses sens. Il voulait tellement plus… Son monde volait en éclats autour de lui et il avait besoin de réconfort.

Le père de Mattéo était assis dans son lit, l'air nerveux. Les médecins avaient posé des électrodes sur sa poitrine et s'apprêtaient à lui envoyer une décharge électrique pour ralentir son rythme cardiaque.

— Est-ce douloureux ? demanda-t-il.

— Oui, mais bref. Et, si ça marche, vous vous sentirez aussitôt beaucoup mieux.

— Très bien. Allons-y alors.

— Chargez…, ordonna le médecin. Reculez… Envoyez.

Le corps du roi s'arqua violemment, et il gémit en retombant sur le drap.

Krystiana jeta un coup d'œil au moniteur cardiaque et constata que le rythme n'avait pas baissé. Elle tremblait pour le roi.

— Chargez… Reculez. Envoyez.

De nouveau, le corps du roi sursauta violemment mais, cette fois, le rythme cardiaque commença à baisser pour finalement se stabiliser à quatre-vingt-quatre battements minute.

Le cardiologue sourit à Mattéo.

— Nous avons retrouvé un rythme sinusal.

— Ça a marché, *papà.*

Alberto sourit à son fils.

— *Grazie a Dio !*

— Nous allons garder votre père en observation, cette nuit, mais si le rythme se maintient, il pourra se lever dès demain.

Le cardiologue serra la main de Mattéo et sortit.

Krystiana s'assit sur une chaise en face de Mattéo, heureuse pour lui. Elle savait combien il avait besoin de son père. Elle-même avait été très proche du sien, avant que celui-ci ne l'enferme dans un trou.

Après sa captivité, son existence tout entière avait été pulvérisée… Chaque fois qu'elle allumait la télévision, elle voyait son visage. Chaque fois qu'elle prenait un journal, elle découvrait une nouvelle histoire sur lui. Toutes les personnes qui avaient connu son père de près ou de loin avaient commenté son instabilité. Qu'il s'agisse de ses ex-petites amies ou de ses vieux ennemis, tous avaient trouvé le moyen de gagner quelques *zlotys* en livrant de sordides anecdotes.

Quand Krystiana avait repris l'école, tout le monde l'avait soudain traitée différemment, même les enseignants, alors qu'elle ne cherchait qu'à retrouver une vie normale. Les enfants cherchaient son amitié, curieux d'être invités chez elle pour découvrir la maison qui avait été celle de Piotr Szénac.

Quant à sa propre mère… Elle s'était éloignée d'elle. Une distance insupportable pour l'enfant que Krystiana était alors. Puis Nikola Szénac était morte. Moins d'un an après la libération de sa fille, elle était passée sous un bus. On avait sorti Krystiana de sa classe pour lui annoncer la nouvelle. Elle s'était ainsi retrouvée seule au monde, cherchant à comprendre ce qui lui arrivait, jusqu'à ce que sa tante Carolina vole à son secours.

À présent, l'orpheline polonaise se retrouvait au chevet du roi d'Isla Tamoura.

— Nous devrions laisser votre père se reposer, maintenant, dit-elle à Mattéo. Il est tard.

Il se leva pour embrasser le roi.

— En effet. Bonne nuit, *papà*. Krystiana et moi reviendrons demain matin.

Le roi se tourna vers elle.

— Je dois vous remercier, docteur Szénac. Vous m'avez sauvé la vie.

— Oh ! je n'ai rien fait.

— Vous avez veillé sur moi et sur mon fils. Je vous suis reconnaissant d'avoir été là.

Elle sourit. C'était un homme bon.

— Je suis heureuse que vous vous sentiez mieux, Votre Majesté.

— Appelez-moi Alberto.

Elle rougit. Il était le roi d'Isla Tamoura ! L'appeler par son prénom était réservé aux membres de la famille et aux amis.

— Merci, Votre Majesté.

Il sourit.

— Allez dormir maintenant. La journée a été longue.

10.

De retour au palais, Mattéo ne put résister à l'envie de serrer Krystiana contre lui.

— Ce soir, vous avez été mon roc. Je ne sais pas ce que j'aurais fait sans vous.

— Vous auriez surmonté cette épreuve. Vous n'aviez pas le choix.

— C'est vrai.

Il caressa ses cheveux, si doux.

— Vous avez besoin de vous reposer, fit remarquer Krystiana.

— C'est le docteur qui parle ? Peut-être pourriez-vous m'aider à dormir ? dit-il d'un air entendu.

Elle comprit immédiatement l'allusion, mais le repoussa en riant.

— Je pourrais en effet vous prescrire un somnifère.

— Impossible, vous n'êtes plus mon médecin.

— Dans ce cas, je pourrais vous conseiller de boire une tasse de lait chaud ? Ou de prendre un bain ?

Levant les yeux au ciel, il fit mine de réfléchir aux deux propositions.

— Je n'ai jamais aimé le lait chaud et je prends ma douche le matin. En fait, je crois que vous pourriez m'aider à trouver le sommeil d'une meilleure façon.

Elle ne pouvait imaginer perspective plus merveilleuse ! Mais quelqu'un devait se montrer raisonnable.

— Comment ? ne put-elle s'empêcher de demander.

— Vous pourriez m'accompagner jusqu'à ma chambre et vous assurer que je me mets bien au lit.

Elle le regarda d'un air pensif, se retenant de rire. Oh ! comme elle en avait envie. Tout son être lui criait d'accepter.

— Vous pourriez vous allonger à côté de moi et caresser mes cheveux jusqu'à ce que je m'endorme, poursuivit-il.

— Je pourrais, en effet, reconnut-elle avec un sourire.

— Il y a beaucoup de choses que vous pourriez faire. Je ne cesse de lutter contre mon désir… mais j'ai tellement envie de vous serrer contre moi, vous n'imaginez pas.

Oh ! si. Elle l'imaginait sans peine. Elle pouvait sentir son excitation contre elle. Déjà, il embrassait ses lèvres, puis son cou, lui arrachant un gémissement de plaisir.

— J'ai entendu dire qu'un orgasme était un excellent moyen de s'assurer une bonne nuit de sommeil…, acheva-t-il d'une voix suave.

Elle lui sourit, amusée par son audace.

— La prolactine rend effectivement les hommes somnolents, de même que l'ocytocine et la vasopressine — toutes produites par le cerveau après le sexe.

— Attention, tous ces mots savants pourraient m'exciter davantage.

Elle éclata de rire, mais retrouva vite son sérieux.

— Vous savez, l'envie de sexe est une réaction classique lorsqu'on est confronté à la mort.

— Vraiment ?

— Oui. On veut se prouver qu'on est en vie. Et quel meilleur moyen de tromper la mort que de s'adonner à l'acte originel de la vie ?

— Est-ce mal ?

— Pas nécessairement. Mais une femme aime savoir si un homme la désire pour elle-même ou simplement parce qu'il veut se prouver qu'il est vivant.

— J'ai envie de vous parce que vous me rendez fou, avoua-t-il en la regardant droit dans les yeux. J'ai lutté et, à présent, je me demande bien pourquoi ! Les événements de la soirée m'ont fait prendre conscience que la vie est courte et qu'elle mérite d'être vécue. J'ai envie de vous, de vos lèvres, de vos baisers, de vos bras autour de moi, de votre corps contre le mien, et je me moque du reste !

Les courbes de Krystiana contre lui attisaient son désir ! Au diable les traditions, la loi et la prudence ! Elles dirigeaient sa vie depuis trop longtemps. Depuis son retour de captivité, il s'efforçait de contrôler ses sentiments, ses émotions. Mais Krystiana l'avait transformé.

— Alors, je suis à vous, dit-elle en l'embrassant.

Mais à quoi jouait-elle ?

Comment pouvait-elle s'abandonner ainsi à la tentation, sans réfléchir ?

Mattéo pouvait avoir toutes les femmes, mais c'était elle qu'il désirait, et cette idée seule l'excitait terriblement.

Après avoir ôté sa robe grise, elle s'examina dans le miroir de la salle de bains, se demandant l'espace d'un instant, qui était cette femme. Elle ne se reconnaissait plus.

Elle ôta ses boucles d'oreilles et son collier, enleva ses escarpins et ses sous-vêtements. Puis elle enfila le peignoir suspendu derrière la porte.

Elle était prête.

Retenant son souffle, elle ouvrit la porte pour rejoindre Mattéo qui l'attendait, debout au pied du lit.

— Sommes-nous sûrs de vouloir cela ? murmura-t-elle.

Pour toute réponse, il s'empara de ses lèvres…

— *Buongiorno !*

Se réveiller auprès de Mattéo était une sensation merveilleuse. Krystiana l'embrassa, respirant sa merveilleuse odeur virile, un mélange de savon et de bois de santal.

— As-tu des nouvelles de ton père ?

— Oui. Il a passé une très bonne nuit.

— C'est formidable ! s'exclama-t-elle, avant de se blottir de nouveau contre lui.

Elle ne se lassait pas de ses étreintes. Dans ses bras, elle se sentait… adorée. Un état qui pourrait très vite devenir addictif, si elle n'y prêtait pas garde.

— Comptes-tu aller à l'hôpital, ce matin ? s'enquit-elle.

— Oui, j'emmène Alex voir son grand-père et j'aimerais que tu nous accompagnes. Mais, avant cela, prenons le petit déjeuner sur la terrasse. Il fait un temps magnifique.

Sergio — qui ne manifesta aucune surprise en découvrant Krystiana dans la chambre de Mattéo — leur servit un bon café noir, accompagné de *crostatas* aux griottes, de *ciambellas* à la crème et d'une sorte de *strudel di mele*, le tout accompagné de fruits frais.

— Je me sens grossir rien qu'en regardant tout cela, dit-elle.

Mattéo sourit et prit sa main qu'il porta à ses lèvres.

— Tu n'as jamais été aussi belle.

Lorsque Mattéo et Alex entrèrent main dans la main dans la chambre du roi, Krystiana resta en retrait quelques instants. Elle se sentait de trop.

— Comment te sens-tu, *papà* ? demanda Mattéo, l'air inquiet.

— Beaucoup mieux. Mais qu'est-ce que je vois ? Ne serait-ce pas une petite princesse qui veut embrasser son *nonno* ?

La fillette lâcha la main de son père pour sauter sur le lit.

— Attention, *papà*. Tu dois te reposer.

— Serrer ma petite-fille contre moi ne peut que me faire du bien, mon garçon.

Il embrassa et chatouilla gentiment Alex dont le rire cristallin envahit la chambre.

— Oh et voici le Dr Szénac ! Vous êtes venue, vous aussi ! Comment se comporte mon fils quand je ne suis pas là pour le surveiller ?

— Très bien.

— Heureux de l'entendre.

Le cœur de Krystiana se serra tandis que le roi offrait un petit paquet à sa petite-fille.

— Tiens, j'ai un cadeau pour toi. Ouvre-le !

Alex déchira le papier et s'illumina en découvrant un livre couvert d'animaux aux couleurs vives. S'appuyant contre son grand-père, elle commença à le feuilleter.

— Alex, qu'est-ce que tu dis à *nonno* ? intervint Mattéo.

La petite fille sourit timidement à son grand-père.

— *Grazie.*

— Où as-tu acheté ce livre ? poursuivit Mattéo à l'adresse du roi. Je croyais que tu ne devais pas quitter le lit ?

— Un des avantages d'être roi, c'est d'avoir des serviteurs à tes ordres.

— Je vois… Les médecins sont-ils passés te voir ?

— Oui. Ils m'ont examiné et demandé de rester tranquille. Je leur ai rappelé que j'avais un pays à diriger, ce qui n'est pas une mince affaire.

— Et tu le fais très bien. Je serai très fier de moi si je suis moitié aussi bon que toi.

— Et bien, tu risques d'en avoir l'opportunité plus tôt que prévu.

Le cœur de Krystiana manqua un battement. Mattéo ? Roi ?

— Quoi ? Non. Tu te portes comme un charme.

— Justement, non, Mattéo. J'aimerais bien, mais ce n'est pas le cas. Je sais que tu aimerais avoir plus de temps pour t'habituer à cette idée mais, toute ta vie, on t'a préparé pour ce jour. J'avais espéré que ce grand tour de Tamoura constituerait une première introduction à tes nouvelles responsabilités, mais je dois regarder les choses en face. Mon cœur vient de me donner un deuxième avertissement et, si je veux avoir la chance de voir cette petite merveille grandir, je dois me retirer plus tôt que prévu.

Mattéo jeta un coup d'œil à Krystiana.

— Que veux-tu dire ?

— J'ai décidé d'abdiquer. La presse est prévenue : je veux que tu sois couronné le plus rapidement possible.

— *Papà, no !*

Alberto prit sa main.

— Mattéo… Personne ne se sent jamais prêt. Crois-tu que je l'étais ? Crois-tu que je savais ce que je faisais quand on a déposé la couronne sur ma tête ? Non. Mais tu dois apprendre et devenir un homme capable de faire avancer ton pays.

— Mais…

Mattéo semblait perdu. À la grande surprise de Krystiana,

il lui prit la main et la serra, sans remarquer les sourcils levés du roi.

— Tu peux attendre encore quelques mois avant d'annoncer ton abdication. Prends le temps — un dernier adieu à ton peuple. Je…

Alberto leva la main pour lui intimer le silence, le visage dur.

— J'étais un jeune père quand je suis monté sur le trône. Tu avais trois semaines. Je manquais de sommeil, j'étais stressé et épuisé, et je venais juste de terminer un tour du monde. C'est la vie, Mattéo. Ce ne sera jamais le bon moment. Docteur Szénac, vous avez l'air de bien connaître mon fils. Pensez-vous qu'il soit prêt ?

Krystiana déglutit, la bouche sèche. Elle regarda Mattéo, devinant ce qu'il voulait l'entendre dire, mais elle se devait de répondre honnêtement au roi.

— Je pense qu'il est plus que prêt.

— Tu vois ? déclara le roi, tout sourires. Tout le monde sait que tu peux le faire. Tu monteras sur le trône, Mattéo.

Dans le regard que Mattéo lui adressa, Krystiana lut les doutes, la peur, les hésitations.

Ils étaient au début d'une relation qui aurait pu devenir incroyable. Mais un prince sur le point de devenir roi ! L'accélération des événements était terrifiante. Que représentait-elle pour lui ?

— Pouvons-nous parler de ce qui s'est passé aujourd'hui ? demanda Mattéo en jetant sa veste sur une chaise.

— D'accord…

— Mon père veut que je devienne roi ! Je croyais avoir plus de temps. Je croyais que…

Il se tourna pour regarder Krystiana, dont le cœur battait à tout rompre.

— … que nous avions plus de temps, acheva-t-il.

— C'est le cas, non ? fit-elle, hésitante.

— Si la presse est au courant de mon futur couronnement, tout le pays va avoir les yeux braqués sur moi. Et également sur toi.

Elle avait déjà vécu cela. Une expérience éprouvante, terrifiante même parfois. Mais elle avait survécu.

— Ils ne s'intéresseront à moi que si nous sommes ensemble.

Il cessa de faire les cent pas pour se tourner vers elle.

— J'imagine que c'est la grande question, n'est-ce pas ?

— En effet. Qu'est-ce que je représente pour toi, Mattéo ?

Une question effrayante en ce qu'elle le plaçait devant ses responsabilités. Mais elle avait besoin de savoir.

— Honnêtement, je n'en sais rien.

Cela commençait mal. Elle souhaitait l'entendre dire qu'elle était tout pour lui et qu'il ne pouvait pas vivre sans elle. Malheureusement, cela n'en prenait pas le chemin.

— Je ne veux pas te blesser, mais c'est une situation complexe et je ne peux imaginer que tu veuilles faire partie de ce monde fou dans lequel je vis.

Krystiana se laissa tomber sur une chaise.

— Nous n'aurions peut-être pas dû entamer cette relation. J'ai l'impression que ton père la désapprouverait.

Mattéo détourna le regard, d'un air las.

— Tu vas devenir roi, Mattéo. Plus tôt que tu ne le pensais. Nous devrions peut-être nous séparer, le temps que la situation se stabilise ?

— Tu as sans doute raison, reconnut-il avec un soupir.

Bien que la suggestion vînt d'elle, Krystiana fut choquée qu'il renonce si facilement à leur histoire. Apparemment, cette relation avait plus compté pour elle que pour lui.

Krystiana retenait ses larmes, à présent. Ils avaient partagé une nuit formidable, la plus belle nuit de sa vie, et s'étaient réveillés dans les bras l'un de l'autre. Elle ne se souvenait pas avoir déjà été aussi heureuse. Mais elle avait toujours senti qu'une relation entre eux ne pouvait être qu'éphémère. Mattéo venait de le lui confirmer.

Après le départ de Krystiana, Mattéo sortit sur la terrasse, laissant son regard errer sur les collines avoisinantes. Il avait eu tort de laisser son désir prendre le pas sur son bon sens ! Il aurait dû ne penser qu'à son pays, au fait qu'Isla Tamoura avait besoin d'un leader fort. Mais Krystiana occupait tout son esprit. L'horreur de leur expérience commune les avait rapprochés et avait précipité les choses entre eux.

Ils avaient passé une nuit exceptionnelle, magique, leur communion avait été parfaite.

Or cette nuit démontrait à quel point il avait perdu le contrôle, alors qu'on attendait de lui une parfaite maîtrise. À quel moment avait-il changé ? Quand le prince solitaire s'était-il transformé en un homme incapable de contrôler son désir pour une femme ?

La robe grise sur le bras, Krystiana frappa à la porte de Mara.

— Krystiana ! Entrez !

— Je vous rapporte votre robe. Elle a été nettoyée.

— Merci, mais vous auriez pu la garder, vous savez.

Krystiana secoua la tête.

— Oh ! non ! Elle a dû coûter une fortune.

Mara l'observa un moment.

— Que se passe-t-il ? demanda-t-elle avec gentillesse. Asseyez-vous et racontez-moi.

Soudain, Krystiana ne put retenir ses larmes.

La princesse s'assit près d'elle et passa un bras autour de ses épaules, la réconfortant en silence.

— Mattéo et moi… Nous avons…

Pouvait-elle se confier à Mara ? Après tout, elle était la meilleure amie de Mattéo.

— Je ne sais pas comment c'est arrivé, mais… Nous avons couché ensemble.

— Et maintenant, c'est compliqué, commenta Mara.

— Cela l'a toujours été, répondit Krystiana avec un soupir.

— Je comprends. L'homme pour qui vous éprouvez des sentiments va devenir roi. Ce n'est pas une situation facile.

— Personne n'accepterait notre relation.

— Vous n'en savez rien. Le monde est compliqué, Krystiana. Rien n'est jamais aussi simple qu'il paraît. Parfois, la seule solution est de suivre ce que votre cœur vous commande.

— Il me dit tellement de choses.

— Dans ce cas, vous devriez lui poser une question. Que ressentiriez-vous si Mattéo sortait pour toujours de votre vie ?

Impossible de l'envisager. Ne plus le voir qu'à la télévision ou dans les journaux…

— Ce serait horrible.

— Mais vous y survivriez.

— Je n'en suis pas certaine. J'ai déjà tant souffert…

— Parfois, on ne choisit pas ses batailles.

— On dirait que vous essayez de me prévenir. De me dire que nous n'avons aucun avenir ensemble.

Mara hésita.

— Je vous aime bien, Krystiana, et je crois que vous et Mattéo formez un joli couple. Que vous pourriez être heureux ensemble.

— Mais…

— Mais, si vous voulez être avec lui, vous devez lui parler.

— De quoi ?

Mara sourit.

— De tout.

11.

On frappait à sa porte. Étonné que Sergio ne l'ait pas prévenu d'une visite, Mattéo ouvrit la porte de son appartement. Krystiana se tenait sur le seuil, si belle, avec ses yeux doux et lumineux, son grand sourire.

— Bonjour, dit-il, le cœur battant.

— Aurais-tu une minute à m'accorder ?

— Bien sûr. Entre. Veux-tu boire quelque chose ?

— Non, merci. Je voudrais juste te parler tant que j'en ai le courage, puis je partirai.

Oh ! cela n'annonçait rien de bon. Pourtant, elle souriait. Avait-elle pris une décision ?

— Je t'écoute.

— Oui, dit-elle.

Il fronça les sourcils.

— Oui ?

Elle éclata de rire.

— Oui ! À toi. À nous. Un de nous doit le dire ! Je veux que nous nous donnions une chance. Malgré le fait que tu vas devenir roi et malgré ce que les gens pourraient en dire…

— Un moment, la coupa-t-il. Tu voudrais que nous formions… un couple ?

Son cœur s'emballa. Pas un instant, il n'avait imaginé qu'elle pourrait en arriver à une telle conclusion, mais elle l'avait fait et c'était merveilleux. Malgré toutes ses craintes, il voulait savourer cet instant juste pour lui. Parce que sa vie allait lui échapper une fois qu'il serait roi. Il savait qu'il faisait fi de toute prudence — il connaissait les règles —, mais il aurait le temps de s'en préoccuper plus tard.

— Viens ici, dit-il en l'attirant contre lui et en l'embrassant comme il ne l'avait jamais fait auparavant.

Il devinait combien cette démarche avait dû coûter à Krystiana, combien elle avait dû avoir peur. Pourtant, c'était tellement évident. Elle était la femme qu'il avait attendue toute sa vie. Elle était parfaite, intelligente, douce, affectueuse, belle. Et elle le comprenait, comme personne ne pourrait jamais le comprendre.

Quand son père s'était effondré, il s'était senti soutenu parce qu'elle était là. Il s'était senti aimé. Elle était sa force, son cœur, sa vie. Et bien qu'il fût inquiet de ce que l'avenir leur réservait, ses craintes n'étaient pas aussi fortes que son amour. Il y avait sûrement une solution pour eux.

— Je vous aime tellement, Krystiana Szénac !

— Je t'aime ! répondit-elle avec un sourire.

Ils s'embrassèrent, et Mattéo l'aurait sûrement emmenée dans sa chambre si cela avait été possible. Mais il avait des réunions prévues.

— Fêtons cela ! proposa-t-il. Juste toi et moi, hors du palais. Je vais réserver une table au Jacaranda, ce soir. C'est un endroit discret.

— Sortir ensemble en public ?

Le visage de Krystiana rougit d'excitation autant que d'appréhension.

— Pourquoi pas ?

Krystiana se dirigea vers la porte.

— Que dois-je porter ?

Il réfléchit un instant.

— Tu seras belle quelle que soit ta tenue.

Elle éclata de rire.

— Très bien, je vais aller me préparer.

— Il n'est que 14 h 30, dit-il en jetant un regard à sa montre.

— Une femme a besoin de temps pour se faire belle, Mattéo.

— Tu es déjà parfaite.

— Bonne réponse, dit-elle en lui envoyant un baiser. Mais je vais tout de même prendre un bain et m'occuper de ma coiffure.

Elle allait refermer la porte derrière elle quand il l'arrêta, se précipitant vers elle.

— Attends ! Un dernier baiser ?

Elle posa ses lèvres sur les siennes.

— Pas le dernier, Mattéo. Le premier de beaucoup d'autres.

Krystiana avait dû faire preuve de courage plusieurs fois dans sa vie, mais aller trouver Mattéo pour lui avouer qu'elle voulait vivre avec lui n'avait pas été facile. Elle s'était avancée au bord du précipice, lui donnant la possibilité de la pousser dans le vide. Mais il ne l'avait pas laissée tomber. Son instinct ne l'avait pas trompée. Il désirait lui aussi les voir former un couple.

Et elle découvrait qu'il y avait de nombreux avantages à vivre dans un palais où demeurait à disposition une coiffeuse-styliste-maquilleuse. En fait, Giulia était là pour servir Mara et Alex, mais elle se montra ravie de s'occuper d'une nouvelle personne.

— Vos cheveux sont magnifiques ! dit-elle en passant la main dedans. Épais et longs. Il faut les remonter et leur donner un aspect décoiffé. Comme ceci… Vous voyez ?

Krystiana, qui s'était toujours contentée d'une simple tresse, opina.

— Faites comme vous voulez, dit-elle. Je suis sûre que ce sera parfait.

— Je vais les ébouriffer un peu et peut-être mettre quelques brillants ici ou là. Vous verrez. Cela vous plaira.

— Très bien.

Giulia l'observa attentivement dans le miroir.

— Vous avez des yeux très expressifs… Je vais les mettre en valeur avec du mascara, une ombre à paupières sombre et des lèvres nude.

— C'est vous la professionnelle. Il vous faudra combien de temps pour réaliser tout cela ?

— Deux heures. Nous aurons ensuite tout le temps de jeter un coup d'œil à votre dressing.

— Mon dressing ?

C'était un bien grand mot pour les quelques tenues de son placard, plus adéquates pour son travail que pour une soirée romantique.

— Les tenues achetées pour vous.

— Quoi ? Mais par qui ? demanda-t-elle en se tournant sur sa chaise.

— Le prince héritier m'a chargée de vous constituer une véritable garde-robe.

— Quand ?

— À votre arrivée au palais. Il ne savait pas si vous pourriez récupérer vos vêtements dans votre maison, alors il m'a envoyée acheter quelques tenues.

— Oh ! mais comment connaissiez-vous ma taille ?

— Les stylistes ont l'œil. Faites-moi confiance. Je vous ai choisi quelques belles pièces.

Tandis que Giulia s'attaquait à sa coiffure, Krystiana sourit, heureuse que Mattéo se soit inquiété de son confort. Sans cela, elle aurait dû aller de nouveau frapper à la porte de Mara ! Et il ne lui paraissait pas naturel d'emprunter des vêtements à l'ex-femme de celui qu'elle voulait charmer ! Elle était impatiente de découvrir les achats de Giulia.

Jamais encore, elle n'avait été traitée ainsi ! Elle s'était toujours montrée prudente avec l'argent, même si son travail était bien rémunéré. Grandir dans une famille où sa mère économisait chaque *zloty* avait laissé des traces.

Une fois ses cheveux rassemblés dans une coiffure stylée et son visage maquillé avec talent par Giulia, Krystiana entreprit de découvrir sa nouvelle garde-robe, composée de tailleurs-pantalons, de robes, de chemises souples et d'escarpins. À quoi s'ajoutaient des pantalons en lin et même deux maillots de bain ! Finalement, leur choix se porta sur une robe bleu canard, souple sur ses hanches et qui s'évasait au-dessus du genou.

Krystiana l'essaya, tournant devant le miroir en pied.

— Elle est si belle, Giulia ! C'est vous qui l'avez choisie ?

— Non, c'est Mattéo. Il a dit qu'elle avait la couleur de vos yeux et c'est vrai.

Krystiana sourit.

— Bien. Dans ce cas, plus d'hésitations. Ce sera celle-ci. Avons-nous terminé ?

Giulia tapota ses lèvres en l'examinant de pied en cap.

— Il manque une petite chose, dit-elle.

Elle sortit d'un de ses sacs une petite boîte et l'ouvrit. Krystiana découvrit alors un magnifique bracelet à l'intérieur — la plus belle chose qu'elle ait jamais vue.

— Oh ! mon Dieu ! Il m'a acheté ça ?

— Oui.

— Mais cela a dû coûter une fortune ! Je ne peux pas le porter ! J'aurais trop peur de le perdre.

— Il y a une chaînette de sécurité. Essayez-le.

Giulia attacha le bijou autour de son poignet. Il pesait son poids — assez pour ne pas l'oublier. S'il tombait, elle s'en apercevrait immédiatement.

— Alors, je suis prête ?

— Oui. Le temps de ramasser mes affaires et je disparais.

— Merci, Giulia. Vous avez fait des merveilles !

— Tout le plaisir a été pour moi. Bonne soirée.

Un coup léger à la porte. En allant ouvrir, Krystiana découvrit Mattéo, vêtu d'un élégant costume sombre et d'une chemise blanche au col ouvert. Il ressemblait à un espion britannique, beau et séducteur.

— Vous êtes…

Son regard descendit le long du corps de Krystiana, ses yeux brillant d'un éclat appréciateur.

— Magnifique !

— Merci, dit-elle en rougissant. Vous aussi.

Il lui offrit son bras.

— Puis-je vous escorter jusqu'à la voiture ?

— Avec plaisir.

Ils s'engagèrent dans le couloir du palais, croisant quelques serviteurs qui vaquaient à leurs occupations. Tous les regardèrent passer avec un sourire, et Krystiana se sentit admirée et aimée. Ils formaient un beau couple.

La voiture traversa lentement la cour du château, passa la

grille pour descendre vers la capitale de l'île, Ventura. Avant qu'elle s'en rende compte, ils s'arrêtaient devant un petit restaurant, un peu à l'écart de la route. De chaque côté de la porte, des rambardes avaient été installées derrière lesquelles se trouvaient quelques personnes armées de caméras.

Le cœur de Krystiana s'emballa.

— Ce sont des paparazzis ?

— On dirait bien.

— Comment ont-ils su que nous allions venir ici ?

— Je l'ignore. Quelqu'un a dû faire preuve d'indiscrétion. Veux-tu que nous partions ? Nous ne sommes pas obligés de manger là.

Le cœur battant, les mains moites, elle réfléchit. Au palais, elle avait été à l'abri. Ici, la situation était un peu… effrayante.

— Reste à côté de moi. D'accord ?

Il hocha la tête.

— Garde les yeux sur moi. Une fois dehors, nous poserons pour eux le temps d'une photo et leur adresserons un sourire, avant de pénétrer dans l'établissement. Quand nous serons à l'intérieur, ils ne pourront plus nous voir, et l'entrée leur est interdite. Nous pourrons dîner tranquillement. Prête ?

Elle opina d'un signe de tête, la bouche trop sèche pour parler.

— Très bien. Prends une grande inspiration. Un, deux, trois…

Mattéo ouvrit la porte, et un barrage de flashs aveugla Krystiana. Elle pouvait entendre les clics et les ronronnements des appareils. Elle eut du mal à ne pas lever la main pour protéger ses yeux ou se précipiter à l'intérieur.

Au lieu de cela, elle attrapa le bras de Mattéo, s'imprégnant de sa force et de son calme. Quand elle releva la tête, il souriait, la tête penchée vers elle avec un tel naturel qu'elle ne put que sourire en retour. Ils posèrent le temps de quelques photos et, après un petit signe de la main, s'engouffrèrent dans le restaurant.

Elle laissa échapper un long soupir.

— Tu as été parfaite, dit Mattéo après l'avoir embrassée.

— Ça s'est passé si vite.

— Nous apprenons tous comment nous comporter avec la presse. Il faut leur donner assez pour les rassasier tout en les laissant sur leur faim. Toujours rester poli.

— On dirait un jeu ?

— C'en est un. Ils sont tous en compétition pour la meilleure photo, le plus beau sourire, parce que c'est ça qui fait vendre.

— Du coup, demain, tout le monde saura qui je suis.

— Comme ils ne seront sûrs de rien, ils en seront réduits à spéculer.

Ce qui lui permettrait de nier plus tard ?

Krystiana s'en voulut d'une telle pensée et la repoussa bien vite. Si Mattéo avait voulu taire leur lien, il aurait refusé de sortir de la voiture avec elle.

Le maître d'hôtel les accueillit à l'entrée et les escorta jusqu'à une petite table discrète à l'arrière du restaurant. Un pianiste jouait une musique douce. Des bougies et des chandeliers éclairaient le restaurant, créant une ambiance intime.

En prenant place à table, Krystiana se sentit soudain affamée. Probablement en réaction au stress de son premier contact avec la presse.

Un serveur glissa une serviette sur ses genoux et versa de l'eau dans leurs verres, avant de leur tendre une carte reliée en cuir.

— En plat du jour, nous vous proposons du chevreuil mariné aux baies de genièvre, accompagné d'un velouté de panais et d'une sauce aux champignons, annonça-t-il avant de s'éloigner.

— Cet établissement est très beau, dit-elle.

— C'est un de mes restaurants préférés. Le chef est excellent.

— Es-tu venu ici avec Mara ? demanda-t-elle redoutant d'apprendre qu'il avait invité ici toutes les femmes qu'il avait voulu impressionner.

— Non. Je n'ai découvert ce restaurant qu'après le départ de Mara. Qu'est-ce qui te ferait plaisir ?

— Toi, répondit-elle en prenant sa main par-dessus la table.

*
* *

— Raconte-moi, quel genre de petit garçon étais-tu ?

Il sourit.

— Mon père te dirait sans doute que j'ai accumulé toutes sortes de bêtises et… il aurait raison, conclut-il en riant. Je me rappelle une réunion très importante, interdite aux enfants. J'étais fasciné par tous ces gens qui pénétraient dans la pièce et curieux de savoir à quelle activité ils allaient s'adonner. Alors, je me suis glissé derrière un rideau, certain de découvrir quelque secret. Au lieu de cela, ils n'ont fait que parler du cours des olives et de la rotation des cultures — des choses mortellement ennuyeuses. J'ai donc décidé d'égayer un peu la réunion.

— Qu'as-tu fait ?

— Je suis sorti d'un bond de ma cachette en poussant un grand cri.

— Que s'est-il passé ? demanda-t-elle.

— Mon père s'est tourné pour me lancer son « regard » et j'ai compris que j'allais avoir des ennuis. En guise de punition, il m'a envoyé aider le jardinier pendant tout l'après-midi.

— Waouh.

— Et tu sais comment cela s'est terminé. J'ai fini par dessiner moi-même le jardin.

— J'ai l'impression que tu étais un petit garçon très heureux.

— En effet. Très chanceux. Et toi ? As-tu quand même gardé quelques bons souvenirs de ton enfance ?

Elle réfléchit un moment.

— Mon père aimait me répéter qu'un jour j'aurais le plus beau poney du monde ! Il m'avait acheté un poster avec des chevaux pour ma chambre et une licorne en peluche. Je n'ai jamais eu de poney mais il faisait son possible pour me faire plaisir. Il n'a pas toujours été un méchant homme.

— Je peux t'offrir Matilde.

Parlait-il sérieusement ?

— Quoi ?

— Pourquoi pas ? Toi sur Matilde et moi sur Galiléo… Nous ferions de belles balades tous les deux.

— Tu penses vraiment que nous pourrions avoir un avenir ensemble ? demanda-t-elle, le cœur battant la chamade.

Elle avait tellement besoin d'être rassurée.

— Bien sûr, répondit-il après avoir avalé une gorgée d'eau.

Plus tard, Mattéo la raccompagna jusqu'à sa chambre. Dès qu'ils avaient franchi les portes du palais, Krystiana avait ôté ses talons et marché pieds nus le long des couloirs, la tête appuyée contre son bras.

Elle venait de passer une merveilleuse soirée, écoutant ses histoires, riant de ses anecdotes, savourant ces moments d'intimité.

Il y avait si longtemps que cela ne lui était pas arrivé. Ce soir, elle s'était contentée de se détendre. Elle s'était sentie si bien avec Mattéo qu'en dégustant leur délicieux repas elle avait compris qu'elle pourrait vraiment tomber amoureuse de cet homme, si ce n'était pas déjà fait.

Devant sa porte, elle l'avait attiré vers elle pour l'embrasser. Ses lèvres avaient un effet magique sur ses sens. Elle avait l'impression de rêver. Tant de joie et de bonheur après tout ce qu'ils avaient traversé ! Et dire qu'elle avait failli renoncer à tout ça…

— Je veux que tu restes avec moi, cette nuit, dit-elle en le regardant droit dans les yeux.

Il l'embrassa de nouveau, puis elle prit sa main et ils entrèrent dans sa chambre.

— Pourrais-tu descendre la fermeture Éclair ? demanda Krystiana d'une voix suave, en lui présentant son dos.

Mattéo suivit du regard la courbe de ses épaules, les petites mèches de cheveux couleur miel qui bouclaient sur sa nuque et la longue fermeture Éclair qui descendait le long de son dos. Il se pencha pour embrasser la peau douce de son cou.

Elle s'appuya contre lui, frémissant sous la caresse de ses lèvres. Alors, il glissa les mains sous sa robe au niveau des épaules pour faire glisser le vêtement dans un froissement jusqu'au sol.

Comme elle lui faisait face, à présent, il savoura quelques instants la douceur de sa peau, la rondeur de sa poitrine et la finesse de sa taille.

— Tu es si belle, murmura-t-il, l'attirant fiévreusement contre lui, les mains posées sur ses fesses.

Il voulait lui faire sentir son excitation, lui faire comprendre à quel point il avait envie d'elle !

— Mattéo !

Incapable de résister à sa supplique, il vint titiller de sa langue le bout de ses seins, les suçant et les taquinant à tour de rôle. Puis ses mains s'aventurèrent plus bas encore, pour faire descendre sa culotte lentement, très lentement.

Il n'avait qu'une envie, se perdre en elle, alors même que c'était pure folie. Bientôt, il devrait lui avouer la vérité, qui ne manquerait pas de lui briser le cœur.

Elle croyait faire l'amour.

Alors que, pour lui, il s'agissait d'un adieu.

Krystiana se réveilla dans les bras de Mattéo, un sourire aux lèvres. Son corps vibrait encore, collé contre celui de son amant derrière elle.

La nuit avait été telle que dans ses rêves et, bientôt, le peuple d'Isla Tamoura découvrirait dans les journaux l'annonce du couronnement du prince héritier, ainsi que le nom de son amoureuse. Ils avaient rendu la chose officielle, la veille, avec leur apparition publique.

Elle se demanda si elle ne devrait pas appeler la clinique pour s'assurer que le Dr Bonetti pourrait s'occuper de ses patients pendant quelque temps. Plus tard, elle déciderait de la date de son retour. Cela faisait si longtemps qu'elle n'avait pas pris de vacances qu'elle était certaine que son patron ne s'en formaliserait pas…

Mais rien ne pressait.

Se glissant hors du lit, elle enfila sa robe de chambre

et sortit sur la terrasse, fermant les yeux sous la clarté du soleil matinal.

C'était à cela que sa vie ressemblerait à partir de maintenant. Vivre dans un palais avec l'homme de ses rêves, l'amour de sa vie. Tout serait différent.

Elle jeta un coup d'œil à Mattéo, toujours assoupi, et réalisa qu'ils avaient dormi sans lumière de chevet. Comme si l'amour entre eux les avait rendus aptes à repousser leurs peurs.

Il suffisait donc de deux bras aimants ?

Quoi qu'il en soit, elle était heureuse et amoureuse. Probablement pour la première fois de sa vie.

Mattéo ouvrit les yeux.

— *Buongiorno*, dit-il aussitôt avec un sourire.

— *Buongiorno*. Prêt à affronter le monde ?

— Non, pas encore, gémit-il. Restons ici comme si le monde extérieur n'existait pas. Reviens te coucher.

Elle s'exécuta et se lova avec plaisir dans ses bras. Et, bientôt, Mattéo disparut sous les draps, pour lui procurer mille délices.

Krystiana voulait peindre un tableau d'Alex jouant dans le jardin bien-aimé de Mattéo pour le lui offrir. Alors, pendant que la fillette batifolait au milieu des fleurs, à la poursuite des papillons, elle s'activa devant sa toile.

Elle lui donnerait la peinture à son retour de l'hôpital. Il l'accrocherait sûrement en place d'honneur dans son appartement. Le vert luxuriant des feuillages rehaussait l'or, le bronze, le rouge, le rose fuchsia et le bleu lapis-lazuli des différents massifs floraux qui se mélangeaient dans un festival de couleurs autour de la belle petite fille aux longs cheveux noirs, courant dans les allées, son filet à papillons à la main.

— Regarde-moi, Krissy… Regarde !

La fille de Mattéo était vraiment jolie, et Krystiana souhaitait qu'elles s'entendent bien. Elle voulait dessiner une toile joyeuse, réalisée avec amour.

Alors qu'elle mettait la touche finale à son œuvre, elle eut la sensation qu'on l'observait.

En se tournant, elle découvrit Mattéo, debout sur la terrasse. Il paraissait triste.

Elle posa son pinceau et essuya ses mains sur un chiffon.

— Alex ? Ne touche pas au tableau pendant qu'il sèche, d'accord ? Je vais parler à ton père.

Sa première pensée fut que l'état du roi s'était peut-être aggravé. Se pouvait-il que le souverain soit mort ? Elle ne pouvait pas imaginer la douleur de Mattéo s'il perdait son dernier parent.

Tout allait si bien depuis la nuit passée. Ils avaient enfin trouvé le bonheur. Le début de leur amour allait-il être entaché par un décès ? Elle espérait vraiment que non…

Krystiana entra sans frapper, devinant qu'il se trouvait toujours sur la terrasse.

— Mattéo ?

Il ne répondit pas, ne se retourna pas. De plus en plus inquiète, elle le rejoignit et découvrit son visage — froid et fermé, tel celui d'une statue.

— Mattéo ? fit-elle en posant sa main sur la sienne. Tout va bien ? Que s'est-il passé ?

Il ne répondit pas tout de suite, puis il prit une inspiration et serra sa main.

— Je suis allé voir mon père.

Un étau glacé se referma sur son cœur.

— Comment va-t-il ?

— Bien. Les médecins estiment qu'il peut quitter l'hôpital.

Une vague de soulagement l'envahit.

— Mais c'est une excellente nouvelle !

Il hocha la tête.

— En effet.

— Alors pourquoi cette tête d'enterrement ?

Elle remarqua alors qu'il tenait un verre de whisky qu'il porta à la bouche et avala cul sec.

N'était-il pas un peu tôt pour un alcool aussi fort ?

— Mattéo, tu me fais peur. Dis-moi ce qui se passe !

Il se tourna pour lui faire face, et elle constata qu'il pleurait. Ses yeux étaient rouges et gonflés.

— Mon père a lu le journal, ce matin, et il n'a pas été content de découvrir notre relation par ce biais.

— D'accord.

Ils lui présenteraient des excuses. Ils auraient dû informer eux-mêmes le roi Alberto.

— Il ne m'aime pas.

— Si. Mais… Il m'a rappelé quelques vérités déplaisantes.

— Quelles vérités ? demanda-t-elle, étonnée.

Mattéo se détourna comme s'il ne pouvait soutenir son regard. Ce qui, plus que le reste, la terrifia.

— Les lois de mon pays stipulent que l'héritier du trône ne peut épouser qu'une personne de sang royal.

Quoi ? Non. Ce n'était pas possible !

Elle ne put retenir ses larmes.

— De sang royal ? C'est ridicule. Ce n'est pas possible.

— Si, c'est possible. C'est une loi archaïque, en vigueur depuis des siècles.

Il partit remplir son verre qu'il avala de nouveau cul sec, avant de baisser les yeux.

Alors, elle comprit.

— Tu le savais, n'est-ce pas ? Tu le savais, mais tu as quand même couché avec moi, me laissant croire qu'une relation entre nous était possible. Comment as-tu pu me traiter ainsi ? Comme… un jouet ! J'étais quoi pour toi ? Une petite aventure sans importance ?

— Krystiana…

Mais elle ne voulait plus l'écouter. Elle lui avait expliqué combien il lui en coûtait d'accorder à nouveau sa confiance. Et qu'avait-il fait ? Il lui avait menti. Il l'avait utilisée pour son propre plaisir !

Il était pire encore qu'Adamo.

En larmes et humiliée, elle sortit de la chambre en courant…

Mattéo grimaça lorsque la porte claqua brutalement. Il aurait certainement pu annoncer les choses avec douceur à Krystiana si son père ne lui avait forcé la main. Le roi lui avait en effet ordonné de lui avouer la vérité avant qu'il ne charge lui-même le chambellan de lui expliquer les lois du pays.

— Pourquoi fais-tu cela ? avait-il demandé à son père.

— J'essaye de mettre fin à cette histoire pendant qu'il est encore temps.

Mais c'était déjà trop tard. Son père ignorait la profondeur des sentiments qui l'unissaient à Krystiana. Il avait cru qu'ils s'en sortiraient sans mal. Et, maintenant, il vivait une nouvelle perte. Était-il donc maudit ? Il frappa le mur de frustration.

À l'avenir, son cœur resterait inaccessible. Ouvert seulement à sa fille.

Krystiana n'emporta pas les vêtements qui lui avaient été offerts. Pas plus que les bijoux ou tout autre cadeau reçu pendant son séjour. Les voir ne ferait que raviver sa douleur. Si elle voulait surmonter cette épreuve, elle devait tourner la page.

Elle avait vu nombre de ses patients utiliser le déni pour oublier, ce qui lui apparaissait aujourd'hui comme une excellente stratégie ! Peut-être serait-il plus efficace de regarder la vérité en face mais, pour l'instant, elle en était incapable.

En colère, elle fourra toutes ses affaires dans sa petite valise. En lui mentant, Mattéo avait brisé son cœur.

J'aurais dû écouter mon instinct.

Mais c'était impossible. Elle l'aimait, et rien n'aurait pu l'éloigner de lui. Il était son âme sœur.

Comme il avait dû la trouver naïve ! Elle éclata en sanglots sous le coup de la douleur qui la dévastait.

Derrière elle, la porte de son appartement s'ouvrit.

— Vous partez ?

En voyant son visage noyé de larmes, Mara eut l'air choqué et inquiet.

Krystiana s'essuya les yeux.

— Je n'ai pas le choix !

— Il doit bien y avoir une solution…

— Non, il n'y en a pas.

Elle attira Mara dans ses bras.

— Merci d’avoir été mon amie. La situation aurait pu être étrange entre nous, mais vous avez rendu les choses faciles. Merci.

— Vous plaisantez ? Il ne fait aucun doute que les sentiments qui vous lient à Mattéo sont forts et sincères.

— Certainement pas sincères. Mattéo savait parfaitement que rien de sérieux ne pourrait advenir entre nous.

Mara détourna le regard, et Krystiana comprit.

— Vous le saviez, vous aussi ? demanda-t-elle, l’air incrédule.

— Je suis désolée. Mais je ne pouvais pas me résoudre à être celle qui vous briserait le cœur.

Krystiana ferma sa valise d’un coup sec.

— Un avertissement aurait été le bienvenu !

— J’ai essayé ! Je vous ai dit de lui parler !

Mais Krystiana refusa d’écouter. Tout le monde mentait.

— Je dois partir. Dites au revoir à Alex pour moi.

— Où allez-vous ?

Elle haussa les épaules.

— Je trouverai bien un hôtel.

— Vous reverrai-je un jour ?

— Je ne pense pas.

— Je parlerai à Mattéo.

— Inutile. Je ne veux plus rien avoir à faire avec lui.

— Krystiana, s’il vous plaît. Promettez-moi d’attendre mon retour !

Elle hocha la tête, sachant qu’elle ne tiendrait pas sa promesse. Elle ne lui devait rien. Mara, qu’elle avait considérée comme une amie, avait été complice de cette comédie.

Après le départ de la princesse, Krystiana jeta un dernier regard à sa chambre avant de sortir, traînant sa valise derrière elle.

— Viens, Bruno. Nous partons.

12.

Impossible pour Krystiana de rester à Isla Tamoura, où tout le monde devait connaître son visage. Impossible aussi de se réfugier dans son travail. Les gens prendraient rendez-vous rien que pour la questionner, pour examiner de plus près l'idiote royale. Il lui fallait un endroit où personne ne la retrouverait.

Elle déposa Bruno chez sa tante, fort heureusement sortie, lui laissant une simple note sur le comptoir de la cuisine. Le chien serait bien avec elle.

À l'aéroport, la première chose qu'elle vit fut son propre visage à la une des journaux, souriant, à côté du prince.

Elle attrapa une paire de lunettes de soleil dans son sac et s'engouffra dans les toilettes où elle s'aspergea d'eau fraîche. Son visage fatigué n'avait plus rien de commun avec celui qu'elle avait ce matin même en s'éveillant dans les bras de l'homme qu'elle aimait.

— À quelle heure décolle le prochain vol pour Rome ? demanda-t-elle à l'agent derrière son guichet.

— À 15 heures, répondit-il.

En moins de temps qu'il ne faut pour le dire, Krystiana avait réservé sa place et enregistré sa valise. Il lui restait une heure à patienter avant l'embarquement. Elle se dirigea vers un bar, éprouvant soudain un grand besoin de caféine et de chocolat, malgré son estomac barbouillé. Elle s'installa donc à une petite table, faisant de son mieux pour ne pas se faire remarquer. En face d'elle, un couple discutait en regardant sa photo sur la première page du journal. Elle se tassa sur sa chaise.

Elle aurait dû penser à en acheter un pour se cacher derrière. Apercevant un journal abandonné sur une table voisine, elle l'attrapa et l'ouvrit précipitamment. Dans une heure, elle serait loin !

Mattéo contemplait l'appartement vide.

— Elle est vraiment partie.

Il culpabilisait et fulminait en même temps. Quel gâchis ! Après tant de joie, de bonheur et d'amour.

Il se sentait vidé, abasourdi. Le cœur brisé. L'idée qu'il ne reverrait peut-être plus jamais Krystiana tuait en lui toute envie de vivre.

— Elle m'avait dit ne pas vouloir s'engager dans une relation, de peur de devenir trop vulnérable.

— Mais elle t'aimait, fit Mara en posant une main amicale sur son bras. On ne peut pas contrôler ses sentiments.

— Tu sais de quoi tu parles puisque tu as connu cela, avec Philippe !

C'était une attaque mesquine, uniquement dictée par l'amertume. Il la regretta aussitôt. Il souffrait, mais ce n'était pas une raison de faire mal à sa meilleure amie.

— Je suis désolé. Oublie ça.

— Non, tu as raison. Je t'ai laissé tomber.

— Tu me croyais mort. La situation était différente.

— Mais il n'empêche que je t'ai quand même blessé.

— J'ai cru que je ne pourrais plus jamais aimer de nouveau. J'étais déterminé à repousser tout le monde.

— Krystiana est partie parce qu'elle ne pouvait pas être avec toi comme elle le voulait.

— Elle est partie parce que je lui ai menti. Je lui ai fait du mal. Que doit-elle penser de moi ?

— Tout ira bien. Elle est forte.

— Elle ne devrait pas avoir à être forte. J'aurais dû lui avouer la vérité, mais je ne pouvais pas m'y résoudre, de peur de la perdre.

Il ne s'était jamais senti aussi mal.

— J'ai cru que tout irait bien, que je trouverais un moyen.

— Je suis désolée, Mattéo.

— Je dois parler à mon père.

— Il se repose. Tu ne peux pas débarquer dans sa chambre dans cet état.

— Alors, que dois-je faire ?

— Je ne sais pas, Mattéo. Tu devrais peut-être simplement accepter le fait que tu as mal agi.

À son arrivée à Rome, Krystiana se dirigea vers le guichet d'informations, à la recherche d'un hôtel dans la périphérie de la ville. Un peu en retrait.

Elle trouva l'endroit idéal. Le Catalina, une auberge tenue par un couple de personnes âgées et située dans la région du Latium, au sud-ouest de Rome. Ses fenêtres donnaient sur la réserve naturelle de Decimas Malafede qui abritait une colonie de sangliers.

La vue de la campagne et des prairies avoisinantes lui procura un apaisement bienvenu après le tourbillon engendré par sa vie au palais et par son travail.

Elle s'était enregistrée sous un faux nom, portant un chapeau souple qu'elle avait acheté en duty-free, avec de grandes lunettes de soleil qui lui cachaient la moitié du visage. Finalement, elle s'assit dans sa chambre pour réfléchir aux derniers événements.

Puis Krystiana se mit à peindre — son remède miracle en cas de problèmes.

Une semaine s'écoula ainsi. Les toiles s'accumulaient, posées un peu partout dans la chambre où se mêlaient les odeurs de peinture et de térébenthine. Elle n'avait pas mangé grand-chose, se sustentant avec du café. Expresso, bien sûr.

Pas question pour elle d'allumer la télévision ou de lire les journaux. Elle ne voulait surtout pas entendre parler d'Isla Tamoura, ni penser à Mattéo. Ni savoir s'il se mettait en frais pour trouver une femme « adéquate ». De sang royal.

Il n'avait pas cherché à la contacter — ce dont elle se réjouissait. Aucun contact entre eux. Ce serait trop pénible.

Quelle idiote elle avait été ! Depuis le début, elle n'avait aucune chance avec lui.

Elle se retrouvait aussi démunie qu'à l'âge de cinq ans. Les épreuves lui avaient appris que, devant une situation sans issue, il n'y avait que deux solutions : l'accepter ou souffrir en essayant de se battre.

Elle avait déjà eu son compte de souffrances dans sa vie. Il lui fallait se résigner et admettre qu'elle avait pris la bonne décision en partant. Les gens étaient faibles et vous laissaient tomber. L'amour n'avait jamais sauvé personne.

Elle espérait qu'au moins elle retiendrait la leçon. Elle ne pourrait jamais compter que sur elle-même.

— Que penses-tu de Katherine ? J'ai l'impression que tu lui plais beaucoup.

À la table du petit déjeuner, Alberto s'adressait à son fils qui déchiquetait une viennoiserie dans son assiette.

— Une gentille fille, soupira-t-il. Avec une conversation intéressante…

— Et jolie ! Elle te donnerait de très beaux enfants, fit remarquer le roi en riant.

— J'ai déjà un bel enfant.

— Ton couronnement est dans un mois. Envisages-tu de monter sur le trône avec une fiancée ?

— Je ne crois pas, *papà*. Une relation prend du temps pour se construire. Je ne peux pas me décider comme ça, après avoir passé une soirée avec une femme.

— Bien sûr que non. Mais ce serait bien pour le pays de s'attendre à une prochaine célébration après le couronnement.

Était-ce donc tout ce qui importait ? Son pays ? Qu'en était-il de sa propre vie ? N'entrait-elle pas en ligne de compte ?

— Je ne me marierai pas, *papà*. J'ai dîné avec Katherine uniquement parce qu'elle était notre invitée. Pas parce que le pays voudrait que je me choisisse une femme. J'ai déjà fait suffisamment de sacrifices. N'en exige pas davantage de moi.

Alberto leva la main en signe d'apaisement.

— Je comprends. Je n'insisterai pas. Vais-je avoir la visite de ma petite-fille aujourd'hui ? Cela fait des siècles que je ne l'ai pas vue.

— Oui, Mara et Philippe vont l'amener.

— C'est un homme bien pour Mara.

— En effet. Mieux que moi.

Son père l'observa un instant.

— Et… Le médecin ? demanda le roi. As-tu eu de ses nouvelles ?

— Non.

Mattéo s'efforçait de ne pas penser à Krystiana. C'était trop douloureux. Il était seul responsable. Il connaissait les règles dès le début et avait cru pouvoir les ignorer.

— Bien. Tu as besoin d'avancer. Des choses plus importantes t'attendent.

Il hocha la tête, sachant pertinemment qu'il ne pourrait jamais l'oublier.

— Tu dois essayer la tenue de cérémonie aujourd'hui, n'est-ce pas ?

— En effet.

— Je t'accompagnerai peut-être. Cela fait longtemps que je n'ai pas vu ces tenues. Depuis mon propre couronnement, en fait. Ce fut un grand jour dont je garde un excellent souvenir. Ce sera pareil pour toi.

— Sûrement.

— Tu es certain d'aller bien ? Tu as l'air… absent ?

— Ça va.

— Tu me le dirais si quelque chose te tracassait ?

— Évidemment !

— Bon. Je n'aimerais pas penser que tu me caches encore des choses.

— Nous ne t'avons rien caché, *papà*. C'était nouveau pour nous aussi. Nous cherchions encore à comprendre ce qui nous arrivait.

Le roi hocha la tête en se levant, puis surprit son fils.

— Le Dr Szénac m'a paru être une charmante jeune femme. Je suis désolé d'avoir dû te forcer la main, mais il le fallait avant que la situation ne s'aggrave. Je ne supportais pas l'idée que tu allais souffrir en fin de compte, ni le fait que tu ne te montrais pas honnête avec elle. Je dois dire que cela m'a surpris de ta part, mon fils.

— Notre relation était déjà trop avancée.

— Je sais ce que c'est de perdre un être cher, Mattéo. Quand ta mère est morte, je…

Il secoua la tête.

— Quoi qu'il en soit, j'ai fait ce qui m'a paru le mieux pour vous. Je ne veux que le meilleur pour toi.

— Elle était ce qu'il y avait de mieux pour moi, *papà*. Et j'ai tout gâché.

— Je suis désolé, dit le roi.

Il sortit, laissant Mattéo seul avec ses regrets.

Krystiana avait passé beaucoup de temps dans la campagne. C'était si reposant. Et elle avait encore réalisé plusieurs peintures, y compris une d'un coucher de soleil sur le lac qui avait été absolument magique.

Decima Malafede avait réconforté son âme brisée, mais l'heure du départ avait sonné. Elle jeta un dernier coup d'œil à sa chambre et descendit embrasser les propriétaires qui étaient devenus des amis.

Elle rentrait chez elle. Sa tante Carolina avait appelé pour la prévenir que les travaux de sa maison étaient terminés. Une excellente nouvelle, malgré la vague de tristesse qui l'avait envahie. Mattéo avait fait cela pour elle. À l'époque, elle avait cru qu'ils iraient ensemble constater la fin du chantier et qu'elle mettrait ensuite sa maison en vente, puisque sa vie se passerait désormais au palais, dans la maison des Romano.

Quelle idiote !

Pour autant, elle ne pouvait pas se cacher toute sa vie. Suffisamment de temps s'était écoulé. Elle devait reprendre le cours de son existence en espérant que les médias aient trouvé d'autres centres d'intérêt. Mattéo leur avait sans doute précisé la fin de leur relation.

— Ils voudront peut-être te parler quand même. Obtenir ta version de l'histoire, la prévint sa tante.

Dans ce cas, elle aviserait. Mais elle avait besoin de reprendre son travail, de retrouver une routine sécurisante.

Elle rendit la clé aux hôteliers, les remercia pour leur accueil et sortit, se demandant ce que l'avenir lui réservait.

Sa maison lui parut étrange, différente. Peut-être parce que Bruno n'était pas là. Elle irait bientôt le chercher.

Krystiana posa ses valises et se laissa tomber sur le canapé. Aucun journaliste n'attendait dans la rue. Ils avaient dû comprendre qu'il n'y avait plus rien à glaner.

N'ayant rien de mieux à faire, elle attrapa la télécommande et alluma la télévision. Elle entendit alors la voix du présentateur annoncer que le prince héritier Mattéo Romano était devenu, ce jour, le nouveau roi d'Isla Tamoura.

Ce qui expliquait probablement l'absence de journalistes devant sa porte.

Elle regarda Mattéo sur le trône, vêtu de la tenue de cérémonie rouge bordée d'hermine, tenant le sceptre et l'orbe, la tête surmontée d'une couronne en or sertie de pierres précieuses.

Il était si beau et majestueux.

Elle soupira et éteignit précipitamment le poste, s'efforçant d'effacer les images de sa mémoire, avant d'éclater en sanglots, un coussin serré contre sa poitrine en guise de réconfort.

Une douleur aiguë perçait son cœur telle une épine.

Pour lui, la vie continuait.

Sans elle.

De toute évidence, il s'était résigné au destin qui était le sien. Elle aurait aimé se réjouir pour lui, mais… c'était trop douloureux.

Krystiana pleura tant qu'elle finit par s'endormir.

— Tu croyais que je ne l'apprendrais pas ?

— Apprendre quoi ? demanda Mattéo, qui sirotait tranquillement son café.

— Ne joue pas les petits malins avec moi, mon fils. Tu

sais très bien de quoi je parle ! De cette loi qui t'autorise maintenant à épouser une roturière.

Mattéo riva son regard à celui de son père. Il avait beaucoup réfléchi pour arriver à la conclusion qu'il aimait Krystiana. Son bonheur avait été détruit par une loi ancestrale et archaïque, et sa première décision en tant que roi avait été de la modifier.

Depuis le départ de Krystiana, sa vie était dénuée de sens et son cœur saignait. Il se pouvait qu'il ait fait cela en vain et qu'elle ne lui pardonne jamais, mais il devait essayer.

— Tu veux que je sois un roi qui guide son pays vers le futur ?

— Bien sûr.

— Dans ce cas, je prends sur moi de modifier quelques règles. De transformer Isla Tamoura en une monarchie moderne. Nous devons vivre avec notre temps si nous voulons que notre peuple ait confiance en nous et nous respecte.

— Vas-tu aller la chercher ?

Mattéo fixa son père d'un air étonné. N'était-ce pas évident ?

— Oui, si elle veut toujours de moi.

Il s'attendait à ce que son père grogne et proteste qu'un roi ne devrait pas s'abaisser à mendier l'amour d'une femme mais, bizarrement, il garda le silence.

— Elle compte tant que ça pour toi ?

— Je l'aime et, sans elle, ma vie n'a plus de sens. Tu ne le vois pas ?

— Si.

— Il y a quelques années, tu as perdu maman. Si tu avais eu une chance de la faire revenir, ne l'aurais-tu pas saisie ?

Les yeux de son père s'étaient emplis de larmes.

— Si.

— Dans ce cas… Tu voudrais que je renonce à l'amour de ma vie, sachant combien il est douloureux de le perdre ?

— Non. Jamais. Tu dois vraiment l'aimer beaucoup pour avoir agi ainsi.

— En effet.

Le roi attrapa son fils et tapota son dos.

— Alors, tu as ma bénédiction.

— Vraiment ? demanda Mattéo.

— Depuis son départ, tu n'as cessé de décliner et, franchement, tu m'inquiètes. Il n'émane plus de toi la moindre vitalité, la moindre joie. Il n'y a qu'en présence d'Alex que tu manifestes un peu d'entrain. C'est à toi que revenait la charge de modifier la loi… D'ouvrir la voie du futur.

— Merci, dit Mattéo. Cela signifie beaucoup pour moi.

— Crois-tu pouvoir la ramener ?

— Je l'ignore. Ce n'est pas la loi qui nous a séparés, mais mes mensonges. Je vais devoir la convaincre de m'accorder à nouveau sa confiance et je ne suis pas certain d'y parvenir.

— Appelle-moi quand tu sauras.

— Promis, *papà*.

— Bonne chance, mon fils.

13.

Après une longue journée de travail, Krystiana aimait se promener sur la plage avec Bruno, qui barbotait dans la mer.

Elle avait passé les dernières semaines à éluder les questions de ses patients, déviant la conversation sur leurs propres problèmes plutôt que sur sa brève romance avec le roi. Renier leur histoire lui brisait le cœur, mais elle expliquait qu'ils n'avaient partagé qu'un simple dîner amical, que la presse avait mal interprété.

C'était tellement épuisant qu'elle commençait même à envisager de déménager. Peut-être pourrait-elle ouvrir son propre cabinet… à Rome ou à Florence. Loin d'ici.

Mais elle avait déjà dû fuir une première fois et elle ne voulait pas recommencer. Elle aimait trop cette île.

Bruno aboya joyeusement en déposant devant elle une balle qu'il avait trouvée. Elle la ramassa et l'envoya très loin, ne pouvant retenir un sourire en voyant son chien galoper derrière. Comment aurait-elle pu l'éloigner de tout ça ?

Elle admira un yacht blanc au large, si beau qu'elle l'aurait bien peint si elle avait eu ses tubes de couleur. Mais elle était venue, les mains vides, seule avec son chien.

Comme elle le serait toujours.

L'angoisse de Mattéo monta en flèche quand il s'installa dans la voiture qui devait le conduire chez Krystiana. Il avait appris son retour dès qu'elle avait posé le pied sur l'île. Informé par sa secrétaire, Mattéo avait eu beaucoup de mal à ne pas se précipiter chez elle, tenant à attendre le vote de la nouvelle loi pour pouvoir la mettre devant le fait accompli.

Elle lui avait tellement manqué… En apprenant son départ pour Rome, il s'était demandé si elle reviendrait un jour. La nouvelle de son retour lui avait procuré un peu de réconfort. Chaque soir, il sortait sur sa terrasse et regardait en direction de sa maison, imaginant qu'elle faisait de même et que leurs regards se croisaient dans la nuit… Passablement romantique et même un peu bête, mais la frustration le rendait fou.

Quand il se retrouverait devant elle, il lui raconterait tout ce qu'il avait fait et s'excuserait abondamment. Avec un peu de chance… elle lui pardonnerait.

Mais peut-être pas. Il l'avait blessée, et elle ne voudrait peut-être pas prendre un nouveau risque. Sans compter qu'elle se retrouverait de nouveau sous l'œil du public. Il avait déjà ordonné à la presse de se tenir à l'écart de sa maison et de son lieu de travail, de lui laisser une chance de reprendre une vie normale. Il avait même assigné un journal en justice pour harcèlement, ce qui avait refroidi les autres.

Quand la longue voiture noire se gara devant la maison rénovée, son estomac se noua, son cœur s'emballa. La bouche sèche, il lui fallut quelques instants pour trouver le courage de sortir du véhicule. Une fois dehors, il crut que ses jambes allaient le lâcher.

Il se rappelait l'état de la maison après l'accident. L'accident qui avait permis la naissance de leur amour.

La vie est étrange. Sans l'accident, Krystiana aurait quitté le palais l'après-midi même, et il n'aurait jamais eu l'occasion de la connaître et de tomber amoureux d'elle.

Il observa les fenêtres. L'avait-elle vu ?

Rajustant sa veste, il s'approcha de la porte et frappa.

Pas de réponse. Il frappa de nouveau.

Une tête couverte de cheveux blancs apparut par-dessus la clôture.

— Vous cherchez Krystiana ? Oh ! mon Dieu ! C'est vous.

La tête disparut quand la femme fit la révérence.

— Votre Altesse !

— Elle n'est pas là ?

— Elle rentre toujours tard, ces derniers temps.

— Est-elle encore au travail ?

— Non, non. Elle va se promener sur la plage avec son chien.

Il se tourna pour observer la longue bande de sable au loin.

— Merci, madame. Je vous serais reconnaissant de ne pas parler de cette visite à qui que ce soit, pour le moment.

— Bien sûr.

La voisine de Krystiana fit mine de zipper sa bouche.

Remontant dans la voiture, Mattéo ordonna au chauffeur de le conduire à la plage.

Assise sur le sable, Krystiana songeait à tous les événements qui l'avaient menée jusqu'à cet endroit. Les caprices du destin. Les actes des autres et leur impact sur sa propre existence, les choix qu'elle avait dû faire.

Si elle n'avait pas travaillé avec le Dr Bonetti… Si sa tante Carolina avait habité ailleurs… Si ses parents n'avaient pas divorcé…

D'où son besoin de contrôler sa vie du mieux possible.

Elle faisait couler du sable entre ses doigts quand elle sentit qu'on l'observait.

Krystiana se retourna avec prudence, espérant qu'il ne s'agissait que d'un promeneur.

Pas de promeneur. Seulement… le roi.

Mattéo, grand et fier, sa silhouette sombre se découpant dans le soleil couchant, s'avançait vers elle. Elle se releva d'un bond, époussetant le sable sur ses vêtements, le cœur battant à toute allure.

Que faisait-il là, après tout ce temps ? Qu'y avait-il encore à ajouter ?

Au loin derrière lui, des gardes bloquaient l'accès à la plage pour leur laisser un peu d'intimité. Elle les reconnut à leurs costumes sombres et à leurs lunettes noires.

Elle résista à son envie de se précipiter dans ses bras. Il lui avait brisé le cœur. Aussi resta-t-elle immobile, le laissant venir à elle. S'il était venu s'excuser, pas question de lui faciliter les choses.

Il était encore plus beau que dans son souvenir. Plus grand ? Le fait de devenir roi l'avait-il changé ?

— *Buonasera*, Mattéo.

— *Dobry wieczór*, Krystiana.

— Tu as appris le polonais ? s'étonna-t-elle.

— Quelques mots.

— C'est bien. Que fais-tu ici ?

— Je suis venu te demander pardon.

Pardon.

Le cœur de Krystiana bondit dans sa poitrine.

— Pourquoi ?

— Parce que je t'aime et que je ne peux pas vivre sans toi.

À ces mots, ses joues s'enflammèrent. Elle avait tellement rêvé de les entendre et, pourtant, ils se plantaient dans son cœur comme des lames. À quoi jouait-il ? Il savait très bien qu'ils ne pourraient jamais être ensemble ! Pourquoi la torturer ainsi ?

— Inutile de revenir là-dessus, dit-elle en se détournant.

— Je veux que tu me reviennes, Krystiana.

Non ! Il n'avait pas le droit de dire ça ! Elle n'aurait pas la force de revivre tout ça !

— Mattéo…

— J'ai modifié la loi.

Elle releva la tête, interloquée.

— Quoi ?

— J'ai changé la loi qui interdisait au roi d'épouser une roturière. Et si cela n'avait pas été possible, je serais quand même venu te chercher et nous aurions vécu dans le péché, ajouta-t-il en souriant.

Elle le considéra un instant, bouche bée. Se moquait-il d'elle ? Comment croire qu'il avait modifié une loi gravée dans la pierre depuis la naissance de son pays ? Pour elle ?

Mais cela n'avait pas d'importance. Ce qui les avait séparés, ce n'était pas cette loi mais ses mensonges.

— Mais…

— Je suis désolé. Tellement désolé ! De t'avoir blessée. Que tu aies cru que je t'avais menti !

— Tu l'as fait.

— Mais ce n'était pas mon intention ! J'étais perdu, désorienté par mes sentiments envers toi. J'essayais de lutter, mais je n'y arrivais pas et, avant que je m'en rende compte, les choses étaient devenues sérieuses entre nous.

— Tu me rends responsable de tout ?

— Pas du tout ! Je suis seul responsable de ce désastre. Je savais combien tu avais besoin de croire en moi, pourtant j'ai laissé la peur guider mes actes. Je suis né prince et toute ma vie était sous contrôle, jusqu'à mon enlèvement. Mais l'enfer que j'ai vécu a changé la donne, j'ai perdu mes repères, tout ce en quoi je croyais. À mon retour de captivité, j'étais certain de ne plus jamais vouloir m'engager envers une femme. Puis tu es entrée dans ma vie. J'ai lutté contre cette attirance qui me poussait vers toi. Puis j'ai cédé au bonheur, sans penser aux conséquences. J'ai cru pouvoir tout arranger ensuite.

Il marqua une pause, avant de poursuivre.

— Jamais je n'ai voulu te faire souffrir, Krystiana. Je t'aime et je veux que le monde entier le sache.

Elle résistait à l'envie de croire à ces belles paroles.

— Je ne m'attends pas à ce que tu me pardonnes ou m'accordes ta confiance, continua Mattéo. Pas tout de suite. Mais je te supplie de me donner une chance de te prouver qui je suis réellement.

— Qui es-tu ? demanda-t-elle d'une voix tremblante.

— Un homme amoureux. Je veux t'épouser et vivre près de toi toute ma vie, jusqu'à ce que la mort nous sépare…

Ces mots, elle avait tant rêvé de les entendre ! Elle voulait tellement le croire…

— Ton père me déteste. Nous…

— Mon père ne te déteste pas. Il cherchait seulement à me protéger, à m'éviter de souffrir. Il ne s'était pas rendu compte à quel point nous nous aimions ! Maintenant, il sait et il nous donne sa bénédiction.

— Vraiment ?

Elle était sous le choc.

— Oui. Je suis désolé, Krystiana. J'aurais voulu revenir vers toi plus tôt, mais il me fallait d'abord convaincre le Parlement de réviser la loi qui m'empêchait de me lier à toi pour la vie.

Il s'avança et glissa une mèche de cheveux derrière son oreille.

— Il n'y aura jamais personne d'autre que toi. Cela a toujours été toi, Krystiana. Laisse-moi te montrer la profondeur de mon amour. Te prouver que tu peux mettre ta vie et ton cœur entre mes mains où ils seront en sécurité. Je t'aimerai toute ma vie.

Quand il se pencha pour l'embrasser, elle ne réfléchit qu'un instant, hésitante. Puis elle ferma les yeux de bonheur, savourant le contact des lèvres pressées contre les siennes. Grisée, elle attira Mattéo tout contre elle.

Il avait modifié la loi pour elle et il avait vraiment cherché à expliquer son attitude. Elle pouvait lui accorder son pardon parce qu'elle savait, sans l'ombre d'un doute, qu'il avait souffert autant qu'elle.

Ils pouvaient vivre ensemble ! Elle fondit sous ses baisers, se lovant contre lui.

— Es-tu sûr de vouloir de moi ? demanda-t-elle finalement, le souffle court. Je suis compliquée, j'ai des défauts. Je m'énerve vite et…

Pour toute réponse, il mit un genou à terre. Glissant la main dans sa poche, il en sortit une petite boîte rouge. Quand il l'ouvrit, Krystiana découvrit une bague ornée d'un magnifique solitaire qui étincelait sous les derniers rayons du soleil.

Bruno abandonna sa balle au même instant, comme s'il devinait que le moment était important. Le chien vint s'asseoir à côté de Mattéo.

— Krystiana Szénac. Tu as apporté la lumière dans ma vie. Tu m'as redonné espoir. Je t'aime tant que je ne peux vivre sans toi ! Me feras-tu l'honneur de devenir ma reine ?

Krystiana poussa un petit cri de joie.

Mattéo la regardait, les yeux brillant d'espoir, et elle sut exactement où se trouvait sa place.

À ses côtés.

— Oui !

Elle tendit sa main, et il passa la bague à son doigt. Elle lui allait parfaitement. Elle contempla le bijou, impressionnée, avant d'aider Mattéo à se relever pour l'embrasser.

La plage disparut autour d'eux, se fondant dans la pénombre, emportant leur peine.

Le bonheur arrive à ceux qui savent attendre.

Elle n'aurait jamais cru qu'une telle joie puisse naître de tant de souffrances. Mais leur bonheur était aussi pur que le diamant qui brillait à son doigt.

Épilogue

— Mon salut est-il correct ? demanda Krystiana sans cesser de sourire, dans la voiture qui traversait Tamoura.

— Il est parfait, répondit Mattéo. Comme toi.

Ils roulaient au milieu d'un convoi sécurisé, encadré par des soldats en grande tenue, montés sur de somptueux chevaux. Leurs sabots résonnaient dans les rues bordées d'une foule qui applaudissait sur leur passage.

Alex agitait la main de toutes ses forces par la fenêtre, ravie d'être au centre de l'attention. Elle finit pourtant par se lasser et retourna s'asseoir à côté de Krystiana, posant une main sur le ventre à peine arrondi de sa belle-mère.

— Il arrivera quand, le bébé ? demanda-t-elle. Aujourd'hui ?

Un sourire aux lèvres, Krystiana caressa sa joue d'un geste tendre.

— Non, ma chérie, pas aujourd'hui. Il faudra dormir encore de nombreuses nuits avant l'arrivée du bébé.

— Je veux que ce soit une fille.

— Vraiment ? fit Mattéo. Nous saurons bientôt si tu auras un petit frère ou une petite sœur. Maintenant, salue la foule, *mio caro*. Les gens ont envie de te voir.

Krystiana attrapa la main de son époux, qu'elle serra avec tendresse. Cela faisait maintenant deux ans qu'il lui avait demandé sa main. Depuis, tant de choses s'étaient passées. Tant de choses avaient changé !

Ils s'étaient mariés dans la magnifique cathédrale, et la cérémonie avait été retransmise sur la chaîne télévisée nationale. Puis ils étaient partis aux Caraïbes pour leur voyage de noces. À leur retour, Krystiana avait découvert qu'elle était enceinte.

La vie d'une reine était exactement comme elle l'avait rêvée. Pas question pour elle cependant de rester dans l'ombre de son mari. Elle était une pionnière, montant au créneau avec son travail et son expérience, ouvrant des cliniques, sensibilisant les gens à la détresse de ceux qui avaient été maltraités, kidnappés ou tenus en esclavage. La presse l'aimait, et elle profitait de chaque occasion qui lui était offerte pour aider les plus démunis.

Elle accomplissait le bien autour d'elle, confiante dans l'avenir.

Elle aidait les autres.

Elle n'était plus seule.

La nuit et la peur l'avaient quittée, remplacées par l'amour et la lumière, qui comblaient maintenant son cœur.

CAROLINE ANDERSON

Père et chirurgien

Traduction française de
ÉVELINE CHARLÈS

Blanche

HARLEQUIN

Titre original :
A SINGLE DAD TO HEAL HER HEART

1.

— Waouh ! Quelle vue magnifique ! s'écria Matt.

Livvy, réprimant son impatience, contempla la pente rocailleuse qui donnait sur une vallée verdoyante. Au loin, le lac Buttermere scintillait comme un miroir, et les collines bleu-gris prenaient des nuances violettes au soleil.

Mais, entre ce superbe panorama et elle, il y avait Matt, qui remontait sans se presser le sentier sinueux et exaspérait Livvy car c'était leur dernier jour de compétition par équipes en Cumbrie.

Au bout du chemin, un trophée les attendait.

Les quatre équipes, toutes plus ou moins liées aux urgences du Yoxburgh Park Hospital, étaient en Cumbrie depuis le vendredi précédent. Sam et Vicky représentaient les urgences, Dan et Lucy l'orthopédie, Ed et Beth la pédiatrie, ce qui leur laissait, à Matt et à elle, la traumatologie.

Livvy faisait depuis quelques semaines son internat au Yoxburgh et avait croisé Matt à plusieurs reprises quand il descendait aux urgences. Avant même d'avoir été désignés pour former ce binôme, ils semblaient faits pour s'entendre.

— Tu es d'accord pour qu'on soit partenaires ? lui avait-elle demandé.

— Bien sûr, avait-il répondu, moqueur. Tu n'es pas très grande, je pourrai te porter si tu lambines.

— Ça n'arrivera pas ! Et gare à toi si tu traînes !

— Du calme, Livvy. Je veux juste dire que je m'adapterai à ton rythme.

Il ne s'était pas trompé. Ensemble, ils avaient relevé tous les défis que Sam leur avait proposés… Du moins, jusqu'à maintenant ! Pourquoi Matt s'arrêtait-il pour admirer la vue, la partie était loin d'être gagnée !

La victoire reviendrait à la première équipe à atteindre le sommet de Haystacks, et Matt traînassait. Faisait-il exprès ?

— Tu flânes, ou tu en profites pour admirer mon derrière ? demanda-t-elle, les mains sur les hanches.

Il s'arrêta un peu plus bas, visiblement amusé.

Puis, la rejoignant, il la prit par la taille, suscitant des réactions intéressantes en elle. Matt eut un large sourire qui creusa de petites rides aux coins des yeux bleu ardoise.

Il secoua lentement la tête.

— Je reconnais qu'il est mignon et qu'il vaut le coup d'œil, dit-il, mais j'observais le panorama. Regarde un peu autour de toi, Livvy. C'est magnifique et tu rates ça ! Je te rappelle qu'on est censés s'amuser, quand même.

Elle soupira, il avait raison.

— Je suis au courant, mais on ne peut pas se laisser rattraper par Sam ou il va nous en rebattre les oreilles. On prendra le temps quand on aura gagné.

Matt secoua la tête en riant.

— Fais quand même attention. Le bord du sentier est instable, tu devrais me laisser passer devant toi.

— Pour que tu me ralentisses ? Pas question ! D'ailleurs, je fais toujours attention.

Lui tournant le dos, elle avança d'un pas, et le sol se déroba sous ses pieds.

— Livvy !

Matt tendit les bras pour la retenir, mais elle lui échappa et tomba avec un cri strident. Puis ce fut le silence. Elle était plus bas, sur un rocher, telle une poupée de chiffon. Le sang de Matt se glaça dans ses veines.

Mon Dieu, non !

— J'arrive, Livvy ! Tiens bon ! cria-t-il tout en cherchant du regard un moyen de descendre sans faire tomber de cailloux sur elle.

Une fois qu'il eut repéré un accès, il descendit précautionneusement… Vite mais pas trop, pour ne pas se mettre lui-même en danger, cela ne les aurait aidés ni l'un ni l'autre.

Les épaules de Livvy semblaient se soulever difficilement, elle devait avoir des difficultés à respirer.

Lorsqu'il fut auprès d'elle, elle prit une légère inspiration et roula sur le dos avant de haleter.

Elle respire… Pas bien, mais elle n'est pas morte !

— Je suis là, dit-il en lui prenant la main. Inspire et expire lentement… C'est bien !

Elle planta ses yeux dans les siens. Après un moment, sa respiration se stabilisa.

— Qu'est-ce qui s'est passé ? J'ai l'impression… d'étouffer.

— Tu as subi un choc, mais tout va bien se passer.

— J'ai besoin de m'asseoir.

— D'accord, sauf si tu sens que tu as subi d'autres traumatismes.

Hochant la tête, elle se redressa et s'appuya au rocher qui avait stoppé sa chute.

— Tout va bien ? demanda-t-il.

Elle ferma les yeux un instant.

— Oui. Je me sens mieux. Le sentier… a cédé.

Il eut un petit rire.

— Tu ne disais pas que tu faisais toujours attention ?

— Eh bien… Personne n'est parfait.

D'une main légèrement tremblante, il écarta quelques mèches blondes du visage de Livvy, cherchant d'éventuelles blessures.

— Tu es sûre que ça va ? Tu m'as fichu une sacrée trouille.

— Disons que… je suis vivante, je respire et je peux bouger. Alors je suppose que ça va. Est-ce que j'ai mal ? Oh oui ! Ces rochers sont durs.

— Je n'en doute pas. Laisse-moi t'examiner.

— Tu veux juste mettre tes mains sur moi, fit-elle, légère.

— Je suis percé à jour !

Il préférait ne pas y penser pour l'instant. Car, même si elle avait raison, il voyait bien qu'elle souffrait. Et, en l'occurrence, il voulait surtout savoir si sa vie n'était pas en danger.

— Tu me permets quand même de faire mon métier ? demanda-t-il gentiment.

— Oui, docteur.

— Au moins, tu t'en souviens. Tu vois combien de doigts ?

— Douze.

— Je compte sur ta coopération, dit-il en riant.

Et il se concentra sur les pupilles de Livvy, lui demanda de suivre son doigt des yeux, après quoi il lui palpa le crâne.

Pourvu qu'elle ne souffre pas de trauma cérébral !

— Ma tête va bien, dit-elle d'un ton ferme. C'est au niveau des côtes que c'est douloureux.

Il lui ausculta le torse. Un poumon perforé pouvait la tuer.

— Je ne te fais pas trop mal ?

— Ça peut aller. C'est sensible mais ça ne s'aggrave pas quand je respire et je ne sens pas de craquement quand tu appuies ; je crois que je n'ai pas de côtes fracturées. J'ai juste eu l'impression que j'avais un éléphant sur la poitrine.

— Ça m'est arrivé quand je suis tombé d'un arbre à six ou sept ans. J'ai cru mourir.

À cet instant, il y eut un glissement de pierres, et Sam surgit près d'eux.

— Comment va-t-elle ? demanda-t-il avec inquiétude.

— Elle est effrontée et têtue, mais apparemment elle va bien. La chute lui a coupé le souffle, ce qui l'a fait taire un moment.

Sam rit, et Matt devina son soulagement.

— C'est un miracle.

— Au cas où vous l'auriez oublié, dit Livvy, je suis là.

Sam lui sourit.

— En effet. Par bonheur, nous n'avons pas perdu une jeune interne prometteuse. Si tu la fermais un instant, pour que Matt termine ce qu'il a commencé ?

— Pas de douleur au niveau du dos ? demanda Matt en riant.

— Pas plus que ce à quoi on peut s'attendre après avoir dévalé un pierrier pour terminer sur un rocher. Au moins, il a interrompu ma chute.

Elle voulut se lever mais Matt la retint d'une main sur l'épaule.

— Je n'ai pas terminé.

Rejetant la tête en arrière, elle lui lança un regard décidé.

— Si ! Je vais bien, mais je voudrais me lever parce que des trucs pointus me rentrent un peu partout dans le corps et je m'en passerais volontiers. Tu ferais mieux de m'aider.

Matt lui tendit la main, mais la laissa produire l'effort, sachant qu'elle s'interromprait si quelque chose n'allait pas. Pour l'instant, il ne pouvait pas exclure la possibilité que des traumatismes internes poursuivent leur travail silencieux, il la garderait donc à l'œil.

Lorsque Livvy fut debout, son visage se crispa légèrement.

— Comment tu te sens ?

— Mieux depuis que ces trucs pointus ne me rentrent plus dans le corps. Tu as vu ce qui s'est passé ?

Il eut un grognement sourd.

— Le bord du sentier a cédé sous toi. Je t'avais dit qu'il était instable mais, évidemment, tu ne m'as pas écouté. Tu étais bien trop pressée !

— J'ai juste fait un pas de trop.

— C'est ça ! fit-il entre ses dents. On y va, maintenant ?

— Bien sûr. Tu ne pensais tout de même pas que j'allais abandonner pour ça ?

Mais à peine eut-elle posé un pied sur la pente pour regagner le sentier qu'elle laissa échapper un cri perçant.

— Qu'est-ce qu'il y a ? demanda Matt, les sourcils froncés.

— C'est ma cheville. Bon sang, je ne peux pas peser dessus ! J'ai dû me faire une entorse.

— Parfait ! s'exclama Sam. Ça augmente mes chances de gagner.

Matt leva les yeux au ciel.

— Entre vous deux, je nage en plein cauchemar. Bon, on va te remonter, que je puisse voir ce qu'il en est.

Livvy s'en voulait énormément. Après tout ce par quoi elle était déjà passée, son manque de concentration aurait pu la tuer. Pourtant, elle n'avait pas menti, elle faisait toujours attention. Elle était très méticuleuse pour tout ce qui concernait le quotidien : la nourriture, le sport, le travail… Chaque matin, consciente que la vie lui avait offert un merveilleux cadeau, elle visualisait avec impatience ce qui l'attendait dans la journée.

Et là, après les montagnes russes émotionnelles des cinq dernières années, elle avait failli tout perdre.

Imbécile ! Imbécile ! Imbécile !

Sam et Matt la portèrent jusqu'à l'esplanade rocheuse où les autres, visiblement inquiets, les attendaient. Dès que les deux hommes la posèrent sur ses pieds, tous se pressèrent autour d'elle. Très gênée, elle se sentit encore plus stupide.

Sans compter qu'elle voulait vraiment atteindre le sommet de Haystacks… Elle ne pouvait pas poursuivre l'ascension, mais comment allait-elle descendre ? Dans tous les cas, elle était un vrai boulet pour ses compagnons.

— Je suis désolée, les copains, dit-elle avec humilité. Je me suis comportée comme une idiote.

— C'était un accident, dit calmement Dan. Ça peut arriver à n'importe qui.

Matt se détourna avec un grognement. Était-il fâché contre elle ? Soudain, elle eut l'impression que le soleil avait cessé de briller.

— Qu'est-ce qu'on fait, maintenant ? dit-il sans la regarder.

Elle baissa les yeux vers le sentier caillouteux qui paraissait serpenter indéfiniment jusqu'au parking. Bizarrement, elle ne le trouvait plus si beau, désormais.

— On va la porter, dit Sam.

— Non ! s'écria-t-elle. Vous devez terminer la compétition.

— On ne peut pas te laisser là, répondit Sam en haussant les épaules.

— Bien sûr que si ! Je ne veux pas que ma bêtise vous gâche la journée. D'ailleurs, je peux très bien descendre sur les fesses.

Cette fois, Matt braqua un regard implacable sur elle.

— Non. Je vais te porter. De toute façon, notre équipe est hors-jeu.

— Tu es sûr ? demanda Sam.

Très malheureuse, Livvy secoua la tête.

— Je ne peux pas te laisser faire ça, Matt, dit-elle. Tu te faisais une joie de monter au sommet.

Matt sourit, et son expression s'adoucit.

— Il a quelques millions d'années, Livvy, il m'attendra. Je grimperai en haut de cette colline une autre fois.

— Mais…

— Mais rien. On fait équipe, on reste ensemble. Fin de la discussion.

— Tu es toujours aussi autoritaire ?

— Tout à fait. Ed, je peux emprunter la voiture ?

— Bien sûr mais ne l'abîme pas, ou Annie nous tuera tous les deux.

— Je ferai de mon mieux. Continuez, les amis. Je ramène Livvy au chalet et je reviendrai vous chercher.

— Parfait. Et plus d'acrobaties, Henderson, on veut te revoir en un seul morceau, dit Sam.

Sur ces mots, les équipes reprirent leur progression, la laissant avec Matt.

Matt se mit à rire et secoua la tête avec incrédulité.

— Je n'arrive pas à croire que j'ai été aussi bête.

Livvy leva des yeux étonnés vers lui.

— Toi ?

— Oui, moi. J'ai passé les trois derniers jours à me demander qui tu me rappelais, et je viens juste de comprendre que tu es la fille d'Olivier Henderson. Tu es son portrait craché.

— Tu le connais ?

Matt s'assit sur un rocher, face à elle.

— J'ai été son interne, il y a des années. C'est un type génial. Je l'aime beaucoup, et ta mère aussi. Comment vont-ils, tous les deux ?

— Très bien. Il va avoir soixante ans, mais il ne les fait pas. Il n'a pas l'intention de prendre sa retraite, et maman non plus.

— Ça ne m'étonne pas.

— Papa adore la chirurgie et maman ne pourrait pas se passer de l'agitation des urgences. Je me demande pourquoi je ne t'ai jamais rencontré à l'Audley Memorial… À moins que tu ne sois plus âgé que tu n'en as l'air.

Il rit.

— J'ai trente-six ans et j'en avais vingt-sept, à l'époque.

— J'en avais vingt, et je ne rentrais pas souvent à la maison quand j'étais à la fac. Bristol et le Suffolk sont trop éloignés.

— Exact. Transmets-leur mon affection quand tu les verras.

— D'accord. Je dois les appeler, tout à l'heure.

Il revint à leur préoccupation du moment.

— Bon. Comment allons-nous procéder ?

— Aucune idée. Je ne peux pas sautiller jusqu'en bas, mais je suis également incapable de marcher.

— Je vais te porter.

— C'est ridicule ! Je suis bien trop lourde.

Il réprima un sourire, Livvy lui arrivait à peine au menton. Elle était musclée, mais légère. Il avait pu s'en apercevoir quand il l'avait remontée sur le sentier avec l'aide de Sam.

— Très bien, dit-il en se levant. Tu vas passer un bras autour de mon cou, on verra si ça marche.

Il dut se pencher, car Livvy était trop petite pour atteindre son cou.

Au bout d'un instant, ils durent changer de côté car ses côtes la faisaient souffrir.

Matt s'arrêta et mit un genou à terre.

— Tu me demandes en mariage ? fit-elle, espiègle.

— Très drôle ! Grimpe sur mon dos.

— Je ne peux pas.

— Pourquoi ?

— Parce que je n'ai pas cinq ans.

Il se redressa sans pouvoir s'empêcher de rire.

— Peut-être pas, mais tu viens de ramasser un beau gadin.

Mi-fâchée, mi-amusée, elle lui décocha une petite tape. Il la prit très délicatement dans ses bras et repoussa en souriant les cheveux qui lui tombaient dans les yeux.

— Désolé, c'était méchant de ma part, dit-il. Je n'aurais pas dû rire.

— Oui, je me sens assez stupide sans que tu te moques de moi.

— Je sais, excuse-moi.

Et parce qu'il en avait envie depuis plusieurs jours et qu'elle levait vers lui de grands yeux bleus emplis de honte, il se pencha vers elle et lui effleura les lèvres d'un baiser.

Ce ne devait être qu'une caresse légère, mais la tension qui était née entre eux le vendredi précédent s'accrut brusquement quand la bouche de Livvy s'entrouvrit. Et il éprouva quelque chose qu'il n'avait pas ressenti depuis deux ans.

Ce n'était pas de l'attirance physique, ce qu'il aurait pu comprendre, mais de la tendresse, le désir presque douloureux d'une relation qui ait un sens et réponde à ses attentes… Ce qu'il avait perdu.

Qu'est-ce que je suis en train de faire ?

S'écartant de Livvy, il s'éclaircit la gorge.

— Bon. Le plus simple pour nous deux est que je te porte, que tu le veuilles ou non. Je te déposerai en bas et j'irai chercher la voiture. D'ailleurs, si je ne te ramène pas saine et sauve, ton père va me tuer.

Lui tournant le dos, il s'agenouilla de nouveau. Après quelques secondes d'hésitation, elle noua ses bras autour de son cou et le laissa la hisser sur son dos. Il lui prit les jambes de façon à ce qu'elles encerclent sa taille, puis se redressa. Elle poussa un petit cri qui se mua en rire.

— C'est ridicule, dit-elle.

Comme il riait à son tour, elle resserra son étreinte.

— Ne te moque pas de moi.

— Je ne me moque pas de toi, promis.

Cessant de l'étrangler, elle posa la tête sur la nuque de Matt en soupirant.

— Je suis désolée d'avoir gâché ta journée, lui murmura-t-elle à l'oreille.

L'haleine tiède de Livvy caressa la peau de Matt, réveillant des sentiments qu'il croyait avoir étouffés.

— Ne sois pas désolée, dit-il, essayant de ne pas penser à ses mains qui soutenaient les fesses de Livvy.

De très jolies fesses, indubitablement.

— Ce n'était qu'un accident, fit-il. Dis-moi pourquoi tu as choisi la trauma. Pourquoi pas la chirurgie générale, comme ton père ?

— C'est sans doute l'influence de maman, mais la chirurgie reste possible. Je ne suis pas encore décidée, et la trauma, c'est super sympa aussi… Et intense.

— Intense, je suis d'accord, répondit-il, amusé. Mais je ne dirai pas que c'est sympa, surtout en chirurgie. Ça peut être plutôt gore.

— Alors pourquoi as-tu choisi cette spécialité ?

— Je ne sais pas. Sans doute à cause de ton père. J'ai toujours voulu être chirurgien et, quand j'étais son interne, plusieurs cas intéressants se sont présentés en trauma. Oui, c'est sanglant, mais c'est aussi très gratifiant quand tu peux offrir une issue favorable à un patient gravement blessé.

— Comment se fait-il que tu ne sois pas à Londres, alors ? C'est là qu'on traite le plus de patients, en traumatologie.

Le cœur de Matt se serra.

— Oui, j'y ai travaillé, mais franchement, depuis un an et demi que je suis à Yoxburgh, j'ai eu de quoi m'occuper.

Plus qu'assez, mais cela ne concernait pas seulement son métier. Mieux valait ne pas rentrer dans les détails. Ce week-end était comme un bol d'air frais, après ce qu'il avait vécu ces deux dernières années.

Justement, ce n'était rien de plus qu'une parenthèse, il n'y avait tout simplement pas de place dans sa vie pour une relation sentimentale, même s'il en avait très envie.

Il changea de sujet :

— Tu te sens bien ? Je ne te fais pas mal ?

— Non. De toute façon, c'est mieux que de marcher. Et toi, ça va ?

— Pas de problème. On est tout près, maintenant.

Livvy était pressée d'arriver, en effet, car outre une culpabilité très forte, elle était submergée par des émotions auxquelles elle ne savait pas comment faire face.

Elle n'était pas étonnée que Matt ait abandonné ses chances

de remporter la compétition pour la ramener au chalet. Ces trois derniers jours, il lui avait prouvé qu'il était un équipier loyal et déterminé.

Il savait aussi s'amuser. Elle n'avait pas autant ri depuis des siècles ! Ils avaient également beaucoup plaisanté et flirté, mais elle n'aurait pas cru qu'il passerait à l'acte. Ce baiser avait provoqué des réactions inattendues en elle. Sans compter qu'il avait les mains nouées sous ses fesses… À la pensée de ses doigts probablement complètement engourdis, une nouvelle bouffée de culpabilité monta en elle.

— Tu es sûr que ça va, Matt ?

— Tout à fait.

Dès qu'ils rejoignirent la route, il la déposa sur ses pieds et s'étira les articulations, tandis qu'elle regardait ses muscles jouer sous son T-shirt humide.

— Je vais chercher la voiture, je n'en ai pas pour longtemps, dit-il.

— Ne t'inquiète pas pour moi. Je vais m'asseoir et profiter de la vue.

Il s'éloigna à grands pas, et elle en profita pour étudier son dos droit, ses larges épaules et ses bras qui pendaient le long de son torse. Il était athlétique, solide, digne de confiance.

Et surtout sexy. Très, très sexy.

Se reverraient-ils, de retour à l'hôpital ? Malgré le courant qui passait entre eux, c'était peu probable. Elle avait discerné une certaine réserve dans ses yeux. D'ailleurs, il s'était écarté d'elle aussitôt après l'avoir embrassée.

Mais, avec un peu de chance, ils pourraient être bons amis.

— Il faut qu'on enlève cette chaussure, dit Matt.

Il avait installé Livvy sur une chaise longue, sur la terrasse, mais comment la déchausser sans lui faire mal ?

— Elles sont très vieilles, ce n'est pas grave s'il faut les découper, répondit-elle.

— Je vais déjà défaire les lacets, on verra ensuite.

Il s'exécuta et écarta le plus possible la languette.

— Alors ?

— C'est beaucoup mieux, dit-elle.

— Parfait. Je continue, mais hurle si ça fait mal.

— Compte sur moi.

Levant la tête, il plongea dans les magnifiques yeux bleu clair qui le fixaient avec confiance. Il espéra la mériter.

— On y va !

Une main sous sa cheville, il tira de l'autre sur la chaussure. Livvy laissa échapper un petit gémissement, mais rien de plus.

— Comment ça va ?

— Il n'y a pas de comparaison, merci.

— Ne me remercie pas, je ne t'ai pas encore examinée.

Il lui ausculta la cheville, évaluant les dommages éventuels causés aux ligaments.

— Ouille !

— Pardon. Je ne pense pas qu'il y ait de fracture ou de déplacement osseux, mais on demandera un second diagnostic à Dan. En attendant, je vais appliquer de la glace sur la zone douloureuse et te bander, si tu veux bien. Ça peut aider.

— Oui, s'il te plaît. Et si tu pouvais m'apporter une tasse de thé vert et une banane, s'il en reste…

— J'ai comme l'impression que tu profites de la situation, répondit-il en riant.

Une fois dans la cuisine, il brancha la bouilloire et constata qu'il n'y avait pas de glaçons. Il mouilla deux serviettes, qu'il plaça dans le congélateur avant de prendre la trousse de secours où se trouvaient les bandes.

— C'est mieux ? demanda Matt.

— Bien mieux, dit Livvy en soupirant.

— Qu'est-ce que tu as ?

— Rien, mais je m'en veux ; nous avions de bonnes chances de remporter la compétition. J'ai gâché ta dernière journée.

— Certainement pas, répondit-il très sérieusement. Tu es vivante, Livvy. Ce ne serait peut-être pas le cas si ta tête avait heurté le rocher au lieu de tes côtes. C'est ce que j'appelle une victoire, et peu importe le trophée.

— J'ai quand même été le maillon faible de l'équipe, Matt.

— Il n'y a rien de faible en toi !

— Je n'ai pas vérifié la stabilité du sentier. De mon point de vue, c'est une faiblesse.

Elle était toujours étendue sur la chaise longue, la cheville enveloppée dans les serviettes glacées, protégées par un sac en plastique. Faute de banane, un paquet de cookies était posé à proximité sur une table basse.

— Comment va ta cheville, maintenant ? demanda Matt.

— Elle est froide.

— Parfait. Et tes côtes ?

— Douloureuses. Je pourrais peut-être déplacer la poche glacée.

— Laisse-moi faire.

Prenant le sac de plastique, il souleva son T-shirt.

— Ouh ! Tu as un magnifique bleu. Je vais le palper.

— Tu veux que j'aie encore plus mal ? demanda-t-elle sèchement.

Fronçant les sourcils, il fit courir son doigt le long de la cicatrice qui barrait son abdomen.

— Que s'est-il passé ? Un autre accident ?

— Oui, mais je n'y suis pour rien. J'ai été victime d'un accident de voiture quand j'avais dix-neuf mois. Éclatement de la rate et perforation intestinale.

— Ouch ! fit-il en lui palpant délicatement les côtes. Bien, il n'y a rien de déplacé.

— J'aurais pu te le dire.

— Comment ça ?

Elle haussa les épaules.

— Je suis dans mon corps, et pas toi.

L'espace de quelques secondes, leurs regards se croisèrent et Matt réprima visiblement un fou rire tout en rabattant le T-shirt sur elle. Livvy prit conscience de ce qu'elle venait de dire.

Le rouge aux joues, elle poussa un petit grognement.

— Désolée… Je me suis mal exprimée.

— Je veux bien te croire.

Se relevant, il reprit la poche glacée.

— Je vais la changer, elle a dégelé. Je t'en rapporte une

autre, ensuite je ferai du café et je rangerai mes affaires. Tu veux autre chose à boire ?

Elle secoua la tête, très gênée. En même temps, elle ne pouvait chasser l'image du beau corps de Matt intimement emboîté dans le sien.

— Non merci.

Après son départ, elle ferma les yeux et offrit son visage au soleil.

Pourquoi, mais pourquoi j'ai dit ça ?

Plus jamais elle ne pourrait le regarder en face.

Imbécile ! Imbécile !

Mais la pensée lascive ne la quittait pas, et elle ne savait plus si elle devait rire ou pleurer.

2.

Ce n'est pas ce qu'elle a voulu dire.

Évidemment ! Mais l'idée était désormais ancrée dans la tête de Matt. S'imaginer enfoncé en Livvy l'enivrait, le rendait fou de désir.

Il ferma la porte de la cuisine, déposa la serviette dans le congélateur, rebrancha la bouilloire et appuya son front contre la porte d'un placard en laissant échapper un gémissement de frustration.

Qu'est-ce qui n'allait pas chez lui ? D'abord ce baiser, et maintenant ces fantasmes !

Pour la première fois depuis Juliet, il désirait une femme… Pas n'importe quelle femme, mais Livvy. Il ne songeait qu'à une chose : la déshabiller, embrasser chaque centimètre carré de sa peau, sentir la tiédeur de son corps contre le sien. Il voulait l'entendre gémir sous ses caresses, il devinait la chaleur qui les envahirait quand il la pénétrerait.

Comment faire face à cela ?

Qu'est-ce qui m'arrive, Juliet ? Je ne suis pas prêt pour ça.

Un bruit lui parvint de la salle de séjour, et il ouvrit la porte. Livvy sautillait d'un meuble à l'autre, s'arrêtant parfois pour souffler.

— Où vas-tu ?

— Je voudrais m'étendre un peu avant de faire mon sac.

— Je vais t'aider.

— Je peux me débrouiller seule.

— Bien sûr, que tu le peux… Sauf quand il n'y aura plus de meubles sur lesquels t'appuyer.

Il se passa un bras de Livvy autour du cou et lui prit la taille en faisant attention à ne pas lui faire mal.

Un instant plus tard, ils entraient dans la chambre de Livvy. Il la lâcha et elle s'écarta légèrement de lui, emportant toute sa chaleur, sa douceur, avec elle. Mais, au lieu de s'asseoir sur le lit, elle leva les yeux vers lui et l'enlaça.

— Merci, dit-elle dans un murmure.

Il la serra instinctivement contre lui.

— De quoi ? demanda-t-il d'une voix un peu étranglée.

— D'être toi. Tu as été génial, ces derniers jours, et on s'est bien amusés… Jusqu'à ce que je gâche tout.

— Tu n'as rien gâché.

Elle rejeta la tête en arrière pour planter son regard dans le sien.

— Si ! Arrête d'être gentil, Matt. Je sais que j'ai été idiote.

Riant doucement, il l'embrassa sans réfléchir. Ce fut un baiser léger, empreint de tendresse. Le genre de baiser qu'on dépose sur les lèvres d'une amante. Et Livvy ne l'était pas ! Il n'était pas prêt, il avait d'autres obligations qui devaient rester sa priorité… Qui le resteraient toujours.

Il s'écarta, alors qu'il ne rêvait que de basculer Livvy sur le lit et de lui faire l'amour. Écarquillant les yeux, elle attira son visage à elle et l'embrassa.

Cette fois, sa langue se glissa entre les lèvres de Matt et caressa la sienne, embrasant tous ses sens.

J'ai envie d'elle.

Toutes les cellules de son corps, comme si elles se réveillaient d'un long sommeil, criaient le désir qu'il avait d'elle. Il lui rendit son baiser avec passion.

Elle le lâcha brusquement et s'assit sur le lit.

— C'est ton téléphone ?

Un téléphone ?

Il entendait à peine la sonnerie, tant son cœur battait fort, mais elle le ramena cruellement à la réalité.

— Euh… Oui.

L'esprit embrumé, il sortit l'appareil de sa poche, puis se détourna et s'éclaircit la voix avant de répondre :

— Salut, Sam. Vous avez fini ?

— Oui. On vient juste d'atteindre la route. Comment va Livvy ?

Elle m'embrasse.

— Bien. Je ne pense pas qu'il y ait de fracture. Je viens vous chercher.

Après avoir remis le téléphone en place, il se tourna vers Livvy en évitant son regard.

— C'était Sam, annonça-t-il pour dire quelque chose. Tu peux rester seule un instant ?

— Bien sûr. À tout à l'heure.

Le cœur battant, il hocha la tête et quitta la chambre.

Après le déjeuner, ils chargèrent leurs affaires dans la voiture, vérifièrent qu'ils n'avaient rien oublié dans le chalet et entamèrent un trajet de six heures jusqu'au Suffolk. Livvy était à côté de Ed à l'avant, pour pouvoir étendre les jambes. Matt était assis derrière elle, avec Sam et Beth. Lucy, Dan et Vicky occupaient les sièges du fond.

Comme elle soupirait, Ed lui lança un coup d'œil de côté.

— Ça va ?

— Oui, mais je m'en veux d'avoir la meilleure place et d'avoir gâché la journée de tout le monde.

— Tu nous gonfles avec ta culpabilité, Livvy. Que Matt et toi ne soyez plus dans la course a suffisamment distrait Sam pour que Beth et moi gagnions. Je ne vais pas me plaindre ! Si tu fermais les yeux pour te reposer, plutôt ?

Elle acquiesça, et souhaita de nouveau ne pas être tombée et ne pas avoir embrassé Matt dans sa chambre, tant cela risquait de compliquer leurs relations futures. Elle aurait voulu être assise à côté de lui et profiter des dernières heures tous ensemble, au lieu d'être à l'avant avec une cheville en compote.

Voudrait-il seulement la revoir ?

Possible… Ou pas ! Si son téléphone n'avait pas sonné, que se serait-il passé ? Auraient-ils fait l'amour ? Peut-être, ce dont elle était la première surprise car, depuis cinq ans, le sexe ne faisait pas partie de ses priorités. Mais jamais, de toute façon, elle n'avait couché avec un homme après trois jours de flirt insouciant.

Finalement, la sonnerie du téléphone lui avait évité de faire une bêtise.

Qu'est-ce qui ne va pas, chez moi ? Pourquoi est-ce que je réagis de cette façon ?

Sur le siège arrière de la voiture, Matt changea de position. Livvy était juste devant lui, si proche que son parfum, très familier désormais, flottait jusqu'à lui.

Comment pouvait-il la désirer autant ?

Il la connaissait à peine, d'autant que Sam leur avait interdit à tous de parler travail ou vie personnelle pendant ces trois jours. Il ne savait rien d'elle, sauf qu'elle était la fille d'Olivier, et elle ignorait tout de lui, de sa famille et de ses responsabilités.

Il aurait pu enfreindre les recommandations de Sam, mais il n'en avait pas eu envie. Pour être honnête, il avait apprécié cette liberté d'être simplement lui-même, délivré de tout son bagage.

En revanche, il ne pouvait pas pousser les choses plus loin avec Livvy sans faire preuve d'un minimum de franchise envers elle. De toute façon, qu'avait-il à lui offrir ?

Posant la tête sur le dossier de son siège, il ferma les yeux. Mais, bientôt Livvy remua, et son parfum flotta de nouveau jusqu'à lui.

À mi-chemin, ils s'arrêtèrent pour se dégourdir les jambes et boire un verre. Sam remplaça Ed au volant et Matt se retrouva tout au fond du véhicule. Livvy s'interrogeait. Pourquoi n'avait-il pas proposé de conduire ? L'évitait-il ?

Finalement, Sam la déposa devant chez elle. Matt récupéra le sac de Livvy dans le coffre et la soutint jusqu'au seuil de la maison.

— Tu vas pouvoir te débrouiller toute seule ?

Ainsi, il l'évitait, sinon il aurait offert de rester avec elle.

Redressant les épaules, elle plaqua un grand sourire sur son visage.

— Pas de souci. J'ai des amis au coin de la rue, si j'ai besoin d'aide.

— Tu es sûre ? Pas de migraine ou de douleurs abdominale ? Aucun engourdissement nulle part ?

Elle soupira.

— Je vais bien, Matt, dit-elle patiemment.

— D'accord. Fais-toi examiner demain, ou plus tôt si…

Il hésita et un instant elle crut qu'il allait l'embrasser, mais il lui caressa la joue avec un sourire empreint de regret.

— On s'est bien amusés. Prends soin de toi, Livvy.

Sur ces mots, il se détourna, descendit l'allée et monta dans la voiture. Sam démarra aussitôt, et Livvy rentra chez elle. Elle sautilla jusqu'à la salle de séjour, s'installa sur le canapé et posa son pied sur un coussin.

C'était donc fini avant d'avoir commencé, entre Matt et elle. Elle ne cherchait pas particulièrement à avoir un homme dans sa vie, mais cela faisait toujours plaisir d'être désirée.

Ou alors…

Il était marié ! Quelle imbécile elle faisait ! Cela expliquait sa réticence et son regard coupable.

La sonnerie du téléphone résonna, l'arrachant à ces pensées moroses.

— Salut, papa. Ça va ?

— Très bien ? Et toi ? Comment était ce week-end ?

Troublant…

— Je viens juste de rentrer. C'était génial… Enfin, jusqu'à ce matin. Je grimpais vers le sommet de Haystacks quand le sentier a cédé sous mes pas ; je suis tombée, j'ai une entorse.

— Ouille ! Tu as mal ? Comment es-tu redescendue ?

Elle eut un petit rire.

— Deux copains m'ont remontée jusqu'au sentier. Ensuite, c'est Matt qui m'a portée jusqu'en bas. Tu le connais, il a été l'un de tes internes. Tu te souviens de Matt Hunter ? Il est chirurgien orthopédiste en traumatologie, à Yoxburgh. On faisait équipe.

— Matt ? Waouh ! Il va bien ?

Elle fronça les sourcils.

— Oui, pourquoi ?

— Je ne l'ai pas vu depuis le décès de sa femme.

Elle se redressa dans son siège, un frisson glacial courut le long de sa colonne vertébrale.

— Sa femme est morte ? répéta-t-elle d'une voix tremblante.

— Oui. Ils avaient deux enfants en bas âge. Juliet a fait une hémorragie cérébrale pendant que Matt et moi assistions à une conférence, elle ne s'en est pas sortie. Je suis certain de t'en avoir parlé. Cela fait deux ans, maintenant.

Ainsi c'était Matt, dont il s'était agi.

— En effet, répondit-elle, au bord de la nausée. C'est affreux ! Et il a deux petits enfants ?

— Un garçon et une fille. Charlie doit avoir trois ans et je suppose qu'Amber va rentrer à l'école. Matt était profondément triste. C'est vraiment un type sympa, drôle et amical. Il est aussi solide et digne de confiance. Je suis certain que c'est un très bon père.

Le cœur de Livvy saignait pour lui.

— J'en suis sûre aussi.

Cela expliquait la réserve dont elle n'avait pu identifier la cause. Et la raison pour laquelle il disparaissait quelques minutes chaque soir, au chalet. Sans doute pour vérifier que les enfants allaient bien et leur parler.

Cela expliquait aussi pourquoi il n'avait pas proposé de rester avec elle… Deux jeunes enfants l'attendaient !

— Donc, tu l'as trouvé en forme ? demanda son père.

— Oui, du moins à ce qu'il m'a semblé. Mais Sam nous avait interdit de parler du travail ou de notre vie personnelle. De toute façon, je n'aurais rien pu deviner.

— Il est plutôt du genre discret. Il avait certainement envie de s'échapper un peu de chez lui. Il paraît que c'est un excellent chirurgien. Je n'en suis pas étonné, il était très prometteur, il y a quelques années. Il devait avoir trente-quatre ans quand Juliet est morte. À l'époque, il travaillait dans un service de trauma londonien, et sa carrière était toute tracée. Ça a dû être un sacré changement, pour lui, de s'installer dans le Suffolk, mais il a de la famille dans le coin. Transmets-lui mon amitié quand tu le reverras, et dis-lui que je pense souvent à lui.

Elle préféra changer de sujet.

— D'accord… À propos, tes soixante ans, comment va-t-on les fêter ?

— Je n'en ai aucune idée. Ta mère s'en occupe, je crois qu'on va avoir un chapiteau dans le jardin, un buffet et une piste de danse. Jamie s'occupe de la playlist, je crains le pire. Abbie et ta mère ont choisi le menu mais, là encore, je suis tenu à distance. Pour tout dire, j'essaie de ne pas y penser, je ne me sens pas si vieux.

— Si ça peut te consoler, fit-elle en riant, tu ne fais pas du tout ton âge.

Matt trouva sa mère en train de somnoler dans la salle de séjour. Elle bougea légèrement lorsqu'il referma la porte.

— Salut, maman, je suis rentré.

Elle battit des paupières et sourit.

— Bonsoir, mon chéri. Tu t'es bien amusé ?

Il se pencha pour l'embrasser sur la joue avant de s'asseoir auprès d'elle.

— Beaucoup, grâce à toi. Comment ils ont été ?

— Parfaits, mais un peu fatigants. Tu t'es inquiété ?

— Pas pour eux, répondit-il avec un petit rire.

— Je viens juste de les coucher, mais cela ne les dérangera sûrement pas si tu vas les embrasser. J'aurais voulu qu'ils attendent ton retour, mais ils étaient vraiment claqués. Ils se sont bien occupés, tu sais. Amber t'a fait une petite centaine de dessins et Charlie m'a aidée à jardiner. Nous sommes aussi allés à la plage, on a fait des châteaux de sable avec la tribu des Shackleton. Nous sommes aussi allés chez eux ce matin, pour que tous les enfants jouent ensemble. C'était très sympathique. Ce sont des gens charmants.

— Oui. Et Annie a eu la gentillesse de laisser Ed prendre leur monospace huit places. Ce n'est que justice qu'il ait remporté le trophée.

— Tu n'as pas gagné ?

— Non. Mon équipière s'est fait une entorse mais, pour être honnête, je recherchais surtout le dépaysement. Le panorama était magnifique et je suis vraiment content d'avoir participé à cette compétition. Mais je ne veux pas te retenir. J'imagine que tu es pressée de rentrer chez toi ?

— Tu ne veux pas que je reste cette nuit ? Surtout si tu commences tôt demain matin ?

— Non, non. Je compte passer un peu de temps avec les petits avant de les déposer au jardin d'enfants. Tu peux y aller, maman. Tu dois être épuisée.

Sa mère lui adressa un sourire reconnaissant.

— Dans ce cas, je veux bien, merci.

Elle embrassa son fils, et partit. Matt monta son sac à l'étage, puis jeta un coup d'œil dans les chambres. Charlie dormait sur le dos en travers de son lit mais, lorsque Matt poussa la porte d'Amber, elle ouvrit les yeux. Dès qu'il s'assit auprès d'elle, elle se jeta dans ses bras.

— Papa !

— Ma précieuse petite fille, murmura-t-il en enfouissant son visage dans les cheveux emmêlés qui sentaient la plage, le soleil et la sauce de tomate.

C'était bon de rentrer chez soi.

Le lendemain, la cheville de Livvy allait mieux. La zone était encore douloureuse, et elle mit des baskets pour aller à l'hôpital parce que c'étaient les seules chaussures qu'elle supportait. Dès qu'elle arriva, en clopinant, Sam lui fit passer des radios pour s'assurer qu'elle n'avait pas de côte fracturée.

— Tout va bien, dit-il avec soulagement. Tu peux rentrer chez toi.

— Non. Je suis ici pour travailler.

— Sérieusement ?

— Tout à fait.

— D'accord, dit-il en haussant les épaules, mais assieds-toi dès que possible, et prends des pauses. Tu es correctement bandée ?

— Matt connaît son affaire. Je suis en pleine forme.

— Si tu le dis… Je ne suis pas convaincu, mais on est à court de personnel, comme d'habitude, alors je ne vais pas discuter. En revanche, tu vas t'occuper des cas mineurs.

Sans lui laisser le temps de protester, Sam s'éloigna. Résignée, elle prit son premier patient. Elle ne pouvait s'empêcher de se demander si Matt viendrait aux urgences et s'il lui adresserait la parole.

À son grand soulagement, il passa peu après 13 heures, alors qu'il n'avait pas été appelé dans le service. Elle remplissait un dossier à la station centrale lorsqu'elle perçut sa présence derrière elle. Comment savait-elle que c'était lui ? Elle n'en avait aucune idée !

Se tournant vers lui, elle croisa son regard soucieux.

— Salut, dit-il. Je ne pensais pas que tu travaillerais aujourd'hui. Comment va ta cheville ?

— Mieux, merci. Ton bandage est efficace. C'est dans ma tête que ça ne va pas. Sam m'a affectée aux petits bobos, je suis dégoûtée.

Il rit.

— C'est ce qu'il m'a dit au téléphone.

— Je m'ennuie, c'est tout !

— Tu as déjeuné ?

— Non. Mon frigo était presque vide et je n'aime pas les chips ou le chocolat des distributeurs automatiques.

— Très bien. C'est le bon moment pour prendre une pause et te restaurer.

— Sauf que je ne peux pas aller à la cafétéria. J'ai déjà eu du mal à marcher depuis le parking.

— On va arranger ça.

Jetant un coup d'œil par-dessus son épaule, il claqua la langue contre son palais et récupéra un fauteuil roulant abandonné.

— Tu plaisantes, j'espère ! dit-elle.

— Pas le moins du monde. Assieds-toi ou je t'y mets de force.

Elle savait qu'il le ferait. Laissant échapper un soupir résigné, elle obtempéra. Jenny, l'une des infirmières, hocha la tête avec un sourire.

— Bien joué, Matt.

— Ne l'encourage pas ! Et appelle-moi si tu as besoin de moi, Jenny.

Cinq minutes plus tard, ils étaient assis sur un banc à l'ombre d'un arbre, des boissons fraîches et des sandwichs dans les mains.

— Pose ta jambe sur mes genoux, ordonna Matt, je veux jeter un coup d'œil à ta cheville.

— Si tu insistes, répondit-elle en soupirant.

Mais, dès que son pied fut installé sur cette cuisse musclée, elle déplora son obéissance. Les mains de Matt, qui palpait doucement la zone douloureuse, la troublaient plus que de raison.

Et elle ne voulait pas être troublée !

— Ouille !

— Désolé. On dirait que c'est encore gonflé. Tu es certaine que tu dois travailler ?

Levant les yeux au ciel, elle sortit son sandwich de son emballage.

— Tu ne vaux pas mieux que Sam. On dirait deux mères poules.

— C'est pour ça qu'on est médecins, parce qu'on a le sens des responsabilités. Il n'y a rien de personnel.

— C'est ça !

La main de Matt était sur sa jambe, maintenant, et son pouce caressait doucement sa peau. En avait-il seulement conscience ? Finalement, il lui souleva le pied et le posa dans le fauteuil roulant.

Elle inspira profondément avant de lancer :

— J'ai parlé avec mon père, hier soir ; je lui ai transmis ton message. Il t'assure aussi de son amitié et m'a demandé de te dire qu'ils pensent souvent à toi, maman et lui. Il semble avoir beaucoup d'affection pour toi.

— Ils sont adorables. Ils ont été formidables avec moi. Je ne les ai pas vus depuis…

Il se tut, mais elle savait ce qu'il allait dire.

— Je suis au courant, pour ta femme, dit-elle doucement. Je suis désolée… Je ne savais pas.

Il eut un petit sourire crispé.

— C'était le principe, je crois. On laissait nos problèmes privés derrière nous pendant le week-end.

Elle détourna les yeux.

— Je comprends, mais je me serais comportée autrement si j'avais su. Je ne t'aurais pas embrassé, pour commencer. Je n'avais pas l'intention de dépasser les bornes.

Il lui prit la main.

— Tu ne l'as pas fait, Livvy. D'ailleurs, c'est moi qui t'ai embrassée le premier, et je n'aurais pas dû non plus. C'était la première fois que je quittais les enfants depuis… Eh bien, depuis la mort de leur mère. J'avais juste envie d'être moi, tu comprends ? Pas ce pauvre veuf, père de deux jeunes enfants, mais un homme normal.

Il se tut un instant avant de poursuivre :

— J'en ai marre qu'on me plaigne, marre que les gens marchent sur des œufs en ma présence. J'ai failli t'en parler, mais j'ai réalisé que ça changerait tout, alors je ne l'ai pas fait. J'étais heureux de m'amuser, d'être ton partenaire dans une compétition. Je me suis bien amusé, Livvy, et ta chute exceptée, je ne changerais rien.

Elle battit des paupières pour chasser les larmes qui lui montaient aux yeux. Elle ressentait exactement la même chose que lui. Elle aussi, elle appréciait d'être libérée de la compassion des gens qui surveillaient leurs paroles pour ne pas réveiller de souvenirs malheureux. Au Yoxburgh Park Hospital, presque personne ne connaissait son passé médical et elle n'en avait pas parlé à Matt.

— Je suis d'accord avec toi, dit-elle. Moi non plus, je ne changerais rien, en dehors de cet épisode. Tu as raison, c'était amusant, mais j'ai bien l'impression qu'on a réintégré le monde réel.

Il soupira.

— Oui. Cette nuit, Amber a insisté pour dormir avec moi, et Charlie s'est réveillé en pleurant parce qu'il avait mouillé son lit. Finalement, il nous a rejoints dans ma chambre. Mais tu sais quoi ? Je suis content de les avoir retrouvés. Ils m'ont vraiment manqué, même si cette escapade en ta compagnie m'a bien plu.

— À moi aussi, mais c'est fini maintenant.

Bizarrement, cette idée l'attristait, l'affectait. Après tout, ils avaient seulement fait partie de la même équipe et échangé deux baisers.

— Pourquoi ce serait fini ? demanda-t-il après un long silence. J'ai toujours envie de te voir, pas dans l'idée d'une relation sérieuse… Je ne suis plus disponible pour autre chose qu'une pause déjeuner ou un verre, mais je serais heureux de passer du temps avec toi. Malheureusement, une proposition aussi insignifiante ne doit pas t'intéresser.

— Bien sûr que si ! répondit-elle. Moi non plus, je ne suis pas disponible pour tout un tas de raisons, et je n'attends rien d'autre que ce que tu viens de me proposer. Je t'assure que c'est vrai, Matt.

— Merci, dit-il avec un sourire.

— Tu n'as pas à me remercier. Je suis relativement nouvelle ici. Je ne connais pas encore beaucoup de gens, j'ai plein de temps libre et je le partagerai volontiers avec toi. À ce propos, je suis contente d'avoir pu te transmettre le message de mon père. Il a une haute opinion de toi et il dit que ta femme était adorable.

Le regard de Matt s'assombrit.

— C'est vrai. Je te remercie. L'opinion de ton père compte beaucoup pour moi. Il a été un mentor formidable, et un ami. Je lui dois beaucoup. Salue-le de ma part quand tu le verras.

— Fais-le toi-même. Je suis certaine qu'il serait ravi de t'entendre.

— Je l'appellerai, un de ces jours. Pour l'instant, je ferais bien de te ramener aux urgences avant que Sam me demande pourquoi j'ai kidnappé une de ses internes. Mais, d'abord, donne-moi ton numéro.

Dès qu'il l'eut enregistré dans ses contacts, le téléphone de Livvy vibra dans sa poche.

— Comme ça, tu as le mien, dit-il.

— Parfait. Je vais t'envoyer l'adresse mail de mon père,

comme ça, tu pourras le contacter. Appelle-moi quand tu as un trou dans ton emploi du temps et envie de me voir.

Les yeux de Matt cherchèrent les siens.

— Ce ne sera jamais planifié longtemps à l'avance, Livvy, ça ne te pose pas de problème ?

Elle secoua la tête, sans savoir exactement ce qu'il envisageait pour ces moments volés. Une amitié, ou davantage ? Une liaison ? Cela prendrait un peu plus de temps qu'un café occasionnel.

Il fallait vraiment être désespérée pour accepter ce genre de situation... L'était-elle à ce point ?

3.

Livvy savait que Matt ne lui avait pas proposé davantage que des rencontres occasionnelles, pourtant elles se révélaient plus rares qu'elle ne s'y était attendue… Ou qu'elle ne l'avait espéré.

Peut-être avait-il raison de penser qu'elle ne s'en contenterait pas. Elle avait cru que cela lui suffirait, mais elle se trompait.

Le jeudi, bien qu'il soit descendu deux fois aux urgences, il n'était pas passé la voir. En revanche, il lui avait envoyé un SMS pour savoir comment allait sa cheville, puis un smiley quand elle lui avait répondu qu'elle ne souffrait presque plus.

Mais rien au sujet d'un éventuel rendez-vous.

Bien sûr, il avait été éloigné de ses enfants pendant ce long week-end, et sans doute voulait-il rattraper le temps perdu. De plus, elle savait qu'il avait opéré un patient la veille, un homme qui avait eu les jambes broyées par une machine agricole.

Les médecins avaient appliqué le protocole établi pour les cas d'hémorragie majeure, et Livvy avait été appelée. Matt, James et Sam étaient tous là, ainsi que Joe Baker, le radiologue, qui posait une perfusion pendant que les autres tentaient de maîtriser le saignement avant que le patient ne soit emmené au bloc.

Matt avait à peine regardé Livvy. Elle avait appris qu'il opérait de nouveau le fermier dans la journée, mais ignorait le résultat de l'intervention. Peut-être Matt se trouvait-il encore au bloc.

De toute façon, elle se répétait en boucle qu'il ne lui proposait qu'un café ou un verre, pas une relation sentimentale.

Ces cinq dernières années, cela ne lui avait pas manqué, alors pourquoi cette obsession, à présent ? Elle avait une vie, de nouveaux amis et d'anciens à Audley, à quelques kilomètres. D'ailleurs, c'était l'été, le bon moment pour faire des promenades le long de la rivière ou de la mer. Elle pouvait aussi arracher les mauvaises herbes dans le jardin. Il était grand temps de le faire !

Aussi ce soir-là, après une longue journée de travail, elle enfila un short, des baskets et un T-shirt défraîchi, et se mit au travail.

Elle luttait avec une herbe particulièrement résistante qui poussait dans l'allée quand elle entendit un bruit de pas.

— Dégagez ! grommela-t-elle.

L'intrus s'immobilisa.

— Quel accueil chaleureux !

Elle se redressa vivement et, perdant l'équilibre, recula d'un pas sans réfléchir. Aussitôt, une violente douleur lui vrilla la cheville. Sa jambe céda sous elle, et elle poussa un cri, tandis que Matt la saisissait au vol, la serrant contre son torse.

— Ça va ?

Elle se tourna vers lui, mais en prenant ses précautions cette fois. Quand elle croisa le regard de Matt, son cœur battit plus vite.

— Ça allait jusqu'à ce que tu me fasses sursauter.

— Désolé. Laisse-moi faire.

Lui prenant le râteau des mains, il l'enfonça dans le sol à côté de la mauvaise herbe, qu'il arracha doucement avec ses racines.

— Je suis pardonné ?

— Seulement si tu me débarrasses aussi des autres.

— Hum, dit-il en jetant l'herbe dans la poubelle.

Livvy maudit le sort : bien sûr, il avait fallu qu'il passe quand elle était en sueur, couverte de poussière et qu'elle ne sentait pas la rose.

— Qu'est-ce qui t'amène ? demanda-t-elle. Je suis sûre que ce n'est pas le jardinage, même si je ne refuse pas un peu d'aide, alors ne te prive pas.

Il éclata de rire.

— J'ai essayé de t'appeler mais tu ne répondais pas, alors je suis passé, au cas où.

Elle cessa une seconde de respirer.

— Au cas où quoi ?

— Au cas où tu aurais quelques minutes à m'accorder.

— Je ne peux aller nulle part, Matt. Regarde dans quel état je suis.

Il l'inspecta du regard.

— Je vois… Mais je ne comptais pas te demander de sortir. J'ai juste pensé que ce serait sympa de prendre un café ensemble. Du moins, si tu peux oublier un instant tes mauvaises herbes.

Elle n'aurait pas vraiment de mal.

— Bien sûr ! Rentrons.

Après avoir ramassé ses outils et ses gants, elle le précéda à l'intérieur de la maison. Ils traversèrent l'entrée et la salle à manger avant de parvenir dans la cuisine.

— Tu boites encore, dit-il. J'espère que ce n'est pas ma faute.

C'était parce qu'il l'avait fait sursauter, mais elle n'allait pas le lui dire.

— Je t'ai dit que j'allais mieux, pas que j'étais guérie. Tu veux un café, alors ?

Elle se retourna, mais il était juste derrière elle. Elle fit la grimace et déplaça son poids sur sa cheville indemne.

— Je te tiens, dit-il en lui prenant les épaules.

Elle sentit la chaleur de ses paumes et respira son haleine mentholée. Leurs regards se retinrent… Allait-il l'embrasser ?

Non, ses bras retombèrent le long de son corps et il recula d'un pas. Elle refoula sa déception.

— Oui, dit-il, un café au lait sans sucre.

Elle se lava les mains, brancha la bouilloire et ouvrit un placard. Assis sur une chaise, Matt regardait autour de lui.

— Je n'ai que du déca, malheureusement, dit-elle.

— C'est très bien, quoi que tu aies. J'ai eu une dure journée.

— Qu'est-ce qui s'est passé ?

Il passa la main dans ses cheveux en soupirant.

— On a perdu le fermier. Je l'ai ramené au bloc deux fois et j'ai essayé de sauver ce que je pouvais de ses jambes, mais il avait perdu tellement de sang, avant qu'on le sorte de cette machine, que son cerveau avait été privé d'oxygène. Ses organes ont cessé de fonctionner et nous avons débranché le respirateur.

Elle s'immobilisa, une cuillère à la main.

— Oh non ! Je suis vraiment désolée, Matt. Il était marié ?

— Oui, et père de trois enfants. Quand il a fallu l'annoncer à l'épouse… Bien sûr, elle s'en doutait, mais quand même. Il n'avait que trente-six ans, le même âge que moi. C'était dur.

Il changea brusquement de sujet :

— Jolie maison, à propos. Tu habites ici depuis combien de temps ?

— Depuis que la remplaçante de Iona Baker a démissionné, après son congé de maternité. Je travaillais à Londres mais j'avais envie de revenir chez moi, dans le Suffolk. Le poste m'intéressait et Sam m'a mise en relation avec Ben Walker, l'un des obstétriciens. La maison appartient à sa femme, j'ai emménagé en avril. Malheureusement, elle n'est pas à vendre. Je suppose qu'ils la réservent au personnel de l'hôpital. J'ai vendu mon appartement londonien et j'espère acheter une maison dans le coin, mais je ne sais pas trop où.

La cafetière ronronnait sur la surface de travail et le thé vert de Livvy infusait. Un silence gêné régna un instant dans la pièce.

— Matt…

— Livvy…

Il rit doucement.

— À toi l'honneur.

— J'allais te demander pourquoi tu voulais me voir.

— Je te l'ai dit : je suis venu boire un café en ta compagnie.

— Non, je voulais dire de façon générale.

Il fronça les sourcils.

— Je croyais que nous avions eu cette discussion lundi.

— Oui… Mais je ne suis pas sûre d'avoir bien compris. J'y ai réfléchi, mais je ne suis pas convaincue d'avoir trouvé la réponse. Tu pourrais rechercher une amie, une maîtresse ou une sex-friend.

— Une sex-friend ?

Il se leva et vint vers elle, une lueur railleuse dans les yeux. Elle haussa les épaules.

— Tu comprends, je ne sais pas et…

Le rire de Matt l'interrompit.

— Il n'y a rien à comprendre, Livvy. Je n'attends rien de toi, mais nous savons tous les deux qu'entre nous c'est plus que de l'amitié. Pourtant, je ne prendrai que ce que tu voudras bien me donner et rien ne presse. J'ai juste envie d'apprendre à te connaître, passer du temps avec toi et voir où ça nous mène.

Il fixa un instant le sol. Lorsqu'il releva la tête, son expression était plus grave.

— Je ne peux pas te proposer une relation digne de ce nom, mais je me sens seul bien que je sois constamment entouré de gens, et constamment occupé. La compagnie d'une femme qui ne soit ni une collègue ni ma mère me manque, une femme avec qui je puisse rire. Je consacre presque tout mon temps libre à mes enfants et, ne te méprends pas, je les adore, mais je ne peux jamais parler d'autre chose que de médecine ou de la politique de l'hôpital quand je ne me demande pas si les enfants préfèrent des œufs à la coque ou brouillés.

Oubliant le café, oubliant son entorse et tout son bon sens, elle alla vers lui pour l'entourer de ses bras et le serrer contre elle.

— Je les préfère brouillés, dit-elle d'une voix légèrement tremblante.

Cela prit quelques secondes, mais elle devina qu'il riait silencieusement à son torse qui vibrait contre son oreille. Il posa la main sur sa tête de façon à la rejeter en arrière, puis il déposa un baiser léger sur ses lèvres.

— Moi aussi, dit-il, de préférence avec du bacon et des tranches de tomates, entre deux tranches de pain de mie, sans oublier un grand bol de café.

— Oh oui ! Je n'ai pas fait ça depuis des siècles.

— Je te préparerai un brunch, un de ces jours.

— C'est une promesse ? Rassure-toi, je ne suis pas non

plus en mesure d'entamer une vraie relation, pour différentes raisons… Le travail, la santé.

— La santé ?

Elle haussa les épaules, pas encore prête à lui faire une telle confidence.

— Entre autres… Mais, pour en revenir à ce qui nous préoccupe, je suis d'accord pour tout ce que tu voudras et quand tu le voudras.

— Tu te contenterais d'une liaison en pointillé ?

Elle soutint son regard. Aurait-elle le courage de lui en dire davantage ? C'était prendre le risque de souffrir mais, si les choses allaient plus loin, il le faudrait bien.

— Oui, si tu le souhaites aussi.

— Bien sûr que oui, si nous sommes sur la même longueur d'onde.

— C'est le cas.

Penchant la tête, il l'embrassa tendrement sur la bouche avant de se redresser, un sourire aux lèvres.

— Le café est prêt ? Je n'ai pas beaucoup de temps, en tout cas pas assez pour ce à quoi nous pensons tous les deux. J'ai demandé une nouvelle faveur à ma sainte mère, et je ne veux pas en abuser.

Hochant la tête, elle se détourna pour remplir une chope de café de ses mains tremblantes. Elle sentit alors les doigts de Matt se refermer sur ses épaules. Lorsqu'il posa son menton sur sa tête, elle sentit son cœur battre plus vite.

— C'est d'accord, pour le brunch, murmura-t-il. C'est une promesse. Je ne sais pas quand, mais bientôt.

Elle se retourna pour lui tendre sa chope.

— Si on allait dans le jardin, à l'arrière de la maison ? C'est un peu la jungle, mais la soirée est vraiment agréable.

— Parfait !

Ils traversèrent la véranda qui donnait sur le jardin et s'assirent sur la balancelle, à l'ombre clairsemée des glycines. Une douce brise marine soufflait et le silence n'était troublé que par le léger grincement des chaînes, chaque fois que Matt poussait la banquette du pied.

Il laissa échapper un soupir.

— C'est charmant… Cela me rappelle notre jardin londonien, frais, vert et ombragé, comme une petite oasis au milieu de la folie urbaine.

— C'est la même chose pour moi. Après l'agitation des urgences, je peux me relaxer et être moi, ici.

— Je comprends ce que tu veux dire. Mon jardin actuel était tellement touffu que j'ai fait appel à un paysagiste pendant l'hiver. Maintenant, jusqu'à ce que les arbres et arbustes repoussent, avec les fleurs, il ressemble à un terrain vague.

— Ça repoussera, dit-elle avec un sourire encourageant.

— Je sais, mais notre jardin de Londres me manque vraiment. C'était devenu mon refuge et, quand nous avons déménagé, j'ai perdu l'endroit où je pouvais être seul. Aujourd'hui, il ne me reste que la salle de bains, à condition que les gamins ne viennent pas frapper à la porte.

Elle ne put s'empêcher de rire.

— C'est si terrible que ça ?

— Non. Ils sont adorables, c'est juste qu'ils sont là tout le temps. Je les aime de tout mon cœur mais, parfois, j'aurais envie de me cacher dans un trou de souris.

— Tu peux venir ici chaque fois que tu en as envie. Tu seras toujours le bienvenu.

— Merci.

— Parle-moi de tes enfants… À moins que ce soit un sujet difficile.

Il eut un sourire empreint d'une tendresse mêlée de tristesse.

— Amber va entrer à l'école, ce qui l'excite et la réjouit énormément. Charlie est encore un tout petit garçon qui court dans tous les sens quand il ne dort pas. Il aura trois ans en août.

Elle sentit les larmes lui monter aux yeux.

— Ce doit être dur d'être parent célibataire. Je me demande comment tu arrives à tout faire.

— Je n'en sais rien. D'ailleurs, je ne suis pas certain d'y parvenir. Quand Juliet est morte…

Il s'interrompit un instant avant de reprendre :

— Ça n'a pas été facile. C'est encore difficile, mais moins qu'avant. Ma mère est extraordinaire, il y a aussi les parents de Juliet et sa sœur, Sally. Sans eux, je ne sais pas ce que je ferais, et c'est pour cette raison que j'ai pris ce poste, ici. Sally est à une quinzaine de kilomètres, ses parents un peu plus loin, et ma mère habite au coin de ma rue. Sans compter les amis, comme Ed. Bien sûr, j'adore mon boulot, mais ce n'est pas la carrière que j'envisageais.

— Mon père te voyait chef d'un service de traumatologie.

— Moi aussi, répondit-il, mais ce ne serait pas compatible avec ma vie de famille. C'est d'ailleurs la seule bonne chose qui ressort de tout cela. Je travaille tout près de chez moi, les enfants sont en contact avec les autres membres de la famille et mon métier me procure beaucoup de satisfaction, si bien que je n'ai absolument pas l'impression d'avoir fait un sacrifice en m'installant ici. Pour être franc, il y a des moments où j'ai cru ne jamais m'en sortir.

Oh ! Matt !

Jetant un coup d'œil à sa montre, il jura sourdement.

— Désolé, mais je dois y aller.

— Aucun problème, Matt. Je comprends. Et rappelle-toi que tu peux venir quand tu veux.

— Merci pour ta compréhension… et pour le café. Ne bouge pas, dit-il en se levant, je trouverai la sortie. Profite des derniers rayons de soleil.

Se penchant, il caressa la joue de Livvy et frôla ses lèvres d'un baiser. Et puis il partit, la laissant seule et plongée dans ses pensées.

Livvy ne revit pas Matt avant la semaine suivante, alors qu'elle assistait James Slater qui ouvrait la poitrine d'un jeune garçon victime d'un coup de couteau.

— Le timing est parfait, dit James.

Elle entendit un bruit sec, signe que quelqu'un enfilait des gants, puis Matt la poussa gentiment de l'épaule et prit sa place. Il trouva immédiatement l'origine de l'hémorragie ;

— OK, la veine pulmonaire a été tranchée, il y a un lobe de foutu. Je peux avoir un clamp, s'il vous plaît ? Aspiration !

Livvy avait déjà vu Matt en action, mais pas les mains

plongées dans la poitrine d'un gamin mourant… qui n'allait pas mourir car Matt stoppa le saignement. Il en trouva un autre, qu'il stoppa également, puis il se concentra sur les autres plaies, au niveau de l'abdomen.

— Il va falloir ouvrir. Quelqu'un a examiné son dos ?

— Oui, dit James. Il n'y a rien.

— Bon. Je dois l'emmener au bloc. Quelqu'un peut les prévenir, s'il vous plaît ?

— C'est fait, ainsi que les soins intensifs pédiatriques.

— Quoi ? Quel âge a-t-il ?

— Quinze ans, grommela James.

Matt jura sourdement et s'écarta de la table.

— OK. Couvrez-le avec un drap stérile pendant le transfert.

Une fois le garçon préparé, Matt ôta ses gants et le tablier de plastique ensanglanté. En se tournant vers la porte, il croisa pour la première fois le regard de Livvy. Son expression s'adoucit brièvement.

— Salut. Merci pour ton aide. Désolé, je suis un peu pressé. On se voit plus tard.

Une main sur la barrière du lit, il suivit son patient. James remercia Livvy et la renvoya vers la personne qu'elle avait laissée quand le blessé avait été amené. Elle reprit son activité là où elle en était, priant le ciel pour que le garçon ne meure pas.

À la grande surprise de Matt, ce ne fut pas le cas.

Le patient avait failli mourir deux fois sur la table d'opération, et il avait fallu faire redémarrer son cœur une fois, mais désormais il était en soins intensifs pédiatriques. Son état était encore critique, mais il avait du moins une chance de s'en sortir.

Matt quitta l'hôpital tard, après avoir parlé à la mère de Ryan, puis il rentra chez lui et fit un gros câlin à ses enfants sur le canapé, réprimant difficilement les larmes qui lui montaient aux yeux.

— Dure journée ? demanda sa mère.

Il eut un rire sans joie.

— On peut dire ça comme ça, mais ça aurait pu être pire.

— Je vais te faire une tasse de thé.

— Plutôt un déca, s'il te plaît. J'aurai peut-être besoin d'y retourner.

— Bien sûr, mon chéri.

Laissant échapper un soupir, Matt laissa ses enfants à leur dessin animé et rejoignit sa mère dans la cuisine.

— Je ne sais pas ce que je ferais sans toi, marmonna-t-il en l'enveloppant de ses bras. Tu es une héroïne, maman.

— Non, je suis un parent. C'est à cela que nous servons, Matt. Nous recollons les morceaux, tu le sais bien.

— Oui, mais tu as fait plus que ta part.

Le père de Matt était mort quatre ans plus tôt, avant quoi son épouse l'avait soigné et accompagné pendant la phase terminale de son cancer. Lorsqu'il était parti, elle s'était efforcée de reprendre le cours de sa vie. Plus tard, elle avait mis son propre deuil de côté pour soutenir son fils dans l'adversité. Si tôt après la mort de son mari, cela avait dû être extrêmement douloureux pour elle, mais elle avait tout abandonné pour le rejoindre à Londres.

Après l'enterrement de Juliet, il avait stupidement refusé de prendre un congé, mis les enfants dans une crèche et renvoyé sa mère chez elle. Mais ils allaient si mal qu'elle était revenue au bout de trois jours pour les garder à la maison. Il n'était donc jamais seul, si bien qu'il refoulait son chagrin et se montrait cassant envers tout le monde, tant il était persuadé que, s'il laissait libre cours à ses émotions, il s'effondrerait.

Sa mère avait fini par emmener les enfants chez elle. Matt estimait qu'une vie calme et ordonnée leur ferait du bien et qu'il les verrait le week-end. Puis il avait pris deux semaines de congé, qu'il avait passées à pleurer entre les draps qui avaient encore l'odeur de Juliet.

Mais il manquait aux enfants qui lui manquaient aussi. Finalement, il s'était repris, il avait changé les draps, fait le ménage, et sa mère avait ramené les petits à Londres. Elle était restée et, quand un poste s'était libéré, au Yoxburgh Park Hospital, elle l'avait aidé à mettre la maison en vente, elle avait reçu les visiteurs et mis toutes leurs affaires dans un garde-meuble, en attendant que leur nouvelle demeure soit prête.

Toutes, sauf celles de Juliet, qu'il conservait dans son bureau en attendant que les enfants soient assez grands pour les voir.

Depuis qu'il connaissait Livvy, il lui semblait que ses sens se réveillaient lentement.

Était-ce sage ? Sans doute pas.

Déloyal ?

Non ! Juliet n'aurait pas voulu le savoir seul, mais quelque chose n'était pas terminé entre eux. Il aurait voulu lui dire adieu, mais lorsqu'il était arrivé à l'hôpital elle était dans le coma et il était trop tard.

Avait-elle senti sa présence ? Il l'espérait, tout comme il espérait qu'elle savait combien il l'aimait.

— Matt ?

Clignant des yeux, il prit conscience que sa mère lui tendait son déca.

— Merci. Excuse-moi, j'étais complètement ailleurs.

— Je sais, dit-elle avec compassion. Assieds-toi un moment avec les enfants, jusqu'à la fin de leur film, et ensuite tu pourras les coucher, à moins que tu préfères que je le fasse.

— Je vais m'en occuper… Bon sang ! Tu n'avais pas ton club de lecture, ce soir ?

— Si, mais de toute façon je n'avais pas fini mon livre.

— Il t'arrive de le finir ?

— Quelquefois, répondit-elle en riant.

— Vas-y quand même. Personne ne t'en voudra de ne pas avoir lu jusqu'au bout. Où est-ce ?

— Chez Joanna, à une centaine de mètres d'ici. Je vais peut-être y aller, si tu es sûr que tout va bien.

— Mais oui ! Qu'est-ce que les enfants ont mangé ? Laisse-moi deviner… Des pâtes ?

— Non. Pour une fois, j'ai fait un tajine au poulet, et ils ont adoré. Je t'en ai gardé, mais ça ne doit plus être très chaud.

— Je me régale à l'avance ! Merci pour tout, maman.

Un instant plus tard, Matt était sur le canapé, ses précieux enfants blottis contre lui.

*
* *

Une semaine après la visite de Matt chez elle, Livvy prit un café avec lui à la cafétéria de l'hôpital. Le temps lui avait paru incroyablement long, depuis la dernière fois qu'ils s'étaient croisés aux urgences, aussi fut-elle ridiculement heureuse qu'il lui propose de se joindre à lui.

Il prit une banane, commanda un capuccino et elle du thé vert avec un sachet de noix et de graines.

Allait-il enfin lui proposer de la retrouver plus longuement, et dans un endroit où ils seraient seuls ?

— Tu ne bois jamais de café ? lui demanda-t-il.

— Pas souvent. Je n'aime pas beaucoup ça.

Il fit la grimace.

— De là à boire du thé vert… C'est pour des raisons de santé ?

De nouveau, ce n'était pas le bon moment pour lui faire des confidences.

— En partie, et de toute façon j'aime ce goût.

— J'ai du mal à imaginer ça ! répondit-il en riant. À propos, j'ai envoyé un mail à ton père. J'y pensais depuis longtemps sans jamais me décider, alors merci de m'avoir rafraîchi la mémoire. Il m'a répondu qu'il aimerait bien me revoir et, dès que je trouverai une minute, je lui rendrai visite. Peut-être avec les enfants, un week-end.

— Mes parents seraient ravis, mais ne le fais pas cette semaine. Papa fête son soixantième anniversaire samedi soir. Mais, j'y pense, tu pourrais m'accompagner à la réception.

— Impossible !

Elle éprouva un pincement de déception.

— Je comprends, si tu dois trouver quelqu'un pour garder les enfants. Mais c'est vraiment dommage.

— Ce n'est pas ça, ils ont une soirée pyjamas chez leurs cousins, mais il se trouve que je n'ai pas été invité.

— Si… Par moi, répondit-elle en souriant. Je peux même me charger de la conduite, pour que tu puisses boire quelques verres. À moins que tu ne veuilles pas venir ?

— Tu ne dormiras pas chez eux ?

— Je pourrais, mais je suis sûre que maman trouvera quelqu'un d'autre à qui proposer ma chambre. Sérieusement, Matt, pourquoi pas ? Sauf si tu travailles ce soir-là, bien sûr.

— Ce n'est pas le cas, mais j'aurais l'impression d'abuser.

— C'est idiot ! Tu serais plus que bienvenu.

Les sourcils froncés, il jeta un coup d'œil à son téléphone et soupira.

— Il faut que j'y aille. J'ai un patient à voir en suivi post-opératoire, et un autre à examiner en consultation.

— D'accord, mais sois gentil, réfléchis à ma proposition. Je suis sûre que mes parents seraient vraiment contents que tu viennes.

Et elle aussi, si seulement elle parvenait à le convaincre !

— Tu n'abandonnes jamais, hein ? demanda-t-il en riant.

— Non, mais dis-moi franchement, si papa te l'avait demandé, tu aurais accepté ?

— Sans doute, mais je t'aurais d'abord demandé si tu étais d'accord.

— Quelle drôle d'idée !

— Mieux vaut éviter de se faire des illusions, dit-il doucement.

Elle le fixa avec surprise.

— Tu devrais mieux me connaître, maintenant, dit-elle. Je serai plus qu'heureuse que tu m'accompagnes. Réfléchis et tiens-moi au courant.

— D'accord. Ce qui ne veut pas dire que j'ai dit oui.

— J'ai compris, dit-elle en arborant un large sourire.

Levant les yeux au ciel, il rit, puis il l'escorta jusqu'aux urgences.

4.

Les jours suivants, Matt ne cessa de penser à l'invitation de Livvy, à laquelle il ne savait toujours pas quoi répondre.

Il n'était pas allé à une réception depuis la mort de Juliet, mais Olivier fêtait son soixantième anniversaire, un événement à marquer d'une pierre blanche dans la vie d'un homme qui avait été si important pour lui.

Mais souhaitait-il s'y rendre avec Livvy ?

Oui ! Cependant, était-ce raisonnable ? Leur relation était si récente, si informelle, qu'il se demandait même s'ils en avaient une. Ils avaient évoqué une liaison en pointillé, mais cela suffisait-il pour se montrer ensemble en public ? Surtout devant ses parents…

En revanche, cette réception lui permettrait de revoir Bron et Olivier, qu'il tenait depuis longtemps à remercier personnellement pour ce qu'ils avaient fait pour lui. Ce serait aussi l'occasion de passer un peu plus de temps avec Livvy.

Il lui envoya un SMS :

L'invitation tient toujours ?

La réponse arriva quelques secondes plus tard :

Bien sûr. Le smoking ne te pose pas de problème ?

Aucun. À quelle heure je passe te prendre ?

Ça commence à 19 h 30, et c'est moi qui passe te prendre.

Matt éclata de rire, bien décidé à décliner la dernière proposition.

C'est moi qui conduis et tant pis si tu me trouves vieux jeu.

Cette fois, elle ne répondit qu'une demi-heure plus tard :

Pas de problème. De toute façon, je déteste prendre le volant la nuit. Viens me chercher à 18 h 45.

Matt était en retard.

Seulement de deux minutes, mais c'était suffisant pour que Livvy soit encore plus stressée qu'elle ne l'était déjà. Elle avait passé un temps fou à se demander s'il aimerait sa robe, si elle devait remonter ses cheveux, se maquiller ou mettre des talons hauts.

Elle avait adoré la robe dès qu'elle l'avait vue dans la vitrine. On l'aurait dite faite pour elle. Elle était ravissante, chic, elle lui allait comme un gant et la couleur était assortie à ses yeux. L'épaule gauche était nue, et le bustier plissé en diagonale, depuis la taille jusqu'à l'épaule droite.

Elle qui avait passé les dernières années à se cacher craignait d'être trop élégante ou ridicule. Mais, après tout, il s'agissait d'une réception absolument glamour. Finalement, elle avait rassemblé ses cheveux en chignon et enfilé des sandales à talons compensés. Puis elle était descendue au rez-de-chaussée hyper stressée parce que ce serait peut-être LEUR nuit ; elle avait l'impression d'être une adolescente avant son premier bal de promo.

Elle guettait Matt derrière la fenêtre de la salle de séjour lorsqu'il se gara devant chez elle. Alors qu'il remontait l'allée, elle sentit son rythme cardiaque s'accélérer dangereusement.

Matt était toujours canon, mais là… En smoking, il était encore plus sexy, du moins si une telle chose était possible. Après avoir lissé une dernière fois sa robe, elle lui ouvrit la porte.

Dès qu'il franchit le seuil, Matt lui déposa un baiser sur la joue en souriant.

— Tu es superbe, dit-il d'une voix légèrement enrouée.

L'inquiétude de Livvy se mua en une autre sorte de tension, due à l'attirance qu'elle éprouvait pour lui. Il était splendide, et elle allait passer toute la soirée avec lui… N'était pas ce qu'on appelait un « rendez-vous » ?

— Euh… En fait, j'ai voulu étrenner ma robe neuve, dit-elle d'une voix bizarrement essoufflée. Mon père n'aura soixante ans qu'une fois.

— Je ne parlais pas de la robe, répondit-il sans quitter son visage des yeux. Même si elle te va très bien. Tu es ravissante, Livvy, il va être fier de toi.

Soudain intimidée, elle se sentit rougir.

— Merci. Tu n'es pas trop mal toi-même.

Il sourit.

— C'est parce que tu es habituée à me voir en tenue d'hôpital. Sous le smoking, ce n'est que l'ancien moi, malheureusement.

— Tu dois avoir raison. Tout est dans le vêtement, répondit-elle, légère, en s'efforçant de ne pas penser à ce qu'il y avait sous le smoking bien coupé.

Prenant un châle en cachemire au cas où la soirée se rafraîchirait, elle se tourna vers lui.

— On y va ?

Il désigna la porte en s'inclinant.

— Votre carrosse vous attend, princesse. Je l'ai même lavé.

— C'est plus que je n'espérais !

Une minute plus tard, il lui ouvrait la portière et l'aidait à soulever sa jupe pour qu'elle ne soit pas salie, bien que la voiture soit étincelante de propreté.

Il était tellement attentif ! Tellement… parfait ! Et si peu disponible, hélas !

Non, elle était injuste. Il était simplement très occupé.

— Je suppose que tu connais le chemin ? demanda-t-elle lorsqu'il se glissa derrière le volant.

— Oui, je le connais. Tu peux te détendre.

*
* *

Livvy franchit le seuil de la maison victorienne, Matt sur les talons. Son père accueillait les invités. Il semblait en pleine forme et ne paraissait pas du tout son âge. Lorsqu'il serra sa fille contre lui, l'amour lui faisait briller les yeux.

— Bonsoir, ma chérie. Tu es très belle !

Et puis, il releva la tête et écarquilla les yeux.

— Matt ! Entre ! Que je suis content de te voir !

— Moi aussi. Bon anniversaire, répondit Matt en lui tendant la bouteille de champagne qu'il avait apportée.

Olivier l'accepta avant de prendre Matt dans ses bras avec une évidente affection. Puis il s'écarta et braqua un regard empreint de compassion sur son ancien interne.

— Quel bonheur de te revoir ! Livvy nous avait dit qu'elle amenait quelqu'un, mais sans préciser qui. Je suis vraiment ravi que ce soit toi.

Prenant Matt par les épaules, il l'entraîna à l'intérieur de la maison.

— Bron est dans la cuisine. Bron ! Regarde qui Livvy nous a amené !

— Matt ! s'écria la mère de Livvy.

Posant son plateau de canapés, elle s'essuya les mains et l'embrassa.

— Oh ! Matt, quelle bonne surprise ! Je suis tellement…

S'interrompant, elle l'étreignit un peu plus fort puis, les yeux humides, le relâcha.

— Comment vas-tu ? Et les enfants ?

— Nous allons bien, dit-il d'une voix ferme. Vraiment. Amber va rentrer à l'école en septembre, et elle est plus que prête. Quant à Charlie, il est épuisant. Il fait tourner ma pauvre mère en bourrique, mais elle les adore tous les deux et c'est réciproque. Je vous les amènerai, un de ces jours. Mais je ne suis pas là pour parler de moi, je veux surtout avoir de vos nouvelles. Cela dit, pour l'instant, vous devez être très occupée.

Bron rit.

— À peine. Tiens, emporte ce plateau dans le jardin,

propose des canapés aux invités et trouve-toi quelque chose à boire. Mais, un peu plus tard, je veux absolument voir des photos des enfants.

Il prit le plateau en souriant puis, obéissant, gagna le jardin. Un chapiteau grouillant de monde occupait le centre de la pelouse. Il reconnut certains de ses anciens collègues londoniens, Ross Hamilton par exemple, un chirurgien avec qui il avait fait son internat et qui discutait avec Jack Lawrence, le chef des urgences.

Étaient-ils au courant, pour Juliet ? Matt regretta soudain d'être venu. Une main se glissa sous son bras et le pressa légèrement.

— Désolée, dit Livvy. J'ai été retenue par de vieux amis et je t'ai cherché partout. Où étais-tu ?

Il lui sourit, heureux qu'elle soit de nouveau près de lui. Cette robe, qui rehaussait le bleu de ses yeux, suscitait en lui une furieuse envie de la lui enlever et…

— Ton père m'a emmené dans la cuisine voir ta mère. Elle m'a mis au boulot, dit-il en soulevant le plateau.

— Ça ne m'étonne pas ! répondit Livvy en riant. Il y a des gens que tu connais, ici ?

— Pour être franc, je préfère ta compagnie, Livvy. Je t'ai à peine croisée, ces temps-ci.

— Matt !

Ross et Lizzi Hamilton approchaient. Sans un mot, Lizzi le serra très fort dans ses bras.

— Je suis content de te voir, dit Ross en serrant la main de Matt. J'ai appris par Olivier que tu travaillais à Yoxburgh, avec Livvy.

— Pas vraiment avec elle mais, comme elle a choisi de se spécialiser en traumatologie, nous nous rencontrons assez souvent aux urgences.

Ils bavardèrent un instant, puis Ross et Lizzi s'éloignèrent.

— J'ai besoin d'un verre, dit Matt en se tournant vers Livvy. Une boisson sans alcool, et bien fraîche.

Elle l'entraîna dans un salon où un bar avait été installé. Lui prenant le plateau des mains, elle le posa près des verres.

— Qu'est-ce qui te plairait ? Jus de fruits ? Eau gazeuse ? Bière sans alcool ?

— Une bière, ce sera parfait.

Elle décapsula une bouteille qu'elle lui tendit, puis se servit un verre d'eau gazeuse, déposa quelques canapés sur une serviette de papier et conduisit Matt dans le jardin. Ils s'assirent sur un banc, sous l'auvent d'une ancienne remise. Un rosier odorant qui grimpait le long du mur de briques rouges les enveloppa aussitôt de son parfum délicat.

— C'est mieux, dit Livvy à voix basse. J'aurais dû savoir que c'était trop tôt pour mettre des talons.

Levant les yeux au ciel, Matt prit un canapé.

— Je ne te le fais pas dire. Tu veux te tordre une nouvelle fois la cheville ?

— D'accord, je sais que c'est stupide, mais ce sont des talons compensés et je voulais être jolie.

Il eut un petit rire.

— Jolie ? Tu ne peux pas ne pas être jolie, surtout dans cette robe. Tu es bien plus que jolie ! Beaucoup plus !

Il cessa de sourire, un sentiment d'une puissance inattendue l'avait envahi. Dans les yeux de Livvy, il lut un écho de ce qu'il éprouvait lui-même.

Pas maintenant !

Se détournant brusquement, il se concentra sur la foule colorée et élégante.

— Cette réception est un succès.

— Oui, et j'en suis très heureuse. Plus tard, on pourra danser sous le chapiteau.

Le cœur de Matt battit plus vite.

— Tu crois que tu pourras danser ?

— Si j'enlève mes sandales, sûrement, répondit-elle en riant. De toute façon, tu me tiendras, et je n'ai pas l'intention de me lancer dans un rock endiablé.

— Pas avec moi, en tout cas, je serais ridicule. Mais ne t'inquiète pas, je ne te marcherai pas sur les pieds et je t'empêcherai de tomber.

Même si la tenir dans ses bras devait le tuer…

— Parfait !

Elle ôta ses sandales et se leva.

— Viens, dit-elle, mon frère et ma sœur sont là, et ils veulent te rencontrer.

— Rappelle-moi leurs prénoms, dit-il en la suivant. Lui, c'est Jamie ?

— Oui, et ma petite sœur s'appelle Abbie. Elle a vingt-cinq ans, elle vit avec son copain et elle est médecin.

— Décidément, c'est génétique, dans cette famille.

— Non. Jamie a cassé le moule, il est architecte. Tiens ! Les voilà ! Bonsoir, vous deux. Vous vous souvenez de Matt ?

Le petit groupe bavarda jusqu'à ce que la musique retentisse, et Matt et Livvy gagnèrent la piste. Comme elle avait toujours un peu mal à la cheville, il la soutint comme promis. Le contact de ce corps souple contre le sien eut raison de ses dernières réticences. Il ne se souciait plus d'être vu ni de ce que les gens penseraient.

Tout ce qui comptait, c'était de la tenir dans ses bras. Mais, à minuit, la musique s'arrêta, le ramenant à la réalité. Les invités s'en allèrent, et la famille se retrouva attablée dans la cuisine.

Les hommes avaient ôté leurs vestes, les nœuds papillons étaient dans les poches, les cols de chemises ouverts, et Matt put enfin se détendre.

Il était assis près de Livvy. Bron brancha la bouilloire pendant qu'Olivier réunissait les canapés restants dans un plat et les posait sur la table à côté d'un plateau à fromage.

— Tu veux du café, Matt ?

— Oui, merci, Bron. Noir et fort. J'ai besoin de rester éveillé. Je suis trop vieux pour les mondanités.

Olivier leva les yeux au ciel.

— De nos jours, les jeunes n'ont plus aucune résistance.

Quand Bron posa la tasse devant Matt, Olivier la saisit par la taille et l'attira sur ses genoux.

— C'était une magnifique réception, ma chérie, je te remercie, dit-il amoureusement avant de l'embrasser.

— Beurk ! s'exclama Jamie, allez dans une chambre.

Olivier se joignit à l'hilarité générale.

— C'est mon anniversaire ! J'ai bien le droit d'embrasser ma femme si j'en ai envie.

— Tu as raison, papa, dit Livvy. Ignore-les !

Bron posa la tête sur l'épaule de son mari avec une satisfaction évidente.

— Alors, Livvy, dit-elle, comment s'est passée cette expédition en Cumbrie ?

— C'était super… Sauf que je me suis foulé la cheville.

— Raconte-nous comment tu t'es fait ça ! dit Abbie.

Matt s'éclaircit la gorge, et tous les yeux se posèrent sur lui.

— Tu as quelque chose à dire, Matt ? demanda Abbie.

Matt croisa le regard de Livvy, et ils éclatèrent de rire.

— Oh ! dit-il, c'est tout simple. Elle était en train de me harceler sous prétexte que je n'allais pas assez vite, et je lui ai dit de faire attention parce que le sentier était instable. Elle a à peine eu le temps de me répondre « je fais toujours attention » et, juste à cet instant, le sol a cédé sous elle et elle a dévalé la pente. Par bonheur, un rocher l'a arrêtée.

Olivier fonça les sourcils.

— Par bonheur ? Tu n'as jamais fait allusion à un rocher, Livvy.

— Ça ne m'étonne pas, dit Matt. Il se trouvait à environ un mètre cinquante et s'il n'avait pas été là…

Cessant de sourire, il se tut. Il se rappelait combien il avait eu peur qu'elle soit morte, et son soulagement lorsqu'elle s'était remise à respirer.

— Le choc lui avait coupé la respiration, reprit-il, rien de plus. Sauf quelques bleus et une entorse. Mais, sur le coup, je ne le savais pas encore, et j'ai eu la peur de ma vie. Elle aurait pu se casser une côte, faire un pneumothorax.

— Je savais que ça allait, protesta Livvy.

— Bien sûr, puisque tu as des yeux avec rayons X intégrés. Inutile de le préciser, je ne l'ai pas écoutée et je l'ai descendue malgré ses protestations. Mais j'imagine que c'est dans son caractère : elle n'abandonne jamais. Plus de cran que de raison.

— On est tous au courant, répondit Olivier en regardant sa fille.

Livvy rit et changea brusquement de sujet, comme si elle était mal à l'aise.

— Sur quoi travailles-tu en ce moment, Jamie ? demanda-t-elle.

La conversation se porta sur l'architecture, et Matt sentit Livvy se détendre peu à peu.

Mais pourquoi ? En quoi la remarque d'Olivier avait-elle pu la stresser à ce point ? Il s'agissait de sa combativité, mais aussi d'autre chose, qui les avait tous clairement affectés. Cela concernait-il les problèmes de santé qu'elle avait vaguement évoqués ?

Il fallait qu'il sache !

Tout le monde se mit à bâiller, et la soirée prit fin. Tandis que les membres de la famille se faisaient leurs adieux, Livvy remarqua Matt et son père en grande conversation, ce qui piqua sa curiosité.

— Tu n'as pas à me remercier, Matt, disait Olivier d'une voix douce.

— Bien sûr que si ! Sans vous…

— Ce n'était rien, et j'aurais voulu pouvoir faire plus. J'ai été très heureux de te revoir. Tâche de rester en contact avec nous, d'accord ?

— Oui. C'était une très belle fête, je suis très reconnaissant à Livvy de m'avoir invité.

— Moi aussi. Sois prudent sur la route. Nous tenons beaucoup à elle !

— Je suis ravie de l'apprendre, dit Livvy en glissant un bras sous celui de Matt. Viens ! Il est temps de partir, à leur âge mes parents ont besoin de repos.

— Petite peste ! dit son père en l'attirant contre lui pour l'embrasser.

— Je t'aime, papa.

Olivier resserra légèrement son étreinte avant de la libérer.

— Je t'aime, moi aussi. Veille bien sur elle, Matt.

— Comptez sur moi.

Du regard, Olivier envoya une sorte d'avertissement à Matt, et Livvy se rebella aussitôt.

— Je suis tout à fait capable de veiller sur moi !

Elle embrassa sa mère, son frère et sa sœur, puis prit de nouveau le bras de Matt.

— Allons-y.

Une fois dans la voiture, Livvy se débarrassa de ses sandales et jeta un coup d'œil de côté à Matt.

— Je peux te demander quelque chose ?

— Seulement si j'ai aussi le droit aussi de te poser une question.

— Moi d'abord !

— Je t'écoute.

— Qu'est-ce que mon père a fait pour que tu le remercies ?

Il eut un rire triste qui la fit frissonner.

— Ah… C'était le jour où Juliet est morte. Ton père et moi participions à un congrès, à Birmingham. C'était un dimanche et, quand on m'a appelé, les trains étaient arrêtés pour vérifications techniques. Ton père m'a amené à Londres en voiture.

— Je l'ignorais, même si je savais qu'il était avec toi.

— Il a été formidable et je ne l'ai jamais oublié, bien que je n'aie pas eu l'occasion de le remercier correctement. Je suis content d'avoir pu le faire.

Elle lui posa la main sur le bras.

— Désolée d'avoir posé la question. Mais je suis heureuse que tu n'aies pas fait ce trajet seul. Ça a dû être affreux.

— Oui. Et sa présence a été réconfortante… À mon tour, maintenant.

— Ton tour ?

— De te demander quelque chose.

— D'accord. Envoie !

Elle se doutait de ce qu'il voulait savoir, et il était grand temps qu'elle lui dise la vérité, surtout après l'avoir contraint à évoquer ce drame.

— Ton père a approuvé quand j'ai dit que tu avais plus de cran que de raison… Pourquoi ?

Le moment était venu, elle ne pouvait plus reculer.

— Parle-moi, Livvy. Tu as fait allusion à des problèmes de santé. Tu es malade ?

— Non, je ne le suis plus, mais j'ai eu un cancer, il y a cinq ans.

Il se tut un instant, puis poussa un long soupir et se gara sur le côté de la route. Il se tourna vers elle pour la regarder dans les yeux.

— Tu avais… quoi… vingt-quatre ans ?

Elle hocha la tête.

Il jura sourdement, et tendit le bras pour lui caresser tendrement la joue.

— Comment vas-tu, maintenant ? Tu es toujours sous traitement ?

— Ils m'ont enlevé la tumeur et je vais bien, mais j'ai dû reconsidérer ma vie, et je dois faire surveiller mon alimentation.

— D'où cet horrible thé vert, dit-il avec un sourire qui n'atteignit pas ses yeux.

— Exact, répondit-elle en riant. Mais j'aime bien ça.

Il se pencha pour lui déposer un baiser léger sur les lèvres.

— On fait la paire, tous les deux, non ? Je ferais mieux de te ramener chez toi, Cendrillon, avant que tu ne te transformes en citrouille.

— Je croyais que c'était le carrosse, dit-elle.

Lâchant un petit rire, il remit le contact.

5.

— Tu entres ?

Matt hésita. Il n'était pas sûr que ce soit une bonne idée ou qu'il soit capable de résister.

Le voulait-il seulement ?

— D'accord, mais juste un instant.

Il suivit Livvy dans la cuisine. Posant la main sur la bouilloire, elle se tourna vers lui.

— Tu prendras un café ?

— Oui, merci, si tu as encore du déca.

Ôtant sa veste, il la déposa sur le dossier d'une chaise et s'assit, la regardant mettre le café dans la cafetière et sortir un sachet de thé pour elle.

— Je devrais peut-être me changer pendant que l'eau bout, dit-elle.

— Quel dommage ! dit-il.

— Pourquoi ?

— Parce que j'ai envie de t'enlever cette robe depuis que tu m'as ouvert ta porte, dit-il doucement.

Cette fois, il avait jeté au vent ce qui lui restait de bon sens. Les yeux écarquillés, les lèvres légèrement entrouvertes, elle le fixait, comme hypnotisée.

Elle fit un pas dans sa direction.

— C'est drôle, parce que j'ai pensé la même chose à propos de ta chemise.

Leurs regards se retinrent, et il cessa de respirer.

— Livvy…

Qui avait bougé en premier ? Il était debout, et elle se

retrouva dans ses bras. Il respira son parfum, se délecta de sa chaleur. Elle était si vibrante ! Si vivante !

Elle a eu un cancer ? Comment ? Pourquoi, alors qu'elle était si jeune ?

Passant un doigt léger sous son menton, il lui rejeta la tête en arrière, puis se pencha pour frôler sa bouche d'un baiser.

Laissant échapper un gémissement, elle entrouvrit de nouveau les lèvres et il fit ce qu'il avait brûlé de faire toute la soirée : il prit son visage en coupe entre ses mains et glissa sa langue dans sa bouche. Il se délecta de son goût, de sa texture et de la chaleur de son souffle. Elle se cambra contre lui, abandonnée, souple et tonique à la fois… Et avant tout, femme.

Il la désirait d'une façon qu'il n'aurait pas crue possible.

— J'ai envie de toi, murmura-t-il.

Elle ferma les yeux.

— Moi aussi… Tellement ! Mais à moins que tu aies un préservatif dans ton portefeuille…

La déception le submergea.

— Non. Non, je ne pensais que nous… Pas si tôt.

Elle s'écarta avant de lancer sa bombe :

— Je ne peux pas courir le risque d'être enceinte, je suis sous tamoxifène.

Ce fut comme une douche glacée, il sentit toute chaleur se retirer de lui. Il ferma un instant les yeux, pour intégrer l'information.

— Tu as eu un cancer du sein.

Ce n'était pas une question. Il le savait, désormais, mais un cancer du sein à vingt-quatre ans ? Et c'était un cancer hormonosensible, sinon elle ne serait pas sous tamoxifène, surtout pas après cinq ans.

Plongeant dans les grands yeux bleus, il vit de la peur.

— Oh ! Livvy, viens là, dit-il en l'attirant contre lui. Oublie le café et allons nous coucher.

— Mais on ne peut…

— Si, on peut, tout va bien se passer.

— Matt, je ne peux pas être enceinte !

— Chut, je suis au courant. Fais-moi confiance, Livvy, je

ne vais rien faire. Je suis trop fatigué pour te rendre vraiment hommage, de toute façon. Je veux juste te tenir dans mes bras.

Elle réprima un petit sanglot puis, acquiesçant d'un signe de tête, elle recula d'un pas et souleva la jupe de sa belle robe avant de le précéder dans l'escalier. Une fois à l'étage, ils empruntèrent un couloir, passèrent devant la salle de bains et gagnèrent une pièce située sur le devant de la maison.

Clairement, elle n'avait pas prévu de le faire entrer dans sa chambre ; des vêtements et des chaussures jonchaient le sol, et le lit était défait.

Matt ne s'en souciait guère. Il n'était pas là pour inspecter le ménage. Tandis qu'elle restait au centre de la pièce, visiblement en proie au doute, il tira les rideaux, alluma la lampe de chevet et revint tranquillement vers elle.

— Qu'est-ce qui ne va pas ? demanda-t-il doucement.

— Rien. Je suis bête, c'est seulement que je ne sais pas comment tu réagiras, quand tu me verras nue.

— Livvy, je suis chirurgien, je sais à quoi m'attendre et je sais aussi ce qu'il te faut de courage pour me le montrer. Tu en as des tonnes, mais tu n'es peut-être pas prête à partager avec moi quelque chose d'aussi intime. Tu n'es pas obligée, si tu n'en as pas envie. Je ne te demande pas de te déshabiller. Tout ce que je veux, c'est te prendre dans mes bras, et rien ne peut modifier ce que je ressens pour toi. Si tu le souhaites, je rentrerai chez moi, à toi de décider.

Il retint son souffle, attendant. Finalement, elle leva la tête, et leurs regards se rencontrèrent.

Et dire que tout le monde la trouvait courageuse… Livvy secoua la tête.

À cet instant précis, elle mourait littéralement de peur. Mais, si elle n'avait pas le cran de se déshabiller devant Matt, ce n'était pas parce qu'elle craignait sa réaction à la vue de ses cicatrices. Elles n'étaient même pas horribles ! En revanche, si c'était une chose de les voir dans le miroir, ce qui lui rappelait qu'elle était vivante, c'en était une autre de les montrer à quelqu'un.

Et s'il ne la désirait plus ?

Si elle le laissait partir, l'occasion ne se représenterait peut-être jamais. Qu'éprouverait-elle s'il ne lui demandait plus de passer la nuit avec elle ?

Elle tenta de déchiffrer l'expression du visage de Matt, y cherchant de la pitié. Elle ne vit que de la compassion, de la compréhension, mais aussi quelque chose d'ardent et de viril qui la fit frissonner.

— Ne pars pas, dit-elle.

— Tu es sûre ?

— Oui, dit-elle d'une voix ferme.

Il lui sourit, puis il ôta ses chaussures et les déposa par terre côte à côte. Son pantalon fut ensuite soigneusement plié sur le dossier d'une chaise, puis il déboutonna lentement sa chemise tout en la fixant dans les yeux.

Voulait-il la torturer ? Parce que, si tel était le cas, c'était réussi.

Il plaça sa chemise sur son pantalon avant de retirer ses chaussettes. Uniquement vêtu d'un boxer qui ne laissait rien à l'imagination, il s'approcha lentement d'elle.

— Je te trouve un peu trop habillée.

Elle rassembla tout son courage.

— Je croyais que tu voulais m'enlever ma robe ?

Il ouvrit la bouche, puis il eut un rire doux et ferma un instant les yeux.

— Avec plaisir, dit-il d'une voix un peu enrouée.

— Ne va pas me l'abîmer, surtout.

— Je ferai attention, promit-il.

Il ne faisait pas uniquement allusion à la robe, elle le comprit. Elle dut cependant lui fournir quelques instructions concernant la fermeture Éclair et les agrafes, ce qui les fit rire tous les deux.

— Tu veux que je la passe par-dessus ta tête ou que je la laisse glisser le long de tes hanches ? demanda-t-il.

— Les hanches.

Elle savait ce qui viendrait ensuite, puisqu'elle ne portait pas de soutien-gorge, mais il parvint encore à la surprendre.

— Tourne-toi, ordonna-t-il très bas.

Ne comprenant pas où il voulait en venir, elle obéit. Elle sentit ensuite les doigts de Matt sur son épaule droite. Il fit délicatement glisser la robe le long de son bras, puis sur ses hanches. Quand le vêtement ne fut plus qu'une flaque de tissu bleu, à ses pieds, elle éprouva un besoin irrépressible de croiser les bras sur sa poitrine, mais n'en fit rien.

Fais-lui confiance.

— Avance d'un pas, dit-il.

Oui… Si du moins elle parvenait à remuer les pieds. Elle souleva le premier, puis le second, les jambes légèrement tremblantes. Matt ramassa la robe et la déposa sur un siège avant de revenir vers Livvy. Ses mains se posèrent sur ses épaules et ses pouces caressèrent lentement son cou.

Elle sentit son haleine, contre sa nuque, puis sa bouche chaude et rassurante.

— Voyons le fonctionnement de cette barrette, dit-il.

Quelques secondes plus tard, il glissait les doigts dans sa chevelure, la libérant de sorte qu'elle tombe sur ses épaules. Elle l'entendit soupirer doucement.

— C'est mieux ! dit-il. J'adore tes cheveux.

Et là, sans exercer aucune pression sur elle, il la tourna vers lui.

— Viens là, dit-il en la soulevant dans ses bras.

Elle se retrouva contre un torse large et rassurant, sentit la caresse d'une toison sombre et douce, respira une odeur d'eau de Cologne, chaude, légèrement musquée et enivrante.

Il ne la lâcha pas. Le cœur de Livvy battait très fort… Ou était-ce celui de Matt ? C'était sûrement le sien, car il était régulier et puissant. Celui de Livvy se calma peu à peu. Mais quand il traça un sillon de baisers sur sa joue, puis sur son épaule et son cou, derrière son oreille, elle sentit tout son corps s'embraser.

Alors il la posa délicatement par terre. Elle ferma les yeux et attendit, le cœur battant de nouveau la chamade.

— Regarde-moi, murmura-t-il.

Elle obéit et plongea dans des prunelles plus sombres qu'elle ne les avait jamais vues, de la couleur des ardoises humides.

— Tu es belle, Livvy, dit-il d'une voix rauque. Absolument magnifique.

Personne ne le lui avait jamais dit, en dehors de ses parents, ce qui ne comptait pas.

— Approche, murmura-t-il.

Inspirant profondément, elle se blottit dans ses bras.

— C'est si bon, chuchota Matt dans le lit de Livvy.

Tandis qu'il semait de minuscules baisers sur son visage, elle sentit combien il la désirait à sa respiration rapide, aux battements accélérés de son cœur et à son sexe dressé, contre elle.

Elle gémit et se cambra contre lui, mais cela ne fit que la torturer davantage.

— J'ai envie de toi, dit-elle.

— Moi aussi, mais on ne peut pas.

— Je suis trop bête ! Pourquoi je n'y ai pas pensé avant ?

Éclatant de rire, il prit son visage entre ses mains et lui caressa la joue de son pouce.

— Parce que rien de tout cela n'était prévu. Sans doute aussi parce que nous manquons de pratique, tous les deux. Pour ma part, je m'imaginais probablement que tu prenais la pilule.

— Je ne peux pas et, même si c'était possible, je n'en aurais pas eu besoin. Il n'y a eu personne depuis…

— Personne ?

— Non. Le garçon avec qui j'étais à l'époque n'a pas supporté la situation, alors on a rompu. Depuis, je n'étais pas prête… physiquement et émotionnellement. Mais maintenant je le suis, on ne peut pas et c'est ma faute.

— Tu n'as pas à t'en vouloir. Rien ne presse.

Il s'empara de sa bouche et, de nouveau, une chaleur ardente se répandit en elle comme une traînée de poudre. Laissant échapper un gémissement, elle tendit la main vers le sexe de Matt, mais il saisit son poignet.

— Non, Livvy. Je ne tiens qu'à un fil et, quand on fera l'amour, je veux que ce soit correctement, pas quand on est tous les deux crevés et qu'on ne peut pas aller au bout. Je crois qu'il est temps de dormir, tu ne crois pas ? demanda-t-il avec tendresse.

Tendant le bras, il éteignit la lampe de chevet et attira de nouveau Livvy contre lui pour l'embrasser une dernière fois. C'était un baiser léger et délicat qui éteignit le feu, mais emplit Livvy d'une chaleur différente qui lui fit monter les larmes aux yeux.

Posant la tête sur l'épaule de Matt de façon à percevoir le rythme lent de son cœur, elle s'abandonna au sommeil.

Matt se réveilla peu avant sept heures. Il se leva, s'habilla et descendit dans la cuisine pour faire du thé vert. Il en apporta une tasse à Livvy, qu'il réveilla en l'embrassant.

Elle battit des paupières.

— Tu es habillé ? Quelle heure est-il ?

— Il est 7 heures. Je dois partir. Je vais suffisamment me faire remarquer en rentrant chez moi en smoking. Mais, plus tard, ce sera encore pire, parce qu'il y aura davantage de gens dehors.

— Tu vas juste croiser ceux qui font leur jogging ou qui promènent leur chien avant qu'il fasse trop chaud.

Elle avait certainement raison, mais les enfants n'allaient pas tarder à l'appeler, et il préférait être seul quand il parlerait avec eux. Leur tante Sally, chez qui ils avaient passé la nuit, risquait de deviner quelque chose. Il n'était pas encore prêt à parler à la sœur de Juliet de ce qui se passait entre Livvy et lui, du moins pas avant qu'il ne sache lui-même de quoi il s'agissait vraiment.

D'ailleurs, il devait faire des courses.

— Écoute, il faut que je parte, mais tu pourrais venir chez moi après ta douche. Je t'offrirai un brunch.

— Tu veux dire un sandwich aux œufs brouillés ?

Il l'embrassa en riant.

— Évidemment. Apporte ton thé vert, parce que je n'en ai pas et je ne suis pas sûr d'en trouver dans ma petite épicerie. Tu sais où j'habite ?

— Non.

— Je t'enverrai mon adresse par SMS. C'est en haut de la falaise, près de chez Ed et Annie, sur la route du port. Appelle-moi quand tu pars.

— D'accord. On dit neuf heures ?

— Parfait.

Et cela l'aurait été s'il n'avait pas croisé Ed, qui promenait son chien. Il traversait la route au moment où Matt sortait de sa voiture.

— Bonjour, dit Ed. Encore une belle journée qui s'annonce.

Matt caressa le museau du chien.

— Il n'est pas trop tôt pour être d'aussi bonne humeur ?

— Trop tôt ? fit Ed en riant. Les gamins sont debout depuis une heure et tu sais qu'avant toute chose je promène le chien.

Braquant un regard soupçonneux sur le smoking de Matt, il ajouta avec la subtilité d'un poids lourd :

— Tu as passé une bonne soirée ?

— Oui, répondit Matt avec un soupir, mais ça s'est terminé tard.

— Comment va Livvy ? Elle s'est bien remise de sa chute ?

Bon sang !

— Bien. Elle doit venir chez moi pour un brunch, alors je ne peux pas traîner. Il faut que je fasse des courses.

— C'est une fille vraiment sympa, dit Ed d'une voix neutre. Je l'aime bien. Elle a bon cœur, elle est sensible. Ne lui fais pas de mal, Matt.

— Pourquoi crois-tu que je pourrais lui faire du mal ?

— Je n'en sais rien, mais ta voiture était devant chez elle il y a un quart d'heure et tu n'es pas vraiment habillé comme on l'est un dimanche après une grasse matinée. J'en déduis que tu as passé la nuit avec elle.

Matt sentit la moutarde lui monter au nez.

— En quoi ça te regarde ?

— En rien, je sais, mais j'ai de l'affection pour vous deux et je détesterais que vous souffriez. Assure-toi d'être prêt avant de t'engager… À moins qu'il ne s'agisse que de sexe, mais j'espère vraiment que non. Tu as traversé de dures épreuves et je me réjouis que tu tournes la page, mais je n'aimerais pas que tu l'utilises.

— Je ne l'utilise pas, dit fermement Matt.

Il s'éloigna avant de répondre quelque chose qu'il regretterait par la suite, mais son ami avait touché un point sensible.

Ed avait-il raison ? Utilisait-il Livvy ?

Non ! Certainement pas !

Ed lui avait aussi demandé s'il était prêt à s'engager alors qu'il pleurait encore Juliet. La question se posait d'ailleurs à propos de Livvy, qui subissait encore les conséquences de son cancer.

De toute façon l'avertissement arrivait trop tard, car il ne pouvait pas revenir en arrière, même s'il en avait eu envie.

Et il n'en avait pas envie.

Sa relation avec Livvy, quelle que soit la manière dont on la qualifiait, ne concernait personne d'autre qu'eux.

Une fois chez lui, il lui envoya son adresse, puis prit une douche rapide, rangea sommairement la maison et se rendit à l'épicerie la plus proche, qui venait juste d'ouvrir. Il acheta de quoi faire le petit déjeuner, ainsi que quelques produits de base.

Il hésita à prendre des préservatifs.

Cela équivalait à la décision de faire l'amour avec Livvy. Peut-être valait-il mieux attendre encore…

Il les laissa sur le présentoir et se dirigea vers la caisse.

Quand Livvy sortit de la cabine de douche, son téléphone sonna. Elle attrapa une serviette, se sécha les mains et décrocha.

— Salut, papa ! Tu es debout de bonne heure. Comment va la tête ?

— Elle va très bien, répondit son père en riant. Et la tienne ?

— Je suis un peu fatiguée, c'est tout. La réception était très réussie.

— Je suis bien d'accord ! Ta mère fait bien les choses. Tu es rentrée chez toi sans problème ?

Le cœur de Livvy fit une embardée.

— Oui. Matt était vraiment très content de vous avoir

revus, maman et toi, et d'avoir pu te remercier pour ce que tu as fait pour lui. J'ignorais que tu l'avais conduit à Londres, ce jour-là.

— Il t'en a parlé ?

— Très peu, en réalité.

— J'imagine. Ce ne doit pas être très facile pour lui. Fais attention à toi, ma chérie. Matt n'est pas du genre à te faire du mal volontairement, mais il a été anéanti quand sa femme est morte. Les enfants rentrent aussi en ligne de compte. Je sais que ça ne te pose pas de problème, mais il faut que tu sois prudente et que tu fasses attention à ne pas trop t'impliquer.

Trop tard.

— Ne t'inquiète pas pour moi ou pour les enfants, papa. Matt et moi, nous n'envisageons rien de sérieux et je sais que ça ne va nulle part.

— D'accord, mais prends soin de toi. Je t'aime.

— Je t'aime aussi.

Matt était devant chez lui, en train de sortir ses courses du coffre de sa voiture, quand Livvy se gara devant sa très belle maison.

— Salut, dit-elle en se dirigeant vers lui.

Il se pencha pour déposer un baiser sur sa joue.

— Salut. Ça va ?

— Oui, un peu fatiguée, mais j'ai l'habitude. Qu'est-ce que tu as acheté ?

— Du bacon, des œufs, des tomates, du pain et d'autres petits trucs. Il faut que je fasse une grosse commande sur Internet dès que j'aurai une minute. J'ai trouvé du thé vert pour toi !

Avait-il acheté d'autres choses, pour remédier à leur manque d'anticipation de la nuit précédente ?

Elle le suivit dans la maison, puis dans une salle de séjour en forme de L avec une vue magnifique sur la mer.

— Waouh ! dit-elle en ouvrant de grands yeux. Je comprends pourquoi tu t'es installé ici.

— Pour être honnête, je ne me suis pas préoccupé de la

vue, il y a dix-huit mois. Mais il y avait quatre chambres et ma mère habite tout près, ce qui était absolument indispensable. Cette maison correspondait donc à ce que je cherchais mais elle était en piteux état alors j'y ai mis beaucoup d'argent et d'efforts sans penser à autre chose qu'aux aspects pratiques. Et puis, un jour, j'ai regardé par la fenêtre… Ma chambre a un balcon. Je m'y assois souvent pour regarder la mer et écouter les cris des mouettes ou le bruit des vagues.

— Je pourrais le faire pendant des heures, moi aussi, mais je n'ai pas ce privilège, là où je vis.

— J'adore ton jardin. Je m'occuperai du mien un de ces jours mais, en attendant, je dispose de ce panorama magnifique, alors je ne suis pas vraiment défavorisé. Dis-moi… On a bien parlé d'œufs brouillés ?

— Tout à fait. Qu'est-ce que je peux faire pour t'aider ?

Quelques instants plus tard, Matt et Livvy, perchés sur des tabourets, dégustaient leurs sandwichs devant l'îlot central de la cuisine.

Livvy se lécha les doigts et repoussa son assiette.

— Je n'ai pas mangé un aussi bon sandwich club depuis des siècles !

— C'est parce qu'ils sont sur ta liste anti cancer ?

— Non, répondit-elle en riant. J'évite le sucre, ainsi que tout ce qui est nourri aux hormones. Je consomme rarement de riz blanc ou de farine, qui sont à haute teneur glycémique. Très peu de produits laitiers, pas de gâteaux ou de produits avec sucre ajouté, et je mange des fruits. J'adore les légumes frais, l'huile d'olive, le poisson, mais je ne bois plus d'alcool. Bien entendu, je fais de l'exercice.

— Ça semble plutôt sain.

— Parfois, je me fais aussi des smoothies verts. Tu y as déjà goûté ? Ils ont un goût d'herbe fraîchement coupée.

Posant sa tasse sur l'îlot, elle fixa Matt dans les yeux.

— Tu me fais visiter ?

Haussant les épaules, il glissa à bas de son tabouret.

— Bien sûr, mais ce n'est pas très excitant.

Cela ne l'était sans doute pas pour lui, mais il disposait d'un panorama digne du paradis et elle avait très envie de voir ce qu'il avait fait du reste de la maison.

Le rez-de-chaussée comportait une buanderie, des toilettes et un salon qui donnait sur le jardin, rempli de coffres à jouets. Il y avait des canapés confortables et sur tous les murs étaient épinglés des dessins d'enfants portant la date et le nom de l'auteur. Livvy éprouva un pincement au cœur, vite réprimé.

Matt l'emmena ensuite à l'étage. Comme pour remuer le couteau dans la plaie, il lui montra les chambres des enfants. Amber occupait la bleue et Charlie la blanche. Il y avait aussi une chambre d'amis où sa mère dormait quand il était de garde, ainsi qu'une salle de bains, rénovée avec goût et, elle aussi, remplie de jouets pour le bain.

Livvy crut entendre les cris et les rires, et son malaise s'accentua.

Tu n'as rien à voir avec eux.

Matt la conduisit finalement dans sa propre chambre. C'était la plus spacieuse, comme on pouvait s'y attendre. Un grand lit trônait au milieu, en face d'une baie vitrée donnant sur la mer et le ciel.

Comment serait-ce, de dormir là avec lui, de faire l'amour dans ce lit immense, avec le bruit des vagues en arrière-fond ?

— C'est formidable, dit-elle d'une voix tremblante. Tu dois savourer les levers de soleil.

— Exact. Mais, en ce moment, je préférerais en jouir moins souvent, vu que le soleil se lève à 4 h 30 à cette époque de l'année.

— C'est horriblement tôt ! Tu devrais dormir, à cette heure-là.

— Non, malheureusement, répondit-il avec un petit rire. C'est à cause de Charlie. Parfois, il se réveille pour aller aux toilettes et ne se recouche pas ensuite, à moins que je ne le prenne avec moi. Ces derniers temps, j'ai souvent le lit pour moi tout seul, ce qui est un grand luxe. Mais je continue de me réveiller de bonne heure, sans doute par habitude.

Elle rit avec lui, partagée entre le désir de câliner un petit garçon avant de le remettre au lit et celui de s'éveiller auprès de Matt et de faire l'amour avec lui aux premiers rayons du soleil.

Ce fut alors qu'elle remarqua la grande commode et qu'elle cessa de fantasmer à propos de ce qu'elle n'aurait sans doute jamais.

Parce que, sur la commode, il y avait la photo en noir et blanc d'une femme tenant un bébé endormi dans ses bras, une petite fille aux longs cheveux noirs près d'elle.

Une main géante serra le cœur de Livvy.

— C'est Juliet avec les enfants, dit doucement Matt. C'était juste avant Noël, cinq mois avant sa mort.

Livvy se détourna, se reprochant ce qu'elle considérait comme une intrusion dans la vie privée de Matt. Auparavant, ce n'était qu'une chambre et Juliet n'avait pas de visage. Désormais, la perte que Matt avait subie semblait plus réelle, comme le chagrin qui l'avait dévasté.

Elle n'avait pas sa place ici…

— Je suis désolée.

— Ne le sois pas. Elle est partie, Livvy. Je sais que je l'aime encore, que je l'aimerai toujours, mais je me suis habitué à son absence. Simplement, ça m'a pris un certain temps.

Livvy réprima les larmes qui lui montaient aux yeux.

— Papa m'a appelée, ce matin. Il m'a dit de ne pas trop m'impliquer avec toi, parce que tu n'étais peut-être pas prêt. Il avait raison, n'est-ce pas ?

Matt eut un petit rire, puis il précéda Livvy hors de la chambre. Ils descendirent au rez-de-chaussée.

— Ça dépend de ce qu'on appelle « prêt », répondit-il enfin. J'ai vendu notre maison londonienne, j'en ai trouvé une autre, j'ai un nouveau poste et une nouvelle vie. J'avance lentement, mais sûrement. Je vais de mieux en mieux, c'est sûr. Pour rien au monde je ne revivrais cette période.

— Je suis tellement triste pour toi, Matt ! Ça a dû être affreux.

— Oui, mais c'est fini. Viens voir le jardin.

Il ouvrit une porte, au bout du hall, et sortit. Livvy le suivit lentement, se demandant ce qu'elle faisait là.

Le jardin ? C'était un changement de sujet vraiment abrupt.

— Tu veux que je m'en aille ? demanda-t-elle.

— Que tu t'en ailles ? Bien sûr que non !

Se tournant vers elle, il laissa échapper un soupir et l'attira dans ses bras. Lorsqu'il la serra contre lui, elle l'enlaça et ferma les yeux.

6.

Un instant, Matt resta silencieux, puis il soupira de nouveau et baissa des yeux troublés vers Livvy.

— Il n'y a pas que ton père qui s'inquiète à notre sujet. J'ai été sermonné aujourd'hui. En rentrant, j'ai croisé Ed qui promenait son chien. Il avait vu ma voiture devant chez toi un peu plus tôt, il savait donc d'où je venais, et évidemment j'étais en smoking. Il m'a dit qu'il était content que les choses bougent pour moi, mais m'a fait remarquer que tu étais sensible. Que, si tu t'engageais avec moi avant que je sois prêt, tu serais blessée.

— Tu ne me feras pas de mal, dit-elle d'un ton ferme sans en être vraiment sûre.

Du moins, elle était certaine que lui ne ferait jamais rien qui puisse la blesser. En revanche, la situation était susceptible de l'affecter gravement, si elle en croyait sa réaction devant les dessins des enfants.

— Je l'espère. Ed a même émis l'hypothèse que je pourrais me servir de toi. Je l'ai assuré du contraire mais, si c'était le cas, ce ne serait pas intentionnel.

Levant la main vers lui, elle caressa sa joue râpeuse, ombrée par une barbe naissante.

— Tu ne te sers absolument pas de moi, Matt.

Il tourna la tête pour presser ses lèvres contre la paume de sa main puis, avec un petit rire, s'écarta légèrement d'elle sans pour autant lâcher sa main.

— Tant mieux ! C'est pour cette raison que je n'ai pas acheté de préservatifs, ce matin. Je ne voulais pas que nous agissions sous la pulsion du moment, mais maintenant je le regrette.

Elle lui adressa un sourire mélancolique.

— Il n'y a rien à regretter. Rien ne presse et je ne voudrais surtout pas que tu aies l'impression de trahir Juliet.

Il fronça les sourcils.

— Je n'éprouve rien de ce genre. Nous avons été très heureux, elle et moi, et j'aurais souhaité que cela dure toujours, mais elle est partie et je suis encore là, ainsi que les enfants. Juliet m'en voudrait beaucoup si je laissais passer la moindre chance d'être heureux.

— Elle devait être extraordinaire, dit Livvy, les larmes aux yeux. Elle doit énormément te manquer.

Il sourit tristement.

— Elle me manque tous les jours, mais la vie continue. Depuis que je t'ai rencontrée, j'ai l'impression d'émerger de l'obscurité pour retrouver la lumière. Et tu sais quoi ? C'est bon, Livvy, c'est vraiment bon, et tout cela grâce à toi.

Il la conduisit jusqu'à un vieux banc de bois, sur lequel il l'invita à s'asseoir avec lui.

— C'est la seule chose que j'ai gardée de notre maison londonienne, dit-il.

Juliet s'était-elle assise avec lui sur ce banc ? Probablement… Livvy regarda un instant les feuilles des arbres, légèrement agitées par la brise marine, puis elle se tourna vers Matt.

— Je n'ai pas envie de te faire revivre des moments douloureux, mais est-ce que je peux te demander quelque chose ?

— Bien sûr !

— Que s'est-il passé, ce jour-là ? Comment as-tu su qu'elle était malade ?

Il y eut un bref silence.

— Je ne m'en suis pas aperçu, dit-il enfin. La veille, elle m'avait dit au téléphone qu'elle avait la migraine. Les enfants avaient été bruyants toute la journée et elle voulait se coucher de bonne heure. Cela ne m'a pas paru inhabituel, elle souffrait de maux de tête de temps à autre. Après le coup de fil, je suis allé dîner et je ne l'ai rappelée que le lendemain matin, mais elle n'a pas décroché. J'ai pensé qu'elle était occupée avec les enfants et qu'elle me répondrait quand elle le pourrait. Je devais partager le petit déjeuner avec ton père et quelques autres médecins. J'ai donc pris une douche, je me suis habillé et je suis descendu dans la salle à manger de l'hôtel. Je n'avais toujours aucune nouvelle, alors je l'ai rappelée sur son portable, puis sur le fixe, et c'est Amber qui a répondu.

— Amber ? Quel âge avait-elle ?

— Près de trois ans. J'entendais Charlie hurler et j'ai d'abord pensé que Juliet devait être en train de le changer. J'ai demandé à Amber de me la passer, et ma fille m'a répondu que maman ne se levait pas et qu'elle parlait drôlement.

— Mon Dieu ! Qu'est-ce que tu as fait ?

Il haussa les épaules.

— Que pouvais-je faire ? J'étais à cent cinquante kilomètres et j'ignorais ce qui se passait, sinon que quelque chose n'allait pas. J'ai demandé à Amber où était sa maman. Elle m'a expliqué que maman était dans son lit, que Charlie réclamait son biberon et qu'elle aussi elle avait faim. Je lui ai dit d'apporter le téléphone à sa mère. Quand Juliet a marmonné quelques mots incompréhensibles, à l'autre bout du fil, j'ai compris que la situation était grave. Je lui ai dit de ne pas s'inquiéter, que j'allais appeler des secours et que je rentrais le plus vite possible.

Il reprit son souffle.

— Ton père était près de moi, il avait tout entendu. Il a appelé le 999, puis il m'a tendu son téléphone et m'a dit de leur donner mon adresse. Ensuite, il a pris le mien et il a parlé calmement à Amber, pendant que nous regagnions nos chambres. Il a fait nos valises tout en continuant de discuter avec ma fille. Pendant ce temps, j'expliquais la situation à la police. Ensuite, il m'a mis dans sa voiture et il a démarré.

— Tu n'avais pas la tienne ?

— Je l'avais laissée à Londres, et de toute façon je n'étais pas en état de conduire. Il m'a rendu mon téléphone et j'ai continué de parler avec Amber. En même temps, j'étais en contact avec la police grâce au dispositif mains libres de la voiture. Dès que les policiers sont entrés dans la maison, ils m'ont dit que les ambulanciers étaient là et qu'ils emmenaient Juliet à l'hôpital. Amber m'a expliqué qu'une gentille dame allait leur donner leur petit déjeuner, à elle et à Charlie. Après avoir raccroché, j'ai appelé la mère de Juliet pour qu'elle se rende à l'hôpital. Ensuite, je me suis effondré, tandis que ton père roulait et me parlait calmement. C'est grâce à lui que je ne suis pas devenu fou.

Il marqua une pause, puis reprit :

— Il a contacté ta mère et lui a demandé d'aller à Londres en train. Tous les deux, ils se sont occupés des enfants pendant que je partais voir Juliet, qui était en soins intensifs. Elle était dans le coma, l'une de ses pupilles fixe et dilatée. L'autre s'est mise à saigner et j'ai compris qu'elle était morte. Je n'ai jamais pu lui dire au revoir, et ça fait mal.

Sa voix se brisa. Tendant le bras, Livvy lui pressa légèrement la main, parce que c'était tout ce qu'elle pouvait faire.

Prenant une profonde inspiration, il reprit :

— C'est ton père qui a abordé la question du don d'organes. Juliet et lui étaient tous les deux médecins et il la connaissait suffisamment pour savoir qu'elle n'aurait pas souhaité que son corps ne serve à rien. Il a eu raison de m'en parler, parce qu'elle serait revenue me hanter si je ne l'avais pas fait.

Il déglutit péniblement.

— Son cœur et ses poumons sont allés à un adolescent souffrant de mucoviscidose, ses reins à deux personnes d'une trentaine d'années présentant une insuffisance rénale en phase terminale. J'ignore ce qu'il est advenu du reste de ses organes, mais je sais que Juliet est toujours quelque part, qu'elle donne à d'autres gens la chance qu'elle n'a pas eue. C'est un grand réconfort.

Livvy sentit une larme couler le long de sa joue. Comment pouvait-il être si courageux ? Si elle avait traversé un tel drame, elle aurait été réduite en miettes.

Peut-être n'était-il pas encore remis ?

Peut-être Ed et son père avaient-ils raison ?

— Pour finir, dit Matt, tes parents ont été formidables et je me demande toujours comment je serais parvenu au bout de cette journée sans leur soutien. Ils sont restés avec les enfants jusqu'à l'arrivée de ma mère, puis j'ai dû dire à ma fille que sa maman ne reviendrait plus jamais. C'est ce que j'ai fait de plus difficile dans ma vie.

Il se tut de nouveau et Livvy, incapable d'articuler un mot, serra sa main.

— C'est pour cela que je voulais les remercier, continua-t-il. Pour cela et pour toute la bonté qu'ils nous ont témoignée, l'accueil qu'ils ont réservé à Juliet quand je n'étais que l'interne de ton père. Je ne leur avais jamais dit combien ça avait compté et combien ça compte encore pour moi.

Les mots étaient inutiles. Fermant les yeux, Livvy se pencha pour serrer Matt contre elle. Il l'enveloppa de ses bras, et ils restèrent un long moment ainsi.

Finalement, il leva la tête et soupira.

— Désolé, je n'avais pas l'intention de m'épancher de cette façon.

— C'est moi qui regrette de t'avoir posé cette question.

— À ton tour, maintenant. Comment as-tu découvert que tu avais un cancer ?

— Le plus simplement du monde... À l'époque, j'étais très mince, je terminais ma première année de médecine et je vivais sur les nerfs. J'étais sous ma douche quand j'ai senti cette boule pas plus grosse qu'un petit pois, près de mon aisselle. Je suis allée voir mon généraliste, persuadée que ce n'était qu'un kyste, mais il m'a fait faire une mammographie en urgence. Trois jours plus tard, j'ai été rappelée à l'hôpital, j'ai subi un million d'analyses et on m'a dit que j'avais un cancer.

Il jura sourdement.

— Et ensuite ?

— On a enlevé la tumeur, mais l'anatomo-pathologiste considérait que la marge n'était pas suffisante, alors on m'a de nouveau opérée six semaines après que j'avais cicatrisé. Ensuite, il a fallu attendre encore une fois la cicatrisation pour commencer la radiothérapie. Les chirurgiens avaient retiré quatre ganglions lymphatiques, tous sains, si bien que je n'ai pas eu de chimio. J'ai pris une année sabbatique pour me remettre du choc, parce que ça secoue, tu sais ? Tout d'un coup, tu réalises qui sont tes vrais amis, ce qui a de l'importance et ce qui n'en a pas. Comme Mark.

— Mark ?

— Mon ex. Il ne voulait pas savoir, alors j'ai compris que je ne voulais plus de lui dans ma vie et j'ai rompu. Ensuite, j'ai lu des tonnes de bouquins sur la meilleure façon de s'aider soi-même, l'alimentation, la forme physique…

— D'où le thé vert, la suppression du sucre et tout le reste.

— Exact, répondit-elle avec un sourire. Et tu sais quoi ? Je me sens bien mieux qu'avant. Je suis en forme, je dors bien, je ne fais plus de choses qui me stressent ou me rendent malheureuse. Chaque matin, au réveil, je me rappelle la chance que j'ai, mes raisons d'être heureuse… La première étant que je suis en vie.

Même si je suis célibataire, même si je ne peux pas avoir d'enfant…

— Je comprends tout à fait, dit-il avec un petit rire. Quand on exerce notre profession, on sait à quel point la vie est fragile. Cette épreuve m'a permis de mieux appréhender la façon d'annoncer de mauvaises nouvelles à des proches, parce que je sais ce que c'est de les recevoir.

Jetant un coup d'œil à sa montre, il reprit :

— Je vais devoir partir. Je déjeune avec les enfants chez la sœur de Juliet, mais on a encore le temps de boire quelque chose, si tu en as envie.

— Tu en es sûr ?

Il parut étonné.

— Pourquoi cette question ?

Elle haussa les épaules.

— Parler de tout ça t'a bouleversé et c'est ma faute. Je me disais que tu préférerais peut-être que je m'en aille.

— Pas du tout ! Je voulais que tu saches, tout comme j'avais envie d'en savoir davantage sur toi.

Lui passant un bras autour des épaules, il déposa un baiser sur ses lèvres avant de se lever.

— Viens. On va boire un coup et se régaler de cette vue magnifique qui te plaît tant. On va voir comment se fixer un autre rendez-vous... En admettant que tu le veuilles, maintenant que tu sais combien mon cas est grave.

Elle le fixa comme s'il était fou.

— Bien sûr que oui, j'en ai envie ! À condition que toi aussi.

— C'est clairement le cas, mais je vais devoir faire quelques emplettes, fit-il avec un sourire malicieux.

L'atmosphère s'allégea brusquement.

— Je suis contente que tu aies dit ça.

Laissant échapper un juron, il l'embrassa, puis il recula d'un pas.

— Ne me regarde pas comme ça, c'est déjà assez difficile ! Alors buvons ce verre et partons avant de faire quelque chose de stupide.

En théorie, c'était simple, mais, en pratique, il n'était pas facile de trouver un moment où Matt et Livvy étaient libres tous les deux. Ils durent attendre le vendredi suivant pour que leurs chemins se croisent.

Matt avait été appelé aux urgences à 17 heures pour examiner un jeune homme blessé par un tesson de bouteille pendant une bagarre entre ivrognes. Matt trouva Livvy dans un box, où elle comprimait la plaie. Le garçon lui avait agrippé le poignet et hurlait des injures.

— Espèce d'imbécile, vous me faites mal. Je veux un docteur, pas une interne.

Matt libéra tranquillement Livvy et plaça une main sur le torse du blessé pour le clouer sur le lit.

— Vous feriez mieux de vous comporter correctement, dit-il calmement. Soit vous avez besoin de notre aide, soit vous partez. Mais nous n'acceptons ce genre d'insultes de personne, quelles que soient les circonstances. Il ne vous reste plus qu'à vous excuser auprès du *Dr* Henderson, ou j'appelle la Sécurité et vous irez tenter votre chance ailleurs. Mais vous avez déjà perdu pas mal de sang et je ne suis pas très optimiste.

— Mais elle ne sait pas ce qu'elle fait !

— Le Dr Henderson sait exactement ce qu'elle fait. Pour

le moment, elle essaie de vous empêcher de saigner à mort. Le moins que vous puissiez faire, c'est coopérer.

Sentant l'homme s'affaisser sous sa paume, Matt hocha la tête.

— Bien. On va repartir de zéro. Je m'appelle Matt Hunter.

Le blessé se tendit de nouveau.

— Merci, mais c'est écrit sur votre badge. Vous n'êtes pas non plus un bon médecin.

— Le Dr Hunter est chirurgien orthopédiste, dit Livvy, je l'ai appelé parce qu'il est spécialisé dans les lésions des tissus mous, alors vous devriez vous réjouir qu'il soit là et commencer à coopérer avant qu'il refuse de vous soigner.

Le patient ouvrit la bouche et la referma.

— C'est mieux, dit Matt en réprimant un sourire. Maintenant, vous allez vous excuser auprès d'elle.

L'homme marmonna ce qui ressemblait à des excuses.

— Très bien, dit Matt en enfilant des gants.

Livvy s'écarta de son passage, puis il souleva la compresse saturée de sang et la remit aussitôt en place.

— Il a une artère sectionnée, on l'emmène au bloc.

— Une artère ? demanda l'homme, inquiet. Ce n'est pas dangereux ?

— Seulement si on ne fait rien. Vous devriez mieux choisir vos bagarres.

— Ce n'est pas moi qui ai commencé, c'est mon pote.

— Alors, vous devriez mieux choisir vos amis. Bon, on y va, dit Matt.

Tout en maintenant la pression sur la jambe blessée, Matt desserra les freins du lit d'un pied, puis le poussa en direction du bloc opératoire.

Il lui fallut environ une heure pour effectuer une suture artérielle mais, finalement, le patient fut mis en observation et Matt disposa d'une minute pour discuter avec Livvy.

— Comment ces types peuvent se mettre dans un tel pétrin en plein milieu d'après-midi ? lâcha-t-il entre ses dents.

Elle rit.

— Je ne te le fais pas dire ! De toute façon, ne pensons plus à lui. Comment vas-tu ?

— Bien mieux, maintenant qu'il est parti et que je t'ai pour moi seul. Qu'est-ce que tu fais, demain soir ?

— Rien de spécial, pourquoi ?

— Donc, tu serais partante pour un resto ?

— Ce serait génial ! Ou bien je pourrais cuisiner pour toi.

— Non, ça ferait de moi un menteur, j'ai dit à ma mère que je dînerais peut-être dehors avec des collègues de l'hôpital.

— Très bien ! Tu veux que je te rejoigne là-bas ?

— Je passerai te prendre, mais je n'ai pas encore décidé du lieu. Bord de mer, rivière ou arrière-pays ?

— Difficile de choisir… Rivière ?

— Je connais l'endroit parfait. À 20 heures, d'accord ?

— Tenue élégante exigée ?

— Non. Pour ma part, je serai sans doute en jean et chemise. Mais je dois rentrer, je suis déjà en retard. À demain.

Il regarda autour de lui pour vérifier que personne ne les observait, et déposa un baiser sur les lèvres de Livvy. Puis, après un clin d'œil, il s'éloigna, le cœur battant et le corps vibrant d'anticipation.

La maison était tranquille, et Matt trouva sa mère en train de ramasser les jouets dans la salle de séjour.

— Laisse-moi faire, dit-il en s'agenouillant pour l'aider. Désolé d'être en retard. Comment ont-ils été ?

— Très bien. Je leur ai dit que tu monterais les voir quand tu rentrerais. Ils étaient très contents.

Elle rangea les jouets sur des étagères et se redressa.

— Si j'ai bien compris, tu passes la soirée dans un pub, ou quelque chose comme ça, demain ?

Il se releva et déposa une pile de livres sur une étagère.

— Oui. Ça ne te pose pas de problème ? Je devrais partir un peu avant 20 heures, mais je les aurai couchés avant et je ne rentrerai pas tard.

Penchant la tête de côté, sa mère l'observa avec attention.

— Regarde-moi, Matthew, dit-elle sur le ton qu'elle utilisait lorsqu'il avait trois ans et qu'elle l'avait surpris en train de faire une razzia sur les biscuits au chocolat.

Soupirant intérieurement, il soutint le regard de sa mère tout en se demandant ce qu'elle avait deviné.

— Tu as le droit d'avoir une vie, mon chéri, et je peux même faire dormir les enfants chez moi. Ils me le réclament depuis quelques semaines et Amber m'en parlait hier. Alors tu peux rentrer tard, et même pas du tout.

— Tu es sûre ?

— Absolument. Je suppose que c'est la fille d'Olivier Henderson ?

Comment le savait-elle ? Ed avait-il ouvert sa grande bouche ? Passant les doigts dans ses cheveux, Matt se détourna.

— C'est trop tôt pour savoir où ça nous mènera, mais… elle a eu un cancer du sein et…

— Un cancer du sein ? répéta sa mère, visiblement choquée.

— Elle n'a que vingt-neuf ans aujourd'hui, et elle en parle comme si de rien n'était. Elle est positive, responsable et tellement courageuse !

Il s'interrompit, et sa mère lui prit doucement le bras.

— Mon chéri, tu es certain qu'il soit très prudent de t'engager envers elle ?

— Parce qu'elle peut mourir, elle aussi ? C'est très peu probable, vu son état de santé actuel. Nous devons tous mourir un jour, mais ça ne nous interdit pas le droit au bonheur. Il y a quelque chose, en elle, qui me rend heureux, et je ne l'ai pas été depuis deux ans, maman. J'ai envie de l'être, même si c'est fou, même si je dois encore avoir le cœur brisé, parce que je veux être avec elle. J'en ai besoin et je crois qu'elle aussi. Si je peux la rendre heureuse en retour, c'est tout ce que je demande.

Sa mère lui jeta un regard pensif.

— On dirait que tu envisages le long terme. Et les enfants, dans tout ça ?

Il la fixa, soudain oppressé.

— C'est une bonne question et, crois-moi, je n'arrête pas de me la poser, mais je ne peux pas te répondre pour l'instant parce que, honnêtement, je n'en sais rien. Je ne m'attendais pas à cela, si bien que je n'ai rien anticipé, mais je dois protéger les enfants, j'en suis conscient. Mais est-ce que nous ne méritons pas d'être heureux, elle et moi ? Tout ce que je sais, c'est qu'elle est très importante pour moi et que je ne reviendrai pas en arrière.

— Oh ! Matthew…

Sa mère l'enlaça, et il la serra contre lui. Elle savait mieux que personne ce qui pouvait se passer. Elle avait soigné son mari jusqu'à ce qu'il meure d'un cancer, elle l'avait soutenu pendant la chimiothérapie, les analyses, la seconde chimiothérapie et les soins palliatifs. Elle avait connu le cycle sans fin de l'espoir et du désespoir, puis elle l'avait enterré, le cœur brisé mais également soulagée que le calvaire qu'il endurait ait pris fin.

— Tu es courageux, Matthew. Tu ressembles tellement à ton père ! C'est exactement ce qu'il aurait dit.

Sur ces mots, elle se dirigea vers la cuisine en reniflant.

— J'ai fait un poulet et une salade au bacon pour toi. C'est dans le frigo, il y a aussi un pain ciabatta à l'huile d'olive. Nous sommes allés au magasin bio et j'ai acheté des framboises, qui sont aussi dans le frigo. Je pourrai venir prendre les enfants à 17 h 30, demain ?

Livvy passa le reste du vendredi en équipe avec Jenny à s'occuper d'ivrognes grossiers, de gamins stupides qui avaient trop bu et enfin d'une adolescente d'une quinzaine d'années complètement avachie sous l'effet d'une substance qu'elle avait avalée.

Livvy appela immédiatement James Slater, le chef de clinique. À son grand soulagement, elle entendit bientôt la porte s'ouvrir derrière elle.

— Qu'est-ce qu'on a ? demanda-t-il.

— Kelly a quinze ans, les muscles sont raides, la respiration défaillante, le rythme cardiaque à 160. Au moment de son admission, elle était incohérente et agressive, puis elle a fait une crise tonico-clonique avec hypersalivation et elle a perdu connaissance. Personne ne sait ce qu'elle a absorbé pendant cette fête.

— Ça ressemble à de l'ecstasy, ou à la MDMA, dit

James Slater. Analyse de sang, pour savoir ce qu'elle a avalé. Tu lui as administré quelque chose ?

— Diazépam en intraveineuse. Je ne comprends pas pourquoi ils font ça, fit-elle pour elle-même.

James Slater lui fit la liste des analyses qu'il voulait pendant qu'elle posait un autre cathéter.

— Bien, dit-il, pose-lui une perfusion de sérum physiologique, déshabille-la et rafraîchis-la avant que nous la perdions. Est-ce que quelqu'un pourrait parler avec ses copains pour savoir ce qu'elle a pris ? La température ?

— 41.

— Elle est en hyperthermie maligne.

Jenny, qui était sortie du box pour interroger les amis de l'adolescente, revint avec des informations :

— Elle a pris un cocktail : MDMA et quelque chose d'autre, mais personne ne sait quoi exactement, le tout arrosé de vodka. Ensuite, elle a bu beaucoup d'eau parce que quelqu'un lui avait dit de le faire.

— Bon sang ! hyponatrémie par dilution du même coup. On lui donne du furosémide en perfusion. Il faut alerter les soins intensifs pédiatriques, il va falloir la transférer là-haut si nous ne voulons pas la perdre.

À un moment, l'adolescente frôla la mort, mais ils ne la perdirent pas. Elle fut emmenée en soins intensifs pédiatriques, et Livvy parla aux parents avant de rentrer chez elle avec une heure de retard.

Une fois au lit, elle consulta son téléphone et trouva un SMS de Matt :

Est-ce que je peux passer à 18 heures, demain ? Les enfants dorment chez ma sainte mère.

Toute fatigue envolée, Livvy frissonna d'anticipation et répondit :

Désolée, mauvaise journée au boulot et je viens de voir ton message. Comment as-tu amené la chose ?

Vu qu'il était minuit, elle n'eut la réponse que le lendemain, sur le coup de 7 heures.

Bizarrement, c'est elle qui me l'a proposé. Il semble que les mères aient un don de voyance. Je te vois dans dix-huit heures.

Livvy passa la matinée à arracher les mauvaises herbes, puis elle fit le ménage, changea les draps et fit quelques courses pour le petit déjeuner, au cas où…

Ensuite, elle prit une douche, inspecta sa garde-robe et opta pour une robe longue imprimée, qu'elle pouvait rendre plus élégante grâce à un collier de perles et des talons, ou porter avec des sandales de plage.

Après l'avoir enfilée, elle se maquilla légèrement, lâcha ses cheveux sur ses épaules et enfila des sandales. Ses ongles étaient toujours vernis, depuis le précédent week-end. Elle se planta devant le miroir pour examiner le résultat.

Comme avec la plupart de ses vêtements, un détail, au niveau du buste, était censé masquer une légère asymétrie entre les seins mais, si elle levait les bras, Matt verrait sa cicatrice. De toute façon, il l'avait déjà vue et il était temps de ne plus se cacher.

Elle cessa de se tracasser, rangea sa chambre et prit un cardigan au cas où il ferait frais près de l'eau, puis elle descendit au rez-de-chaussée attendre Matt. Son cœur faisait des bonds dans sa poitrine. Cette nuit était-elle la bonne ? Est-ce qu'il voudrait faire l'amour avec elle ou était-il encore trop tôt ?

Elle espérait que non.

7.

Livvy portait de nouveau une robe longue, mais décontractée, cette fois, et elle était toujours aussi ravissante. Plus, peut-être, parce que, désormais, Matt savait ce qu'il y avait dessous et il avait hâte de revoir son joli corps.

Il l'attira dans ses bras et l'embrassa avec passion. Il était tenté d'oublier le dîner, mais il voulait faire les choses bien.

Il se redressa à regret et posa un baiser sur le bout de son nez.

— On dirait que tu as pris le soleil.

— Hum… J'ai passé la matinée à arracher les mauvaises herbes et à me gaver de vitamine D.

Il la lâcha en riant.

— Tu es prête ?

— Oui, si ma tenue te convient.

Il la balaya du regard, pour le plaisir.

— Tout à fait.

— Alors, allons-y.

Le pub se trouvait à quelques kilomètres, mais la vue était sublime et la brise légère venant de la rivière ajoutait encore à la perfection du lieu.

Matt portait un jean noir, une chemise de lin blanc et des chaussures de bateau. Livvy le dévorait des yeux. Il était absolument renversant, avec ou sans smoking. Lorsqu'il tendit le bras pour repousser une mèche de ses cheveux, des effluves d'eau de Cologne caressèrent ses narines.

Elle le désirait plus qu'elle ne l'aurait cru possible.

Elle tenta de se concentrer sur le menu.

— Je n'arriverai jamais à choisir ! Tout me semble succulent.

— On pourra toujours revenir.

— C'est une proposition ? répondit-elle avec un sourire. Alors ? Qu'est-ce qu'on mange, aujourd'hui ?

Pour finir, ils choisirent les mêmes plats : du crabe et un tian de crevettes et d'avocat, suivis d'un loup de mer cuit à la poêle, servi sur un lit de fenouil marin, avec une salade composée et des pommes de terre frites. Normalement Livvy n'en mangeait pas, mais elle se laissa tenter et les trouva délicieuses.

Ils discutaient entre deux bouchées. Pas du travail, sujet qu'ils avaient exclu d'un commun accord, mais il lui raconta ce qu'il avait fait dans la journée avec les enfants. Lorsqu'il parlait d'eux, l'amour lui faisait briller les yeux.

Ils étaient allés sur la plage, avec Ed, Annie et leurs enfants. Ils avaient construit des châteaux, puis les enfants avaient enfoui les deux pères sous du sable et en avaient profité pour leur chatouiller les pieds.

— C'était vraiment une bonne journée et, pour une fois, il n'y a pas eu de chamailleries, dit-il comme si cela arrivait souvent.

Cela n'empêcha pas Livvy d'éprouver une légère mélancolie. Un jour, peut-être, il l'inviterait à se joindre à eux.

— Tu ne termines pas tes frites ? demanda-t-il.

— Non, dit-elle en poussant son assiette vers lui. Tu peux les prendre.

Quand le repas prit fin, ils cessèrent un instant de parler. Matt plongea son regard dans celui de Livvy.

— Tu veux un café, ou on rentre ?

La question qu'il ne posait pas resta suspendue dans l'air, entre eux, et elle sourit.

— Je pense qu'on va rentrer… Et toi ?

— Je suis d'accord. Attends-moi pendant que je paie l'addition.

*
* *

— Chez toi, ou chez moi ?

— Chez moi, répondit Livvy sans hésiter.

Matt acquiesça, comme s'il comprenait sa réticence à aller chez lui où il y avait tant de souvenirs de sa femme et de ses enfants.

Il avait flirté avec elle toute la soirée et, quand ils arrivèrent devant chez elle, elle frissonna d'excitation. Bien sûr, elle espérait ne pas se tromper sur les intentions de Matt, mais elle était presque certaine du contraire.

Une fois dans la maison, il proposa avec malice :

— Qu'est-ce que tu dirais d'une tasse de thé vert ?

Rassemblant tout son courage, elle prit une profonde inspiration.

— Je préférerais te déshabiller. J'y ai pensé dès que j'ai ouvert la porte.

— Je croyais que c'était aux hommes de prendre l'initiative ?

— Autrefois, peut-être.

Il tapota sa poche.

— J'ai fait quelques courses.

Entre eux, la tension augmenta de quelques crans.

— Moi aussi, avoua-t-elle.

Il l'attira contre lui en riant.

— Qu'est-ce qu'on attend, alors ? demanda-t-il avant de la suivre à l'étage.

Un instant plus tard, ils étaient dans la chambre de Livvy.

— Cette fois, j'ai fait le ménage, dit-elle.

Elle espérait que sa voix ne trahissait pas son état de nervosité, mais il l'enlaça par-derrière et enfouit son visage dans sa nuque. Elle sentit sa joue râpeuse contre sa peau.

— Tu crois vraiment que c'est important pour moi ?

— J'ai vu comment c'était chez toi… C'est plutôt bien rangé.

La faisant pivoter vers lui, il déposa un baiser sur son nez.

— Parce que j'ai une femme de ménage et une mère très présente.

— Tu gâches tout ! Moi qui te considérais déjà comme un vrai petit homme d'intérieur !

— Grave erreur ! Je ne fais que le strict nécessaire, je ne perds pas de temps à discuter de broutilles, par exemple.

Il l'embrassa sur la bouche et, lorsqu'il releva la tête, ses yeux avaient pris une nuance plus sombre.

— Tu étais ravissante, ce soir, assise près de la rivière, les cheveux dans le vent. Ta peau était dorée par le soleil, tu rayonnais littéralement, dit-il en lui frôlant la joue du dos de la main. J'ai tellement envie de toi que je ne pense à rien d'autre depuis une semaine.

— Moi aussi. Viens au lit, Matt, j'ai besoin de toi. Fais-moi l'amour, murmura-t-elle.

— Avec plaisir, répondit-il d'une voix rauque.

Il voulut la saisir par la taille, mais elle repoussa ses mains et entreprit de le déshabiller, bouton après bouton, vêtement après vêtement jusqu'à ce qu'il soit nu devant elle.

Nu et en érection.

Il suivit du bout des doigts l'encolure de son décolleté. Le cœur de Livvy battait si fort qu'il aurait aussi bien pu exploser. Reculant d'un pas, elle voulut retirer sa robe.

— C'est mon tour, dit Matt.

Puis il fronça les sourcils et fit la grimace.

— Il suffit de la faire passer par-dessus la tête, dit-elle en riant.

— Parfait.

Il se pencha pour saisir le bord de la robe et le fit remonter lentement. Ses mains frôlèrent les cuisses de Livvy, s'arrêtant brièvement pour se refermer sur ses fesses avant de reprendre leur progression, centimètre par centimètre.

Enfin, la robe tomba sur le sol. Il s'immobilisa pour la contempler un instant.

— Tu te rappelles que tu m'as dit, en Cumbrie, que je n'étais pas dans ton corps ?

Du doigt, il traça un sillon entre ses seins, puis sur son ventre, jusqu'à la dentelle de son slip.

— Depuis, je n'ai pas cessé de penser à cette phrase, et ça m'a rendu fou.

— Il ne faut surtout pas que ça t'arrête.

— Chaque chose en son temps.

Il la contourna, passant les doigts dans ses cheveux avant de défaire les agrafes de son soutien-gorge. Il le lui retira, ainsi que le slip de dentelle. Les sous-vêtements rejoignirent la robe par terre.

Lorsqu'il se redressa, ses yeux s'attardèrent sur le corps de Livvy, puis il se détourna brusquement en marmonnant quelques mots incompréhensibles. L'espace de quelques secondes, le cœur de Livvy fut serré dans un étau. Mais, quand il trouva son portefeuille et en sortit quelque chose, le soulagement la submergea.

— Oh ! J'ai cru un moment que tu allais partir.

— Partir ? Jamais de la vie ! J'avais juste besoin de ça.

Il laissa tomber les petits sachets sur la table de chevet, tira les draps et prit Livvy dans ses bras.

— C'est tellement bon, dit-il.

Il s'empara de sa bouche avec une lenteur sensuelle, puis glissa la langue entre ses lèvres tandis que ses mains parcouraient amoureusement son corps, la rendant folle de désir. Elle glissa les doigts dans ses cheveux et caressa son dos de l'autre main, savourant le contact des muscles qui jouaient sous la peau tiède et douce.

Lorsqu'elle s'aventura sur le ventre dur, avant de prendre le sexe dressé dans sa main, il laissa échapper un cri :

— Livvy !

Lui écartant les jambes de son genou, il introduisit ses doigts dans son intimité et entreprit de l'exciter avec une précision diabolique.

Sentant que ses jambes ne la soutenaient plus, elle les noua autour de la cuisse de Matt. Il la souleva alors dans ses bras et l'étendit sur le lit, sans jamais détacher sa bouche de la sienne. Trouvant de nouveau son clitoris, il se remit à le caresser jusqu'à ce qu'elle soit sur le point de hurler.

Alors seulement, il s'écarta d'elle et tendit la main vers la table de chevet.

— Laisse-moi faire, dit-elle d'une voix mal assurée.

Elle déchira un sachet de ses doigts tremblants, puis repoussa Matt pour qu'il s'allonge sur le dos. L'enjambant, elle posa un doigt sur sa gorge et descendit avec une lenteur voulue à travers la toison sombre.

— Livvy, je t'en prie, finis-en ! dit-il d'un ton suppliant avec un rire un peu désespéré.

Elle déroula alors le préservatif le long de son sexe dressé, en prenant délibérément son temps. Laissant échapper un juron, il agrippa le drap et ferma les yeux.

— Qu'est-ce que tu es en train de me faire ? fit-il.

— Tu sais exactement ce que je te fais, murmura-t-elle.

Sur ces mots, elle se hissa légèrement sur ses genoux de façon à chevaucher les hanches de Matt. Elle se frotta un instant contre lui, puis descendit lentement jusqu'à ce qu'il s'enfonce en elle.

Il la prit par la taille, et elle laissa échapper un cri tout en remuant de nouveau contre lui. Il ouvrit les yeux et resserra son étreinte.

— Ne bouge… pas.

Il gémit, car elle continuait de se balancer au-dessus de lui.

— Livvy… Je vais venir…

Il roula sur le côté, l'entraînant avec lui. Lorsqu'il eut repris le contrôle des opérations, il glissa de nouveau la main entre eux pour la caresser. Elle sentit la tension grandir en elle, jusqu'à devenir insupportable. Elle crut qu'elle allait hurler, mais elle ne parvenait pas encore à se laisser aller.

— Maintenant, Livvy. Je t'en prie, viens avec moi !

Le corps de Matt se raidit, et elle sentit toutes ses défenses exploser en mille morceaux. L'orgasme fut si puissant qu'elle cria son prénom dans un sanglot.

Un instant plus tard, il s'abattit contre elle, haletant. Elle sentait son cœur battre contre sa poitrine, tandis que l'onde de choc continuait de les traverser tous les deux.

Ils ne bougèrent pas pendant un long moment, puis il leva la tête et la regarda dans les yeux.

— Oh ! Livvy !

Et il l'embrassa sur la bouche avec une tendresse qui faillit lui briser le cœur.

*
* *

Il avait besoin de bouger.

S'écartant à regret de Livvy, Matt se leva, il tenait difficilement sur ses jambes.

— Je reviens tout de suite.

Après avoir refermé la porte de la salle de bains derrière lui, il s'appuya un moment contre le mur, attendant de se calmer.

Je l'aime.

Cette constatation manqua de le faire défaillir.

Comment est-ce possible ? Si vite ?

Comme dans un brouillard, il retira le préservatif, puis se lava les mains et la figure avant de se regarder dans la glace.

Juliet était-elle si peu importante pour qu'il la remplace si peu de temps après sa mort ? Sauf qu'il ne la remplaçait pas. Il l'aimait et il l'aimerait toujours, mais se pouvait-il qu'il aime aussi Livvy ?

C'était si soudain ! Si inattendu !

Jusqu'alors, il avait cru que l'amour mettait des années à se construire…

En sortant de la salle de bains, il trouva Livvy assise au bord du lit. Elle leva un regard soucieux vers lui.

— Tu vas bien ?

— Bien sûr que oui ! Et toi ?

— Moi aussi, merci.

Le sourire qu'elle lui adressa était tendre et empreint d'amour.

Elle aussi ?

Non, c'était seulement la magie du moment, sans nul doute.

— Tant mieux.

Elle se leva. Elle vint se blottir dans ses bras et posa la tête sur son torse. Il lui caressa les cheveux jusqu'à ce qu'elle se redresse.

— Je vais dans la salle de bains, dit-elle. Je n'en ai pas pour longtemps.

Il s'allongea sur le lit et fixa le plafond, en proie à un tourbillon de pensées.

Si ce n'était pas de l'amour, qu'est-ce que c'était ? Il n'en savait rien, et pour l'instant il refusait de mettre un nom sur ce qu'il ressentait.

En tout cas, il n'avait aucun regret. Faire l'amour avec Livvy avait été extraordinaire, et il était prêt pour ce passage à l'acte. En revanche, il avait été pris au dépourvu par la vague d'émotions qui l'avaient submergé lorsqu'elle avait atteint le plaisir dans ses bras. Il ne s'y était pas attendu.

Il entendit l'eau couler, puis la porte s'ouvrit et elle fut de nouveau près de lui, amenant chaleur et joie avec elle.

Ils ne parlèrent pas, n'en ayant nul besoin.

Il déposa un baiser sur son front et, lorsqu'elle rejeta la tête en arrière et lui tendit ses lèvres, il ne résista pas.

L'urgence étant passée pour Livvy comme pour lui, Matt prit le temps de l'embrasser sans hâte. Repoussant le drap, il lui caressa la gorge, puis l'épaule et le bras, pour s'attarder là où son pouls battait. Il lui prit la main et la porta à ses lèvres pour déposer un baiser au creux de sa paume. Il remonta ensuite jusqu'à son aisselle, embrassant chaque centimètre de peau.

Lorsqu'il atteignit sa cicatrice, il s'arrêta et leva la tête vers elle. Elle combattit un reste de résistance. C'était Matt, qui venait de lui faire merveilleusement l'amour. Elle était en sécurité, avec lui.

— Tu préfères que je ne la touche pas ? demanda-t-il.

— Tu peux y aller, murmura-t-elle.

Du bout des doigts, il palpa sa cicatrice, probablement en mode médecin, puis il baissa la tête pour la frôler de ses lèvres. Cette fois, le médecin avait fait place à l'amant, qui semblait exactement savoir comment faire chanter son corps.

C'était étrangement apaisant mais, lorsqu'il parvint à l'extrémité du sillon, il se mit à lécher son mamelon. Cessant un instant de respirer, elle serra ses jambes l'une contre l'autre, tandis que de délicieuses sensations la parcouraient.

— Oh !

— C'est un bon ou un mauvais « oh » ? demanda-t-il.

Elle eut un petit rire.

— Très bon.

Visiblement satisfait, il recommença avant de soumettre

l'autre sein à la même torture. Lorsqu'elle fut sur le point de crier, il descendit plus bas, sa joue râpeuse lui éraflant légèrement la peau.

Parvenu à son ventre, il suivit du doigt la longue cicatrice à peine visible qui allait d'un côté à l'autre, juste au-dessus de la taille.

— Le chirurgien a fait du bon travail, dit-il.

— Exact. C'était mon père, mais il ne savait pas qu'il l'était.

Matt s'étendit de nouveau près d'elle et tourna vers elle un visage étonné.

— On parle d'Olivier ?

— Bien sûr.

— Je ne comprends pas.

— Mes parents s'étaient rencontrés à un congrès, deux ans auparavant. Ils avaient couché ensemble... Bref, mon père est parti dans la nuit en laissant un message à ma mère. Il lui disait que son beau-frère avait été tué, que sa femme était enceinte et qu'il devait la rejoindre.

— Quoi ? Ton père était marié ?

— C'est ce qu'on pouvait penser, oui. Sauf que c'était le mari de sa sœur Clare, qui était mort, et Clare qui attendait un bébé. Du coup, quand maman a compris qu'elle était enceinte, elle aussi, elle ne lui a rien dit. Par la suite, ils ont travaillé ensemble à l'Audley Memorial. Elle pensait toujours qu'il était marié et lui savait qu'elle avait une fille. La nuit où j'ai été amenée à l'hôpital, on ignorait mon identité. Comme il était de garde, c'est lui qui m'a opérée.

Elle haussa les sourcils.

— Au moment où il me recousait, il a appris que j'étais l'enfant de maman. Cette fois, il m'a observée plus attentivement et a constaté que je ressemblais beaucoup à son neveu. Par ailleurs, nous avions le même groupe sanguin assez rare, B -. Il a compris qu'il devait être mon père.

— Quelle histoire ! Et ta mère, dans tout ça ?

— Elle avait peur qu'il le prenne mal et elle a été soulagée que ce ne soit pas le cas. Comme ils ressortaient ensemble depuis quelque temps et qu'ils étaient amoureux, la situation a été éclaircie. Ils se sont mariés et, peu de temps après, il y a eu Jamie et ensuite Abbie. Depuis, c'est dégoûtant à quel point ils sont heureux. Mais je suis sans doute jalouse parce que je ne connaîtrai jamais ce bonheur.

— Pourquoi pas ? demanda Matt en fronçant les sourcils.

— Parce que je ne fonderai sans doute jamais ma propre famille. À cause du tamoxifène, une grossesse serait trop dangereuse pour le bébé. Je dois donc attendre la fin du traitement, puis que mon corps en efface toute trace. Il sera peut-être trop tard pour mes ovaires… Mais bon, ce n'est pas la fin du monde.

Même si, parfois, elle en avait l'impression.

— Il y a toutes sortes de façons de devenir mère. Tu peux adopter un enfant ou être belle-mère. Il y a encore la possibilité que tu rencontres un homme qui n'en veut pas. C'est le cas de beaucoup de gens.

— Pas le mien, malheureusement. J'adore les enfants. Tous les enfants, mais ce n'est pas la question. Je crains, en adoptant ou en devenant belle-mère, de ne pas les aimer suffisamment parce qu'ils ne seront pas les miens. Et ce ne serait pas juste pour eux. Je veux sentir un bébé grandir dans mon ventre, mais j'ignore si ce sera possible un jour.

— Ce sera peut-être le cas après ton traitement. De quel stade était ton cancer ?

— Stade 1, et les chirurgiens ont tout enlevé. J'ai eu des rayons, je suis sous tamoxifène, j'ai revu mon alimentation, mon style de vie, mes priorités, mais une grossesse n'est envisageable que dans des années. Je ne perds pas espoir, mais ce n'est pas pour maintenant et ne le sera peut-être jamais.

Sa voix se brisa, et elle détourna la tête.

— Excuse-moi, dit-elle. Je suis en train de m'apitoyer sur mon sort.

Elle sentit le souffle de Matt sur son visage, puis il l'embrassa tendrement.

— Je suis désolé, murmura-t-il.

— Je vais bien, assura-t-elle. Tu ne dois pas t'inquiéter pour moi. Je suis vivante, en forme, et je n'en demande pas davantage. En plus, j'apporte ma contribution à la société en étant un bon médecin, du moins c'est ce que je crois. Et puis, j'ai des hobbies, une famille, des amis. La plupart du temps, je suis satisfaite de ma vie, tu sais ? Je suis heureuse. Tu me rends heureuse.

Elle ne savait pas trop qui elle cherchait à convaincre, elle-même ou Matt, mais il la serra contre lui.

— Tant mieux, dit-il, parce que, toi aussi, tu me rends heureux, dit-il dans un murmure.

Après un dernier baiser, il éteignit la lumière, puis il la reprit dans ses bras. Bercée par le rythme régulier du cœur de Matt, Livvy s'endormit.

Matt resta longtemps éveillé, sentant la poitrine de Livvy s'élever et s'abaisser contre son torse, et son souffle sur sa peau.

Les propos qu'elle avait tenus se pressaient dans son esprit. Des mots tristes formulés avec un courage qui ne masquait pas complètement son chagrin.

« Je veux sentir un bébé grandir dans mon ventre, mais j'ignore si ce sera possible un jour… Une grossesse serait trop dangereuse pour le bébé… Je crains de ne pas les aimer suffisamment parce qu'ils ne seront pas les miens… Et ce ne serait pas juste pour eux. »

La semaine précédente, pendant ses nuits d'insomnie, il s'était juré de ne pas mêler ses enfants à sa liaison avec Livvy, parce qu'ils étaient sa priorité. De cette façon, ils ne seraient ni troublés ni blessés. Mais c'était avant de prendre conscience qu'il l'aimait et qu'il voulait plus.

Beaucoup, beaucoup plus.

Mais la mort de Juliet lui avait appris qu'on n'avait pas toujours ce qu'on voulait. Livvy et lui pouvaient être heureux ensemble, mais pas vingt-quatre heures sur vingt-quatre. S'ils parvenaient à trouver régulièrement du temps l'un pour l'autre, ils s'en contenteraient jusqu'à ce qu'ils soient sûrs de leurs sentiments mutuels. Et si elle rencontrait ses enfants, elle finirait peut-être par les aimer comme les siens.

Non ! Il était bien trop tôt pour l'envisager.

Tout en s'efforçant de ne pas la réveiller, il retira doucement son bras de dessous sa tête et rejeta la couverture. La nuit était chaude et il avait besoin d'air.

Il se leva en silence, ramassa ses vêtements, descendit au rez-de-chaussée et sortit dans le jardin.

La lune était pleine. Il s'assit sur la balancelle et respira le parfum enivrant des glycines qui grimpaient le long du treillis, derrière lui. Cela lui rappela Juliet et les giroflées odorantes qu'elle plantait parmi les buissons, juste avant sa mort. Mais, soudain, il lui semblait que c'était très loin.

Dorénavant, sa vie était ici et maintenant.

Avec Livvy ? Il l'espérait.

Et les enfants ? Si elle faisait partie de leur vie, ils y gagneraient énormément, et ils avaient beaucoup à lui donner. Mais que se passerait-il si elle ne parvenait pas à les aimer ?

Impossible ! Elle ne pourrait pas faire autrement que les aimer de tout son cœur. Il n'y avait pas une once d'amertume ou d'égoïsme en elle.

Il s'emplit les poumons des odeurs nocturnes. Une sirène lointaine rompit un instant le silence, comme le léger grincement des chaînes qui retenaient la balancelle. Fermant les yeux, il laissa cette paix l'imprégner, mais son esprit continuait de bouillonner et son cœur saignait pour Livvy.

Pourquoi fallait-il que la vie soit aussi compliquée ?

8.

Il était parti.

Livvy n'avait rien entendu, mais le silence qui régnait dans la maison lui disait qu'elle était seule et elle eut envie de pleurer.

Pourquoi avait-il fallu qu'elle ouvre sa grande bouche ?

Bien sûr, les enfants restaient la priorité de Matt et, s'il avait le moindre doute la concernant, il avait le devoir de les protéger.

Elle songea à la façon dont il devait jongler entre le travail et la maison. Son irremplaçable mère comblait les vides et gardait même les enfants la nuit pour que son fils ait une vie.

Livvy déglutit. Comment avait-elle pu s'apitoyer ainsi sur son sort alors qu'elle avait la chance d'être vivante ? Elle songea à cette jeune femme aux cheveux noirs qui ne verrait jamais ses bébés grandir… Submergée par la honte, Livvy était complètement dégoûtée d'elle-même.

Matt avait eu raison de partir !

Repoussant les draps, elle enfila son peignoir et descendit au rez-de-chaussée. La porte de derrière était ouverte, et elle entendit un grincement familier.

Matt était assis sur la balancelle, les yeux fermés.

Il n'était pas parti.

Ses pieds ne firent aucun bruit sur le carrelage mais il dut sentir sa présence, car il ouvrit les yeux et lui sourit avant de l'attirer sur ses genoux.

— Désolée, j'avais besoin d'air frais. Je t'ai réveillée ?

Elle secoua la tête, soulagée.

— Non. J'avais juste trop chaud. Ça va ?

À la lueur de la lune, l'expression de Matt était indéchiffrable.

— Oui, et toi ?

— J'ai cru que tu en avais eu marre de mes jérémiades et que tu étais parti.

Il la serra contre lui en riant.

— Tu ne te débarrasseras pas de moi aussi facilement. Ton jardin embaume, j'aimerais bien que le mien sente aussi bon.

— Donne-toi du temps. Je suis certaine que tu y trouveras toutes sortes de plantes, en cherchant bien.

Elle posa la tête sur l'épaule de Matt, se délectant du contact de son torse nu sous sa paume, ainsi que de sa chaleur et de sa bienveillance. Malheureusement, il devrait s'en aller bientôt, elle le savait.

— À quelle heure dois-tu aller chercher les enfants ?

— Ma mère m'a dit qu'elle les garderait jusqu'au déjeuner si je voulais. Elle va sûrement les emmener à la plage. Pourquoi ?

— Je me demandais combien de temps il nous restait.

— Il n'y en aura jamais assez, malheureusement.

Elle se pencha pour l'embrasser tendrement, éprouvant le besoin de sentir ses bras autour d'elle, son corps proche du sien, parce que c'était peut-être tout ce qu'elle pourrait avoir de lui.

— Alors, ne gaspillons pas de précieuses minutes, dit-elle.

Se levant d'un bond, elle le prit par la main et l'entraîna vers sa chambre.

Le téléphone de Matt vibra à 8 heures. Après avoir consulté l'écran, il attira de nouveau Livvy dans ses bras en soupirant d'aise.

— Tout va bien ? demanda-t-elle.

— C'était maman. Ils sont sur la plage avec Ed, Annie et leurs enfants.

Il se privait de ce bonheur familial par sa faute…

— Tu ne devrais pas les rejoindre ? Ton temps avec eux est tellement limité !

— Tu veux que je m'en aille ?

— Bien sûr que non ! Mais tu ne dois pas te sentir obligé de rester. Tes enfants sont petits, ils ont besoin de toi.

Il sourit, puis l'embrassa et se leva.

— Tu as raison, dit-il en s'étirant. Allons prendre le petit déjeuner chez moi, et ensuite on pourrait aller sur la plage.

— Pour de bon ?

Il s'assit au bord du lit et lui prit la main.

— Pour de bon. À mon avis, il est temps que tu fasses la connaissance de mes enfants.

— Tu es sûr ?

— Ils ne mordent pas, dit-il gentiment.

— Tu ne préfères pas garder notre relation secrète ? Qu'est-ce que tu vas leur dire ? Et ta mère, que va-t-elle penser ?

— Rien du tout, puisqu'elle sait que nous sommes ensemble. Je leur dirai juste que tu es une collègue, mais ils savent déjà quelques petites choses, à ton sujet.

— Tu plaisantes ?

Il rit.

— Pas du tout. Je leur ai raconté comment tu as dévalé un pierrier. Amber marchait sur un muret de jardin, je lui ai dit de faire attention et elle m'a répondu : « je fais toujours attention ». Ça m'a tellement fait penser à toi que je leur ai dit ce qui t'était arrivé.

Livvy se mordit les lèvres pour ne pas rire.

— Si je comprends bien, ils me prennent pour une idiote.

— Eh bien… Il n'y a que la vérité qui blesse.

— Espèce de grossier personnage ! dit-elle en lui décochant une petite tape.

Il ne fit qu'en rire et la serra contre lui.

— Ne t'inquiète pas pour les enfants, ils ne te jugeront pas. Et je sais que ma mère aimerait faire ta connaissance.

Pour voir si elle faisait le poids ? Livvy cessa de rire et se mordilla la lèvre.

— Ce n'est pas que je n'aie pas envie de les connaître, au contraire…

— C'est parfait, alors. Viens, ma beauté, dit-il, on va prendre une douche.

— Ensemble ?

— Pourquoi pas ?

Plus tard, ils emportèrent chez Matt ce que Livvy avait acheté pour le petit déjeuner. Ils mangèrent leurs sandwichs dans le jardin, assis sur le vieux banc de bois, pendant que Livvy observait le jardin d'un regard critique.

— Tu dois être patient, dit-elle en avalant sa dernière bouchée. Même d'ici, je vois quelques belles plantes. Viens, on va jeter un coup d'œil.

Elle lui fit visiter son propre jardin, nommant chaque arbuste qu'elle connaissait, décrivant leurs mérites et précisant la saison de floraison. Au bout d'un moment, Matt comprit qu'elle cherchait à gagner du temps.

Mais il ne comptait pas la laisser faire, car il tenait à ce qu'elle rencontre ses enfants. Il y avait réfléchi toute la nuit et tant qu'il ne les aurait pas vus ensemble, tant qu'il ne connaîtrait pas leurs réactions, il ne saurait pas quel avenir il pouvait envisager avec Livvy.

Il fallait qu'il sache… Et elle aussi.

Livvy parlait du laurier-tin quand Matt la coupa au milieu d'une phrase.

— Assez ! dit-il en riant. On fera ça une autre fois mais, pour l'instant, allons sur la plage.

Quelques minutes plus tard, ils traversaient la route et descendaient la pente menant à la plage.

— Papa !

— Bonjour, ma petite princesse !

Matt fit sauter la fillette dans ses bras. En les entendant rire, Livvy sentit une grosse boule se former dans sa gorge. Leurs deux visages rayonnaient de bonheur, leur amour mutuel et leur joie de se retrouver étaient évidents.

Il posa sa fille à terre et souleva un petit garçon qui était le portrait craché de sa mère avec le sourire de son père.

La gorge de Livvy se serra encore davantage, tandis qu'elle

regardait Matt embrasser son fils. Lorsqu'il le reposa et se tourna vers elle, elle dut se forcer à sourire.

— Livvy, je te présente Amber et Charlie. Les enfants, voici Livvy, mon amie du travail.

— Bonjour, Amber. Bonjour, Charlie.

Charlie marmonna un mot qui pouvait passer pour un bonjour avant de courir rejoindre deux gamins plus jeunes que lui, sans doute les jumeaux d'Annie et de Ed.

Livvy se tourna vers Amber, qui l'observait avec gravité.

— Tu es la dame qui est tombée dans la montagne ?

Livvy s'efforça en vain de ne pas rire.

— Ton papa t'a raconté des histoires.

— Il m'a dit que tu étais bête, comme moi quand j'étais sur le mur, et que tu aurais pu te faire très mal.

— C'est vrai. Il m'avait avertie, mais je ne l'ai pas écouté.

— Ça aussi, il nous l'a dit.

Livvy se mordit l'intérieur des joues.

— Ta cheville va mieux, maintenant ? demanda Amber.

— Oui, je te remercie.

Amber pencha la tête de côté.

— J'aime bien ta robe, elle est très jolie.

Livvy avait remis sa tenue de la veille. C'était pour aller plus vite, mais aussi parce qu'elle se sentait belle lorsqu'elle la portait.

— Je suis contente qu'elle te plaise. C'est ma préférée.

— Ma robe préférée ne me va plus et papa dit qu'il m'en faut une nouvelle, mais il déteste aller dans les magasins, dit tristement la fillette.

Quelqu'un se racla la gorge, près de Livvy. Elle se tourna vers Matt, qui levait les yeux au ciel en riant.

— Je ne déteste pas ça, mais ce n'est pas dans mon domaine de compétences.

— Grand-mère n'aime pas ça non plus. Papa dit qu'elle achète tout le temps des choses qu'elle rapporte ensuite dans la boutique. Tante Sally est trop occupée, et je n'ai plus de maman.

— Je pourrais t'emmener, proposa Livvy sans réfléchir.

Amber ouvrit de grands yeux, tout excitée.

— C'est vrai ? J'aimerais trop !

— Me voilà tiré d'affaire, dit Matt avec un grand sourire.

Amber glissa sa main sableuse dans celle de Livvy et l'entraîna vers un groupe de femmes assises en rond devant une cabane de bois.

— Grand-mère, c'est Livvy, l'amie de papa, annonça-t-elle avec une certaine emphase, et elle va m'emmener dans les boutiques pour m'acheter une nouvelle robe préférée.

Quatre paires d'yeux se posèrent sur Livvy.

— C'est vraiment gentil de sa part, Amber, dit l'une des femmes en se levant. Matt chéri, si tu rejoignais Ed, avec Amber ? Tu t'occuperas des enfants avec lui.

Haussant les épaules, Matt prit la main de sa fille et s'éloigna. Livvy sentit qu'elle allait subir un interrogatoire en règle.

— Bonjour, Livvy, dit la femme en lui tendant la main, un grand sourire aux lèvres. Je suis Jane, la mère de Matt. Je suis ravie de faire enfin votre connaissance. Laissez-moi vous présenter Marnie, la grand-mère de Ed, et Joanna, la maman d'Annie. Pour finir, voici Annie, la femme de Ed, mais vous le savez sûrement déjà. Vous voyez leurs quatre enfants, sur la plage.

Elles lui sourirent toutes amicalement, mais Livvy crut discerner des questions dans leurs yeux. Elle se tourna vers Ed et les filles qui aidaient les plus petits à construire leurs châteaux. Malheureusement, Matt lui tournait le dos et ne pouvait lui être d'aucune aide.

Ed lui adressa un signe de main.

— Salut, Livvy. Ça va ?

— Très bien, merci.

Se focalisant de nouveau sur le groupe, elle reprit :

— Vous avez une très jolie cabane de plage.

— Elle appartient à Marnie, dit Annie, mais nous la partageons, en quelque sorte. C'est vraiment sympa de vous rencontrer enfin. Comment va la cheville ?

Livvy leva les yeux au ciel en riant.

— Je crois que je n'en finirai jamais avec cette histoire.

Jane et Annie secouèrent la tête avec amusement.

— J'allais justement nous préparer à boire, dit Annie. Vous

voulez du thé ou du café ? demanda-t-elle en se dirigeant vers l'espace réservé à la cuisine, à l'intérieur de la cabane.

— Est-ce que vous auriez du déca ou du jus de fruit ?

— Nous avons un très bon thé vert à la menthe.

— Ce sera parfait !

Annie alluma le réchaud à gaz sous la bouilloire, puis regarda pensivement Livvy.

On y est.

— Donc, vous êtes celle qui a ramené le sourire sur le visage de Matt. C'est si bon de le voir de nouveau heureux.

— Je croyais que Ed n'approuvait pas notre relation ?

Annie fronça légèrement les sourcils.

— Je ne crois pas que ce soit cela. Ed s'est inquiété à l'idée que vous soyez blessée ou que Matt ne soit pas prêt à s'engager. Ils sont amis depuis des années, du temps où ils étaient encore collégiens. Matt en a beaucoup bavé, vous savez.

— Je sais. En revanche, j'ignorais que Matt et Ed se connaissaient depuis si longtemps. Je croyais que cela ne datait que de l'hôpital.

— Ils devaient avoir seize ans quand ils se sont connus. Ils s'intéressaient tous les deux aux sciences et passaient beaucoup de temps ensemble, apparemment. Je suis vraiment contente que Matt soit revenu dans le Suffolk. Jane en a vu de toutes les couleurs, elle aussi. Son mari est mort d'un cancer et, après le décès de Juliet, elle a volé au secours de son fils.

Le père de Matt est mort d'un cancer ?

— Mais c'est le passé, maintenant, ajouta Annie avec un sourire. Grâce à vous, Matt peut envisager l'avenir, désormais.

— Il est encore trop tôt pour l'affirmer avec certitude, dit très vite Livvy.

— Sans doute... Nous verrons bien, murmura Annie.

Au grand soulagement de Livvy, la bouilloire se mit à siffler. Annie coupa le gaz, prit quelques chopes et prépara des boissons pour tout le monde.

Pour l'instant, au moins, Livvy était tirée d'affaire.

*
* *

La journée s'annonçant très chaude, ils rassemblèrent le matériel et remontèrent vers la route à 11 heures.

— On a prévu un barbecue, dit Ed à Matt et à Livvy. Vous vous joignez à nous ?

— Très volontiers, répondit Matt. Livvy ?

— Oh ! oui, Livvy ! dit Amber d'une voix suppliante. Viens, s'il te plaît !

Livvy posa un regard interrogateur sur Ed.

— Je suis invitée ?

— Bien sûr que oui ! À moins que tu ne veuilles pas venir.

— Si… Mais tu n'as pas dû me prévoir dans les courses.

Ed éclata de rire comme si elle avait dit quelque chose d'hilarant.

— On ne prévoit rien, Livvy. On jette la nourriture sur le gril jusqu'à ce que les gens arrêtent de manger. Tu es la bienvenue.

— Matt ?

— Je serai ravi que tu te joignes à nous, évidemment.

— En ce cas… Merci !

Amber poussa des cris de joie. Prenant la main de Livvy, elle se mit à bondir comme un yoyo. Livvy ne put s'empêcher de rire, mais au creux de son estomac se logeait la crainte que cette rencontre avec ces gens adorables soit une énorme erreur.

Livvy était assise sur l'herbe, à l'ombre d'un arbre dont les feuilles étaient agitées par la brise marine. Profitant d'un moment de paix, Annie vint s'asseoir auprès d'elle.

Elle tendit une boisson fraîche à Livvy, qui la prit avec reconnaissance.

— Merci. Cet endroit est vraiment agréable.

— Je trouve aussi… On peut se tutoyer ?

— Bien sûr.

— Alors ? Comment ça se passe, aux urgences ? Le service me manque, d'une certaine façon, mais je n'y retournerais pour rien au monde.

— Je comprends ça ! Qui aimerait être de garde le vendredi soir au lieu de passer la nuit près de ses enfants ?

Annie rit.

— J'avoue que ce n'est pas ce que je regrette le plus. Mes gardes de nuit ont toujours été affreuses.

— Cette semaine, c'était abominable, dit Livvy. On a eu une gamine de quinze ans shootée à l'ecstasy. Elle est vivante, mais en soins intensifs pédiatriques, et ses parents sont dans tous leurs états. Je passe du coq à l'âne, mais tu aurais une idée de l'endroit où je pourrais trouver la nouvelle robe préférée d'Amber ?

— Pour les fêtes ?

— Je n'en sais rien. C'est possible.

— Il y a une petite boutique, en bord de mer, qui a un rayon enfants avec quelques articles plutôt jolis et pas trop chers. J'y ai acheté des tenues pour Grace et Chloé. C'est aussi là que Kate a eu le coup de foudre pour sa robe de mariée quand elle a épousé Sam. Tu la connais ?

— Non… Je ne fais pas partie du cercle des mamans, répondit Livvy avec un petit pincement au cœur. Je ne suis qu'une modeste interne à l'emploi du temps surchargé.

Annie lui jeta un coup d'œil bizarre.

— Tu n'as pas besoin d'être maman, Livvy. Nous sommes toutes nous-mêmes, avant tout.

Sans doute, mais pendant toute la journée Livvy s'était sentie légèrement marginalisée. Bien que tout le monde ait été adorable avec elle, elle avait le sentiment de ne pas être à sa place.

— Attention !

Levant les yeux, Livvy aperçut le ballon qui filait dans sa direction. Elle le rattrapa de justesse et le renvoya.

— Bravo ! cria Matt, hilare.

— C'est génial de les voir tous ensemble, dit-elle pensivement. Ed et toi, vous avez de la chance. Depuis combien de temps êtes-vous ensemble ?

— Cinq ans ?

— Mais… Les filles ?

— Elles ne sont pas de lui, mais il les adore et c'est le beau-père idéal. Le géniteur se fiche complètement de leur existence et, franchement, c'est mieux comme ça, parce qu'elles n'ont pas besoin de lui.

Livvy se tourna vers Matt et Ed, qui jouaient au football avec les enfants. Ed était donc le beau-père des filles, mais Annie et lui avaient eu d'autres bébés.

Elle arracha une touffe d'herbe et la tripota distraitement. Au bout d'un moment, elle vit qu'Annie l'observait.

— Où en êtes-vous, Matt et toi ?

— Nulle part, en réalité. Je prends chaque jour comme il vient. Si Matt fait partie de ma vie pendant quelque temps, ce sera génial, mais si ce n'est pas le cas, je m'en sortirai.

— Mais il t'aime, dit très bas Annie, visiblement surprise.

— Je ne crois pas, non.

— Bien sûr que si. Tu n'as pas remarqué la façon dont il te regarde ?

Les larmes aux yeux, Livvy secoua la tête.

— Je suis certaine du contraire, Annie. Il est encore amoureux de Juliet et il le sera toujours. Simplement, il ne veut plus être seul, et moi non plus.

Elle se leva et secoua quelques brins d'herbe collés sur sa robe.

— Il est temps que je m'en aille. J'ai pas mal de choses à faire avant demain, et je travaille de bonne heure. Merci pour tout, j'ai été vraiment ravie de faire ta connaissance.

Se levant à son tour, Annie l'embrassa.

— Moi aussi. Chaque fois que tu auras envie d'un café, passe me voir, je suis toujours dans le coin. Peut-être que Matt et toi vous pourriez dîner à la maison, un soir. Ou bien ma mère gardera les enfants et on apportera le repas chez lui. Ce serait mieux, je pense. Je crois que Matt se sent coupable de faire appel aussi souvent à sa mère. Tu n'as qu'à lui en parler, on fixera une date.

— Mais je…

— Fixer une date pour quoi ?

Matt prit Livvy par les épaules, comme si c'était le geste le plus naturel au monde.

Est-ce qu'il l'aimait ? Vraiment ?

— Je vous ai invités tous les deux à dîner, dit Annie.

Quand vous voudrez. Est-ce que tu ramènes Livvy chez elle ? Tu peux nous laisser les enfants, si tu veux.

Matt regarda Livvy.

— J'allais te proposer de passer un moment à la maison. Les enfants vont prendre leur douche, et Amber voudra parler de robes avec toi. Je crois qu'elle a hâte de te montrer sa garde-robe, mais je peux te reconduire chez toi, si tu préfères.

Si elle acceptait, ce serait pour Amber.

Pas à cause de ce corps chaud, contre le sien, cette expression tendre ou ces yeux qui l'invitaient à dire oui.

Ce serait juste pour Amber, la petite fille qui n'avait plus de maman.

Livvy lui avait fait une promesse et elle ne pouvait pas la rompre, même si elle éprouvait subitement le besoin urgent de fuir cette atmosphère familiale si chaleureuse pour remettre ses défenses en ordre de marche.

— D'accord, dit-elle, mais juste un petit moment. Je pourrai toujours rentrer chez moi à pied. Je n'habite pas très loin.

9.

Le « petit moment » s'étira jusqu'au soir. Finalement, Matt et Livvy se retrouvèrent tous les deux assis sur le balcon de Matt, à contempler la mer tout en buvant une eau gazeuse.

— Tu as passé une bonne journée ? demanda-t-il.

— Très bonne.

C'était vrai, même si elle en gardait une douleur sourde au creux de l'estomac.

— Amber est très excitée d'avoir parlé chiffons avec toi. Tu es certaine de pouvoir t'en occuper ?

Elle eut un petit rire.

— Elle n'a même pas tout à fait cinq ans, Matt, je crois que je m'en sortirai. Et elle a tout à fait raison : sa robe préférée est ravissante.

— Un peu trop, en fait. Elle ne peut pas la porter aussi souvent qu'elle le voudrait. Si tu pouvais lui trouver quelque chose d'aussi joli mais d'un peu plus fonctionnel, ce serait l'idéal.

— Je verrai ce qu'il y a… Et je m'assurerai qu'elle lui ira encore quand elle aura un peu grandi.

— Oui, s'il te plaît, qu'on n'ait pas à tout recommencer avant des années !

— Je ne peux pas te le promettre, mais on fera de notre mieux. Annie m'a parlé d'une petite boutique sur le front de mer. Je vais y faire un tour avant d'y emmener Amber.

Matt se tourna vers Livvy.

— Tu prends ça très au sérieux, on dirait.

— Bien sûr ! L'achat d'une jolie robe est une chose sérieuse, répondit-elle d'un ton léger. Demande à ta fille.

— Non merci ! J'ai bien trop honte de mon incapacité à comprendre les enjeux.

Lui prenant la main, il ajouta :

— Merci pour aujourd'hui, je suis sûre que tu avais bien d'autres choses à faire que de traîner avec une bande d'enfants turbulents.

— Tu te trompes, répondit-elle honnêtement.

Comment aurait-elle pu lui mentir ? Rien de particulier ne l'attendait chez elle, en dehors de sa lessive.

— Il commence à faire froid, dehors. Allons nous étendre sur le lit, murmura-t-il.

— On ne peut pas.

— Bien sûr que si ! On verra toujours la mer, on aura juste un peu plus d'intimité.

Elle ne le voulait pas vraiment. Pas avec le portrait de Juliet sur la commode. Mais, lorsqu'ils rentrèrent, elle s'aperçut qu'il n'y était plus.

— Tu l'as enlevé, dit-elle en fixant l'espace vide.

— Oui. Il est dans la salle de jeux, maintenant. Sur le mur. J'ai pensé qu'Amber avait davantage besoin de le voir que moi. Et j'ai cessé de lui raconter chaque soir ma journée ou de lui demander comment régler tel ou tel problème. Si j'ai envie de parler à quelqu'un, je t'ai, désormais.

Il l'attira dans ses bras et l'embrassa. C'était juste un baiser tendre, mais elle sentit les larmes lui monter aux yeux.

Une fois sur le lit, elle se blottit contre lui tout en regardant la vue à travers la grande baie vitrée.

— Est-ce que tu peux me dire quelque chose honnêtement ? demanda-t-elle.

— Bien sûr. Qu'est-ce que c'est ?

— Tu ne penses pas que tu m'attires juste parce que tu as des enfants ?

Il y eut un bref silence durant lequel elle eut l'impression que son cœur cessait de battre.

— Absolument pas, dit-il finalement. Tu es bien trop généreuse et soucieuse des autres pour cela. D'ailleurs, j'ai pratiquement dû te traîner sur la plage pour que tu fasses leur connaissance. En fait, j'avais plutôt peur que tu ne veuilles pas les rencontrer mais, quand je t'ai vue avec Amber, j'ai cessé de m'inquiéter.

— Je n'ai aucun mérite... Ils sont vraiment adorables, et tout le mérite t'en revient.

Il rit.

— Je n'y suis pas pour grand-chose. Quoi qu'il en soit, ça marche dans les deux sens, tu sais. Tu pourrais penser que mon intérêt pour toi tient au fait qu'ils ont grand besoin d'une mère.

— C'est vrai, mais ce ne sera pas moi.

— Pourquoi ?

La question, formulée d'une voix douce, raviva le chagrin de Livvy. Elle se tourna pour regarder Matt dans les yeux.

— C'est trop tôt pour toi et, de toute façon, je suis un mauvais choix, Matt. Tu devrais trouver quelqu'un d'autre.

— Il se peut que je ne veuille pas de quelqu'un d'autre. Peut-être que c'est toi que je veux.

— Non, c'est faux ! Tu veux rompre ta solitude. Et je te rappelle que l'oncologue ne m'a pas encore déclarée hors de danger.

— Cesse de t'inquiéter pour ton cancer. C'était un stade 1 et il y a peu de chances de récidive. En admettant même que je me trompe, les recherches font des progrès chaque jour. Je suppose que tu es suivie régulièrement ?

— Bien sûr. J'ai d'ailleurs une mammographie dans une semaine, mais il y a encore la joie de cinq autres années de tamoxifène. Ensuite, au cas où je voudrais encore des enfants, j'aurai sans doute été sous traitement trop longtemps. Alors que, toi, tu peux être encore père avec une autre.

— Je ne vois pas pourquoi j'en aurais envie. Je suis plus qu'heureux avec Amber et Charlie. Et je te ferai remarquer que tu n'as toujours pas répondu à ma question.

— Laquelle ?

— Est-ce que tu crois que je vois avant tout en toi une mère pour eux ?

Elle le fixa avec étonnement.

— Bien sûr que non. Mais tu te sens seul, nous sommes attirés l'un par l'autre et je remplis un vide dans ta vie.

— Tu fais bien plus que cela pour moi.

— Tu te trompes, Matt. Je ne le fais pas et je ne le peux pas.

Elle se détourna, incapable de soutenir son regard intense.

— Il faut que je rentre chez moi.

Elle quitta le lit et descendit l'escalier, suivie de Matt.

— Laisse-moi t'appeler un taxi. Je n'aime pas l'idée que tu fasses le trajet à pied et toute seule.

Elle ouvrit la bouche pour protester, mais il avait déjà sorti son téléphone et composait le numéro. Une minute plus tard, il se tourna vers elle et la prit dans ses bras.

— Tu ne remplis pas un vide dans ma vie, Livvy. Tu représentes beaucoup plus. Je…

Elle posa un doigt sur sa bouche pour l'empêcher d'en dire davantage.

— J'attendrai dehors, dit-elle.

Poussant la porte d'entrée, elle sortit, ses sandales à la main et son sac sur l'épaule.

— Livvy, ne me repousse pas ! dit-il en la suivant dans le jardin.

— Ce n'est pas ce que je fais. Mais je ne veux pas que tu te projettes dans l'avenir avec moi. Un jour à la fois, Matt, c'est tout ce que ce sera.

Il ne répondit pas, mais elle perçut sa tension et vit avec soulagement le taxi arriver. Lorsqu'il démarra, elle ne s'était jamais sentie aussi seule de sa vie.

Matt éprouvait une douleur qu'il n'avait pas ressentie depuis deux ans. C'était stupide ! Livvy n'était pas morte. Elle lui avait seulement dit qu'elle n'attendait pas autant que lui de leur relation… Mais cela ne le soulageait pas.

Pourtant, elle avait promis à Amber de l'accompagner pour choisir une robe et avait passé du temps à en discuter avec elle. Il les avait entendues papoter et rire, et lorsqu'il était entré dans la chambre de sa fille, il les avait trouvées assises par terre, une pile de vêtements à côté d'elles.

C'est tout ce que ce sera.

Est-ce qu'il supporterait de vivre au jour le jour, sans se permettre de rêver ?

Très bien ! Mais il ferait tout pour lui montrer son amour sans le lui dire avec des mots. Et, avec un peu de chance, il la convaincrait qu'ils pouvaient envisager l'avenir ensemble.

Un jour à la fois.

Le lundi matin, Livvy se leva à l'aube, prit une douche rapide et s'adressa à elle-même un petit sermon avant de partir pour l'hôpital.

Elle avait pleuré pendant la moitié de la nuit, ses yeux étaient rouges et gonflés, et elle avait une mine à faire peur. Elle avait misé sur le maquillage pour arranger les choses, mais cela ne devait pas suffire car Sam haussa les sourcils en la voyant arriver.

— Tu as eu une nuit mouvementée ?

— Très drôle ! J'ai mal dormi, c'est tout. Où je vais aujourd'hui ?

— Tu restes avec moi aux urgences. Une voiture a fait une sortie de route et le conducteur s'est empalé sur une clôture. Si on nous l'amène, on aura besoin de Matt. Il attend notre appel, et on a alerté la banque du sang. Par ailleurs, on a un patient qui a fait une overdose et qu'on garde en observation, dans l'attente d'un lit. Sinon, c'est calme.

— Parfait.

Mais c'était loin d'être parfait, car Matt était la dernière personne qu'elle souhaitait voir. Pour une fois, elle aurait préféré passer la journée dans les boxes, à traiter les cas mineurs.

Finalement, Matt ne descendit pas, l'homme qui avait eu un accident de la route était décédé sur place. Elle n'eut donc pas à faire preuve face à Matt de froideur professionnelle alors que, tout ce qu'elle voulait, c'était se jeter dans ses bras et lui dire qu'elle avait menti…

Arrête tout de suite !

La journée s'écoula et il ne restait qu'une heure avant la fin du service de Livvy quand la surveillante annonça :

— Adulte victime d'un traumatisme. Arrivée dans dix minutes.

Sam était déjà en train de briefer le personnel :

— Femme dans la trentaine. Elle est tombée d'une fenêtre, située à un étage supérieur, et elle a traversé le toit en verre d'une véranda. Elle présente de nombreuses blessures et a perdu pas mal de sang. Elle a été stabilisée sur place, mais on va lui faire une radio pour repérer tous les débris, éventuellement un scan. Elle aura aussi besoin d'une chirurgie des tissus mous. J'ai donc prévenu Matt Hunter, ainsi que la banque du sang. On aura peut-être besoin d'une intervention esthétique.

Il vérifia du regard que tout le monde suivait bien et reprit :

— Premièrement, personne ne retire le moindre bout de verre sans s'être assuré qu'il ne rentre dans la chair que superficiellement, pour ne pas déclencher d'hémorragie. Deuxièmement, vous mettez tous deux paires de gants et vous faites attention à ne pas vous blesser.

Il entreprit de distribuer les tâches pendant que les ambulanciers amenaient la patiente.

— Voici Sarah Field, trente-deux ans, tombée d'un étage. Elle a atterri sur le côté droit, après avoir traversé un toit de verre, Glasgow à 14 sur place, et maintenant 15. Pression artérielle 10-6, saturation à 98.

Livvy tentait de se concentrer, mais elle était obsédée par l'arrivée imminente de Matt.

Comment se comporterait-il envers elle ?

Professionnel, bien sûr !

Sans lui accorder le moindre coup d'œil, il se focalisa sur la patiente, et plus particulièrement sur son bras droit, en partie dissimulé par un pansement compressif.

La femme était couchée sur le côté gauche, moins atteint. Matt la contourna et se nomma avant d'examiner soigneusement son corps. Il souleva ensuite le pansement, là où le verre avait presque tranché un énorme lambeau de peau et de muscle.

— Je m'occupe d'abord de ça, d'accord ?

— Très bien, dit Sam. De notre côté, on va traiter le reste. Livvy, tu te charges de la tête et du visage, s'il te plaît ?

Ce qui la plaçait tout près de Matt. Elle fit comme si de rien n'était et se pencha sur la femme.

— Bonjour, Sarah, je m'appelle Olivia. Je suis médecin. Je peux jeter un coup d'œil à votre visage ? Quand j'aurai enlevé tous ces petits morceaux de verre, on y verra plus clair.

— D'accord, dit faiblement la jeune femme.

Livvy se mit au travail, ôtant soigneusement tous les fragments visibles. Une infirmière en faisait autant au niveau du cou et une autre utilisait un peigne très fin pour les cheveux. Les vêtements de la blessée furent délicatement coupés, ce qui révéla des lacérations multiples.

— Un lambeau de peau s'est détaché du cuir chevelu, annonça l'infirmière.

Matt et Livvy se penchèrent en même temps, si bien que leurs têtes se frôlèrent.

— Désolé, dit-il. Je peux ?

Elle se redressa, et Matt donna quelques instructions avant de reprendre son travail sur le bras.

Au bout d'une heure, tous les morceaux de verre avaient été retirés et les plaies recousues ou refermées avec du stéri-strip. Matt avait rétabli la circulation sanguine dans le lambeau du bras et s'était occupé de plusieurs autres entailles, y compris celle du cuir chevelu. Il était prêt à emmener la patiente au bloc pour entamer la délicate reconstruction du bras.

Finalement, après tout ce temps, il leva les yeux vers Livvy.

— Bon boulot sur le visage, dit-il.

Elle éprouva une brusque bouffée de fierté.

— Merci. Bonne chance ! Je me demande comment tu vas faire pour remettre une si grande quantité de chair et de muscles en place.

— Tu veux assister à l'intervention ? C'est tout à fait possible.

— Mais je…

— Mais rien du tout. Je ne vais pas argumenter ! Tu veux venir, oui ou non ?

— Oui, bien sûr.

Ce n'était peut-être pas très sage, mais c'était une vraie joie de le voir travailler. Chaque minuscule nerf, chaque faisceau musculaire furent soigneusement réunis et finement suturés ; quand Matt eut terminé, le bras de la patiente semblait presque normal.

— C'est extraordinaire, dit Livvy.

Matt eut un sourire forcé.

— C'est mon travail, Livvy, et l'entaille était nette. Elle aura toujours une cicatrice, mais avec le temps elle pourra se servir de son bras comme avant. C'est d'autant plus important que c'est le droit. Plus tard, on lui fera un scan pour vérifier qu'aucun fragment de verre n'a été oublié.

Il ôta ses gants et les jeta dans la poubelle.

— Qu'est-ce que tu fais, maintenant ? demanda-t-il.

Elle jeta un coup d'œil à l'horloge murale.

— Je vais faire un tour dans cette boutique pour voir s'il y a des vêtements qui conviendraient à Amber.

— Tu as vraiment envie de t'en occuper ?

— Bien sûr, puisque je le lui ai promis.

— Alors, c'est seulement avec moi que tu as un problème.

Elle lut dans ses yeux la peine qu'elle lui avait causée.

— Ce n'est pas toi, Matt… Mais je suis toujours un peu nerveuse avant une mammographie.

— Pourquoi ne pas me l'avoir dit ?

— Pour ne pas te faire de mal.

Il rit doucement sans répondre.

— Il faut que j'aille en salle de réveil, voir comment va ma patiente.

— Je comprends. Encore merci de m'avoir invitée dans ton bloc. C'était extraordinaire.

— Il n'y a pas de quoi. Appelle-moi, pour me dire si tu as trouvé une robe qui convienne à Amber.

— D'accord.

*
* *

La propriétaire de la boutique se montra très accueillante.

— Je cherche une nouvelle robe préférée pour la petite fille d'un ami, dit Livvy. Elle ne veut rien de rose et surtout pas de licorne.

Tout en riant, la femme conduisit Livvy à l'arrière du magasin.

— Nous avons de très jolies robes d'été qui pourraient correspondre à ses vœux.

Livvy s'extasia devant la diversité des tenues. Certains tissus semblaient incroyablement fragiles, d'autres plus solides mais tout aussi jolis.

— Elles sont ravissantes ! Il faut qu'elle les voie.

— Bien sûr. Quel âge a-t-elle ?

— Elle aura cinq ans en septembre. Elle est mince et toute en jambes.

— Vous avez prévu une somme maximum ?

— Non. Mon seul critère est qu'elle puisse porter cette robe plus souvent que la précédente, réservée aux sorties de gala.

— Rien de plus facile.

— Nous pouvons venir jeudi après-midi ? Je sors du travail de bonne heure.

— Parfait. J'ai hâte de la connaître. Sa maman sera là ?

— Elle est décédée, malheureusement.

— Comme c'est triste, murmura la femme. Nous allons trouver quelque chose de très spécial.

Quand Livvy passa chercher Amber chez Matt, le jeudi après-midi, la fillette bouillonnait littéralement. Et, lorsqu'elle vit la rangée de robes, elle ouvrit des yeux immenses.

— Elles sont toutes si jolies !

— J'en ai sélectionné quelques-unes pour toi, dit la propriétaire.

Elle tendit à Livvy une demi-douzaine de cintres et elles gagnèrent le vestiaire, où Amber les essaya toutes.

L'une était trop serrée, l'autre trop large, la troisième trop courte… Mais une robe lui allait parfaitement, tout en lui permettant de grandir. Coupée dans un coton très doux, elle était doublée et assortie d'un cardigan bleu ardoise, de la même couleur que les yeux de la fillette.

Quand Amber se regarda avec ravissement dans le miroir, Livvy sentit des larmes lui picoter les yeux.

— Je crois que nous allons prendre celle-ci, dit-elle à la dame, qui lui sourit.

— J'étais sûre que vous la choisiriez. Elle est lavable en machine et ne rétrécit pas. J'en ai une autre qui conviendrait très bien pour l'école. Elle est moins élégante, mais je crois qu'elle lui ira.

La propriétaire ne se trompait pas, mais Amber semblait inquiète.

— Si on prend celle-là, ça veut dire que je n'aurai pas l'autre ?

— Bien sûr que non, ma chérie, répondit Livvy. Cela veut dire que tu peux avoir une robe préférée pour les occasions spéciales, et une autre robe préférée pour celles qui le sont moins.

Amber fit des bonds de joie et, quand Livvy la souleva de terre, la fillette noua ses petits bras autour de son cou et la serra très fort. Ensuite, elle se tortilla pour être posée par terre et se précipita devant le miroir.

En se tournant vers la vendeuse, Livvy fut surprise de voir que ses yeux étaient humides.

— Je crois que c'est un succès, dit la femme.

— Moi aussi. Merci beaucoup.

— C'est le moins que je pouvais faire ! répondit la propriétaire en emballant les robes.

— Elles sont magnifiques, Livvy ! Combien est-ce que je te dois ?

— Rien du tout. C'est un cadeau.

— Je ne peux pas te laisser faire ça.

— Si, tu peux. S'il te plaît. Il me suffit d'avoir vu le visage d'Amber pour être largement payée en retour.

Matt prit Livvy dans ses bras en riant.

— Tu sais que tu es exceptionnelle ?

— Bien sûr que oui.

Mais les yeux humides de Livvy lui disaient combien cette petite aventure avait été émouvante pour elle.

— Tu m'as manqué, dit-il. À quand notre prochain tête-à-tête ?

— Ce n'est pas pour tout de suite. Je suis de garde ce week-end et lundi j'ai rendez-vous pour ma mammographie à Audley.

— On dit le vendredi suivant, alors ? Je verrai si ma mère peut garder les enfants.

— Ce sera très bien, je ne travaille pas samedi. Tiens-moi au courant, pour ta mère.

Le week-end fut infernal mais après son service, le dimanche soir, Livvy alla chez ses parents, qui l'hébergèrent pour la nuit. Le matin, elle se rendit à l'hôpital pour sa mammographie, puis passa un moment avec sa mère avant de rentrer à Yoxburgh.

Comme elle ne devait avoir les résultats que deux semaines plus tard, elle décida de penser à autre chose et de s'attaquer à ses corvées. Elle fit la lessive et le ménage, arrosa le jardin et s'assit, un verre à la main, sur la balancelle. Matt l'appela juste à cet instant.

— Salut, comment ça va ? demanda-t-il.

— Très bien. Je viens de nettoyer la maison, ce qui est super casse-pieds. Et toi ?

— Amber a insisté pour mettre sa seconde robe préférée avant d'aller déjeuner chez ma mère, hier. Elle était désespérée, parce que Charlie a renversé son jus de fruit sur elle, mais tu sais quoi ? La robe est sortie comme neuve de la machine. Alors félicitations pour ton choix, parce que sinon la vie de ma fille n'aurait plus valu la peine d'être vécue.

Livvy éclata de rire en imaginant l'hystérie de la fille et le stress du père.

— Elle sait que tout est réparé ?

— Oui ! Et la robe est de nouveau dans la penderie. Comment s'est passée la mammographie ?

— Affreux, comme toujours. J'appelle cette machine « le broyeur », mais je lui suis reconnaissante de m'avoir sauvé la vie une fois. À propos, mes parents t'embrassent. J'ai passé la soirée et la nuit chez eux, et j'ai déjeuné avec maman.

— Comment vont-ils ?

— Bien.

Sauf qu'ils s'inquiétaient pour elle et la questionnaient sur sa relation avec lui, mais elle n'allait pas le lui dire.

— Ils te mènent la vie dure à cause de moi ?

Elle n'avait manifestement pas besoin de lui en parler…

— Un peu. Je leur ai raconté mon expédition avec Amber, et ils en ont déduit qu'entre nous ça devait être sérieux. Je leur ai dit et répété qu'ils se trompaient, mais ils ne me croient pas.

Il se contenta de grommeler que sa mère était d'accord pour garder les enfants le vendredi soir, puis évoqua un ancien patient qu'il devait opérer de nouveau.

— L'intervention est fixée à demain, dit-il. Ça te dirait d'y assister ?

— Oui, mais je doute que James apprécierait que je quitte les urgences pendant mon service. Il y a eu beaucoup de monde, ces temps-ci.

Tellement de monde qu'elle ne put même pas prendre sa pause déjeuner, le mardi, et le ton fut donné pour le reste de la semaine.

Mais la perspective de voir Matt en fin de semaine la réconfortait chaque fois qu'elle y pensait. Et puis, le vendredi, en rentrant de l'hôpital, elle trouva une lettre de la Clinique du Sein d'Audley…

10.

Livvy ne répondait pas au téléphone.

Mais il devait y avoir une très bonne raison à cela : elle arrosait le jardin, ou bien elle faisait une course chez l'épicier du coin, ou encore elle prenait une douche… Il y avait un bon millier d'explications, mais Matt savait qu'il y avait un problème.

Il essayait de la joindre depuis une demi-heure. La peur montait en lui, mais il était cloué dans sa maison car sa mère n'allait pas bien et ne pouvait pas garder les enfants.

À moins…

Jetant un coup d'œil par la fenêtre, Matt vit Ed qui rentrait chez lui avec le chien. Il se précipita dehors.

— Tu pourrais faire du baby-sitting chez moi pendant un moment ? Je cherche à joindre Livvy pour la prévenir que j'annule notre soirée, ma mère n'est pas très en forme, mais Livvy ne décroche pas et je suis inquiet.

— Pas de souci. Appelle-moi s'il y a un problème.

Hochant la tête, Matt rentra en courant chez lui prendre ses clés.

Un instant plus tard, il se garait devant chez Livvy. Les volets de sa chambre étaient fermés et sa voiture n'était pas dans l'allée, comme si elle n'était pas chez elle.

C'était bizarre… Si elle avait été retenue à l'hôpital, elle lui aurait téléphoné. Il tenta de nouveau de l'appeler et entendit une sonnerie.

Le jardin ! Elle devait être dans le jardin !

Poussant le portail, il contourna la maison et perçut un

grincement familier. Elle n'avait pas décroché mais, au moins, elle était vivante !

La voiture de Livvy était là, dans la remise qui lui servait de garage. Quant à elle, elle était assise sur la balancelle, les yeux dans le vide et cernés de rouge.

— Eh ! Qu'est-ce qui se passe ? demanda Matt, le cœur serré.

Il s'assit auprès d'elle et l'attira contre lui malgré sa résistance. Il aperçut alors une lettre de la Clinique du Sein d'Audley froissée à ses pieds.

Ils ont trouvé quelque chose.

— Tu dois y retourner ? demanda-t-il doucement.

— Oui… Ils m'ont trouvé un truc, dit-elle d'une petite voix. Je dois y aller lundi.

Bon sang ! Pourquoi les mauvaises nouvelles arrivent-elles toujours le week-end ?

— Matt… Qu'est-ce qui t'amène ?

Il déposa un baiser sur ses cheveux.

— J'étais censé t'emmener au restaurant, mais ma mère ne se sent pas bien. J'ai essayé de te joindre et tu n'as pas décroché.

— Oh ! J'ai complètement oublié !

— Ce n'est pas grave. On va prendre quelques affaires, je te ramène chez moi pour le week-end.

— Ce n'est pas la peine ! Laisse-moi…

— Non. Je ne vais pas te laisser, Livvy. Plus jamais. De quoi as-tu besoin ? Sous-vêtements, brosse à dents, déodorant ?

— Tamoxifène, dit-elle avant d'éclater en sanglots.

Fermant les yeux, il resserra son étreinte. Au bout d'un instant, elle leva la tête et renifla.

— Matt, je t'assure que ça va. Je ne veux pas… Je ne peux pas.

— Si, tu peux. Lève-toi, on va faire ton sac et on ira chez moi. On pourra parler un peu.

— Je n'ai pas envie de parler. Il n'y a rien à dire.

— Bien sûr que si ! Allez !

Il la prit par la main et la mit doucement debout. Ensuite, il se chargea de réunir quelques affaires dans la chambre et la salle de bains, attrapa le sac, verrouilla la porte et emmena Livvy chez lui.

Ed, le chien couché à ses pieds, était assis sous le porche. Quand Matt sortit de la voiture, il bondit sur ses pieds.

— Je peux faire quelque chose ?

— Non, répondit Matt. Merci d'être resté. Je ne peux rien t'expliquer maintenant.

Ed acquiesça, lui dit de l'appeler s'il avait besoin et s'en alla.

— Allez, Livvy, rentre.

Comprenant que Matt la harcèlerait jusqu'à ce qu'elle obéisse, Livvy sortit de la voiture et se laissa entraîner à l'intérieur de la maison, puis à l'étage, dans la chambre de Matt. Elle s'étendit sans un mot sur le lit, puis il s'allongea près d'elle et la prit dans ses bras.

Elle résista un instant avant de se blottir contre lui, l'agrippant comme si sa vie en dépendait.

— Tout va bien se passer, murmura-t-il.

— C'est faux ! Je sais que je fais une récidive. Pourquoi tu m'as amenée ici ? Tu n'as pas besoin de ça, Matt. Tu n'as pas besoin de moi.

— Si, parce que je t'aime, et je sais que tu m'aimes aussi.

C'était exactement ce qu'elle redoutait !

— Ne dis pas ça ! protesta-t-elle, les larmes aux yeux.

— Tu ne peux pas m'en empêcher parce que c'est un fait et, même moi, je ne peux pas aller contre ça.

— Mais je pourrais mourir.

— C'est possible, comme nous mourrons tous un jour. Mais je t'aime et ce n'est pas négociable, parce que je n'y peux strictement rien. On peut faire face ensemble, Livvy, quoi que les médecins trouvent. Ce n'est sans doute rien mais, même si c'est plus grave, je suis là et je n'ai pas l'intention de te quitter.

— Ce serait injuste pour toi.

— La vie n'est pas juste. Juliet n'aurait pas dû mourir et mon père n'aurait pas dû avoir un cancer, mais c'est ainsi.

Il ne nous reste qu'à tirer le meilleur de chaque minute, ce qui implique que nous restions ensemble.

— Tu as pensé aux enfants ? À Amber…

Sa voix se brisa, et il resserra son étreinte autour d'elle.

— Ne te fais pas de souci pour eux. Le principal, c'est d'abord de savoir de quoi il retourne et ensuite d'agir en conséquence. De toute façon, et je me répète, ce n'est sans doute rien.

— C'est ce que je me répète aussi en boucle. C'est déjà arrivé, d'ailleurs. J'avais un kyste, et les médecins se sont alarmés. Essaie de comprendre… C'est une sorte d'épée de Damoclès au-dessus de ma tête, elle peut tomber à tout moment mais je ne saurai jamais quand.

— Épouse-moi, Livvy. Permets-moi d'être à ton côté, quoi qu'il arrive.

Le cœur de Livvy fit des bonds dans sa poitrine et l'envie de dire « oui » la submergea.

— C'est impossible. Je ne vais pas me marier avec toi sous prétexte que tu es désolé pour moi, parce que tu te sens seul ou que tu t'en veux d'avoir été loin quand Juliet est morte.

— Tu n'as rien compris ! Ce n'est pas de la pitié que je ressens pour toi, et si je veux vivre avec toi, ce n'est pas parce que je souffre de solitude. Quant à Juliet, ma présence n'aurait rien changé. Même si j'avais été là, elle serait sans doute morte, au mieux elle aurait vécu dans un état végétatif, ce qu'elle aurait détesté. Je veux me marier avec toi parce que je t'aime.

Livvy secoua la tête pour ne pas entendre ces mots.

— Je t'en prie, Matt, ne m'aime pas. Je ne supporte pas l'idée de te faire du mal.

— En ce cas, ne le fais pas, répondit-il simplement. Laisse-moi t'aimer et être à ton côté, parce que c'est tout ce dont j'ai besoin. Je veux être auprès de toi aussi longtemps que ce sera possible, que ce soit six semaines ou soixante ans.

Elle se tourna vers lui.

— Soixante ans ?

— Pourquoi pas ?

— Tu en auras quatre-vingt-seize !

— Je pars du principe que je peux vivre longtemps, alors je fais attention à moi, mais je ne mise pas non plus sur une telle longévité. Je ne me projette pas plus loin que demain, parce que je sais que tout peut s'arrêter d'un coup.

Il caressa doucement les cheveux de Livvy et poursuivit :

— Je sais que l'avenir est incertain, mais tu ne peux pas te refuser tout droit au bonheur sous prétexte que ton cancer peut récidiver demain, après-demain… ou jamais. En tout cas, je préfère de loin prendre ce risque plutôt que de te perdre, Livvy. Je t'aime, dit-il finalement en l'embrassant tendrement sur la bouche.

Elle faillit éclater en sanglots.

— Fais-moi l'amour, répondit-elle dans un souffle.

Il alla fermer la porte de la chambre, puis revint vers elle, lui prit les mains et la mit debout avant de l'embrasser encore.

Ensuite, il la déshabilla lentement. Tournant la tête vers la fenêtre, elle regarda le ciel qui s'assombrissait au-dessus d'une mer argentée.

— Tu ne tires pas les rideaux ?

— Non. Personne ne peut nous voir et de toute façon les lampes sont éteintes.

Il ôta ses propres vêtements, puis il souleva Livvy dans ses bras et la déposa sur le lit. De nouveau, la bouche de Matt chercha la sienne. Livvy fit courir ses mains sur le torse musclé, goûtant la douceur de sa peau et se sentant plus vivante qu'elle ne l'avait jamais été. Elle voulait graver cet instant précieux dans sa mémoire, au cas où ce serait le dernier.

Prenant le visage de Matt entre ses mains, elle lui rendit ses baisers avec une sorte de désespoir. Après lui avoir délicatement mordillé les lèvres, il explora son corps, éveillant au plaisir la moindre de ses cellules.

Ils firent l'amour avec une tendresse poignante, teintée de désespoir, et quand ce fut terminé, Matt essuya doucement les joues de Livvy, humides de larmes.

— Et maintenant, ose me dire que tu ne m'aimes pas.

Elle détourna la tête.

— Je ne peux pas.

— Pourquoi ?

Cette fois, elle le regarda droit dans les yeux.

— Parce que je t'aime.

Il la prit dans ses bras et la berça contre son cœur.

— Merci ! Merci d'être honnête avec moi. Je t'aime tellement ! Ensemble, on va s'en sortir, tu verras, et tout ira bien.

Elle en doutait, elle ne croyait plus aux miracles depuis longtemps.

Pouvait-elle le laisser l'aimer ?

Pouvait-elle elle-même les aimer, lui et ses enfants ?

Peut-être n'avaient-ils ni l'un ni l'autre le choix, comme il l'affirmait.

Matt repoussa les cheveux blonds de Livvy en arrière.

— Ça va ?

— Oui. Je voudrais juste que cette incertitude cesse, quel que soit le verdict. C'est ne pas savoir qui est dur.

— Je sais. Tu as dîné ?

Elle le regarda comme s'il déraisonnait.

— Tu veux dire… mangé ?

— Oui, dit-il en riant. J'ai une faim de loup. Je te prépare un sandwich ?

— Tu as du houmous, du céleri ou des poivrons ?

— Je pense que oui. Si tu prenais une douche, pendant que je fais un raid dans le frigo ?

Il enfila un caleçon avant de descendre dans la cuisine. Quelques minutes plus tard, Livvy le rejoignit, les cheveux enveloppés dans une serviette, vêtue de la chemise qu'il avait enlevée… et incroyablement ravissante.

— Cette chemise n'a jamais été aussi bien portée, dit-il.

— Tu as trouvé le houmous ?

— J'ai trouvé toutes sortes de choses. On mange ici ?

Hochant la tête, elle s'installa sur un tabouret de bar, devant l'îlot.

— Matt, je ne crois pas que je devrais rester. Que vont penser tes enfants ?

— Tu peux prendre la chambre d'amis, si tu veux, mais je ne pense pas que ce soit nécessaire. Ils vont devoir s'habituer.

— Je ne peux pas t'imposer ça, ni à eux.

— Disons que ça ne durera que ce week-end, d'accord ? Je vais appeler l'hôpital et modifier mes horaires. À quelle heure est ton rendez-vous ?

— À 14 heures, mais…

— Parfait.

— Tu n'es pas obligé de m'accompagner !

— J'ai dit que je serais avec toi et de toute façon tu n'es pas en état de conduire. Tes parents sont au courant ?

— Non, et je préfère que tu ne leur dises rien.

— D'accord. Tu leur parleras après, quand tout ira bien.

— Tu veux dire : « si tout va bien ».

— Quand. Maintenant, mangeons un morceau.

Le lendemain matin, Livvy ne sut pas ce que Matt avait dit aux enfants, mais Charlie se mit aussitôt à faire rouler ses petites voitures le long des murs, ou à courir dans le jardin en imitant le bruit des avions. Amber s'installa dans un coin ombragé de la terrasse avec un cahier de coloriage et des crayons, puis elle se mit au travail tout en surveillant Livvy du coin de l'œil.

Livvy était assise sur le banc, espérant que le soleil réchaufferait le froid glacial qui s'était logé dans sa poitrine. Pendant que Matt était rentré dans la maison préparer des sandwichs et des boissons, Amber vint s'asseoir près de Livvy.

— Pourquoi tu es triste ? demanda-t-elle.

— Je ne suis pas triste, ma chérie. Je suis juste un peu inquiète au sujet de quelque chose.

— Tu es sûre ?

— Tout à fait. Qu'est-ce que tu colories ?

— Un papillon. Tu veux m'aider ?

Oui, mais avait-elle le droit d'établir un lien avec Amber, alors que…

— Tu en as envie ?

— Oui, s'il te plaît. Il est très beau, tu te sentiras mieux grâce à lui.

Bizarrement, Amber avait raison. Bien sûr, le coloriage

exigeait une certaine concentration, mais ce fut surtout la compagnie de cette petite fille gentille et affectueuse qui l'apaisa. Elles passèrent une grande partie de la journée côte à côte pendant que Matt surveillait Charlie et les approvisionnait en boissons et en sandwichs.

Le soir, après avoir couché les enfants et mangé le curry qu'il avait préparé, il emmena Livvy dans sa chambre et lui fit de nouveau l'amour avec une délicatesse qui la fit pleurer.

— Désolée, c'est juste…

— Je sais, pas de problème, murmura-t-il.

Et il la tint dans ses bras jusqu'à ce qu'elle s'endorme.

Le dimanche, Livvy, Matt et les enfants empruntèrent Molly, la chienne de la famille Shackleton, et allèrent se promener le long de la rivière, en direction du port. Molly était trop puissante pour que les enfants puissent la retenir. Matt prit la laisse et marcha avec Charlie. Amber glissa sa main dans celle de Livvy et sautilla à son côté tout en lui montrant les flancs décharnés des vieux bateaux embourbés dans la vase, tout près de la rive.

Ils déjeunèrent sur la terrasse d'un pub avec une jolie vue sur le port. À leurs pieds, Molly quêtait sans vergogne un peu de nourriture. Une fois rentrés, ils la rendirent à sa famille, et le reste de la journée s'écoula lentement.

Livvy ne réussit pas à trouver le sommeil, ce soir-là. Pendant que Matt dormait, elle enfila de nouveau sa chemise, s'assit sur le balcon et écouta le bruit lointain des vagues. Elle pensa un instant descendre, mais elle ne voulait pas réveiller Matt. Elle resta donc dans l'obscurité, regardant les feux de navigation des bateaux qui évoluaient lentement sous ses yeux.

Finalement, une lumière pâle parut au-dessus de l'horizon et le ciel commença à s'éclaircir.

Lundi.

Auparavant, elle avait hâte d'y être, et elle redoutait maintenant cette journée.

Percevant un faible bruit, dans son dos, elle se retourna.

Matt était dans l'encadrement de la porte, la main tendue vers elle. Elle la saisit et se laissa entraîner vers le lit.

Livvy avait pris une journée de congé, mais Matt travaillait jusqu'à 11 heures. Elle resta donc seule chez elle toute la matinée et, bien entendu, elle fut submergée par des pensées négatives.

« Ce ne sera rien », ne cessait-elle de se répéter. Mais quand Matt se gara devant le portail, elle sortit de la maison et se précipita dans ses bras avant d'éclater en sanglots.

— Je n'y arrive pas !

Il la serra contre lui jusqu'à ce qu'elle se calme, puis il lui tendit un mouchoir et l'installa dans sa voiture.

Une minute plus tard, ils étaient partis.

Quand ils entrèrent dans le hall de la Clinique du Sein, à Audley, Livvy se présenta à la réceptionniste, qui lui sourit.

— Je vais appeler l'oncologie, et une infirmière va venir vous chercher.

Livvy se sentit pâlir… C'était ainsi que les choses s'étaient passées la fois précédente, quand son cancer avait été diagnostiqué.

— Livvy ? fit Matt. Viens t'asseoir. Tu es pâle comme un linge.

Il s'assit auprès d'elle et lui passa le bras autour des épaules. L'infirmière ne tarda pas à arriver, tout sourires.

— Bonjour, Livvy. Ne vous inquiétez pas. On a vu quelques petites taches, dans votre sein gauche, et le médecin veut regarder ça de plus près. On dirait des kystes, mais il veut en être sûr. Ça ne sera pas long.

Livvy passa une première fois à la radio, puis une seconde car le radiologue n'était pas satisfait des clichés. Lorsqu'elle retourna dans la salle d'attente, Matt la prit dans ses bras.

— Tout va bien ?

— Plus ou moins, quand on te presse les seins comme des citrons.

Il eut un petit rire et lui déposa un baiser sur les lèvres.

— Je suis désolé.

— Tu n'y es pour rien, alors ne sois pas désolé.

Elle subit ensuite une échographie, puis l'infirmière l'emmena dans le bureau de l'oncologue, qui lui sourit dès qu'elle entra.

— Bonjour, Livvy. Navré pour tout ça, mais j'ai de bonnes nouvelles. Ce sont juste des kystes, celui que nous avions déjà repéré, et deux autres. Ils sont tous minuscules, mais le premier n'a pas grossi. Nous allons continuer de les surveiller, mais je suis absolument sûr qu'il n'y a pas de cancer, alors détendez-vous.

Livvy perçut le soupir de soulagement, près d'elle, mais elle n'était toujours pas convaincue.

— Vous en êtes certain ?

Le médecin sourit patiemment.

— Oui, Livvy. Vous en avez terminé avec le cancer.

— Et le tamoxifène ?

— Vous avez suivi le traitement pendant cinq ans. Vous pouvez le poursuivre ou l'interrompre. À vous de choisir, mais ce n'est sans doute plus nécessaire. Vous ne courez pas plus de risques que n'importe quelle autre femme.

— Et ma fertilité ?

— Je ne peux pas vous répondre, parce que cela dépend des patientes. En revanche, je vous conseille de ne pas être enceinte dans les six mois après l'interruption du traitement et mieux vaut ne pas utiliser de contraception hormonale. En dehors de cela, profitez de la vie.

Le médecin se leva et serra la main de Livvy, puis celle de Matt, avant de les raccompagner à la porte de son bureau.

Une fois dans le couloir, Livvy éclata en sanglots.

— Je suis guérie !

Matt, les yeux fermés, serrait Livvy contre lui, s'efforçant de maîtriser ses propres émotions. Quand elle leva la tête, il l'embrassa longuement avant de lui tendre un mouchoir.

— On dirait que tu en as toujours une provision sur toi, dit-elle entre ses larmes.

— Exact, répondit-il en riant. J'ai de jeunes enfants… et aussi des actions dans l'entreprise.

— Pour de bon ?

— Je plaisante, évidemment !

Elle sourit pour la première fois, lui sembla-t-il, depuis des jours.

— Tes parents sont chez eux ?

— Peut-être. Le lundi, ils terminent en général de bonne heure.

— Allons les voir. Je voudrais demander quelque chose à ton père.

— Ils seront soulagés d'apprendre que je vais bien.

Sans doute. Matt l'était aussi, mais il avait encore à convaincre Livvy de le laisser entrer dans sa vie. Il savait combien elle était têtue, mais peut-être pouvait-il se faire un allié.

Oliver et Bron étaient chez eux. Quand Livvy leur annonça les bonnes nouvelles, leur joie fit plaisir à voir. Ils ouvrirent la bouteille de champagne que Matt avait apportée le soir de la réception et burent à la santé de Livvy.

Au bout d'un instant, Matt croisa le regard d'Olivier.

— Je peux vous parler d'un patient que vous avez eu autrefois ? Je voudrais vous demander quelque chose… On peut aller dans votre bureau ?

— De quoi avez-vous parlé, papa et toi ?

— De rien d'important. Désolé que nous ayons dû partir si vite, mais maman n'est pas en forme et je veux mettre les enfants au lit.

— Pas de souci. Tu n'as qu'à me déposer chez moi.

— Non, il faudrait aller directement chez moi, mais je t'appellerai un taxi. On pourrait dîner ensemble, avant… À moins que tu passes la nuit à la maison ?

— Ça devient une habitude.

— Les habitudes ne sont pas toutes mauvaises.

Matt prit la main de Livvy.

— Tu te sens mieux, maintenant ?

Posant sa nuque sur le dossier de son siège, elle sourit.

— Beaucoup mieux, mais je suis fatiguée. J'ai passé trop de temps sur ton balcon, cette nuit.

— Je sais. Je te regardais. Pourquoi ne pas dormir un peu ? Je te réveillerai quand nous serons arrivés.

Dès que Livvy et Matt franchirent le seuil de la maison, Amber courut vers Livvy et entoura ses hanches de ses petits bras.

— Tu es revenue ! On peut faire du coloriage ?

— C'est l'heure de te coucher, ma puce, et Livvy doit être fatiguée, dit la mère de Matt en posant un regard inquiet sur Livvy.

— Je vais bien !

— Vraiment bien ?

Matt avait dû lui parler.

— Absolument.

Les yeux de Jane se voilèrent de larmes.

— C'est merveilleux ! Maintenant, si vous n'avez plus besoin de moi, je vais rentrer.

Matt embrassa sa mère.

— Bien sûr. Merci beaucoup, pour aujourd'hui. Je suis désolé que nous soyons rentrés aussi tard.

— Ne le sois pas.

Jane les embrassa tous avant de s'en aller, puis Matt monta coucher les enfants. Livvy eut l'impression que cela prenait un temps fou. Assise dans la cuisine, elle entendait Matt et Amber discuter. Elle ne comprenait pas ce qu'ils disaient, mais la fillette poussa un cri de joie et son père la fit taire.

Une porte s'ouvrit et Amber cria :

— S'il te plaît, laisse-moi lui demander.

— Non, Amber, c'est à moi de le faire. Va te coucher.

Un instant plus tard, Matt rejoignit Livvy. Après avoir fermé la porte, il vint vers elle, arborant une expression solennelle.

— Qu'est-ce qui se passe ? demanda Livvy. Qu'est-ce que tu dois faire ?

Allait-on lui demander une autre expédition dans les boutiques ?

— Il s'agit de quelque chose que souhaite très fort Amber. Mais il n'aurait pas été honnête de t'exposer à son charme ravageur, cela aurait ressemblé à du chantage.

Lui prenant la main, il s'agenouilla devant elle.

— Tu vas encore me proposer de monter sur ton dos pour descendre au pied d'une colline ? demanda-t-elle d'un ton léger.

— Non. Je vais te proposer de cheminer ensemble dans la vie, quels que soient les hauts et les bas. On a toujours besoin de quelqu'un sur qui s'appuyer, quelqu'un qui vous relève quand vous tombez… Je précise que c'est réciproque.

— Je ne crois pas que je pourrais te soulever.

Il secoua la tête.

— Tu me soutiens tout le temps, Livvy. Depuis le peu de temps que je te connais, tu m'as rendu heureux comme je ne pensais plus pouvoir l'être. Tu m'as apporté tant d'espoir, tant de joie et tant d'amour ! Je voudrais que tu me donnes, ainsi qu'aux enfants, une chance de te rendre un peu de tout ce que tu nous as donné. Tu veux bien m'épouser, Livvy ? Je t'aime de toute mon âme et je ne supporte pas l'idée que tu ne fasses pas partie de ma vie… De nos vies.

Lui prenant l'autre main, il la posa sur son cœur.

— Épouse-moi ! J'ai besoin de toi, je t'aime et je ne peux pas passer un jour de plus sans toi. Ce n'est pas du chantage, seulement la stricte vérité.

Voyant les larmes perler dans les beaux yeux de Matt, Livvy avait du mal à respirer.

— Oui, dit-elle.

Et au cas où ce n'aurait pas été assez clair, elle lui prit la main pour la porter à ses lèvres et l'embrasser.

— Oui. Oui. Je vais t'épouser. Je ne veux plus passer une seule journée sans toi, moi non plus. Je t'aime, je vous aime tous tellement !

Derrière Matt, la porte s'ouvrit, et Amber rentra en courant dans la cuisine.

— Je savais qu'elle dirait oui, papa ! cria-t-elle en se jetant au cou de son père.

Livvy essuya en riant ses joues ruisselantes de larmes. Amber dans les bras, Matt se redressa et lui tendit un mouchoir.

— Je crois que je vais en avoir besoin de plus d'un. Tu devrais peut-être acheter l'usine.

— Ou alors, j'arrête de te faire pleurer. Ce serait mieux.

— Pas si ce sont des larmes de bonheur.

— Tu as peut-être raison. Amber, souhaite bonne nuit à Livvy et monte te coucher ma puce. Nous devons discuter d'un certain nombre de choses entre grandes personnes.

— Comme du mariage ? demanda la fillette, tout excitée.

Sachant combien Amber allait aimer participer à l'organisation de la fête, Livvy lui sourit.

— Nous en discuterons plus tard.

— On peut pas le faire maintenant ? demanda l'enfant, suppliante.

— Non. Il est tard, tu es fatiguée et c'est l'heure d'aller au lit.

Livvy se pencha pour embrasser Amber, puis elle lui prit la main et monta dans sa chambre avec elle. Elle la mit au lit, la borda et l'embrassa une dernière fois.

— Je suis contente que tu aies dit oui, chuchota Amber. Je voulais vraiment que tu sois ma nouvelle maman.

— Moi aussi, je suis contente. Je ferai de mon mieux pour être une bonne maman, pour toi et Charlie.

— Je peux t'appeler maman ?

Seigneur ! Livvy battit furieusement des paupières pour réprimer ses larmes.

— Il faudra d'abord que tu en parles avec ton papa.

Après un dernier baiser, Livvy se redressa. Lorsqu'elle se tourna vers la porte, Matt était là, visiblement très ému.

— Bonne nuit, mon petit chou, murmura-t-il en se penchant pour embrasser sa fille.

Un instant plus tard, sur le balcon attenant à sa chambre, il attira Livvy dans ses bras et la regarda dans les yeux.

— Tu vois ce que je voulais dire, quand je t'ai parlé de son charme ravageur ?

— Non. Elle est adorable. Elle m'a même… Tu as entendu ? Elle m'a demandé de si elle pouvait m'appeler maman.

— Je sais. Je suis d'accord, bien sûr, à moins que ça ne t'ennuie.

— Sûrement pas ! Je m'inquiétais pour toi. Tu ne trouves pas que j'usurpe ce titre ?

— Non. Amber a besoin d'une maman et je suis tellement heureux que ce soit toi. Mais ne te laisse pas avoir. Elle peut être un peu manipulatrice. Tu n'as pas l'impression qu'on te force la main ?

Elle ne put réprimer un large sourire.

— Je ne me sens pas forcée… Juste désirée.

Il lui déposa un baiser sur le nez.

— Tu l'es certainement, ma chérie. Tu devrais téléphoner à tes parents et mettre fin à leur supplice.

— Ils ne sont pas au courant… Oh ! espèce de sournois ! C'est de ça, que tu voulais parler à papa ?

— Bien sûr. Je tenais à lui demander ta main dans les formes. Mais je dois faire quelque chose, avant de te laisser partir, murmura-t-il en se penchant pour l'embrasser.

ANNE FRASER

Une infirmière amoureuse

Traduction française de
C. DUTEIL

Blanche

HARLEQUIN

Titre original :
PRINCE CHARMING OF HARLEY STREET

Ce roman a déjà été publié en 2010

1.

Rose réprima un sifflement en observant la réception du luxueux cabinet médical. Elle n'avait jamais rien vu de tel. Au lieu des chaises en plastique moulé, des revues écornées et des bouquets poussiéreux habituels, il y avait de confortables fauteuils de cuir, des piles de magazines en papier glacé et des compositions florales à la limite de l'ostentatoire. Elle éternua en sentant le pollen des lis lui picoter les narines. Elle allait devoir s'en débarrasser si elle ne voulait pas avoir tout le temps le nez qui coule quand elle serait à son poste derrière le massif bureau de chêne.

Tirant un mouchoir en papier de la boîte ouvragée posée sur la table, elle se moucha bruyamment et prit la liste que Mme Smythe Jones, la réceptionniste — pardon, l'assistante personnelle — lui avait laissée.

Elle dut faire un effort pour déchiffrer les pattes de mouche soignées mais difficilement lisibles.

C'était le planning de la semaine du Dr Cavendish, et il n'avait pas l'air chargé. Il recevait les patients trois matinées par semaine et consacrait deux après-midi aux visites à domicile, c'était tout. Apparemment, il travaillait peu, sans doute parce qu'il approchait de la retraite. Rose imagina un vieux monsieur avec des cheveux argentés, un nez aristocratique, voire un pince-nez…

Mme Smythe Jones avait aussi jugé utile de préciser que le Dr Cavendish aimait le café — préparé à la cafetière —, qu'il prenait noir et sans sucre, dans une tasse en porcelaine avec sa soucoupe que Rose trouverait dans le placard au-dessus de l'évier de la cuisine. Le café devait impérativement être accompagné d'un sablé provenant d'une boîte rangée dans le placard à gauche de celui contenant les tasses. On offrait également aux patients du thé — en feuilles uniquement — à servir dans une théière et sur un plateau, du café ou de l'eau minérale — plate ou gazeuse — qu'elle trouverait au réfrigérateur.

Jetant un coup d'œil au planning, Rose constata que le premier patient, un certain L.S. Hilton, n'arriverait pas avant 9 h 30, ce qui lui laissait le temps de se familiariser avec les lieux. La femme de ménage qui lui avait ouvert la porte avait disparu, mais Rose entendait ronronner l'aspirateur quelque part.

Il y avait deux vastes cabinets de consultation, presque identiques. On y trouvait la table d'examen et le paravent habituels, un lavabo, un bureau et deux fauteuils, ainsi qu'un petit canapé. Des paysages ornaient les murs, classiques dans une pièce, modernes et colorés dans l'autre.

Frappée par l'amour de l'artiste pour la couleur, Rose s'attarda dans la dernière afin d'examiner les toiles. Ici, pas de paisibles décors campagnards, mais des scènes sauvages, tempétueuses, évoquant la passion à coups de pinceau audacieux. Celui qui avait choisi d'en orner ses murs avait assurément des goûts peu conventionnels.

Un léger toussotement la fit se retourner d'un bond. Un homme proche de la trentaine se tenait sur le seuil, en costume cravate et souliers noirs impeccablement cirés. Ses cheveux châtains légèrement trop longs lui tombaient sur le front. Il avait un visage mince, un nez droit, et des yeux d'un vert étonnant sous ses sourcils bruns. Ce fut cependant sa bouche qui retint l'attention de Rose, une bouche large relevée aux coins comme si elle souriait souvent.

— Excusez-moi, balbutia-t-elle. Vous êtes sans doute là pour voir le médecin. Je ne vous ai pas entendu entrer.

— Et vous êtes ? s'enquit-il doucement, un peu perplexe.

— Rose Taylor. Je remplace la réceptionniste.

— Où est Tiggy ? demanda-t-il sans bouger, lui bloquant la sortie. Mme Smythe Jones ?

— Elle est en congé. Si vous voulez bien patienter en salle d'attente, je vais sortir votre dossier.

— Mon dossier ? répéta-t-il en souriant. Je vois... Je peux avoir une tasse de café pendant que je patiente ?

— Bien sûr. Je vais le préparer.

Lorsqu'elle revint peu après de la cuisine avec un plateau, Rose trouva l'homme installé dans le fauteuil de la réception, *son* fauteuil, ses longues jambes négligemment posées sur *son* bureau.

— Pardonnez-moi, monsieur, dit-elle aussi courtoisement qu'elle le put, je croyais vous avoir demandé de patienter en salle d'attente.

Il commençait à l'agacer, à se comporter comme s'il était chez lui, mais c'était sa première journée de travail et elle ne voulait pas faire d'histoires. Elle avait besoin de cet emploi. Il était grassement payé, avec des horaires suffisamment flexibles pour lui laisser le temps de s'occuper de son père. Peut-être tous les patients de Harley Street se comportaient-ils ainsi, comment savoir ? Quoi qu'il en soit, c'était extrêmement grossier de la part de cet homme de la mettre dans cette situation. Si le Dr Cavendish trouvait un patient vautré dans le fauteuil de la réception, elle préférait ne pas songer à ce qui se passerait...

L'homme bondit sur ses pieds et lui prit le plateau.

— Laissez-moi vous aider.

Il posa le plateau sur le bureau et considéra l'unique tasse d'un air interrogateur.

— Vous ne vous joignez pas à moi ?

Rose se força à sourire poliment.

— Non, merci, dit-elle en se glissant derrière le bureau avant qu'il n'ait le temps de lui reprendre son fauteuil. Comment avez-vous dit que vous vous appeliez ?

— Jonathan, répondit-il en lui tendant la main. Jonathan Cavendish.

— Vous êtes parent avec le Dr Cavendish ?

Le sourire de l'homme s'élargit.

— Je suis le Dr Cavendish. Et vous ?

— Mais vous êtes très jeune…, bredouilla-t-elle, les joues en feu, consciente de la sottise de sa remarque.

— J'ai vingt-sept ans, si vous voulez le savoir, répliqua-t-il, un peu surpris. Et vous ? poursuivit-il en promenant sur elle un regard tranquille. Non, ne dites rien. Vingt-cinq ans ?

— Vingt-six, admit-elle à contrecœur. Je m'appelle Rose Taylor. L'agence m'envoie remplacer votre réceptionniste jusqu'à son retour.

— Où avez-vous dit qu'est Mme Smythe Jones ? Je suis sûr qu'elle ne m'a parlé d'aucun congé.

— Apparemment, sa sœur a des ennuis de santé et elle a dû se rendre auprès d'elle. Elle a appelé l'agence vendredi pour demander une remplaçante.

Jonathan fronça les sourcils.

— Je suis allé faire du ski, ce week-end. Je n'avais aucun réseau sur mon portable, c'est sans doute pour ça que je n'ai pas été avisé, commenta-t-il en jetant un coup d'œil à son téléphone. Toujours pas de message. Je l'appellerai après mes consultations. Bon… Qui est le premier patient ?

Rose n'était pas encore revenue de sa surprise. Où était le vieux monsieur aux cheveux argentés ?

Comme s'il lisait dans ses pensées, Jonathan précisa :

— Il y a un autre Dr Cavendish, mon oncle. Il est parti en retraite l'an dernier, et j'ai pris sa suite.

Rose examina la liste qu'elle avait devant elle.

— Vous avez trois patients, ce matin.

Seulement trois ! songea-t-elle. Et chaque rendez-vous durait une demi-heure. Une demi-heure ! Au cabinet où elle travaillait d'habitude, les patients avaient de la chance quand ils passaient dix minutes avec l'équipe médicale débordée. Ou le Dr Cavendish était incompétent et personne ne venait le consulter, ou il n'aimait pas travailler dur. Dans un cas comme dans l'autre, cela ne la regardait pas.

— Et vous avez deux visites à domicile cet après-midi. C'est tout ce que Mme Smythe Jones a noté. À moins qu'il n'y ait une autre liste quelque part ?

Réflexion faite, c'était peut-être l'explication. Elle scruta le bureau. Non, en dehors de ce luxueux livre de rendez-vous en cuir pleine peau, il n'y avait rien qui contienne la moindre information. Le regard de Rose se posa sur l'ordinateur. Mais bien sûr ! La liste complète des rendez-vous devait être enregistrée dans l'ordinateur !

Elle sourit à Jonathan et alluma l'ordinateur.

— Excusez-moi. Dès que j'aurai les renseignements, je pourrai vous dire qui vous aurez en consultation.

Un sourire arqua les lèvres de Jonathan Cavendish.

— Vous ne trouverez rien là-dedans. Mme Smythe Jones est allergique à l'informatique. Elle s'en sert juste pour le courrier. La seule liste de patients est celle que vous avez sous les yeux, dit-il en redressant sa cravate impeccablement nouée. Trois patients me semblent un nombre correct. Quand le premier arrivera, appuyez sur ce bouton, ajouta-t-il, et elle perçut le parfum de son après-rasage hors de prix quand il se pencha au-dessus du bureau. Les dossiers sont dans cette armoire. À présent, si vous voulez bien m'excuser, je vous laisse. Vicki, mon infirmière, ne va pas tarder. Adressez-vous à elle si vous avez un problème.

Sans attendre de réponse, il se retira dans son cabinet et referma la porte derrière lui.

Rose disposait encore d'une demi-heure avant le premier rendez-vous et s'apprêtait à emporter le plateau dans la cuisine lorsque la femme de ménage revint.

— Ah, Sa Seigneurie est arrivée, je vois, commenta-t-elle.

Rose écarquilla les yeux. Gladys parlait-elle de Jonathan ? Quel manque de respect pour son patron !

Gladys pouffa.

— Vous ne savez pas de qui je parle, apparemment. Eh bien, sachez-le : il s'agit bien de l'Honorable Jonathan Cavendish.

O mon Dieu ! songea Rose. Voilà qu'elle travaillait pour un aristocrate…

Muette de stupeur, elle jeta un coup d'œil vers la porte close du cabinet.

— Bon, je vous débarrasse de ça et je rentre chez moi,

dit Gladys en prenant le plateau. L'infirmière ne va plus tarder. À demain !

Rose était complètement abasourdie. Quand l'agence de placement l'avait contactée le vendredi soir, elle avait été contente d'accepter cette place pour quelques semaines, et n'avait posé aucune question.

— C'est pour quatre semaines minimum, voire cinq, lui avait dit l'employée. À Harley Street. Ce sont de nouveaux clients de l'agence, et nous aimerions les garder. Vous devrez assurer le travail de secrétariat habituel et tenir la réception. Ce sera facile pour quelqu'un ayant votre expérience.

Depuis que son père avait eu son attaque, Rose savait qu'elle devrait tôt ou tard quitter son poste à Édimbourg pour aller aider sa mère. Ses parents ne voulaient pas qu'elle rentre à Londres, mais Rose avait estimé qu'elle n'avait pas le choix. Heureusement, le cabinet médical où elle travaillait comme infirmière s'était montré compréhensif, acceptant de lui accorder cinq semaines de congé, voire plus si nécessaire. Les prochaines semaines lui donneraient le temps d'évaluer la situation et de décider si elle devait ou non rester définitivement à Londres.

Harley Street n'était pas tout près de chez ses parents, et elle aurait une heure de trajet matin et soir, mais c'était un emploi, et elle avait sauté sur l'opportunité. Elle se demandait si elle avait bien fait mais, là encore, elle n'avait pas eu le choix. Il n'y avait pas tellement de postes intéressants, et elle avait besoin du salaire. Si elle nourrissait certaines réserves en ce qui concernait son patron, le job, lui, était idéal.

En soupirant, elle prit un autre chocolat dans la bonbonnière posée sur le bureau. Mmm… délicieux.

La porte s'ouvrit alors et une femme mûre impeccablement coiffée entra, un petit chien calé sous son bras. Rose consulta sa feuille. Était-ce L.H. Hilton ?

— Vilain garçon, qu'est-ce qui t'a pris d'essayer de mordre les mollets de ce pauvre homme ? Si tu recommences, maman se mettra très en colère !

Avant que Rose ait pu réagir, elle lui fourra le chien dans les bras. Il portait un petit manteau qui lui couvrait les pattes et arborait un ruban rouge sur sa tête minuscule.

— Pouvez-vous lui trouver des chocolats ? Il est grognon quand sa glycémie est basse.

La nouvelle venue considéra Rose par-dessus ses lunettes.

— Oh ! je ne crois pas que nous nous connaissions, ma chère ! Où est Tiggy ?

— Elle a dû s'absenter quelque temps, répondit Rose.

Le chien la regardait, pas impressionné du tout. Craignant qu'il lui prenne l'envie de la mordre, Rose le fixa droit dans les yeux. Elle avait l'habitude des chiens, ses parents en avaient toujours eu. Il fallait leur montrer tout de suite qui était le maître. Le petit chien gémit et se détendit dans ses bras. Jetant un coup d'œil à la bonbonnière, Rose rougit en constatant qu'elle avait mangé le dernier chocolat.

— M. Chips vous aime bien, remarqua Mme Hilton d'un air approbateur. D'habitude, il se méfie des inconnus.

— Si vous voulez bien vous asseoir, madame Hilton, je vais prévenir le Dr Cavendish de votre arrivée. Puis-je vous servir quelque chose ? Du thé ? Du café ?

Mme Hilton s'assit dans un fauteuil et prit un magazine.

— Non, merci. L'excès de caféine n'est pas bon pour mon arthrite et… ignorez-vous que c'est très mauvais pour la peau ? ajouta-t-elle en lorgnant Rose d'un œil sévère. Comme les chocolats…, dit-elle avec un regard à la bonbonnière vide. Mais vous semblez avoir un joli teint. C'est bien. La plupart des filles ne se soucient pas de leur peau, jusqu'à ce qu'il soit trop tard pour faire quelque chose… sinon recourir aux talents d'un bon chirurgien, conclut-elle, les yeux pétillants.

Ne sachant si elle devait se sentir irritée ou flattée par ces propos, Rose pressa le bouton de l'Interphone pour aviser le Dr Cavendish que Mme Hilton était là.

— *Lady* Hilton, corrigea-t-il gentiment. J'arrive.

La porte de son cabinet s'ouvrit immédiatement et il s'immobilisa sur le seuil. Il sourit en voyant Rose jongler entre M. Chips et le dossier de lady Hilton.

— Sophia, dit-il en s'avançant vers sa patiente qu'il

embrassa sur les deux joues. Je suis ravi de vous voir. Mais pourquoi vous être dérangée ? Je serais venu chez vous, ça vous aurait épargné un voyage en ville.

— J'avais des courses à faire, de toute façon. Et je voulais vous parler de Giles en tête à tête. Il ignore que je suis souffrante. Et il ne doit pas l'apprendre, précisa-t-elle en regardant sévèrement le médecin.

— Sophia, tout ce que vous me dites reste strictement entre nous, vous le savez bien.

Il glissa un bras sous son coude et l'aida doucement à se lever. Rose devina qu'elle souffrait. Probablement d'arthrite ou de quelque chose de similaire.

— Ça ne vous ennuie pas de garder M. Chips pendant que je suis avec le Dr Cavendish ? demanda lady Hilton. Il est très agité quand je ne lui accorde pas toute mon attention.

Ce n'était pas vraiment une question. Garder les chiens ne faisait pas partie de son contrat, mais elle n'était pas surchargée de travail, et l'animal s'était endormi sur ses genoux.

— Ne vous inquiétez pas, il sera très bien avec moi, répondit-elle en souriant.

En attendant l'arrivée du patient suivant, elle se demanda comment tuer le temps. Elle aimait être occupée, mais que faire avec un chien assoupi dans les bras ? Prenant son cardigan sur le dossier du fauteuil, elle en fit une litière de fortune qu'elle posa par terre, sous le bureau. Puis elle y installa délicatement le chien. Il ouvrit un œil, poussa un soupir satisfait et se rendormit. Bon. Et maintenant ? Elle demanderait au Dr Cavendish la permission d'apporter des livres de cours pour faire des révisions entre les patients, sans quoi elle allait mourir d'ennui.

Son regard tomba sur la pile de publications que lady Hilton avait feuilletées. C'était un mélange de luxueuses revues de mode et de magazines people, le genre de périodiques que Rose n'aurait jamais achetés, mais qu'elle regardait discrètement quand elle était chez le coiffeur. La vie des gens en vue ne l'intéressait pas vraiment, sauf s'ils faisaient quelque chose d'extraordinaire comme escalader l'Everest ou explorer le pôle Sud. Ceux-là avaient une existence passionnante, contrairement à ceux qui devaient leur notoriété à leur mariage avec une star ou à la fortune de leurs parents.

Feuilletant négligemment la première revue de la pile, elle tomba sur des photos de célébrités et se figea soudain. Jonathan Cavendish en personne fixait l'objectif, un bras autour de la taille d'une femme avec de longs cheveux roux, une silhouette à damner un saint, et une robe qui aurait coûté un an de salaire à Rose. Il était en smoking et paraissait très détendu. Toutefois, en y regardant de plus près, Rose s'aperçut qu'il n'était pas ravi d'être photographié. Sous la photo, la légende disait :

> *L'Honorable Jonathan Cavendish et son amie, l'actrice Jessamine Goldsmith, à la première de son film* Une nuit au ciel.

Rose avait un peu de mal à assimiler tout cela. Son patron portait le titre d'Honorable ; il était le fils d'un lord, et il sortait avec une star de cinéma ! Un médecin généraliste ! Pour elle, on faisait sa médecine pour aider les autres, pas pour financer un mode de vie superficiel et tape-à-l'œil. Toutefois, cela ne la concernait pas. Elle était là pour travailler, et tant que son nouveau patron ne tuait pas ses patients par son incompétence, elle n'avait pas à le juger.

La porte s'ouvrit dans un bruit feutré, et elle lâcha le magazine comme si elle était prise en faute.

Une femme blafarde aux cheveux courts s'engouffra dans le vestibule. Sans un mot, elle dépassa Rose en courant et fonça vers les toilettes. Interdite, Rose se demanda si elle n'était pas dans un asile de fous. Qui diable était-ce ? Elle n'avait pas sonné et devait donc avoir une clé. Et elle savait où trouver les toilettes. Était-ce Vicki, l'infirmière ?

La femme reparut quelques minutes plus tard ; elle semblait avoir repris quelques couleurs.

— Excusez-moi, dit-elle en se laissant choir dans un fauteuil. Vous devez être la remplaçante de Tiggy… Elle m'a appelée samedi pour me prévenir de son absence. Vous devez me trouver très impolie d'avoir fait irruption sans même un bonjour…

Rose s'approcha d'elle.

— Vous allez bien ?

— Pas vraiment, répondit l'autre en lui tendant la main. Je suis Victoria, mais mes amis m'appellent Vicki. J'ai des nausées épouvantables. Dieu merci, je suis arrivée à temps !

— Vous ne pouviez pas prendre votre journée ?

— Je l'aurais fait si j'avais su que je me sentirais aussi mal. Ça allait bien jusqu'à ce que je sorte du métro…

— Le Dr Cavendish est avec une patiente. Vous voulez que je l'appelle ? s'enquit Rose en la voyant pâlir de façon alarmante.

— Oh non, excusez-moi…, bredouilla Vicki, la main sur la bouche, en se ruant dans les toilettes.

En attendant son retour, Rose alla dans la cuisine et prépara du thé à la menthe dans l'espoir que cela apaiserait un peu l'estomac de Vicki.

— Vous devez vous demander où vous avez échoué, fit la voix de Vicki derrière elle. L'infirmière plus malade que les patients ! Je vois que lady Hilton a amené M. Chips. J'espère qu'il ne va pas encore se soulager dans la plante verte… Vous avez fait du thé ?

— Vous devriez essayer d'en boire quelques gorgées. Asseyez-vous, vous n'avez pas l'air très en forme.

Vicki prit place à la table de la cuisine.

— Jonathan ne va pas être content, soupira-t-elle. La dernière fois, je suis restée absente huit mois complets. Il a dû me trouver une remplaçante, et elle n'était pas géniale.

Rose commençait enfin à comprendre.

— Vous êtes enceinte ?

Vicki hocha la tête.

— Oh ! c'est encore pire quand je bouge… Je le sais, pourtant, gémit-elle.

— Vous souffriez aussi d'hyperémèse lors de votre dernière grossesse ?

— Vous savez ce que c'est ? demanda Vicki avec étonnement. Vous avez connu ça, vous aussi ?

— Je suis infirmière. Ça a duré longtemps, la dernière fois ?

— Assez pour que je sois hospitalisée et incapable de

travailler la plus grande partie de ma grossesse. Je redoute d'avoir à l'annoncer à Jonathan, dit-elle en portant sa tasse de thé à ses lèvres.

— Il ignore que vous êtes enceinte ?

— Je ne voulais pas le lui dire tout de suite. Je n'en suis qu'à huit semaines. Et j'espérais que ça irait mieux, cette fois.

— Je suis sûre qu'il comprendra.

— Bien sûr, c'est un amour. Mais je n'aime pas le laisser tomber. Les patients sont habitués à moi, et les plus âgés détestent le changement. Mon obstétricien prétend que ça peut s'arranger autour de la douzième semaine, mais...

Entendant une porte s'ouvrir, Rose prit conscience que la consultation avec lady Hilton était terminée.

— Je reviens dans un instant, dit-elle. Attendez-moi.

Elle alla chercher M. Chips et le porta à lady Hilton. Arraché au sommeil, le petit chien tenta de lui lécher le visage et elle évita la caresse en le tendant à sa maîtresse.

— Mon bébé a été sage ? s'enquit lady Hilton.

Le visage dans la boule de poils, elle câlina son chien comme si elle ne l'avait pas vu depuis des jours, et Rose remarqua qu'elle avait les yeux pleins de larmes.

— Je passerai vous voir cette semaine, dit le médecin en lui tapotant le bras. D'ici là, essayez cette nouvelle prescription pour voir s'il y a un mieux. Les prochaines semaines seront difficiles ; n'hésitez pas à m'appeler à n'importe quelle heure.

Il regarda autour de lui.

— Rose, vous avez vu Vicki ? En général, elle est ponctuelle.

— Elle boit du thé dans la cuisine. Elle ne se sent pas bien.

Il fronça les sourcils.

— Je vais la voir. À bientôt, Sophia. Faites attention à vous, dit-il en l'embrassant sur la joue.

Rose raccompagna la patiente et regagna son bureau, laissant Vicki annoncer la nouvelle à son employeur. L'hyperémèse — vomissements continuels et incoercibles — était épuisante, mais généralement sans danger. Cependant, des nausées constantes empêcheraient Vicki de travailler et nécessiteraient peut-être son hospitalisation.

Le médecin reparut, un bras autour des épaules de Vicki.

— Je raccompagne Vicki chez elle, annonça-t-il. Vous pouvez garder le cabinet jusqu'à mon retour ? J'en ai pour une heure environ.

— Votre patient, lord Bletchley, doit arriver dans dix minutes, lui rappela Rose.

— Je peux me débrouiller, Jonathan, protesta faiblement Vicki. Je prendrai un taxi. Occupez-vous de lord Bletchley. Vous savez comment il est, il ne supporte pas d'attendre.

— Il attendra quand même, répliqua fermement Jonathan. Je ne veux pas que vous preniez un taxi. Vous risquez encore de vomir, et le chauffeur pourrait vous jeter dehors.

— Si je prenais votre voiture pour raccompagner Vicki ? proposa Rose. Ainsi, vous pourrez voir lord Bletchley. Il n'y aura personne à la réception, mais comme c'est l'avant-dernier patient, ça ne devrait pas poser de problème.

Jonathan sourit et le cœur de Rose manqua un battement. Aucun homme n'avait le droit de sourire comme ça, songea-t-elle. C'était trop injuste pour les femmes !

Il fouilla dans sa poche.

— Vous êtes sûre que ça ne vous dérange pas ? Ma voiture est garée devant, Vicki la connaît, dit-il en lui tendant un jeu de clés. Elle a un G.P.S. et vous ne devriez avoir aucun mal à faire le trajet aller et retour.

Ignorant les protestations de Vicki, Rose alla chercher une cuvette dans la salle de soins et poussa sa collègue vers la sortie.

Lorsque, dans la rue, Vicki lui désigna une superbe voiture de sport, Rose se sentit pâlir. Le véhicule devait avoir coûté aussi cher que la maison de ses parents… Elle envisagea de dire à Jonathan qu'elle avait changé d'avis, mais Vicki avait besoin de rentrer chez elle au plus vite. Et puis zut ! Si elle égratignait la carrosserie de ce petit bijou, Sa Seigneurie s'en remettrait, décida-t-elle.

Heureusement, Vicki savait se servir d'un G.P.S., et Rose ne tarda pas à se frayer un chemin dans la circulation londonienne.

— Vous n'êtes pas obligée de tenir le volant comme si

vous repoussiez l'attaque d'un animal sauvage, remarqua Vicki avec un pâle sourire.

Elle avait raison, bien sûr. Rose s'obligea à relâcher ses doigts crispés. Si elle parvenait à desserrer les dents, elle arriverait même peut-être à parler.

Heureusement, Vicki n'avait pas plus envie de bavarder qu'elle ; la tête appuyée au dossier, elle ferma les yeux.

Rose suivit les instructions de la voix désincarnée de l'ordinateur et, miraculeusement, réussit à arriver à bon port. Il ne lui restait plus qu'à revenir au cabinet en un seul morceau.

— Il y a quelqu'un qui peut s'occuper de vous ? demanda-t-elle en se garant devant la petite maison victorienne.

— Mon mari. Il est policier. Il est de service de nuit et doit dormir comme un loir, mais je le réveillerai si j'ai besoin de quelque chose. Notre fille est à la crèche, expliqua Vicki.

— Je vous accompagne jusqu'à votre porte.

Prévenant ses protestations, Rose descendit de voiture et l'aida à sortir du véhicule.

— Vous êtes toujours aussi efficace ? s'enquit Vicki en souriant.

— C'est plus fort que moi, répliqua Rose avec une grimace comique. Guide, j'étais celle qui avait toujours fini ses corvées avant les autres. Celle qui entretenait le feu de camp même quand il pleuvait. En revanche, les mondanités m'agacent. Je suis une femme d'action et je ne sais pas perdre mon temps en bavardages futiles. Mais je m'améliore. Il le faut bien… Dans mon autre vie, je suis infirmière.

Vicki fronça les sourcils.

— Pourquoi faites-vous un remplacement comme réceptionniste ? Enfin… comme « assistante personnelle », c'est ainsi que Tiggy veut qu'on l'appelle. C'est un amour, mais, pour elle, chacun doit rester à sa place. Les titres sont importants à ses yeux.

— On m'a proposé ce poste de réceptionniste. J'ai travaillé comme secrétaire médicale avant ma formation d'infirmière. Les deux fonctions me convenaient aussi bien l'une que l'autre, car je cherchais un emploi à court terme.

Vicki sortit un trousseau de clés et ouvrit sa porte.

— Je peux me débrouiller, maintenant. Désolée de vous avoir causé tous ces problèmes votre premier jour de travail. J'espère que ça ne va pas vous faire fuir. Jonathan va avoir besoin d'aide. Voulez-vous avoir la gentillesse d'appeler l'agence pour demander une infirmière suppléante ?

— Ne vous inquiétez de rien, je m'en occupe. Allez vous coucher. Je vous reverrai quand vous reprendrez votre travail.

— Dieu seul sait quand… Jonathan m'a fait promettre de ne pas revenir tant que j'aurais ces nausées. Si ça se passe comme la dernière fois, ça risque de durer des mois…

— Je lui parlerai dès mon retour au cabinet. Et, maintenant, filez vous coucher.

Quand Rose arriva au cabinet, soulagée d'avoir retrouvé son chemin, lord Bletchley était reparti. Jonathan avait repris sa place à la réception, les pieds nonchalamment posés sur le bureau. Les sourcils froncés, il scrutait le magazine abandonné par Rose.

— Fichus paparazzi ! grommela-t-il en le jetant sur le bureau avec humeur. Ils ne sont même pas capables de vérifier leurs sources. Comment va Vicki ?

— Elle est allée directement au lit. Son mari veille sur elle.

Il passa la main dans ses épais cheveux bruns.

— Je ne la vois pas revenir avant un bon mois. Et encore… Voulez-vous contacter l'agence de recrutement pour qu'on nous envoie une remplaçante ? Vous trouverez le numéro dans l'agenda. Demandez-leur s'ils peuvent nous dénicher quelqu'un pour les quatre prochaines semaines, au moins.

Une idée commençait à germer dans l'esprit de Rose, mais elle devait y réfléchir avant d'en parler.

— Je serai dans mon bureau, si vous avez besoin de moi, ajouta-t-il en consultant sa montre. J'ai des coups de fil à passer.

Les pensées se bousculaient dans la tête de Rose. Pouvait-elle… Ce serait la solution idéale. Elle était infirmière diplômée, n'avait pas grand-chose à faire en tant que réceptionniste, et Mme Smythe Jones serait vraisemblablement de retour dans une ou deux semaines. Elle pouvait cumuler les deux postes pendant une courte période. Et s'il fallait quelqu'un pour tenir l'accueil quand elle serait avec un patient, elle avait peut-être une solution.

Le tintement de la sonnette interrompit le cours de ses réflexions. Elle appuya sur le bouton d'ouverture de la porte, et un adolescent bougon entra, poussé par une femme à la mine courroucée.

— Cesse de faire autant d'histoires, Richard ! dit-elle. Autant voir le médecin, maintenant que nous sommes là.

Le garçon regarda Rose à travers les longs cheveux qui lui cachaient la figure, et elle fut prise de compassion. Le visage couvert de boutons purulents, il avait la pire acné qu'elle ait jamais vue et semblait très malheureux. Malgré cette vilaine peau et cette expression maussade, il avait pourtant de beaux traits réguliers, et Rose se rappela son adolescence, quand sa haute taille lui donnait les pires complexes.

Elle sourit gentiment au garçon.

— Vous devez être Richard Pearson. Si vous voulez bien vous asseoir avec votre maman, je préviens le Dr Cavendish que vous êtes arrivés.

Pour toute réponse, elle n'obtint qu'un grognement, mais il alla s'asseoir et baissa la tête, disparaissant derrière ses cheveux.

Sa mère lui jeta un regard où la tendresse le disputait à l'irritation puis se tourna vers Rose.

— Excusez la grossièreté de mon fils. Il ne voulait pas venir.

Elle se pencha vers le bureau et chuchota :

— Je n'en peux plus. Il refuse d'aller à l'école, maintenant. Il reste assis dans sa chambre à jouer sur son ordinateur. J'ai essayé d'autres médecins, et le Dr Cavendish est mon dernier espoir. Une amie m'a dit qu'il avait aidé sa fille.

Jetant un coup d'œil par-dessus son épaule, elle regarda son fils absorbé par son portable.

— Je suis sûre que le Dr Cavendish fera tout ce qu'il pourra, dit Rose. Je l'appelle pour lui dire que vous êtes là.

Rose espérait sincèrement qu'il pourrait aider ce garçon. Jusqu'ici, elle n'avait pas encore pu constater ses compétences médicales. Oh ! il était charmant, certes, mais le charme ne serait d'aucune utilité contre une telle acné.

Elle pressa le bouton de l'Interphone.

— Richard Pearson est là, annonça-t-elle.

— J'arrive, répondit-il de sa belle voix grave teintée d'un soupçon d'accent écossais.

Sortant de son bureau, il s'avança vers le jeune homme et lui tendit la main.

— Je suis le Dr Cavendish, mais vous pouvez m'appeler Jonathan. Vous voulez bien me suivre dans mon cabinet ?

Richard se leva à contrecœur en lançant à sa mère un regard noir qui n'échappa pas à Jonathan.

— Si vous restiez ici, madame Pearson ? proposa-t-il d'une voix douce. Vous pourrez prendre une tasse de thé pendant que je m'entretiens avec votre fils. Si vous avez des questions, je serai ravi d'y répondre ensuite.

— J'aimerais accompagner mon fils, répondit la mère.

L'adolescent regarda ses pieds et s'agita, mal à l'aise.

— Qu'en pensez-vous, Richard ? demanda Jonathan. Votre dossier indique que vous avez dix-sept ans, et j'aimerais vous voir seul. Mais, si vous souhaitez la présence de votre mère, je comprendrai très bien.

— Je viens seul, marmonna Richard avec un regard désolé à sa mère. Ça ira, maman. J'ai presque dix-huit ans.

Comme Mme Pearson semblait sceptique, Rose posa une main apaisante sur son bras.

— Si j'allais nous chercher une tasse de thé ?

Mme Pearson regarda le médecin entraîner son fils tandis que Rose la guidait vers un fauteuil et la faisait asseoir.

— Je n'ai pas vraiment envie de thé, dit-elle. Je veux juste qu'on aide mon fils. L'année dernière, à cette époque, il avait plein d'amis et il semblait heureux. Mais, depuis qu'il a ces problèmes de peau, il s'est replié sur lui-même et il est malheureux. Je ne cesse de lui répéter que ça passera avec le temps, mais il dit qu'il s'en moque, que c'est maintenant qui compte. J'ai si peur qu'il fasse une bêtise…

Rose s'assit près d'elle.

— Certains médicaments peuvent traiter ce problème. Il faut juste trouver le bon. Dès qu'il saura qu'on peut améliorer l'état de sa peau, il ira déjà mieux, je peux vous l'assurer.

— J'espère que vous avez raison. Je suppose qu'on apprend toutes sortes de choses, quand on travaille avec un médecin.

— En effet, répondit Rose en souriant, jugeant inutile de préciser qu'elle avait consacré les quatre dernières années à ses études d'infirmière, et que la dermatologie avait été sa dernière spécialisation avant l'obtention de son diplôme.

De plus, sa propre adolescence n'était pas si loin. Elle se rappelait parfaitement l'horrible impression que l'on éprouvait quand on se sentait différent des autres, qui souffraient souvent du même sentiment d'inadaptation, mais le cachaient mieux.

Elle avait toutefois du mal à imaginer que Jonathan Cavendish ait pu avoir des complexes concernant son physique à un moment quelconque de sa vie…

Elle bavarda avec Mme Pearson pendant une bonne demi-heure, puis Richard ressortit avec Jonathan. L'adolescent semblait plus détendu.

— Prenez ces cachets pendant une semaine, et revenez me voir. Si ça ne va pas mieux, nous essaierons autre chose. Nous résoudrons ce problème d'une façon ou d'une autre.

La mère de Richard semblait mal à l'aise et Rose comprit qu'elle s'inquiétait des frais qu'allait entraîner la maladie de son fils.

— Au fait, précisa Jonathan comme s'il lisait dans ses pensées, les honoraires du suivi médical sont inclus dans le montant de cette consultation. J'ai donné à Richard une lettre à remettre à son médecin traitant, et il lui rédigera la prescription pour le traitement qui sera pris en charge par la sécurité sociale.

Touchée par l'évident soulagement de Mme Pearson, Rose sentit Jonathan remonter dans son estime. Il avait agi avec élégance, et Mme Pearson n'avait pas soupçonné un instant qu'il mentait sur le montant de ses honoraires.

Rose le savait car cela faisait partie des notes laissées par Mme Smythe Jones. Celle-ci avait précisé qu'elle s'occuperait de la facturation à son retour car, les modes de règlement variant selon les patients, le travail serait trop compliqué pour une remplaçante.

Dès qu'ils furent seuls, Rose se tourna vers le médecin.

— Que lui avez-vous prescrit ?

Il lui jeta un regard étonné.

— De l'Amoxicilline. Pourquoi cette question ?

Rose se sentit rougir. Le moment était venu de lui dire la vérité.

— Je suis infirmière diplômée. J'ai fait une spécialisation en dermatologie, et je me demandais comment vous pensiez le soigner. Je sais que les rétinoïdes topiques sont efficaces quand les antibiotiques ne font pas effet.

Il la dévisagea, les sourcils froncés.

— Une infirmière ? Mais pourquoi travaillez-vous comme…

Rose sourit.

— Je suis en congé de mon poste actuel pour convenances personnelles. J'ai été secrétaire médicale jusqu'à il y a cinq ans et suis donc également qualifiée pour ce poste. C'est d'ailleurs en tapant les notes des médecins que j'ai eu envie d'en apprendre plus sur la médecine.

Mon Dieu ! Quelle mouche la piquait ? Sous le regard vert empreint de curiosité qui ne la quittait pas, voilà qu'elle racontait sa vie, elle d'ordinaire si réticente à parler d'elle !

Il semblait intéressé, mais Rose soupçonnait cet intérêt de faire partie de ses habituelles opérations de charme.

— Bref, mon patron m'a encouragée à préparer mon bac pendant mon temps libre, après quoi j'ai fait une demande pour entrer à l'université et j'ai été acceptée, ajouta-t-elle avec fierté.

— Dans ce cas, pourquoi êtes-vous ici ? demanda-t-il, perplexe. Pourquoi n'avoir pas pris un poste d'infirmière ? Les infirmières diplômées sont très recherchées en ville.

Ses yeux verts la détaillaient sans vergogne, et elle aurait dû s'en irriter, mais elle savait qu'il ne pouvait pas la trouver attirante. Pas cet homme. Soudain, elle regretta de porter son vieux tailleur et son chemisier sage.

— Rose ?

Elle sursauta. C'était le moment de lui parler de sa situation familiale. Cependant, malgré son intérêt apparent, elle n'était pas sûre qu'il veuille vraiment savoir.

— Alors ? l'encouragea-t-il comme s'il lisait en elle. Je suis vraiment curieux de savoir.

Adossé à l'armoire, les bras croisés, il ne la quittait pas du regard.

— Disons que des problèmes familiaux m'y ont contrainte, dit-elle d'un ton léger.

Cela ne le concernait pas ; le fait qu'il soit son employeur ne lui donnait pas le droit de l'interroger.

Il la scrutait intensément et elle devina ce qu'il pensait. Elle était infirmière, et il avait besoin d'une infirmière dans les meilleurs délais.

— Vous avez trouvé une remplaçante pour Vicki ? demanda-t-il.

— Je n'ai pas encore appelé l'agence. Je me disais…

Elle s'interrompit. Et si sa suggestion lui déplaisait ? À sa connaissance, les cabinets huppés tels que celui-ci tenaient à ce que leurs infirmières aient le bon accent, la bonne image… Si elle s'exprimait correctement, sa voix n'avait pas l'intonation snob de celle de Vicki.

— Que, puisque vous êtes infirmière, vous pourriez la remplacer ? Je le pensais aussi, mais je ne suis pas sûr que vous pourriez en même temps vous occuper du bureau.

Rose réprima un sourire. Elle pouvait facilement assurer le travail des deux postes, mais il fallait quelqu'un à l'accueil quand elle serait avec un patient.

— Je connais la personne qu'il vous faut pour le bureau, dit-elle. Elle est jeune et vive. C'est une étudiante, et elle sera libre tout l'été. Elle fera volontiers les heures que vous lui demanderez.

— Parfait. Je vous laisse vous en occuper ? C'est toujours Tiggy qui se charge de ce genre de choses. Je crains d'être totalement inefficace pour tout ce qui n'est pas purement médical. Oh ! midi, déjà ! remarqua-t-il en jetant un coup d'œil à sa montre. Où avez-vous envie de déjeuner ?

Rose le dévisagea, interdite. Elle n'avait aucune envie de déjeuner avec lui. Pas aujourd'hui, ni peut-être jamais. Elle se sentait bizarre en sa compagnie, et avait besoin d'analyser ce qui se passait. En outre, ne pouvant pas s'offrir le restaurant, elle avait apporté son déjeuner.

— J'ai apporté mon déjeuner, dit-elle d'un ton guindé. Je le prendrai à mon bureau.

Probablement soulagé qu'elle ait dit non, il n'essaya pas de l'en dissuader. Sans doute avait-il lancé cette invitation par politesse et aurait-il été contrarié qu'elle accepte. Quelque chose disait à Rose que, dans ce quartier huppé de Londres, il n'était pas de mise qu'une petite employée sorte avec son patron.

Jonathan descendit en courant l'escalier de son cabinet et sortit dans l'air frisquet de ce début de printemps. Il ne pouvait s'empêcher de sourire en songeant à l'intérimaire. Elle était infiniment plus séduisante que Mme Smythe Jones, aucun doute là-dessus. Même s'il avait un faible pour sa vieille réceptionniste qui occupait ses fonctions depuis qu'il était en culottes courtes, il était curieux de voir ce que lui réservaient les prochaines semaines.

Rose Taylor l'intriguait. L'ample cardigan qu'elle portait ne parvenait pas à dissimuler une silhouette qui aurait fait verdir de jalousie la plupart de ses relations féminines. S'il n'avait pas si bien connu les femmes, il n'aurait sans doute pas vu que ce cardigan informe et ces lunettes démodées cachaient une véritable beauté. De plus, sa façon de traiter les patients lui plaisait ; elle se montrait attentionnée mais pas dominatrice. Et elle avait fait ce qu'elle voulait de lady Hilton, généralement aussi hargneuse que le roquet qu'elle persistait à emmener partout. Il y avait très longtemps qu'une femme ne l'avait à ce point intrigué. Elle était un mélange insolite de personnalité ombrageuse et de sex-appeal. Comment une femme pouvait-elle être à la fois sexy et asexuée ?

Il prit la direction du restaurant en sifflotant. Oui, ces quelques semaines avec Rose Taylor promettaient d'être intéressantes…

2.

Rose attendit que la porte se soit refermée derrière Jonathan pour reprendre son souffle et se laisser choir dans son fauteuil. Cet homme était magnifique. Et ce sourire ! Avait-il la moindre idée de l'effet qu'il avait sur les femmes ? Bien sûr que oui ! Malgré son expérience limitée des hommes, elle savait reconnaître un individu habitué à être admiré. Pourtant, elle n'en avait jamais rencontré aucun de ce genre. Normal, ils ne fréquentaient pas les mêmes milieux…

Toutefois, si beau soit-il, elle préférait les hommes qui avaient des objectifs, de l'ambition. Reprendre le cabinet familial pour mener une vie facile n'avait rien d'ambitieux. Elle n'avait pas eu beaucoup de petits amis, et aucun d'entre eux n'aurait pu être qualifié d'excitant, mais au moins ils étaient fiables. Et inoffensifs. Son instinct lui disait que Jonathan Cavendish était loin d'être inoffensif.

Elle préférait les hommes censés et c'était très bien ainsi, car il n'y avait aucune chance que quelqu'un comme Jonathan Cavendish s'intéresse à elle. Il suffisait pour s'en convaincre de voir la rousse qui posait avec lui sur la photo. Elle était parfaite, et ne risquait pas d'être surprise en train de vider une bonbonnière de chocolats, elle…

Rose regarda autour d'elle. Elle allait devoir trouver comment s'occuper. Il lui avait laissé son Dictaphone avec ses notes sur les patients de la matinée pour qu'elle les tape afin qu'il les signe à son retour, ce qui ne lui prendrait pas bien longtemps. Et le reste de la journée ? Il avait trois visites à domicile cet après-midi. Qu'était-elle supposée faire en son absence ? Elle soupira. La journée allait être longue…

Il ne lui fallut qu'une demi-heure pour taper les lettres sur l'ordinateur et les imprimer, ce qui lui permit de constater au passage que le papier à en-tête était aussi luxueux que le reste du cabinet.

Comme elle s'apprêtait à attaquer ses sandwichs, on frappa à la porte. Elle pressa le bouton d'ouverture et vit apparaître une jeune femme avec un enfant d'environ deux ans dans les bras.

— S'il vous plaît… il y a un médecin ici ? haleta-t-elle. Ma fille a du mal à respirer. Je ne sais pas ce qui se passe. Elle allait bien, et tout à coup sa respiration est devenue sifflante. La batterie de mon portable est à plat et je ne peux pas appeler une ambulance. Mais j'ai vu la plaque de médecin sur la porte. Aidez-moi, je vous en prie…

La jeune mère était proche de l'hystérie. Agrippée à son nounours, la fillette respirait mal mais ses lèvres étaient roses, signe qu'elle n'étouffait pas.

— Je sais que c'est dur, mais vous devez vous calmer, murmura Rose. Votre fille ira encore plus mal si elle vous sent affolée. Comment s'appelle-t-elle ?

— Sally… Moi, c'est Margaret.

— A-t-elle pu s'étouffer avec un objet ? Avaler quelque chose ? Un bouton ? Une cacahuète ?

— Pas à ma connaissance.

— Sally, ma chérie, je vais regarder dans ta bouche, d'accord ? dit calmement Rose.

Sous les yeux effrayés de l'enfant, elle scruta délicatement l'intérieur de sa bouche. Apparemment, rien n'obstruait la gorge. C'était une urgence, mais la vie de Sally n'était pas en danger pour l'instant.

— Venez avec moi, Margaret, dit Rose en prenant la fillette dans ses bras et en se dirigeant vers la salle de soins.

— Je prenais juste un café dans le bar au coin de la rue et elle allait bien, dit Margaret, plus calme, mais anxieuse.

— C'est déjà arrivé avant ? demanda Rose. A-t-elle des antécédents d'asthme ou d'allergie ?

Ou Sally faisait une crise d'asthme, auquel cas elle avait

besoin d'un nébuliseur, ou elle avait une grave réaction allergique et il lui fallait de l'adrénaline.

— Tu veux bien ouvrir la bouche très grand, Sally ? Je vais examiner ta gorge avec une lampe électrique. Ça ne fait pas mal.

La petite fille obéit, et Rose promena le faisceau lumineux sur sa gorge qui ne semblait pas enflée.

— Est-il possible qu'elle ait avalé une cacahuète ? Ou autre chose qu'elle n'avait jamais mangé avant ?

La jeune mère secoua la tête.

— Elle était dans sa chaise haute. Elle a juste bu le jus de fruits que je lui ai donné.

Rose entendit claquer la porte d'entrée puis une voix l'appela. Elle poussa un soupir de soulagement. Jonathan était rentré, elle allait avoir de l'aide.

— Dans la salle de soins ! répondit-elle. Vous pouvez venir, s'il vous plaît ?

Il s'arrêta sur le seuil et évalua la situation d'un regard. Puis il vint s'accroupir devant la chaise où était assise Margaret, sa fille sur les genoux.

Il caressa doucement la joue de l'enfant.

— Bonjour, ma puce, dit-il. Qu'est-ce qui se passe ? Tu as du mal à respirer ?

Pendant qu'il parlait à la fillette, Rose s'était mise en quête d'un nébuliseur et de Salbutamol. Comme Jonathan auscultait la poitrine de la petite patiente, elle lui montra le flacon et il hocha la tête avec approbation.

— Margaret, combien pèse Sally ? demanda-t-elle. Ça nous aidera à déterminer la dose à lui administrer.

— Huit ou neuf kilos. Je ne l'ai pas pesée récemment.

— Ce n'est pas grave. Nous pouvons faire une estimation.

Rose prit l'oxymètre.

— Je vais fixer ça sur ton orteil, Sally. Ça ne fait pas mal. C'est juste un petit jouet pour m'aider. D'accord ?

Elle se tourna vers la mère désemparée.

— C'est pour contrôler le niveau d'oxygène dans son sang. Ça nous dira combien d'oxygène elle prend.

L'enfant peinait toujours à respirer, mais, maintenant

que sa mère s'était calmée, elle semblait moins affolée et sa respiration était plus facile. Il fallait néanmoins la traiter.

— Je crois que votre fille fait une crise d'asthme, dit Jonathan en prenant l'aérosol des mains de Rose. Je vais poser ce drôle de truc sur ta bouche, Sally, et je veux que tu respires lentement, profondément.

Prise de panique, la fillette secoua frénétiquement la tête.

Regardant autour d'elle, Rose eut une idée. Elle prit le nounours des bras de Sally et posa un second nébuliseur sur la bouche de la peluche. Puis elle s'accroupit devant la petite fille et prit son visage entre ses mains, l'obligeant à la regarder dans les yeux.

— Regarde-moi, Sally. On va jouer à un jeu. Chaque fois que je prends une inspiration, comme ça, ton nounours en prendra une aussi. Et toi, tu fais comme nous, d'accord ?

Le stratagème marcha. Les yeux fixés sur Rose et son ours, Sally imita la jeune femme, inspirant en même temps qu'elle. Jonathan les observait sans rien dire. Lentement, la respiration de Sally redevint normale et, au bout d'un moment, Jonathan lui enleva le masque à oxygène.

— Ça devrait aller, maintenant, commenta-t-il. Ça ne lui était encore jamais arrivé ?

Margaret secoua la tête.

— Une partie du problème vient du fait que Sally a paniqué en sentant qu'elle respirait moins bien. En étudiant son souffle, nous avons constaté qu'elle arrivait à aspirer beaucoup d'air dans ses poumons, même au plus fort de la crise. Il faut reconnaître que l'expérience a été effrayante pour toutes les deux, commenta Jonathan.

La petite fille nicha sa tête dans le cou de sa mère et ferma les yeux, épuisée.

— Nous étions au parc pour nourrir les canards avec une amie, et Sally s'est endormie dans ses bras. Quand elle s'est réveillée, elle avait envie de faire pipi, et j'en ai profité pour boire un café. Elle avait un peu toussé dans le parc, mais ça ne m'avait pas inquiétée. C'est une fois dans le café qu'elle a semblé avoir du mal à respirer. J'ai pensé qu'elle serait mieux à l'air libre, mais son état n'a fait qu'empirer. Puis j'ai vu votre plaque, et j'ai pensé que vous pourriez m'aider.

Margaret regarda Jonathan et Rose en soupirant de soulagement.

— Merci. Je ne sais pas ce que j'aurais fait sans vous.

— C'est surtout Rose qu'il faut remercier, dit Jonathan en se redressant. Allez consulter votre médecin traitant dès que vous pourrez. Je pense que Sally va avoir besoin d'un traitement régulier pendant quelque temps.

Rose réfléchissait à ce qu'avait dit la mère de Sally.

— Vous avez des animaux domestiques, Margaret ?

— Non. Mon mari est allergique aux poils d'animaux.

— Et l'amie que vous avez retrouvée dans le parc ?

— Linda ? Oh ! elle a au moins cinq chats ! Elle les adore et passe son temps à en recueillir.

Rose et Jonathan échangèrent un regard entendu.

— Nous avons peut-être trouvé l'origine de la crise, dit-il. Il est possible que votre fille soit allergique aux poils de chat. Il devait y en avoir sur les vêtements de votre amie, et quand Sally s'est endormie dans ses bras, elle a dû inhaler des allergènes. Ce n'est qu'une possibilité, mais vous devez en parler à votre généraliste quand vous le verrez.

Margaret refusa une tasse de thé mais accepta que Rose lui appelle un taxi. Dix minutes plus tard, elle montait dans le véhicule avec sa fille endormie dans les bras.

Rose leva vers Jonathan un regard incertain.

— J'espère que ça ne vous dérange pas que je les aie fait entrer. Je sais qu'elles sont étrangères au cabinet et, si j'avais fait une bêtise, vous auriez été responsable…

Jonathan la considéra sévèrement.

— Si je vous disais que c'est impardonnable et que vous ne devez plus jamais le refaire, comment réagiriez-vous ?

— Je vous dirais de trouver une autre remplaçante, répliqua-t-elle sans hésiter, avant de remarquer qu'il souriait. Vous plaisantez, c'est ça ?

— Bien sûr. Je ne veux pas d'une employée qui se soucie des règles avant d'agir. D'ailleurs, ajouta-t-il avec un grand sourire qui la chavira, ce serait mortellement ennuyeux.

Il se détacha du mur contre lequel il s'était appuyé.

— Je pense que vous avez eu assez d'émotions pour aujourd'hui. Tapez les lettres, puis rentrez chez vous.

— Elles sont tapées et n'attendent que votre signature.

Que croyait-il qu'elle avait fait pendant qu'il était parti déjeuner ? se demanda Rose. Elle consulta sa montre.

— Il est 2 heures. Je ne peux pas partir si tôt !

Il réfléchit.

— Voulez-vous m'accompagner en visite ? À en juger par la façon dont vous avez fait face à ce qui vient de se passer, vous pouvez parfaitement remplacer Vicki. Qu'en dites-vous ? Vous aurez une augmentation de salaire, bien sûr.

Rose avait la tête qui tournait sous son regard à la fois charmeur et malicieux. Elle n'avait jamais été aussi troublée de sa vie, mais pas question de le laisser voir.

— Marché conclu, dit-elle en lui tendant la main. Je vous donnerai mon C.V. pour que vous puissiez vérifier mes références.

— Quelque chose me dit qu'elles sont excellentes, commenta-t-il en lui serrant la main.

Ignorant la chaleur qui l'envahissait, elle demanda :

— Avez-vous l'habitude d'emmener le personnel de bureau dans vos visites à domicile ?

— Pas vraiment. Mais celle que je dois faire cet après-midi n'est pas des plus faciles.

Pour la première fois depuis qu'elle le connaissait, il semblait mal à l'aise.

— Je dois aller chez Jessamine Goldsmith… Et disons que je me sentirais mieux si vous m'accompagniez.

Rose se souvint de la photo du magazine où il figurait en compagnie de l'actrice.

— N'est-elle pas votre petite amie ?

— Qu'est-ce qui vous fait croire ça ? s'enquit-il, surpris.

Les yeux de Rose glissèrent machinalement vers le magazine. Surprenant son regard, il parut très mécontent.

— Ne croyez *jamais* ce que vous voyez dans ces torchons ! répliqua-t-il sèchement. Jessamine Goldsmith n'est *pas* ma petite amie et ne l'a jamais été. C'est une patiente qui se trouve juste évoluer dans les mêmes cercles que moi.

— Dans ce cas, qu'est-ce qu'on attend ? dit Rose.

Tout en se frayant un chemin dans la dense circulation londonienne, Jonathan pressa un bouton et la musique de Debussy emplit l'habitacle. Rose adorait ce compositeur. Détendue, elle s'adossa à son siège, savourant l'odeur de cuir et de coûteux après-rasage qui flottait dans l'air.

— Comment se fait-il que vous alliez voir Mlle Goldsmith à son domicile ? Elle va très mal ?

Jonathan esquissa un sourire.

— Elle va sûrement très bien, mais elle préfère me voir chez elle, comme beaucoup de patients. Ils trouvent ça moins stressant. Naturellement, s'ils ont des analyses à effectuer, ils font l'effort de se déplacer. Ou s'ils ont des courses à faire dans le quartier… Toutefois, certains préfèrent que je vienne chez eux, c'est plus discret. Jessamine, par exemple, comme bon nombre de mes patients, est harcelée par les paparazzi, et chacune de ses visites au médecin fait l'objet d'une curiosité et de spéculations malsaines. Elle tient à éviter cela autant que possible.

— Les reporters ne sont-ils pas aussi curieux en voyant le médecin venir chez elle ?

Laissant le gros de la circulation derrière eux, ils s'engagèrent dans l'un des quartiers les plus chic de la capitale. Jonathan se gara peu après devant une immense demeure victorienne dont la lourde porte d'entrée était encadrée par deux piliers massifs.

— Ils ne peuvent pas savoir si je viens en tant que médecin ou en tant qu'ami. La plupart de mes patients appartiennent au même milieu social que moi. Vous n'imaginez pas le nombre de consultations officieuses que je donne lors de soirées mondaines ou aux courses d'Ascot…

De plus en plus perplexe, Rose fronça les sourcils.

— Il faut quand même une distinction entre le médecin et l'ami, non ?

— Non, répondit-il en descendant de voiture. Ça marche très bien comme ça, croyez-moi.

Avant même qu'ils aient frappé, la porte de l'imposante demeure fut ouverte par un homme en livrée.

— Bonjour, monsieur, mademoiselle…, dit-il en s'inclinant. Mlle Goldsmith vous attend dans le salon.

Rose réprima un gloussement. Elle avait l'impression d'avoir fait un bond dans le passé. Imperturbable, Jonathan s'effaça pour la laisser passer devant lui.

Elle pénétra dans un hall si vaste qu'il aurait pu contenir toute la maison de ses parents et plus encore. Le sol était en marbre, et de somptueux tableaux ornaient les murs, avec des sculptures çà et là, et de grands vases avec d'extravagants bouquets. Sur un côté se dressait une belle cheminée, avec un petit canapé.

— Je connais le chemin, merci, Robert, dit Jonathan.

Il prit le coude de Rose, et la guida vers un escalier qui n'aurait pas détonné dans le hall d'un paquebot de croisière. Partout où Rose posait les yeux, il y avait des statues et des bibelots précieux. On avait visiblement dépensé une fortune dans la décoration, mais elle n'était pas à son goût. Elle préférait de loin les intérieurs dépouillés, minimalistes.

Dans une pièce tout aussi impressionnante, nichée dans les profondeurs d'un luxueux canapé, se trouvait une femme aux traits fins et à la chevelure flamboyante. En voyant Jonathan, elle bondit sur ses pieds et s'avança vers lui, les bras tendus.

— Je t'ai attendu toute la journée ! s'exclama-t-elle avec une moue boudeuse en lui tendant sa joue à baiser.

— J'ai d'autres patients, Jess, répondit-il en l'embrassant. Je te présente Rose Taylor, ma… hum, mon infirmière suppléante.

S'efforçant de ne pas adopter l'attitude servile d'une domestique, Rose lui tendit la main.

— Je suis contente de vous connaître, madame.

Jessamine l'étudia un instant, remarquant probablement ses vêtements bon marché. Apparemment rassurée, elle sourit, de ce fameux sourire que Rose lui avait vu au cinéma et qui illuminait son visage, métamorphosant la gamine boudeuse en femme d'une grande beauté.

Ignorant sa main tendue, Jessamine fit mine de l'embrasser sur la joue sans la toucher.

— Vous voulez boire quelque chose ? Champagne ? Thé ?

— Un thé sera parfait, répondit Jonathan. Bon, Jessamine, que puis-je faire pour toi ?

— C'est mon estomac. Il me fait un mal de chien.

— Etends-toi, que je puisse jeter un coup d'œil.

— Peut-être Rose pourrait-elle aller préparer le thé pendant que tu m'examines ? suggéra Jessamine.

— Désolé, Jess, mais j'ai besoin d'elle, répliqua Jonathan.

Il jeta à Rose un regard impliquant que, si elle envisageait de le laisser un instant, elle aurait affaire à lui.

— Bon. Te nourris-tu correctement, Jessamine ? Nous en avons déjà parlé. Tu as mal au ventre car tu as faim. Tu sais que tu as besoin de plus de cinq cents calories par jour.

— C'est facile à dire, murmura Jessamine avec une moue. Les photos grossissent, et j'ai une audition demain.

Elle s'allongea sur le canapé et releva son T-shirt, dévoilant un ventre parfaitement plat. Jonathan avait raison, elle était trop maigre. Rose pouvait presque compter ses côtes. Et quand Jonathan la fit asseoir pour écouter sa respiration, elle remarqua que ses vertèbres pointaient à travers la peau de son dos.

— Ton souffle est bon et ton cœur aussi. Rose, pouvez-vous prendre la tension de Jessamine, je vous prie ?

Rose enroula le brassard autour du bras menu. La tension de la patiente était un peu basse, mais rien d'alarmant. Malgré sa maigreur, Jessamine était apparemment en bonne condition physique. Pendant que Rose prenait sa tension, elle parlait à Jonathan, et Rose remarqua qu'elle avait un débit rapide et les yeux brillants, fiévreux.

— J'espère que tu n'as pas oublié la fête sur le yacht des Wakeley le week-end prochain, Johnny ? Tout le monde sera là. Je sais que tu n'es plus avec Felicity, mais ce n'est pas une raison pour rester chez toi à te morfondre… Vous devez venir aussi, Rose, ajouta-t-elle après coup.

Consciente d'avoir été invitée par politesse, Rose sourit.

— Elle sera ravie de venir, dit Jonathan avant qu'elle ait pu décliner l'invitation. D'ailleurs, je l'amènerai moi-même.

Jessamine ne s'attendait manifestement pas à ça. Elle posa sur Rose ses yeux étrécis puis haussa les épaules comme si elle se rappelait que Rose ne pouvait pas rivaliser avec elle.

Rose voulut protester. Jonathan avait beau être son patron, cela ne lui donnait pas le droit d'accepter des invitations pour elle. Du reste, elle avait d'autres projets : elle devait passer la soirée au pub avec des amis qu'elle n'avait pas vus depuis des mois. Une bouffée de mélancolie l'envahit cependant. À quand remontait sa dernière sortie ? Et quand aurait-elle l'occasion d'assister à une fête comme celle dont parlait Jessamine ? Jamais, sans doute. Mais quelle importance ? De toute façon c'était impensable, car elle n'y serait pas à sa place.

Croisant le regard de Jonathan qui l'implorait tacitement de ne pas le contredire, elle se tut.

Jonathan fit une prise de sang à Jessamine et lui fit promettre de se nourrir correctement, promesse dont personne ne fut dupe, puis ils prirent congé.

— À dimanche, Jess, dit-il. D'ici là, je reviendrai te voir. Tu n'as pas à t'inquiéter pour le moment, mais je vais garder l'œil sur toi. Tu dois manger plus régulièrement, sinon tu continueras à souffrir d'indigestion. Mais ce n'est pas tout. Tu te fais du mal en t'affamant ! Crois-tu que ça vaille la peine de mettre ta santé en péril ?

— Arrête de me faire la leçon, Johnny, marmonna Jessamine. Je te promets de faire un effort. Après avoir passé cette audition, je reprendrai quelques kilos, c'est juré.

Avec un regard à la fois moqueur et provocateur à Rose, elle leva deux doigts selon la promesse scoute que Rose connaissait bien. À l'évidence, Jessamine ne l'aimait pas et Rose se demanda pourquoi.

Dehors, Jonathan lui ouvrit la portière de la voiture.

— Je peux vous déposer chez vous ? proposa-t-il.

— Inutile. Il y a une station de métro tout près d'ici, et je dois faire des courses avant de rentrer. Merci quand même.

— Alors, je vous dépose à la station. Montez. Nous parlerons de Jessamine en chemin.

Rose s'inclina.

— Vous semblez sûr qu'elle souffre d'indigestion…

— Compte tenu de son mode de vie, c'est le diagnostic le plus probable. Cela dit, je n'écarte aucune possibilité. Je vais lui faire un bilan sanguin complet, par mesure de précaution.

Ce n'était sûrement qu'une indigestion, mais Rose craignait que Jonathan ne prenne pas les symptômes suffisamment au sérieux. Elle était troublée par l'aspect désinvolte de ses consultations, par sa familiarité avec les patients. Il avait un comportement si décontracté qu'elle sentit renaître ses doutes. Savait-il vraiment ce qu'il faisait ? Rien ne suggérait cependant le contraire, que ce soit dans ses examens approfondis des patients ou ses notes détaillées. Peut-être son monde était-il juste radicalement différent de ce à quoi elle avait été confrontée jusqu'ici…

— Vous pensez qu'il peut y avoir autre chose ? demanda-t-elle.

— Disons que je préfère ne courir aucun risque.

Rose fut rassurée. Outre le fait qu'elle se sentait incapable sur le plan éthique de travailler avec un médecin peu scrupuleux, il était important pour elle que Jonathan ait un minimum de respect pour la profession qu'il exerçait.

Il lui sourit soudain, et son cœur fit un bond dans sa poitrine.

— Alors, comment s'est passée votre première journée ?

— C'était différent de ce que je connais, mais intéressant.

Elle ne mentait pas, mais ce qui l'avait le plus intriguée, c'était incontestablement son patron. Elle l'étudia à la dérobée.

Jamais elle n'avait rencontré quelqu'un comme lui. Rien d'étonnant à cela. Ils venaient de deux univers que tout opposait. Les parents de Rose avaient travaillé dur pour garder la tête hors de l'eau, et la frivolité ne faisait pas partie de leur vie. Mais s'ils manquaient de biens matériels, ils n'avaient jamais lésiné sur l'amour et la tendresse qu'ils portaient à leur fille.

Elève studieuse, Rose n'avait jamais été ambitieuse. Elle avait quitté l'école avant le bac pour suivre des cours de secrétariat, puis avait trouvé un emploi de secrétaire médicale dans un cabinet de banlieue. C'est là qu'elle avait pris conscience qu'elle voulait faire davantage de sa vie.

Fascinée par les patients et leurs maladies, elle s'était intéressée à leur existence. Très vite, ils avaient commencé à s'arrêter à son bureau pour lui donner des nouvelles de leur famille et partager avec elle leurs espoirs et leurs craintes. Remarquant son contact privilégié avec les patients et la rapidité avec laquelle elle avait assimilé la terminologie médicale, l'un des médecins du cabinet lui avait alors suggéré de faire carrière dans la médecine ou le paramédical.

Elle avait donc préparé son bac en suivant des cours du soir et, après avoir brillamment décroché son diplôme de fin d'études, elle avait fait ses études d'infirmière à l'université d'Édimbourg. Elle s'y était constitué un cercle d'amis qui partageaient son goût pour la randonnée, la musique, le théâtre et l'opéra. L'université lui avait fait découvrir des tas de choses qu'elle ne connaissait pas et qui l'avaient enrichie. Son diplôme d'infirmière en poche, elle avait facilement décroché un emploi qui lui plaisait, tout près de chez elle, à Édimbourg.

Elle adorait cette vie rassurante et confortable, à défaut d'être excitante. Pourquoi alors, en y réfléchissant, éprouvait-elle un étrange sentiment d'insatisfaction ?

3.

— Je suis rentrée !

Avec un soupir de soulagement, Rose posa ses sacs de provisions dans le vestibule. Le métro était bondé, comme d'habitude. Elle s'était arrêtée au supermarché pour acheter de quoi dîner, puis avait repris le métro pour la seconde partie du trajet. Chargée comme elle l'était et avec ses nouvelles chaussures à talons, les dix minutes à pied entre la station de métro et la maison de ses parents avaient été une véritable torture.

— Alors, comment c'était, chérie ? demanda sa mère en venant l'accueillir. Va voir ton père pendant que je range tout ça. Tu nous raconteras tout devant une bonne tasse de thé.

— Comment va-t-il ? Comment s'est passée sa journée ?

— Pas trop mal. Il a bien mangé au petit déjeuner et à midi, puis nous avons fait les exercices recommandés par le kiné. Il est un peu fatigué, maintenant. Je l'aiderai à se coucher quand nous aurons dîné.

Rose trouva son père dans son fauteuil habituel, près de la fenêtre. Son cœur se serra à la vue de son bras inerte et de sa bouche tordue. L'attaque l'avait laissé avec la moitié du corps paralysé et l'élocution difficile. L'homme vigoureux amateur de football et adepte assidu du cricket et du golf qu'il avait été se voyait désormais réduit à observer le monde par la fenêtre. Rose savait combien il détestait être assisté. Heureusement, son état s'était légèrement amélioré depuis sa sortie de l'hôpital, et elle priait pour qu'il continue à progresser.

— Bonsoir, papa. Comment ça va ?

Elle déposa un baiser sur le sommet de sa tête, et il lui adressa un sourire de travers.

— Bonsoir, chérie, articula-t-il avec peine.

Elle s'assit près de lui et prit sa main dans la sienne.

— Tu n'imagines pas la journée que j'ai eue, papa…

Elle lui parla des chocolats, de M. Chips et de la visite chez Jessamine, embellissant à dessein son récit pour le distraire. Tout en bavardant, elle remuait ses pieds meurtris, consciente qu'elle devrait y mettre des pansements si elle voulait porter ses nouvelles chaussures le lendemain.

— À quoi ressemble le médecin pour qui tu travailles ? demanda sa mère en les rejoignant.

Elle n'avait accepté qu'à contrecœur que Rose revienne pour l'aider à s'occuper de son père. Fiers de leur fille, la première de la famille à décrocher un diplôme universitaire, ils tenaient à ce qu'elle poursuive sa carrière.

Mais Rose était rentrée à la maison. Elle avait besoin de voir son père et n'ignorait pas que les semaines qui suivraient son attaque seraient dures. Elle avait donc demandé, et obtenu, un congé spécial de cinq semaines. Et ensuite ? Eh bien ensuite, elle aviserait.

— Le Dr Cavendish ? dit-elle en se demandant comment décrire son patron. Il est jeune, à peine plus âgé que moi. Mince, environ un mètre quatre-vingt-cinq. Apparemment, il est fils de lord.

— Mazette ! Le fils d'un lord ! Pourquoi travaille-t-il comme médecin, dans ce cas ?

— Le cabinet appartenait à son oncle qui était médecin de la maison royale. L'oncle est à la retraite, maintenant, et Jonathan a pris sa suite.

— Alors, c'est qu'il est pauvre s'il doit travailler pour vivre, remarqua sa mère en s'approchant pour tapoter les coussins derrière son mari. Tous les aristocrates ne sont pas fortunés.

— Je ne crois pas qu'il manque d'argent. Il conduit une Lotus, mais c'est peut-être une voiture de fonction… En fait, je ne sais pas grand-chose de lui, et encore moins de sa famille.

Rose ferma les yeux, et l'image de deux prunelles vertes et d'un sourire malicieux dansa devant elle. Comment décrire un homme comme Jonathan Cavendish alors qu'il était une énigme pour elle ?

— Disons que les prochaines semaines promettent d'être intéressantes. Au lieu de travailler comme réceptionniste et secrétaire médicale, je vais être employée comme infirmière, reprit-elle avant de parler de la grossesse difficile de Vicki. Jonathan a des patients dans tout le pays et en Europe, et il m'a demandé de l'accompagner dans ses déplacements. Ça implique que je ne serai pas là aussi souvent que je le voudrais pour t'aider, maman… Tout compte fait, je devrais peut-être refuser sa proposition.

Son père lui tapota le bras.

— Je veux que tu acceptes, dit-il dans son langage déformé. J'ai besoin de savoir que je ne suis pas une entrave pour toi.

Rose étreignit son corps amaigri avec émotion. Qu'était devenu le père robuste et musclé de son adolescence ? Elle avait toujours pu compter sur lui et, maintenant, elle voulait être là pour lui et sa mère. Sachant qu'il détestait être dépendant, elle allait devoir se montrer diplomate avec lui.

— Au fait, Mlle Fairweather a téléphoné, dit la mère de Rose, faisant allusion au neurochirurgien que Rose avait consulté après l'attaque de son père. Elle demande que tu l'appelles à l'hôpital. Tout va bien, j'espère, chérie ?

Rose frissonna. Leur médecin de famille lui avait recommandé de consulter la spécialiste après avoir découvert que l'attaque de son père avait été causée par un anévrisme. Les anévrismes étant souvent d'origine génétique, il lui avait conseillé de se faire examiner par mesure de précaution. D'accord avec son confrère, Mlle Fairweather lui avait prescrit une I.R.M. qu'elle avait faite vendredi. En sortant de l'hôpital, Rose avait décidé de ne pas y penser pendant le week-end. Après tout, elle n'avait aucun symptôme ; ni maux de tête ni sensations de picotement. Rien. Elle chassa le malaise qui s'était sournoisement emparé d'elle.

— Elle veut sûrement me dire que les résultats sont normaux. Ne te tracasse pas, maman. Je l'appelle tout de suite.

Cependant, quand Mlle Fairweather lui demanda de prendre rendez-vous avec elle dès que possible, Rose comprit que tout n'allait pas bien. Si les résultats avaient été bons, la spécialiste le lui aurait dit au téléphone. Rose raccrocha après avoir pris rendez-vous en fin de semaine. Lorsqu'elle regagna le salon, sa mère lui jeta un regard inquiet.

— Pas de mauvaises nouvelles, j'espère, chérie ?

— Non, maman. Tout va bien, mentit-elle.

Pendant les jours qui suivirent, une nouvelle routine s'installa au cabinet. Les patients venaient consulter Jonathan le matin et, l'après-midi, il allait faire ses visites, laissant Rose taper ses notes s'il n'avait pas besoin d'elle. Rose reconnaissait certains patients pour les avoir vus dans les journaux ou à la télévision. Jonathan les traitait tous avec la même élégance décontractée, la même familiarité. Parfois, elle l'accompagnait dans ses visites à domicile, et chaque demeure lui semblait plus somptueuse que la précédente. Et, quand elle se surprenait à songer à son rendez-vous avec Mlle Fairweather, elle chassait cette pensée ; il était inutile de s'inquiéter tant qu'elle ignorait ce qu'elle avait à lui dire.

Toutefois, dans l'intimité de sa chambre, elle passait ses soirées sur le Net à chercher des informations sur les anévrismes. Ce qu'elle lisait ne la rendait guère optimiste.

En arrivant au cabinet le matin, Jonathan semblait parfois fatigué, comme s'il avait passé la nuit à faire la fête. De fait, il y avait souvent des photos de lui dans les tabloïds, où il figurait devant des night-clubs ou des restaurants en compagnie de superbes créatures. Rose éprouvait un certain malaise en le voyant avec autant de femmes différentes, mais, après tout, cela ne la regardait pas.

Une fois, elle trouva une photo de lui en train de jouer au polo, et découvrit qu'il consacrait au sport au moins deux après-midi par semaine. Sur le cliché, vêtu d'une chemise blanche et d'un pantalon clair, les cheveux lui tombant dans les yeux, il avait tout du héros romantique d'autrefois. Elle comprenait que les femmes le trouvent irrésistible.

Elle réussit à joindre Jenny qui accepta avec enthousiasme de travailler quelque temps pour le cabinet.

— Je devenais folle à ne rien faire ! dit-elle à Rose. Mes recherches d'emploi n'ont rien donné, et un peu d'expérience professionnelle ne me fera pas de mal.

Elles avaient fait connaissance le jour où Rose était allée signer son contrat à l'agence de placement. Âgée de dix-neuf ans, Jenny venait d'achever sa formation de secrétaire et débordait d'énergie.

— Pourrais-tu juste adopter une coiffure un peu plus discrète ? suggéra Rose qui se rappelait ses cheveux en pétard. Et peut-être enlever tes piercings, surtout celui du nez et de la lèvre ? Ça paraîtrait un peu déplacé dans ce cabinet.

— Pas de problème, répondit Jenny. Tu ne me reconnaîtras pas quand tu me verras.

Fidèle à sa parole, Jenny s'était présentée le jour convenu avec les cheveux coupés au carré, débarrassée de ses piercings, et vêtue d'une jupe courte, mais parfaitement décente.

Elle avait regardé autour d'elle avec jubilation.

— Ouah, c'est cool ! Où est l'Honorable Dr Cavendish ? Et comment dois-je l'appeler ? Milord ? Sir ?

Rose éclata de rire.

— Dr *Cavendish*, tout simplement. Viens, je vais te présenter à lui.

Jenny plut tout de suite à Jonathan. Intelligente, elle comprenait vite et trouva rapidement ses marques au bureau de réception.

— Il est trop cool, confia-t-elle un peu plus tard à Rose. S'il n'était pas si vieux, j'en pincerais pour lui.

— Vieux ? s'esclaffa Rose. Il a vingt-sept ans !

Pour Jenny, on était forcément sénile après vingt-cinq ans.

— Il a l'âge idéal pour toi, dit-elle en dévisageant Rose.

Rose sourit, gênée.

— Je ne crois pas être son type. Ni lui le mien, d'ailleurs.

Jenny la scruta d'un œil critique.

— Si tu troquais tes lunettes contre des lentilles de contact et si tu adoptais une coiffure plus actuelle et des vêtements plus modernes, tu serais très jolie, tu sais.

Rose ne savait si elle devait se sentir flattée ou insultée.

De nouveaux vêtements et une nouvelle coiffure, vraiment ! Jenny regardait trop de films américains.

— J'apprécie ton opinion, mais j'aime mes tenues confortables et j'ai horreur de me maquiller. De plus, je ne cherche pas à me caser. Et encore moins avec le Dr Cavendish !

— Mais…

— Pas de *mais* ! coupa Rose. Enlève-toi ces idées de la tête. Je suis ici pour travailler, un point c'est tout.

Quand Jenny fut retournée à son bureau, elle repensa à leur conversation. Jonathan n'était pas pour elle, même s'il faisait battre son cœur plus vite. Il n'était pas homme à prendre les choses au sérieux dans l'existence. Et, même en imaginant qu'il ait été son genre, elle avait des préoccupations plus importantes que le séduisant Jonathan Cavendish.

Un matin, en fin de semaine, un célèbre footballeur se présenta au cabinet avec sa femme. Rose se rappelait vaguement avoir lu un entrefilet sur leur mariage dans un magazine trouvé dans le train. Le footballeur était encore plus beau dans la réalité, et son épouse paraissait minuscule à côté de son mètre quatre-vingt-dix tout en muscles.

Pendant que Jenny leur préparait du thé, Jonathan appela Rose dans son cabinet de consultation.

— Mark et Colette sont venus me voir il y a deux semaines car ils envisagent de fonder une famille, expliqua-t-il. Lors de leur visite, je leur ai prescrit des tests et j'ai reçu les résultats. Les nouvelles ne sont pas bonnes. La fécondation in vitro est leur seule option, l'adoption exceptée. Je vais leur faire faire d'autres examens à la London Fertility Clinic mais, en attendant, j'aimerais que vous soyez présente pendant que je m'entretiendrai avec eux. S'ils sont d'accord.

Rose acquiesça. Elle assistait souvent les médecins du cabinet d'Édimbourg quand ils avaient une mauvaise nouvelle à annoncer aux patients. Cela lui permettait de leur donner des précisions s'ils appelaient plus tard, beaucoup étant incapables d'assimiler tout ce qu'on leur disait quand on leur parlait d'un grave problème pour la première fois.

Le couple ne vit aucun inconvénient à la présence de Rose. À en juger par leurs visages souriants, ils étaient confiants. Jusqu'à ce que Colette remarque l'expression de Jonathan.

— Qu'est-ce qui se passe, Jonathan ? Il y a un problème, je le vois dans vos yeux, dit-elle d'une voix tremblante en glissant sa main dans celle de Mark.

Jonathan contourna son bureau pour s'approcher d'eux, le regard plein de sympathie.

— Les premières analyses de sang de Colette montrent que ses ovaires fonctionnent normalement. C'est bon. Même si je pense qu'il faudra refaire les tests à la London Fertility Clinic. On vous proposera sûrement aussi un scanner des ovaires pour confirmer les résultats sanguins.

— Alors, il n'y a pas de problème. Nous devons poursuivre nos tentatives. Inutile de voir un spécialiste.

— Il n'y a pas de problème avec vous, Colette, en effet, reprit calmement Jonathan. Bien que je n'aime pas voir les choses sous cet angle. Quand un couple a du mal à concevoir, c'est l'affaire du couple, pas un problème individuel.

— Allons, Jonathan, cessez de tourner autour du pot, intervint Mark. Nous sommes là pour avoir des réponses.

— La difficulté vient de vous, je le crains, dit Jonathan doucement. L'échantillon de sperme que vous avez donné la semaine dernière contenait très peu de spermatozoïdes mobiles. La clinique voudra refaire le test mais, apparemment, votre seule possibilité de concevoir est de recourir à la fécondation in vitro, ou F.I.V. Colette devra suivre un traitement pour stimuler son ovulation, puis un spermatozoïde sera injecté directement dans un ovule en laboratoire, et l'œuf fécondé sera ensuite placé dans son utérus. C'est une procédure qui marche bien, à condition… à condition de trouver un spermatozoïde suffisamment sain, ajouta-t-il en regardant Mark droit dans les yeux.

Mark semblait terrassé par la nouvelle.

— Vous plaisantez ? Je suis en pleine forme. Vous ne trouverez pas un type plus sain que moi dans tout Londres !

— Je suis désolé, Mark. Comme je vous l'ai dit, il faudra réaliser d'autres tests, mais je doute qu'ils infirment mes conclusions. Toutefois, c'est une bonne chose que vous soyez venus me consulter tôt, car plus vous attendrez, plus la qualité de votre sperme se détériorera.

— Ça m'est égal, chéri, dit Colette dans un effort pour se ressaisir. Ça ne me gêne pas de recourir à la F.I.V., du moment que nous pouvons avoir un bébé. Jonathan n'a pas dit que nous ne pouvions pas avoir d'enfants, et c'est ce qui compte.

Mais Mark était sous le choc. Il se leva brusquement et quitta la pièce. Jonathan jeta un coup d'œil à Rose qui hocha la tête.

— Je reste avec Colette, murmura-t-elle.

Jonathan suivit Mark, laissant les deux femmes seules.

— Jonathan doit se tromper, remarqua Colette. C'est impossible. Mark ne l'acceptera jamais. Nous avons toujours pensé que s'il y avait un problème, il venait de moi.

Rose approcha sa chaise de celle de la jeune femme et prit sa main menue dans la sienne. Elle compatissait de tout cœur. Ces derniers jours, elle aussi avait dû affronter la possibilité bien réelle qu'elle pourrait ne jamais avoir d'enfants. Si elle avait un anévrisme, elle ne pourrait pas concevoir, pas même avec la F.I.V. Une grossesse serait trop dangereuse et elle ne pourrait jamais porter un enfant. La gorge serrée, elle chassa cette pensée.

— Il finira par l'accepter, dit-elle à Colette. Ça lui a causé un choc. Mais, d'après Jonathan, vous pourrez avoir des enfants. Il vous faudra juste un peu d'aide, c'est tout.

— Nous n'avons jamais pensé qu'il pourrait y avoir un souci… Nous sommes venus consulter Jonathan pour nous assurer que nous ferions bien tout ce qu'il fallait pour le bébé dès sa conception. Vous savez, l'acide folique, les vitamines, tout ça… Mais, quand il a appris que nous essayions d'avoir un bébé depuis presque un an, il nous a suggéré de faire les tests, par mesure de précaution.

— La procédure dont il parle n'a rien de terrible. Et, si vous avez un bébé en bonne santé, quelle importance s'il a fallu vous faire un peu aider pour en arriver là ?

Malgré tout, Colette semblait sceptique.

— Nous avons toujours considéré comme acquis que nous

aurions des enfants. Au moins trois. Peut-être quatre… Je crois qu'il voulait commencer sa propre équipe de football, ajouta-t-elle avec un pâle sourire. En fait, je ne suis pas sûre qu'il accepte la F.I.V. Je pense qu'il pourrait prendre ça comme une atteinte à sa virilité… vous savez comment sont les hommes. Et qu'est-ce qu'on fera dans ce cas-là ?

— Laissez-lui du temps, Colette. Quand il comprendra exactement toutes les implications, il acceptera.

— Vous n'en savez rien ! protesta violemment Colette. Vous n'avez pas la moindre idée de ce que nous ressentons. Tout avoir un jour, le bonheur, la richesse, la célébrité, et le lendemain, se voir arracher tous ses rêves…

Rose sentit son cœur se serrer de chagrin.

Elle ne comprenait que trop, au contraire.

Jonathan et Mark finirent pas revenir.

— Nous avons marché dans Regent's Park un moment, dit Jonathan. Mark a eu le temps de réfléchir, et il est d'accord pour que vous vous fassiez tous les deux examiner à la Fertility Clinic. Dites-moi quelle date vous convient, et je vous prendrai un rendez-vous. Je vous reverrai ensuite, et nous aviserons.

Le couple hocha la tête. Il leur faudrait du temps pour accepter la situation, et Rose était de tout cœur avec eux. Comme l'avait dit Colette, à quoi bon la fortune et la gloire si on ne pouvait pas avoir ce que notre cœur désirait le plus ?

Rose trouva Jonathan particulièrement sombre après le départ de ses patients.

— Ça va aller pour eux, n'est-ce pas ? demanda-t-elle.

Il passa la main dans ses épais cheveux bruns.

— Je l'espère. Ils ont reçu un choc. C'est un couple adorable. Malgré sa réputation de chien fou sur le terrain, Mark est un garçon très gentil qui a les pieds sur terre. Et elle aussi. Ils feraient d'excellents parents. Comme je leur ai dit, la F.I.V. a un taux de réussite très élevé. À condition que les embryologistes trouvent des spermatozoïdes mobiles.

Secouant la tête comme pour chasser ses idées noires, il ramassa des billets que Mark avait laissés sur son bureau.

— Ça vous dit d'aller à un match de football ? Mark m'a donné des billets pour le match d'Arsenal samedi prochain. J'irais volontiers, mais j'ai déjà des places pour les Internationaux de cricket à Lords. J'aime le foot, mais comparé au cricket…, conclut-il avec un sourire malicieux.

— Non, merci, dit-elle à regret. Vous n'imaginez pas combien j'aurais aimé accepter. Mon père et moi assistions à tous les matchs avant que je ne quitte la maison. Il a toujours été un supporter d'Arsenal.

— Alors donnez-lui les billets, dit-il en les lui tendant. C'est une loge. Il n'y a pas de meilleures places.

Rose aurait aimé les prendre pour son père. Quelle meilleure façon de lui remonter le moral ? Mais jamais sa mère et elle ne pourraient lui faire gravir les marches des gradins.

— J'aimerais tant qu'il puisse y aller…, murmura-t-elle.

— Alors, emmenez-le, insista Jonathan.

Elle détourna la tête pour qu'il ne voie pas les larmes qui lui montaient aux yeux.

— Il a eu une attaque cérébrale il y a deux semaines. Il a perdu l'usage du côté gauche et ne sort plus beaucoup. Il a honte de se montrer en public et, de toute façon, il sera plus ou moins coincé à la maison tant que je n'aurai pas une voiture adaptée pour transporter son fauteuil roulant.

Jonathan la regarda longuement puis sourit.

— Vous l'ignorez sans doute, mais la devise de ma famille est « Où il y a la volonté, il y a le moyen ». En réalité, c'est un peu plus ampoulé que ça, mais ça veut dire la même chose.

Avant que Rose ait pu lui demander ce qu'il entendait par là, un patient se présenta et il le fit entrer dans son cabinet.

— Je suis vraiment désolée, dit Mlle Fairweather à Rose. J'aurais aimé vous donner de meilleures nouvelles.

La pièce vacilla sous les yeux de Rose et elle sentit son cœur se soulever. Elle savait que les nouvelles pouvaient être mauvaises, mais elle avait refusé d'y croire. À présent, ses pires craintes se réalisaient. Elle avait un anévrisme.

Rassemblant son courage, elle se redressa sur sa chaise et regarda la spécialiste dans les yeux.

— Quelles sont mes options ?

— Vous avez deux possibilités. Ou vous ne faites rien, et vous décidez de vivre avec l'anévrisme.

— Qu'est-ce que ça implique exactement ? Je veux savoir précisément ce qui m'attend, docteur.

Mlle Fairweather se pencha en avant.

— Vous pouvez parfaitement vivre le reste de votre existence avec l'anévrisme. Mais s'il se rompt, et on ne peut absolument pas le prévoir, vous pourriez avoir une attaque et, selon sa gravité, vous retrouver avec un certain nombre de problèmes physiques, comme la perte du langage, de l'usage de vos jambes…

— Ou je pourrais tomber raide morte, acheva Rose. Vous parlez d'un choix… Quelle est l'autre possibilité ?

— On peut vous opérer pour enlever l'anévrisme. Malheureusement, là aussi, un certain nombre de risques sont associés à cette intervention.

— Tels que ?

Rose serrait ses mains l'une contre l'autre pour les empêcher de trembler. Elle songea à ses parents. Ils seraient dévastés en apprenant la nouvelle. Elle était leur unique enfant et, connaissant son père, il se culpabiliserait d'avoir transmis ce mauvais gène à sa fille chérie. Ce même gène qui avait causé son attaque cérébrale. Combien de temps avait-il vécu avec cette bombe à retardement dans la tête ? De combien de temps disposait-elle ? Elle songerait à cela plus tard…

— La mort, l'attaque. Les complications d'une opération ne diffèrent guère des conséquences d'une rupture d'anévrisme. Le problème, c'est que votre anévrisme est situé à un endroit qui rend l'intervention particulièrement risquée.

— Je n'ai pas beaucoup de choix, remarqua Rose en souriant tristement.

— D'un autre côté, si nous arrivons à l'ôter en vous opérant, vous avez toutes les chances de mener une vie normale, d'avoir des enfants et de vivre jusqu'à un âge avancé.

— Et sinon ?

Rose connaissait la réponse, mais elle voulait l'entendre de la bouche de Mlle Fairweather.

— Je suis désolée. Vous ne pourrez pas courir le risque d'avoir des enfants. Cela causerait une trop forte pression sur les vaisseaux sanguins de votre cerveau. Autrement, les risques sont ceux que j'ai soulignés tout à l'heure. Mais vous n'êtes pas obligée de prendre une décision maintenant. Parlez-en avec vos parents, votre petit ami. Réfléchissez. Assurez-vous de bien comprendre les risques que présente chaque cas. Toutefois, n'attendez pas trop. Si vous décidez de vous faire opérer, le plus tôt sera le mieux.

Dix minutes plus tard, Rose était dehors. L'été s'annonçait, mais le vent était encore froid. Resserrant son manteau autour d'elle, elle se laissa tomber sur un banc et donna enfin libre cours aux larmes qu'elle retenait depuis plus d'une demi-heure. Elle pouvait mourir. Peut-être demain, peut-être dans dix ans, peut-être dans vingt…

Mlle Fairweather reconnaissait qu'on n'avait aucun moyen de savoir. Comment pourrait-elle vivre le reste de son existence sans savoir si chaque minute n'allait pas être la dernière ? D'un autre côté, si elle se faisait opérer, elle pouvait mourir aussi. Ou rester paralysée, en fauteuil roulant, voire pire. En fait, cette perspective était encore plus effrayante qu'une mort rapide. L'idée de subir cette mort lente, assistée de ses parents âgés, était particulièrement atroce. Penser qu'elle pourrait devenir dépendante de qui que ce soit était insoutenable.

Elle se moucha bruyamment. Derrière elle, un bébé pleurait. Elle n'avait jamais imaginé qu'elle pourrait ne pas avoir d'enfants. Ne jamais tenir un bébé dans ses bras. Ne plus pouvoir se promener sous la pluie, ni regarder le ciel changer de couleur à l'approche de la nuit. Ne jamais apprendre à faire du ski, ni à parler espagnol. Toutes ces petites choses qu'elle avait cru avoir tout le temps de faire. Que devait-elle dire à ses parents ? Rien. Pas encore. Ils avaient assez de soucis en ce moment.

Elle ne pleurerait plus et ne s'apitoierait plus sur son sort. Comme l'avait suggéré Mlle Fairweather, elle allait bien réfléchir. En attendant, elle vivrait chaque minute comme si c'était la dernière. Plus jamais elle ne refuserait de faire quelque chose parce que c'était trop cher, trop effrayant, ou pour n'importe laquelle des mille raisons qu'elle s'était données dans le passé. À partir de maintenant, elle dirait oui à chaque expérience que la vie avait à offrir. Elle profiterait de chaque seconde qui lui restait.

Rose passa les interminables nuits qui suivirent son rendez-vous avec Mlle Fairweather à se retourner dans son lit en ressassant ce qu'elle lui avait dit. Finalement, elle décida de ne pas se faire opérer. Si les choses tournaient mal et si elle finissait comme son père ou pire, comment sa mère pourrait-elle s'occuper de deux invalides ? D'ailleurs, si son père n'avait pas eu son attaque, elle n'aurait jamais su qu'elle avait une bombe à retardement dans le crâne, et aurait continué à vivre comme si de rien n'était.

Aux heures sombres de la nuit, elle avait tenté de dresser une liste des choses qu'elle voulait faire avant… eh bien, avant qu'il ne soit trop tard, mais elle s'était arrêtée au numéro cinquante et avait tout rayé. À la place, elle s'était promis de vivre chaque jour le mieux possible, de profiter de toutes les opportunités qui se présentaient. Elle n'arrivait toujours pas à se faire à l'idée qu'elle pouvait mourir à tout moment. Paradoxalement, elle se sentait en pleine forme, et jamais la vie ne lui avait semblé aussi précieuse, aussi pleine de promesses…

4.

Jonathan l'invitait souvent à déjeuner avec lui, et elle refusait toujours. Un jour qu'il faisait particulièrement beau, elle sollicita l'autorisation de prendre un peu plus que sa demi-heure habituelle de pause.

— J'aimerais emporter mon pique-nique au parc, dit-elle. C'est une belle journée, et ça me fera faire un peu d'exercice. Jenny peut rester seule une heure.

— Bonne idée. Je vous accompagne. Il y a un traiteur en chemin, je prendrai ce qu'il faut. Ça me changera des plats bourratifs qu'on sert à mon club.

Prise de court, Rose ne put refuser.

— Vous pouvez partager mon panier-repas, proposa-t-elle. Ma mère en fait assez pour un régiment ; elle a toujours peur que je ne mange pas assez. J'ai pourtant un appétit d'ogre mais, Dieu merci, je ne prends pas un gramme.

Le regard de Jonathan glissa sur elle et elle se sentit rougir. Qu'est-ce qui lui avait pris de lui proposer de partager son pique-nique ? Jonathan n'avait sûrement pas l'habitude de banals sandwichs. Les gens comme lui mangeaient plutôt du caviar, non ?

— Eh bien, allons-y, si vous pensez avoir assez pour deux. Nous prendrons des cafés en chemin.

Tandis qu'ils marchaient côte à côte, Rose, ne sachant que dire, garda le silence. C'était différent au cabinet où les patients leur offraient des sujets de conversation tout trouvés.

Après avoir acheté leurs cafés, ils s'installèrent sur un banc donnant sur un petit lac. Avec le beau temps, les enfants étaient de sortie avec leurs mères — ou étaient-ce leurs nurses ? — et il y avait beaucoup de promeneurs. Rose tendit un sandwich à Jonathan et offrit son visage à la caresse du soleil.

— Il y a longtemps que vous vivez à Londres ? s'enquit-il.

— J'ai grandi ici. Mes parents habitent la même maison depuis ma naissance. J'en suis partie pour étudier à l'université d'Édimbourg où une tante m'a hébergée. Et vous ?

— J'ai été pensionnaire à Gordonstoun. J'avais huit ans quand mon père m'a envoyé là-bas. J'ai fait ma médecine à Cambridge.

Rose avait entendu parler de Gordonstoun, une école privée huppée et hors de prix du nord de l'Écosse fréquentée par l'aristocratie anglaise, et où régnait une discipline de fer.

— N'est-ce pas là que le prince Charles est allé ?

— En effet, mais c'était bien avant mon époque.

— C'est affreux d'être envoyé en pension quand on est si jeune. Vos parents ont dû terriblement vous manquer !

Jonathan tourna vers elle un regard surpris. Il avait vraiment des yeux magnifiques, de deux nuances de vert. Le genre d'yeux qui semblaient plonger jusqu'à l'âme.

— Je n'y ai jamais vraiment réfléchi. Les premières années ont été dures, mais mes camarades étaient dans la même situation. Et puis il y avait les vacances. Mon père s'absentait souvent, et je les passais chez des amis.

Il se rembrunit, le regard absent, comme plongé dans de déplaisants souvenirs.

— Je ne pourrais pas envoyer mon enfant en pension, surtout si jeune, dit-elle, songeuse. Mais je suppose que vos parents avaient leurs raisons. Et vous, le feriez-vous ?

Les yeux de Jonathan s'assombrirent, et elle s'en voulut. Elle n'avait pas le droit de critiquer son éducation.

— Je n'y ai jamais pensé. Les enfants ne figurent pas vraiment dans mes projets d'avenir, et je ne me vois pas en avoir. Ils exigent un engagement, et ce n'est pas pour moi, admit-il en souriant. La vie est trop pleine de perspectives pour n'en choisir qu'une.

Rose le scruta d'un air pensif. Peut-être changerait-il d'avis quand il aurait rencontré la femme de sa vie ? Peut-être pas.

Elle le voyait mal renoncer au mode de vie qui lui plaisait pour se plier aux contraintes inévitables de la vie domestique.

— Je pense que ma mère ne l'aurait pas fait, mais elle est morte quand j'avais sept ans. Mon père m'a envoyé en pension peu après les obsèques, précisa-t-il après un silence.

Rose était choquée. Comment un père pouvait-il se débarrasser d'un enfant qui venait de perdre sa mère pour l'envoyer à l'autre bout du pays ? Le cœur serré, elle imagina Jonathan enfant en culotte courte et casquette d'uniforme planté devant la vénérable pension et regardant s'éloigner la voiture de son père. Quel genre d'homme pouvait traiter son fils ainsi ? La jeunesse malheureuse de Jonathan expliquait sans doute son manque d'intérêt pour les enfants. Ironie du sort, il n'en voulait pas alors qu'il pouvait sûrement en avoir, et elle qui en voulait désespérément ne le pouvait pas. En soupirant, elle chassa cette pensée.

— J'en suis navrée. Je ne peux pas imaginer ce que c'est que de perdre sa mère si jeune et d'être envoyé en pension.

— On fait tous des choses par obligation, non ? La notion de devoir est démodée, mais vous devez y croire aussi, sinon vous ne seriez pas revenue vous occuper de votre père. Vous aviez sans doute une vie, à Édimbourg.

Elle se força à sourire.

— Bien sûr. Mais, comme vous dites, nous devons parfois faire ce qui est bien, pas ce que nous voulons. Mes parents avaient besoin de moi. Ma vie à Édimbourg peut attendre, conclut-elle avec un haussement d'épaules.

À condition qu'elle ait une vie à vivre…

— Pas de petit ami ?

— Personne de sérieux, répliqua-t-elle, refusant de penser à un avenir qu'elle n'avait peut-être pas. Pourquoi avez-vous choisi la médecine ? s'enquit-elle pour changer de sujet.

Il eut un sourire désenchanté.

— Comme je vous l'ai dit, mon oncle était médecin. Il était apothicaire de la reine. Il me parlait sans cesse des cas qu'il avait traités quand il travaillait encore à l'hôpital et j'adorais l'écouter. La médecine m'est apparue comme une évidence. Mon père aurait aimé que je reprenne l'affaire familiale, mais ce n'était pas pour moi.

— Mais Harley Street…, commenta-t-elle sans pouvoir masquer sa désapprobation.

— Mon oncle avait créé ce cabinet. Les gens aimaient venir voir l'homme chargé de la santé de la reine. Il n'y a pas meilleure référence. Je me serais installé ailleurs, mais il est tombé malade et a dû s'arrêter. Je ne pouvais pas l'abandonner.

— La vraie médecine ne vous manque pas, alors ?

Il lui jeta un regard amusé.

— Vous savez, même les gens riches et célèbres tombent malades. La naissance et la fortune ne vous protègent pas des problèmes de santé.

Oui, elle savait que la maladie pouvait toucher tout le monde ! Elle frissonna malgré la chaleur du soleil.

— À propos, je dois aller voir lord Hilton cet après-midi, reprit-il après avoir consulté sa montre. Vous vous souvenez de sa femme ? Elle souffre d'arthrite, et il a un cancer en phase terminale. Il devrait être à l'hôpital, mais il refuse catégoriquement ; il veut mourir dans la maison où il a toujours vécu. Vous voulez m'accompagner ?

— Pauvre lady Hilton ! Bien sûr que je viens.

Ce que Rose ignorait et que Jonathan omit de lui dire, c'est que lord et lady Hilton habitaient à cent cinquante kilomètres de Londres, et qu'ils envoyaient leur hélicoptère privé pour chercher Jonathan. Un appareil haut de gamme, avec des sièges en cuir aussi larges que des fauteuils.

— Vous ne m'avez pas dit qu'on irait en hélicoptère ! dit-elle d'un ton accusateur quand il gara sa voiture sur l'héliport, situé à dix minutes du cabinet.

— Vous ne me l'avez pas demandé. La moitié de mes patients habitent en dehors de Londres. Il leur arrive même de m'envoyer chercher en hélicoptère ou en avion privé quand ils sont en vacances. Où qu'ils soient.

— Ils ne peuvent pas voir un médecin sur place ?

Il sourit.

— Vous avez beaucoup à apprendre, Rose Taylor. La plupart de mes patients sont si riches qu'ils trouvent normal de me faire venir. Comme ils feraient venir leur coiffeur ou leur styliste. Ils aiment voir le même médecin, et ça ne me gêne pas d'aller chez eux.

C'était vraiment un autre univers, dont Rose ignorait les règles, mais c'était avant tout un emploi. Tant qu'elle était payée et que Jonathan ne maltraitait pas ses patients, elle n'avait pas à juger. De plus, elle devait admettre qu'il était excitant d'en faire partie, ne serait-ce que momentanément. En montant à bord de l'appareil, elle se rappela la promesse qu'elle s'était faite de vivre pleinement chaque journée. Au moins, travailler avec Jonathan lui apportait de nouvelles expériences dont chaque minute était exaltante.

Pendant que l'hélicoptère décollait, Jonathan lui tendit un casque radio pour étouffer le bruit du rotor et leur permettre de converser.

Sous leurs pieds, la Tamise déroulait ses méandres à travers la capitale anglaise. Elle apercevait le palais de Buckingham, la Tour de Londres, et les nacelles du London Eye, la grande roue qui tournait paresseusement au loin.

— Vous êtes déjà montée dedans ? demanda Jonathan en lui désignant la dernière attraction touristique de Londres.

— En fait, non, je n'ai pas eu le temps. J'aimerais le faire un jour — une chose de plus à ajouter à sa liste. Et vous ?

— Une fois ou deux, répondit-il en souriant. Un de mes amis doit y organiser une soirée dans quelques semaines. Vous devriez venir.

Laissant la capitale, ils survolèrent bientôt la campagne. Peu après, une immense demeure apparut, au milieu d'un parc magnifique où l'hélicoptère se posa en douceur.

— Seigneur ! commenta Rose en sautant de l'appareil. La dernière fois que j'ai vu une maison pareille, c'était au cinéma. Combien de personnes l'occupent ?

— Juste lord et lady Hilton. Leurs fils vivent à Londres.

Un homme en livrée de majordome s'avança vers eux, et Rose sourit. Elle avait l'impression d'être dans un film.

— Bonjour, monsieur, mademoiselle, dit le majordome.

Lord et lady Hilton vous attendent. Qui dois-je annoncer ? s'enquit-il en se tournant vers Rose.

— Voici Mlle Taylor, Goodall. Elle est infirmière au cabinet. Lady Hilton et Mlle Taylor se connaissent.

— Lord Hilton est dans sa chambre. Lady Hilton a dit qu'elle aimerait vous parler avant que vous alliez le voir, si cela ne vous dérange pas, dit Goodall.

Jonathan bavarda avec le majordome pendant qu'ils parcouraient les quelques centaines de mètres les séparant de la demeure. D'après les bribes de conversation captées par Rose, les deux hommes se connaissaient bien. Marchant derrière eux, elle contemplait les superbes jardins aux parterres de fleurs parfaitement entretenus et ornés de statues.

Le hall d'entrée dallé de marbre était deux fois plus vaste que celui de la maison de Jessamine avec, au centre, un escalier monumental. Un feu crépitait dans une cheminée qui occupait tout un pan de mur, et de grandes vasques de fleurs aux couleurs vives égayaient l'espace. En dépit de l'aspect grandiose du lieu, on sentait qu'on se trouvait dans une maison tendrement aimée.

Goodall les introduisit dans une pièce aussi imposante que le hall, mais meublée de façon simple et accueillante. Des canapés confortables recouverts de coussins de couleurs vives donnaient de la gaieté à la pièce où la lumière entrait à flots par les immenses fenêtres offrant une vue sur le parc. Là aussi, un feu brûlait dans la cheminée et, après la fraîcheur du dehors, il faisait presque étouffant.

M. Chips sauta d'un accoudoir et trottina vers eux en agitant la queue. Rose se pencha pour le caresser et se fit copieusement lécher la main en retour. Sophia Hilton était assise dans un fauteuil, devant une fenêtre. Ses cheveux argentés étaient impeccablement coiffés, mais, malgré la chaleur qui régnait dans la pièce, elle était pâle et avait les traits tirés. Elle tendit vers Jonathan une main qui tremblait légèrement, et Rose sentit qu'elle était épuisée nerveusement, même si elle s'efforçait de le cacher.

Jonathan se pencha et l'embrassa sur la joue.

— Comment allez-vous, Sophia ? Et lord Hilton ?

— Jonathan, mon cher petit, comme c'est gentil d'être venu ! Et mademoiselle Taylor, c'est un plaisir de vous revoir. Jonathan m'a dit que vous remplaciez Vicki jusqu'à son retour. Giles ne va pas bien, je le crains, ajouta-t-elle, d'une voix étranglée.

Jonathan approcha une chaise de lady Hilton pendant que Rose s'asseyait sur le canapé qui lui faisait face.

— Dites-moi ce qui se passe, dit-il doucement.

— Il s'éteint. Il ne mange presque plus ; il prétend ne pas avoir d'appétit. Il se lève une heure ou deux, c'est tout. Nous sommes en train de le perdre, conclut-elle dans un souffle.

— Vous êtes sûrs que vous ne voulez pas tenter une nouvelle séance de chimiothérapie ? Je peux le faire admettre à l'hôpital dès cet après-midi.

Lady Hilton secoua la tête à regret.

— Il ne veut pas en entendre parler, et je lui ai promis de respecter ses désirs. Vous ne devez pas essayer de le convaincre. Il est trop faible pour lutter, c'est pourquoi il a tenu à ce que je vous parle avant de vous voir.

— La chimiothérapie pourrait l'aider.

— Prolongerait-elle sa vie ?

Jonathan la regarda dans les yeux.

— Je ne vous mentirai pas. Ça peut lui donner un peu de temps, soulager ses symptômes, mais l'issue restera la même.

— Et la chimiothérapie le rendra malade et il se sentira encore plus mal, n'est-ce pas ?

— Il n'a pas très bien réagi aux séances précédentes, alors oui, je suppose qu'il se sentira encore plus mal.

— Il n'y a donc rien de changé depuis notre dernière conversation sur le sujet. Sinon que la fin approche.

— Avez-vous réfléchi à l'idée de prendre une infirmière à domicile ? Rose pourrait peut-être vous convaincre, elle travaillait en médecine générale avant d'être au cabinet.

Rose se pencha en avant.

— Si vous êtes d'accord, j'aimerais voir votre mari et parler avec lui avant de vous conseiller. Le Dr Cavendish a raison, de nombreuses solutions vous permettraient de le garder chez vous dans de bonnes conditions.

— Bien sûr, répondit lady Hilton. Je vous accompagne au premier étage.

Ils trouvèrent le patient assis dans un fauteuil devant la fenêtre, une couverture sur les genoux. Un livre et une tasse pleine de thé refroidi étaient posés sur la table voisine. Il avait les yeux clos et le visage gris et émacié que Rose ne connaissait que trop. Elle comprit qu'il n'en avait plus pour longtemps.

— Chéri, dit lady Hilton en posant une main douce sur son épaule. Jonathan et son infirmière sont venus te voir.

Il ouvrit ses yeux bleu pâle et les fixa sur sa femme avec tant d'amour que Rose en fut bouleversée.

— Jonathan, mon garçon, comment allez-vous ? Et votre famille ? s'enquit-il d'une voix faible mais qui ne tremblait pas.

— Mon père me demande toujours de vos nouvelles, répondit Jonathan en lui prenant délicatement le pouls.

— Vous n'allez pas vous marier ? N'est-il pas temps ?

— Non ! s'esclaffa Jonathan. Je n'ai pas trouvé de femme assez folle pour me supporter.

— Et cette fille ? demanda le vieil homme en montrant Rose qui s'agita, gênée, doutant que le malheureux ait toute sa tête.

— Cette fille, comme vous dites, est mon infirmière. Victoria est enceinte et elle a dû prendre un congé. Rose la remplace jusqu'à son retour.

Rose s'avança pour que le vieillard puisse la voir.

— Le Dr Cavendish a pensé que je pourrais aider à améliorer votre confort, dit-elle.

Tout en regardant Jonathan terminer son examen, elle observait lord Hilton pour évaluer son degré de mobilité et sa douleur.

— Si nous parlions un peu pendant que Jonathan s'entretient avec votre mari ? proposa-t-elle à lady Hilton.

Elles regagnèrent le salon, et Rose aborda le sujet délicat des soins à domicile.

— Je ne veux pas que des étrangers s'occupent de lui, s'insurgea immédiatement lady Hilton.

— Et une infirmière de nuit seulement ? suggéra-t-elle

avec douceur. Quelqu'un qui resterait auprès de lui toute la nuit pour que vous puissiez dormir ?

— Nous avons Goodall, dit fermement lady Hilton. Il s'occupera de Giles s'il a besoin de quoi que ce soit la nuit. Il l'aide aussi à se laver et se raser. Il est avec lui depuis trente ans, et il connaît ses habitudes.

— Le Dr Cavendish va sûrement vous proposer une pompe à morphine pour contrôler la douleur. Voulez-vous y réfléchir ? Une infirmière devra venir tous les deux jours pour vérifier son bon fonctionnement, mais ce n'est pas trop gênant.

Lady Hilton battit furieusement des paupières.

— Pourquoi Victoria a-t-elle choisi ce moment pour être malade ? Oh ! ne faites pas attention, je suis égoïste… Bien sûr qu'elle doit faire attention à elle maintenant qu'elle est enceinte. Mais Giles la connaît. Il aurait envoyé Goodall la chercher tous les jours.

— Je suis sûre qu'il y a de très bonnes infirmières qui seraient ravies de venir chez vous quotidiennement.

— Mais il faudrait des entretiens d'embauche, et ça prendrait trop de temps. Je ne veux pas perdre la moindre minute du temps qu'il nous reste. Et il n'y en a plus beaucoup, inutile de prétendre le contraire, ma chère. Je le sais, et Giles aussi… Et vous, vous ne pourriez pas venir ? Vous semblez plaire à Giles, et Jonathan ne vous aurait pas amenée s'il n'avait pas une haute opinion de vous. Nous nous arrangerions pour vous faire chercher et ramener tous les jours. S'il vous plaît, dites oui.

Rose cherchait comment refuser poliment quand Jonathan entra dans la pièce.

— Il dort. Goodall et moi l'avons couché. Je pense qu'il faudrait lui donner quelque chose de plus régulier pour la douleur. Bien sûr, je peux venir le voir quand vous voulez, mais une analgésie à la demande serait de loin préférable.

— Mlle Taylor m'en parlait justement. Mais elle dit qu'une infirmière devra vérifier régulièrement la pompe à morphine. Je lui ai demandé si elle ne pouvait pas venir elle-même. Qu'en pensez-vous, Johnny ?

— J'ai besoin d'elle à Londres, objecta-t-il.

La vieille dame semblait si abattue que Rose ne put s'empêcher d'intervenir. Si Jenny gérait l'accueil du cabinet, elle pouvait soulager les Hilton. Et cela l'occuperait.

— Et si je venais après mes heures ? suggéra-t-elle.

Jonathan fronça les sourcils et, s'excusant auprès de lady Hilton, il entraîna Rose à l'écart.

— Je sais que vous voulez être utile, mais vous devez penser à votre situation. Ce sera trop pour vous de venir ici après une journée de travail, et de rentrer ensuite chez vous pour vous occuper de votre père. Je dois aussi penser à votre santé. Je n'ai pas envie de devoir chercher une nouvelle infirmière.

— Ce n'est pas comme si j'étais débordée au cabinet, remarqua-t-elle. Il y a au moins trois après-midi par semaine où vous ne recevez pas de patients. Je sais que vous les réservez aux urgences et aux visites imprévues, mais, jusqu'à présent, ça a été plutôt tranquille et je me suis tourné les pouces. Je pourrais venir ici ces jours-là.

Le regard de Jonathan se posa sur lady Hilton, anéantie malgré son air déterminé et son maintien digne.

— J'accepte à une condition, dit-il. Vous ne viendrez ici que les après-midi libres. Pour les deux autres, nous organiserons mon planning afin que je n'aie aucun rendez-vous quand vous serez ici. Jenny et moi pouvons gérer les urgences entre nous. Si ça vous convient, je suis d'accord.

Il n'avait pas besoin d'ajouter que l'arrangement n'aurait probablement pas à durer plus de quelques semaines.

Il sourit tristement à Rose dont le cœur s'accéléra.

— Merci pour votre aide, Rose. Je connais lord et lady Hilton depuis toujours. Tout ce qui peut leur adoucir ces dernières semaines est important pour eux… et pour moi.

Jonathan annonça à lady Hilton ce qu'ils avaient décidé, et le soulagement de la vieille dame émut Rose. Elle voulut les garder à dîner, mais Jonathan déclina son invitation.

— La prochaine fois, c'est promis. Mais il se fait tard et je dois ramener Rose. Je vous appelle demain matin pour vous donner les détails de notre arrangement.

Le retour en hélicoptère fut plus silencieux que l'aller.

Rose pensait à Jonathan. D'un côté, il semblait adorer faire la fête avec la jet-set ; de l'autre, il se souciait sincèrement de ses patients. Elle l'avait jugé un peu trop vite et, en cela, elle ne valait pas mieux que les pseudo-journalistes des tabloïds.

Elle coula un regard dans sa direction. Pourquoi ne l'avait-elle pas rencontré plus tôt, avant que son petit monde ne soit chamboulé ? Et pourquoi avait-elle l'impression angoissante que ce qu'elle ressentait pour lui était beaucoup plus fort que ce qu'elle aurait dû éprouver pour son patron ?

5.

Le samedi matin, Rose faisait la lecture à son père quand on frappa à la porte. Jetant un coup d'œil par la fenêtre, elle vit un gros 4x4 devant la maison. Elle alla ouvrir et se trouva nez à nez avec un Jonathan souriant, en jean délavé et chemise à manches courtes. C'était la première fois qu'elle le voyait autrement qu'en costume, et il était encore plus beau ainsi, si c'était possible. Plus accessible, en tout cas.

Pour une fois le soleil brillait et, bien qu'il fasse frais, un avant-goût d'été flottait dans l'air.

Bouche bée, elle s'effaça pour le laisser entrer.

— Qui est-ce, chérie ? demanda sa mère en s'approchant.

— C'est le Dr Cavendish, maman.

— Je vous en prie, appelez-moi Jonathan, dit-il en tendant la main à sa mère avec un sourire charmeur.

— Que faites-vous là ? s'enquit brutalement Rose avant de se rendre compte de son impolitesse. Pardonnez-moi, votre visite me surprend. J'ignorais que vous connaissiez mon adresse.

— Elle figure dans votre dossier, répondit-il avec un grand sourire. J'aurais dû appeler, mais je pensais que nous avions un arrangement.

— Un arrangement ?

— Les billets pour le match de foot, vous vous rappelez ? J'ai promis de trouver un moyen d'y emmener votre père. S'il veut toujours y aller, bien sûr.

Rose était littéralement médusée.

— Vous êtes venu chercher mon père ? Vous ne deviez pas assister à un match de cricket ?

— Bah ! il y en aura d'autres.

Rose savait qu'il avait renoncé à l'un des événements sportifs les plus importants de la saison.

— Je vais à une réception ensuite, ajouta-t-il. Voulez-vous venir ?

Incrédule, elle secoua la tête. Il avait laissé tomber le cricket qu'il adorait pour rendre service à son père, un homme qu'il n'avait jamais vu, et il l'invitait à une fête !

— Je ne peux pas. Je n'ai rien de convenable à me mettre. Et, de toute façon, on a besoin de moi ici.

Ce n'était pas tout à fait vrai. L'état de son père s'améliorait de jour en jour, et il était beaucoup moins dépendant. Mais elle, à une soirée avec Jonathan ? Jamais de la vie ! Qu'aurait-elle à dire à ses amis ? L'idée était ridicule, même si elle le regrettait un peu. Il y avait une éternité qu'elle n'était pas sortie, et elle aurait été curieuse de savoir quel genre de réceptions il fréquentait. Une autre expérience à ajouter à sa liste croissante...

Consciente qu'ils étaient toujours dans l'étroit vestibule, elle se rappela ses bonnes manières et le fit entrer dans le petit salon. Son père leva les yeux avec curiosité.

— Papa, voici le Dr Cavendish. Il veut savoir si tu aimerais assister au match de football cet après-midi.

Jonathan traversa la pièce pour échanger avec le maître de maison une poignée de main chaleureuse.

— Je suis heureux de vous rencontrer, monsieur Taylor. Votre fille m'a dit que vous étiez un supporter d'Arsenal. Il se trouve que j'ai des billets pour le match d'aujourd'hui, et je me demandais si vous aimeriez venir.

— C'est gentil, jeune homme, bredouilla difficilement le père de Rose. Mais j'ai un problème avec ma jambe. Je ne crois pas que je pourrais monter les marches des gradins.

En dépit de ses progrès, il devait encore s'appuyer lourdement sur une canne pour marcher, et Rose doutait qu'il puisse faire plus de quelques mètres sans fauteuil roulant.

— J'ai un plan, dit Jonathan. Si je vous assure que Rose et moi pouvons nous débrouiller pour vous conduire à votre siège sans problème, qu'en dites-vous ?

Rose vit s'illuminer le regard de son père et son cœur se serra. Quand elle était enfant, il l'emmenait toujours aux matchs d'Arsenal, et ils n'en avaient pas manqué un seul avant qu'elle parte faire ses études en Écosse.

— Je ne sais pas, mon garçon. Vous feriez peut-être mieux d'y aller avec ma Rose. Vous en profiteriez mieux.

— Je n'irai pas au match sans toi, papa. Et je ne crois pas que le Dr Cavendish ait l'intention d'y assister. Il a autre chose à faire.

— J'ai dit ça ? s'enquit innocemment Jonathan. Rien ne me ferait plus plaisir, mais ça ne me tente guère d'y aller seul. Rose et vous me rendriez service en m'accompagnant.

— Vas-y, chérie, intervint la mère de Rose. Tu n'es pas sortie depuis l'attaque de ton père. Un peu d'air frais te fera du bien. Et je ne serais pas mécontente de ne pas avoir ton père dans les jambes pendant quelques heures.

Rose savait que sa mère n'en pensait pas un mot. Ses parents s'aimaient tendrement, mais elle voulait égayer un peu la triste existence de son mari, et savait qu'il ne sortirait pas sans sa fille.

— Dans ce cas, je serai ravie d'y aller, dit Rose.

Non sans difficulté, Jonathan et elle parvinrent à installer son père et son fauteuil roulant à l'arrière du 4x4. Arrivé au stade, Jonathan montra un laissez-passer au garde qui leur ouvrit la barrière de sécurité. Soutenant le père de Rose, ils prirent ensuite l'ascenseur pour accéder aux loges.

— J'ai toujours rêvé d'assister à un match dans une loge ! s'exclama Tommy Taylor quand il fut installé, une couverture sur les genoux. Mais ce n'était pas dans mes moyens.

— Nous pourrions aller au bar pour déjeuner d'abord, si vous voulez, suggéra Jonathan.

Tommy secoua la tête.

— Allez-y tous les deux. Je n'ai pas envie de bouger.

— Je préfère rester avec toi, papa, dit Rose. Mais que cela ne vous empêche pas d'aller déjeuner, Jonathan.

— Dans ce cas, j'irai nous chercher quelque chose. Je ne tiens pas à manger seul.

Quelques minutes plus tard, il revint portant un plateau

avec un assortiment de mets et sandwichs variés, et Rose remarqua qu'il avait eu la délicatesse de choisir des choses que son père pourrait aisément manger d'une seule main.

En attendant le coup d'envoi du match, les deux hommes discutèrent football. C'était la première fois qu'elle voyait son père aussi animé depuis son attaque, et elle éprouva une bouffée de reconnaissance envers Jonathan. Son geste était plutôt atypique pour un employeur, et sans doute voulait-il ainsi la remercier de s'occuper de lord Hilton. Quelle que soit la raison, elle savait qu'elle était en train de craquer pour son patron. Son cœur manqua un battement. Elle avait encore deux choses à ajouter à sa liste : assister à un match de foot dans une loge, et tomber amoureuse pour la première fois…

Arsenal perdit dans les dernières secondes du match, mais ils avaient passé de merveilleux moments, et Rose regrettait de les voir s'achever.

Jonathan les raccompagna chez eux, analysant le match avec son père pendant qu'elle demeurait pensive. Elle était en train de tomber amoureuse d'un homme avec lequel elle n'avait rien en commun. Pourquoi maintenant alors que, même en imaginant qu'il puisse partager ses sentiments, elle n'avait aucun avenir à lui offrir ? Mais peut-être se croyait-elle amoureuse parce qu'elle ignorait ce que lui réservait le futur ? Si toutefois ce qu'elle ressentait était bien de l'amour… C'était assurément du désir. De l'engouement. Quand il était dans la même pièce, son cœur s'affolait, son souffle s'accélérait. S'il frôlait sa main en lui passant une tasse de café, elle sentait ses jambes se dérober sous elle. Il n'y avait cependant pas que cela. Malgré sa réputation de séducteur, il était bon et généreux. Il l'avait prouvé en renonçant à ses projets pour accompagner le père handicapé d'une employée à un match de football.

La mère de Rose les attendait avec impatience. Elle semblait reposée, et la joie de son mari lui mit du baume au cœur.

— J'ai invité Rose à m'accompagner à une réception ce

soir, lui dit Jonathan avec un sourire charmeur. Mais elle a refusé.

— Rose ! Tu n'as pas dit non, quand même ?

— Je ne peux pas y aller, maman. On a besoin de moi ici.

— Ne dis pas de bêtises ! Nous pouvons nous débrouiller. D'ailleurs, tu as besoin de te détendre. Tu as mauvaise mine, ces temps-ci.

— Et je n'aime pas que mon personnel ait mauvaise mine, renchérit Jonathan. Je promets de vous ramener chez vous si vous ne vous amusez pas, Rose. Ou nous pouvons oublier la soirée et faire autre chose, si vous préférez.

Rose capitula. La vérité, c'est qu'elle avait très envie de passer du temps avec lui. Qui pouvait savoir combien d'occasions elle aurait encore de le faire ?

— Vous avez gagné, dit-elle. À une condition. Ce soir, vous venez avec moi, et vous rencontrez mes amis.

Elle attendit sa réponse en retenant son souffle. Elle voulait savoir s'il était prêt à passer un moment avec elle, sur son territoire à elle.

— C'est d'accord, acquiesça-t-il en souriant. Je vous suis.

Jonathan se sentait un peu mal à l'aise dans ce pub. Rose avait disparu au milieu d'une nuée d'amis, et il ne l'avait pas vue depuis au moins dix minutes. Quelqu'un lui avait fourré une pinte de bière dans la main, et il se demandait non seulement ce qu'il faisait là mais surtout pourquoi il voulait tant en savoir plus sur Rose Taylor.

Il aurait pu sortir avec un tas de femmes moins compliquées, qui n'auraient pas insisté pour qu'il pousse la chansonnette ! Il étouffa un grognement. Apparemment, monter sur scène faisait partie de la fête. Et Rose avait jubilé en lui annonçant qu'il devrait le faire aussi. Il priait juste pour qu'aucun reporter ne l'ait suivi jusqu'ici. Heureusement, c'était peu probable. Il ne leur viendrait jamais à l'idée qu'il puisse fréquenter un pub de banlieue.

L'établissement avait organisé une soirée spéciale Écosse et les clients étaient venus de tous les coins de Londres. L'endroit était bondé et résonnait de rires et de tintements de verres.

Se frayant un chemin jusqu'à lui, Rose se jucha sur le tabouret voisin. Elle avait détaché ses cheveux qui tombaient sur ses épaules en une nappe soyeuse, ses yeux pétillaient, et un petit sourire jouait sur ses lèvres.

Soudain, on demanda le silence et, après quelques instants, tout le monde se tut. Jack, un vieil ami de Rose, était monté sur la scène pour se camper devant le micro.

— La plupart d'entre vous connaissent Rose…

Les applaudissements crépitèrent et on acclama Rose qui rougit.

— Ce que vous ignorez peut-être, c'est qu'elle compose des chansons et joue divinement de la guitare !

Jonathan coula un regard vers Rose. Elle jouait de la guitare et écrivait des chansons ? Première nouvelle !

— Je sais qu'elle sera ravie de nous jouer quelque chose, si nous l'encourageons !

Nouveaux hurlements. Dans le vacarme assourdissant, Rose empourprée secouait la tête, se cachant derrière ses cheveux. Finalement, elle se leva et, gagnant la scène, prit le micro des mains de Jack.

— Désolée, mais je n'ai pas apporté ma guitare…

Il y eut un murmure de déception, puis Jack se retourna en brandissant une guitare.

— Navré, chérie, mais nous en avons une ici ! Vas-y, tu ne peux pas nous laisser tomber.

Elle prit l'instrument à contrecœur, s'assit sur la chaise qu'on lui avait approchée et vérifia que la guitare était bien accordée. Le silence se fit.

— Je vais vous jouer *Fear A Bhata*, une chanson gaélique que ma mère me chantait quand j'étais enfant et que son Écosse lui manquait. Je la dédie à tous ceux qui sont loin de chez eux.

Elle gratta quelques cordes dans le silence, puis sa voix rauque s'éleva dans la salle bondée. Jonathan n'avait pas besoin de comprendre les paroles pour savoir qu'elle chantait la nostalgie et le regret. Le son de sa voix touchait son cœur, et il était bouleversé. La Rose qu'il découvrait était une révélation. Loin de la jeune femme timide et effacée qu'il avait appris à admirer et respecter, il avait devant lui une femme magnifique, émouvante et profonde, qui chantait la douleur du manque et le chagrin comme s'ils n'avaient pas de secret pour elle.

Avec effroi, il comprit qu'il était en train de tomber amoureux.

Quand les dernières notes de la chanson se furent dissipées, il y eut un profond silence, suivi d'un tonnerre d'applaudissements. Des cris fusèrent pour demander une nouvelle chanson, mais Rose secoua la tête et, rendant la guitare, quitta la scène.

Elle revint s'asseoir près de Jonathan, les joues rouges et les yeux brillants.

— Vous ne m'aviez pas dit que vous chantiez comme ça.

— Je le fais pour m'amuser, répondit-elle avec un bref sourire. Quand je suis seule et qu'il pleut dehors. Et, lorsque quelque chose me touche, j'en fais une chanson. C'est ma façon de me détendre. Je n'avais jamais chanté en public. Je pensais en être incapable.

S'il la trouvait déjà intéressante, il voulait maintenant tout savoir de cette femme si différente de celles qu'il connaissait.

Il y eut un mouvement dans la salle et on empila chaises et tables le long des murs. Un groupe composé d'un accordéoniste et deux violonistes était monté sur scène.

— On dirait que vous allez échapper à la corvée de chanter ce soir ! Vous savez danser ? s'enquit Rose en souriant.

Jonathan soupira, soulagé.

— Ça dépend quoi. Je connais la valse et le fox-trot, mais quelque chose me dit que vous pensez à autre chose.

— En effet, répliqua-t-elle en souriant de plus belle. On danse deux choses ici, le quadrille écossais et la danse country. Vous avez dû apprendre le quadrille à votre école en Écosse, non ?

Jonathan fut rassuré. On leur avait effectivement enseigné

les danses traditionnelles écossaises avec leurs pas compliqués. Toutefois, l'expression amusée de Rose l'intriguait.

Comme le groupe se mettait à jouer, invitant tout le monde à prendre place pour le quadrille, il tendit la main à Rose.

— On y va ?

Alors qu'il croyait se lancer dans une danse familière, il s'aperçut rapidement de son erreur. Oh ! les pas étaient les mêmes, mais pas le rythme ! Tout se passait à une allure folle et, pour plaire aux danseurs chevronnés, l'orchestre accéléra encore le tempo.

Bientôt, il se retrouva au milieu d'une danse insensée où les pieds bougeaient à la vitesse de l'éclair. Il fit tournoyer Rose dont les cheveux volaient autour d'elle. Puis il rejoignit une autre partenaire qui l'obligea à aller encore plus vite. Enfin, le quadrille s'acheva, et il put reprendre son souffle.

Le répit fut cependant de courte durée. La musique reprit, et la danse country canadienne fut suivie par la two-step de Boston et la Highland scottish. Le tout à une vitesse affolante. Se laissant entraîner par les autres danseurs, il se surprit bientôt à apprécier ce rythme grisant. Pour la dernière danse, le tempo ralentit, et l'orchestre demanda aux danseurs de se rapprocher de leurs partenaires pour une valse.

Jonathan attira Rose dans ses bras et sentit son parfum quand elle posa la tête contre son épaule.

— Alors, qu'en pensez-vous ? s'enquit-elle en levant vers lui ses beaux yeux bleus. Ce n'est pas votre truc, j'imagine ?

— Il est clair que vous ne me connaissez pas du tout, Rose Taylor. Pour notre prochain rendez-vous, que diriez-vous d'aller à cette fête dont a parlé Jessamine ?

Prise de court, elle voulut s'écarter, mais il la ramena contre lui.

— Il ne s'agit pas d'un rendez-vous, mais d'une sortie entre amis, balbutia-t-elle, empourprée.

— Allons, Rose, nous savons que c'est plus que ça. Je veux connaître la vraie Rose, et je crois ne pas vous être indifférent.

Elle le regarda droit dans les yeux.

— Vous savez comme moi que toute relation est impossible entre nous, dit-elle calmement.

— Pourquoi ?

— Vous savez pourquoi.

— Je n'en suis pas sûr.

— Mêler travail et vie personnelle n'est pas une bonne idée.

— Pourquoi ? N'est-ce pas ce que nous sommes en train de faire ? Je passe un bon moment, pas vous ?

— Si, mais…

Sans doute pensait-elle qu'ils n'appartenaient pas au même monde, songea-t-il. Certes, ils avaient reçu des éducations différentes, fréquentaient des gens différents, menaient des vies différentes. Cela comptait-il ? Pas pour lui, en tout cas, mais pour elle, oui. Elle ne cachait pas son mépris pour le mode de vie frivole qu'elle croyait être le sien, et semblait persuadée qu'ils n'avaient rien en commun. Pourtant, il ne s'était jamais senti aussi à l'aise en compagnie d'une femme. Et jamais il n'avait désiré une femme comme il désirait Rose…

— Ne pouvons-nous pas juste nous amuser ? En amis ? demanda-t-il tout en sachant très bien qu'il n'avait aucune intention de rester son ami. Voir où cela nous mène ? Pas de promesse ni d'engagement. Juste deux personnes qui s'apprécient et apprennent à mieux se connaître.

— Je ne suis pas très douée pour les relations passagères, Jonathan. Je sais que c'est démodé, mais je suis comme ça. Et je ne changerai pas uniquement pour vous satisfaire.

— Je ne vous le demande pas, et je ne vous pousserai pas à coucher avec moi, si c'est ce qui vous inquiète. Je promets d'être un parfait gentleman. Mais je pense qu'un ami vous serait utile en ce moment.

— J'ai des amis, protesta-t-elle en désignant la salle.

— On n'en a jamais assez, non ? Amusez-vous un peu. Il vous faut quelque chose qui vous change de votre travail. Et de ce qui se passe chez vous, ajouta-t-il en baissant la voix.

Il ignorait que ses problèmes ne se limitaient pas à la maladie de son père. Elle s'était juré de profiter pleinement du temps qui lui restait. Comme ce soir…

Malgré l'insistance de Jack, elle avait toujours refusé de

chanter en public. Mais au souvenir de la promesse qu'elle s'était faite, elle s'était forcée à prendre la guitare. En fermant les yeux, elle avait pu imaginer qu'elle se trouvait seule dans sa chambre, et elle avait mis tout son cœur dans la chanson, y déversant son chagrin et sa peine pour son avenir brisé. Et elle s'était sentie bien, au point que les applaudissements l'avaient prise de court. Elle avait presque oublié qu'elle n'était pas seule.

En ouvrant les yeux, elle avait rencontré le regard vert de Jonathan qui la contemplait avec… quoi ? Admiration ? Étonnement ?

Elle avait l'impression d'être en train de changer, et ce n'était pas dû uniquement à sa maladie. Avec Jonathan, elle avait le sentiment de pouvoir faire n'importe quoi et cette idée la troubla. Ce n'était pas censé arriver ; ça ne faisait pas partie de ses plans. Puis elle se rappela ce qu'il venait de dire : « Pas de promesse ni d'engagement ». Si elle ne pouvait pas lui offrir un avenir, il ne lui en proposait pas un non plus.

Elle lui tendit la main et il la prit dans la sienne. Il avait une main fraîche, de longs doigts de chirurgien. Un frisson parcourut l'échine de Rose. Plus que tout au monde, elle avait envie d'être dans ses bras, de sentir sa bouche sur la sienne. De se perdre en lui… même pour peu de temps.

— D'accord, dit-elle en souriant. Je vous accompagnerai à la réception demain. Pour la simple raison que je n'ai jamais assisté à une fête sur un yacht, ajouta-t-elle avec malice.

Jonathan sourit.

— Si ça suffit pour vous décider, j'ai plein d'autres genres de soirées à vous proposer.

6.

En regardant par la fenêtre de sa chambre le lendemain matin, Rose vit qu'il pleuvait à verse. L'été se faisait désirer. Elle sentit son cœur bondir à la pensée de la journée qui s'annonçait. Si elle n'avait pas été aussi déterminée à tenir la promesse qu'elle s'était faite, elle aurait trouvé une excuse pour ne pas aller à cette fête. Cependant, il n'y avait pas que son désir de profiter de la vie qui la poussait à oser de nouvelles expériences. Il y avait aussi Jonathan. Qui sait combien de temps il ferait partie de son existence ? Elle voulait passer autant de temps que possible avec lui, se forger des souvenirs qu'elle chérirait le reste de sa vie, quelle qu'en soit la durée.

Chassant ces pensées morbides, elle examina sa modeste garde-robe d'un œil critique, sans avoir la moindre idée du genre de tenue que l'on portait à une réception sur un yacht. Elle se décida pour une petite robe noire qu'elle gardait pour les circonstances un peu plus habillées, et dont la coupe flatteuse avantageait son corps trop mince.

Le temps qu'elle se douche et s'habille, la pluie avait cessé et le soleil brillait. La journée serait peut-être belle, tout compte fait.

Jonathan vint la chercher, terriblement sexy dans un jean délavé et un polo sport. Il émit un sifflement appréciateur en la voyant, et elle s'empourpra, embarrassée.

Première surprise, le yacht n'était pas ancré sur la Tamise.

— Rares sont ceux qui gardent leurs bateaux sur la Tamise aujourd'hui, dit-il amusé par son étonnement. Non, celui-ci est ancré au large de l'île de Wight. On envoie un hélicoptère nous chercher.

Était-ce ainsi qu'on voyageait dans son milieu ? se demanda Rose, un peu agacée. Qu'est-ce qu'ils avaient contre les voitures ? Cela dit, il était vrai que l'accès à l'île de Wight par la route était impossible… Elle commençait à avoir la migraine. Elle avait eu tort de venir ; elle n'allait pas être à sa place parmi ces gens.

Jonathan lui jeta un coup d'œil et son visage rembrunit.

— Vous ne regrettez pas d'être venue, j'espère ?

Elle ne répondit pas. Elle essayait d'être un peu plus aventureuse, et n'allait pas renoncer sous prétexte qu'elle redoutait de détonner dans ce milieu. Que pouvait-il lui arriver ? Si tout le monde l'ignorait, elle pourrait toujours… quoi ? Rentrer à Londres à la nage ?

— Je m'occuperai de vous, c'est promis, dit Jonathan. Ce sont de braves gens, vous verrez. Certains sont plus extravagants que d'autres, c'est tout.

Résignée à l'inévitable, elle se força à se détendre.

Rose n'avait jamais vu de yacht pareil. D'une blancheur immaculée, grand comme un terrain de football ou presque, avec des chromes qui scintillaient au soleil.

Nombre d'invités étaient déjà là. La moitié d'entre eux portaient des maillots de bain, les autres étant en short ou en jean. Mal à l'aise, Rose se sentit trop habillée. Quoi qu'il en soit, il n'était pas question, mais alors pas question du tout, qu'elle porte un Bikini à une réception, surtout en cette saison !

On leur tendit un verre dès qu'ils furent à bord. Rose but une gorgée et grimaça. S'assurant qu'on ne la regardait pas, elle vida sa flûte par-dessus bord. Il était bien trop tôt à son goût pour boire du champagne.

Quelques secondes après, sous ses yeux consternés, Jonathan fut happé par un groupe d'invités et disparut à sa vue. Heureusement qu'il avait promis de s'occuper d'elle… Mais, pour être juste, il ignorait à quel point elle se sentait intimidée. Accoudée au bastingage, elle se demanda combien de temps la politesse lui imposait de rester avant de pouvoir s'éclipser. Elle savait qu'elle aurait dû se présenter aux autres invités, mais elle n'arrivait pas à lâcher le garde-fou.

— Salut, dit une voix douce, l'arrachant à ses pensées. Qui êtes-vous ?

Elle se retourna et vit un grand blond aux yeux vitreux qui la regardait. Il avait manifestement forcé sur le champagne.

— Je suis Rose Taylor, l'infirmière de Jonathan, répondit-elle poliment en lui serrant la main.

— Ravi de vous connaître, Rose-Taylor-l'infirmière-de-Jonathan. Je m'appelle Henry. Ma sœur organise cette fête.

Rose chercha qui pouvait être la sœur de Henry parmi les femmes distinguées qui se pressaient sur le pont. Elle aperçut Jonathan au milieu d'un groupe d'admiratrices subjuguées. Comme s'il sentait son regard, il se retourna et haussa les sourcils d'un air interrogateur. Elle secoua la tête. Maintenant qu'elle parlait avec quelqu'un, elle se sentait moins seule.

Tendant la main, Henry lui enleva ses lunettes. Tout devint flou autour d'elle et elle voulut les reprendre, mais il les cacha derrière son dos.

— Hé ! vous n'êtes pas mal du tout quand on voit votre visage, commenta-t-il d'une voix pâteuse en lui soufflant son haleine avinée à la figure. On peut faire confiance à Jonathan pour vous garder pour lui.

Dégoûtée, Rose recula. Henry avança, la coinçant contre le bastingage. Elle chercha Jonathan des yeux mais ne vit que des silhouettes indistinctes.

— Rendez-moi mes lunettes, dit-elle calmement, peu soucieuse de causer un esclandre devant tous ces étrangers.

Henry les agita sous son nez.

— Un petit baiser en échange ?

Rose lui arracha ses lunettes des mains et les remit. Enfin, elle voyait correctement ! Derrière Henry, elle aperçut Jonathan qui les fixait, les sourcils froncés. Elle devait avoir l'air très mal à l'aise car il les rejoignit un instant plus tard.

— Je peux récupérer mon invitée, Henry ? demanda-t-il aimablement. Je veux lui faire visiter le bateau.

Il prit le bras de Rose et l'entraîna.

— Il vaut mieux éviter Henry ; il ne fait qu'une bouchée des filles comme vous.

Furieuse, elle dégagea son bras avec brusquerie.

— Qu'est-ce qui vous fait croire que je ne sais pas me défendre ? Ce n'est pas parce que je ne fréquente pas les gens riches et célèbres que je ne sais pas repousser les types comme lui. S'il ne m'avait pas pris mes lunettes, je n'aurais pas eu besoin de vous, lâcha-t-elle, mortifiée et regrettant amèrement d'être venue.

Il rit, ce qui dissipa la colère de Rose comme par magie.

— J'aurais dû savoir que vous étiez parfaitement capable de l'affronter. Un seul regard de ces yeux à l'éclat de diamant suffit pour remettre quiconque à sa place !

Tendant la main, il lui ôta doucement ses lunettes.

— Vous avez des yeux magnifiques, vous savez.

Rose sentit ses jambes mollir. Pourquoi la regardait-il ainsi ? C'était injuste ! Il lui donnait l'illusion qu'elle était aussi belle que toutes ces femmes alors qu'elle avait tout d'une godiche. Elle lui reprit ses lunettes et les remit. Pourquoi, oh ! pourquoi fallait-il qu'il sourie comme ça ?

Pour lui cacher son visage empourpré, elle tourna vivement les talons et faillit trébucher. Il la rattrapa et la stabilisa contre lui. Elle sentit la chaleur de son corps, et l'odeur de son après-rasage lui monta à la tête. Il la considérait d'un air amusé. Savait-il quel effet il avait sur elle ? Bien sûr que oui ! Il devait être habitué à ce genre de réaction.

— Ne vouliez-vous pas me faire visiter les lieux ? lui rappela-t-elle sèchement en le repoussant.

Sans se départir de son petit sourire, il désigna un escalier.

— Commençons par l'intérieur.

En bas, un salon lambrissé d'acajou grouillait d'invités qui bavardaient et riaient. Entraînant Rose, Jonathan se fraya un chemin parmi eux, s'arrêtant çà et là pour saluer quelqu'un. Soudain, une fille aux longs cheveux platine se précipita vers lui et se jeta dans ses bras.

— Chéri, je te cherche partout !

Consciente du regard curieux fixé sur elle et ne voulant

pas montrer sa gêne, Rose afficha un air dégagé et s'éloigna pour poursuivre seule son exploration.

Au-delà du salon se trouvaient de petites cabines équipées de matériel électronique de pointe, écrans plats, enceintes dernier cri… Chacune était pourvue d'une salle de bains de taille modeste, mais parfaitement équipée.

Elle revint sur ses pas et retraversa le salon sans voir Jonathan, puis remonta l'escalier. Le pont faisait tout le tour du bateau, et à une extrémité — était-ce la proue ? — elle tomba sur un Jacuzzi. Plusieurs invités y barbotaient en profitant du soleil. Deux serveurs déambulaient en proposant des boissons et des petits-fours. Rose prit un jus d'orange et une tartelette minuscule au contenu inconnu mais délicieux. Heureusement, Henry avait disparu.

— Ah ! vous voilà, dit Jonathan qui arrivait avec la blonde. Je vous ai cherchée partout. Je vous présente Summer. Summer, voici Rose.

La blonde sourit, le regard spéculateur.

— Doux Jésus ! Vous avez déniché cette robe dans une friperie ?

À une époque, Rose se serait éloignée sans un mot, mais elle n'avait plus envie de subir les humiliations d'individus mal élevés qui n'avaient rien de mieux à faire que rabaisser les gens comme elle.

— Mais oui, dit-elle, suave. Comment avez-vous deviné ? J'adore mettre des vêtements que d'autres ont aimé porter avant moi. Cela me donne l'illusion de les connaître un peu.

Elle détailla la tenue de la blonde Summer. Elle portait des collants aux motifs panthère, et une robe en lamé or qui lui arrivait au ras des fesses. Elle était superbe, mais Rose préférait de loin sa simple petite robe noire. Et si elle datait un peu, elle s'en moquait. Elle commençait à en avoir plus qu'assez de cette bande de snobs avec lesquels elle n'avait strictement rien en commun.

Comme elle cherchait un prétexte pour prendre congé, une brune au visage espiègle s'approcha de Jonathan et glissa son bras sous le sien.

— J'admire votre robe depuis votre arrivée, dit-elle à Rose.

Elle ressemble tout à fait à un modèle que j'ai vu la semaine dernière dans un défilé à Milan. Et je dois dire qu'elle a plus d'allure sur vous que sur le mannequin. Tu ne trouves pas, Summer ? demanda-t-elle, ses yeux verts fixés sur la blonde.

— Rose, permettez-moi de vous présenter lady Ashley, ma cousine, dit Jonathan. Ashley, voici Rose.

Ashley tendit une main fine et serra celle de Rose.

— Je suis ravie de vous connaître. Johnny m'a beaucoup parlé de vous. J'espère que vous vous amusez ?

Elle se tourna vers Summer et s'enquit d'un ton suave :

— Summer, ça ne t'ennuie pas d'aller chercher un serveur ? Je meurs de faim.

Summer la foudroya du regard avant de s'éloigner, et Ashley fit un clin d'œil à Rose.

— Elle est inoffensive. Elle s'est juste entichée de mon cher cousin et ne résiste pas à l'envie d'agresser la concurrence.

La concurrence ? Elle ? Ashley avait-elle perdu l'esprit ? se demanda Rose.

— Et ma chère cousine adore exagérer, répliqua Jonathan d'une voix traînante. Summer ne s'intéresse pas à moi.

— Ne sois pas naïf, mon chou ! Sous prétexte que son père gagne des millions, elle pense qu'elle doit épouser un aristocrate. Et c'est sur toi qu'elle a jeté son dévolu.

— Rose se moque de tes fantasmes, Ash, dit-il d'un ton froid, bien qu'il soit évident qu'il avait beaucoup d'affection pour sa cousine. D'ailleurs, tout le monde sait que je ne cherche pas à me caser. Pas maintenant. Ni peut-être jamais.

— Ne parle pas ainsi, protesta Ashley. Ce n'est pas parce qu'oncle Charles ne sait pas rester marié que d'autres membres de la famille ne peuvent pas tenter de convoler.

— Ça suffit, le sujet est clos, dit-il fermement. Alors, Rose, vous en avez vu assez ? Si nous partions d'ici ?

Rose ne demandait que ça. Elle ouvrait la bouche pour répondre quand un cri retentit à l'autre bout du bateau.

— David ! Au secours ! Mon Dieu, je ne le vois plus…

Rose sur les talons, Jonathan se rua vers la poupe où un groupe de badauds scrutait l'eau en parlant tous ensemble.

— David a sauté et je ne le vois plus ! disait une fille

affolée. Je lui ai dit qu'il avait trop bu pour se baigner, mais il n'a pas voulu m'écouter. Oh ! mon Dieu, où est-il ?

— Où a-t-il sauté ? s'enquit Jonathan en se déchaussant.

— Là, dit la fille en montrant le bastingage. Je crois qu'il s'est cogné la tête en tombant. Aide-le, Johnny…

Jonathan enjamba le bastingage et plongea. Tout le monde attendit en silence tandis qu'il refaisait surface, regardant frénétiquement autour de lui. Il plongea de nouveau, encore et encore, secouant la tête chaque fois qu'il remontait.

Alors que d'autres invités allaient plonger pour lui prêter main-forte, il reparut avec un corps. Rose retint son souffle tandis que les bras se tendaient pour hisser le noyé sur le pont. Il ne semblait plus respirer. Avec un cri de détresse, la fille qui avait donné l'alerte tomba à genoux et prit sa tête contre elle.

— David, réveille-toi, je t'en prie !

Rose l'écarta avec douceur.

— Laissez-moi regarder, dit-elle calmement tandis que Jonathan, ruisselant d'eau, la rejoignait.

Elle commença à pratiquer la respiration artificielle puis scruta la poitrine de l'homme inconscient. Elle ne se soulevait toujours pas. Jonathan et elle échangèrent un regard entendu. Il fallait expulser l'eau des poumons pour lui permettre de respirer.

Ensemble, ils exercèrent des pressions sur la cage thoracique et enfin, à leur grand soulagement, David se mit à tousser, crachant une impressionnante quantité d'eau.

— Quelqu'un a appelé une ambulance ? demanda Jonathan.

— Oui, moi, répondit Ashley.

— Très bien. J'ai besoin d'un coup de main pour le transporter dans le canot de sauvetage. Prévenez l'ambulance de nous retrouver sur le quai.

David avait repris conscience, mais semblait hébété. Il avait à la tête une blessure qui saignait abondamment. Jonathan l'examina délicatement.

— C'est superficiel, déclara-t-il. Donnez-moi quelque chose pour stopper l'hémorragie.

Rosa arracha un lambeau de sa robe et s'en servit pour étancher le sang.

— Qu'est ce qui s'est passé ? gémit David.

— Espèce d'idiot ! cria sa petite amie en le serrant contre elle. Tu aurais pu te tuer. Sans Jonathan et son amie, tu serais mort. Ne refais plus jamais ça, tu m'entends ?

— Ça va aller, la rassura Rose. Mais il faut qu'il aille à l'hôpital. L'inhalation d'eau de mer n'est pas bonne pour les poumons. Y a-t-il un kit de première urgence à bord ? Je voudrais lui bander la tête.

Un kit médical apparut dans la main de Jonathan qui sortit une bande et l'enroula autour du morceau de robe de Rose. C'était un pansement sommaire, mais il ferait l'affaire jusqu'à l'arrivée de l'ambulance.

Les hommes hissèrent le canot de sauvetage au niveau du pont et y installèrent David. Puis Jonathan fit signe à Rose de monter.

— Dès que nous aurons descendu le canot, je vous rejoins, lui dit-il.

Rose acquiesça et, retroussant sa robe déchirée, s'assit près du blessé. Au loin, on entendait la sirène de l'ambulance se rapprocher.

Lorsque le canot fut à l'eau, Jonathan y descendit par l'échelle de coupée. Mettant le moteur en marche, il prit la direction des quais tandis que Rose surveillait les signes vitaux de David.

Quand ils atteignirent l'appontement, les ambulanciers prirent le relais. Jonathan les informa de l'état du blessé, puis ils le transportèrent dans l'ambulance qui prit aussitôt la direction de l'hôpital, toutes sirènes hurlantes.

— Drôle de façon de finir une fête..., commenta sombrement Jonathan en la regardant s'éloigner. Il va avoir mal à la tête, demain. Vous ne tenez pas à retourner à bord, j'imagine ?

— Oh non ! s'exclama impulsivement Rose. Enfin... c'était gentil à vous de m'inviter à cette réception, mais ce n'est pas vraiment ma tasse de thé. Vos amis sont charmants, mais, pour être honnête, je préfère une promenade ou la lecture d'un bon livre. Ça peut paraître ennuyeux, mais c'est ce que j'aime…

— D'accord. Écoutez, personne ne vous attend avant encore quelques heures. Si vous me donniez une autre chance en acceptant de passer le reste de la journée avec moi ? Nous ferons ce que vous voudrez.

— Vous voulez vous encanailler, c'est ça ?

Il parut offensé.

— Je n'appelle pas ça s'encanailler. Pour une raison qui m'échappe, Rose Taylor, tout ce que vous faites m'intéresse. Et j'aimerais vous montrer un autre aspect de moi.

Le cœur de Rose battait la chamade. Elle ne pouvait pas croire qu'il s'intéresse vraiment à elle ; elle n'était pas son genre et l'acceptait. Toute relation était impossible entre eux, même si elle n'avait pas eu cet horrible anévrisme.

— Quand devez-vous être rentrée ? demanda-t-il.

— Pas avant ce soir. Une amie de maman doit venir la voir, et elle a proposé de l'aider à coucher papa.

— Aimeriez-vous voir ma maison de campagne ?

Elle grimaça.

— Vous avez deux maisons, bien sûr. Pourquoi n'ai-je pas pensé à ça ?

— Euh… deux maisons ici, plus la demeure familiale. Et il y en a une ou deux à l'étranger. Mais ça n'a rien à voir avec moi, s'empressa-t-il de préciser. Mon père collectionne les logis comme d'autres collectionnent les chapeaux.

— Et il vous les donne ?

Jonathan parut de nouveau offensé.

— Il m'a donné la maison de Chelsea, je l'admets. Simplement pour éviter les droits de succession. Mais celle où je compte vous emmener est tout à moi. Je pense qu'elle vous plaira. Nous pourrons nous arrêter déjeuner en chemin, si vous voulez. Qu'en dites-vous ? J'aimerais avoir votre opinion. Ashley dit que je devrais la décorer, mais ce n'est pas mon truc et je ne sais pas quoi faire.

— Les services d'un architecte d'intérieur vous seraient sûrement plus utiles, mais pourquoi pas ? répondit-elle, curieuse de voir l'endroit. Mais je vous préviens, je vous dirai sincèrement ce que j'en pense. En toute franchise, je ne suis pas emballée par votre demeure de Londres.

Elle y était allée une fois pour lui porter du courrier urgent à signer, et le luxueux intérieur ne semblait pas correspondre au Jonathan qu'elle commençait à connaître.

— Pour tout vous dire, moi non plus, avoua-t-il avec un sourire. C'est ce qui arrive quand on donne carte blanche à un architecte d'intérieur… mais c'était l'idée de ma cousine, pas la mienne. J'ai l'impression d'habiter à l'hôtel.

Après avoir regagné Londres en hélicoptère, ils prirent la route, le trajet durant un peu moins d'une heure. Jonathan conduisait vite mais prudemment, et Rose se détendit en regardant défiler la campagne anglaise.

Ils s'engagèrent dans une longue allée, et Jonathan s'arrêta devant un petit logis. C'était une maison de gardien comme celles que Rose avait vues à l'entrée de parcs domaniaux qu'elle avait visités en touriste.

— Nous sommes arrivés, annonça-t-il en coupant le contact. Nous irons au manoir saluer Mary un peu plus tard. C'est la cuisinière. Mais elle est beaucoup plus que ça, ajouta-t-il avec tendresse. Elle vivait déjà avec nous avant la mort de ma mère, et elle a été une seconde mère pour moi.

Il ouvrit la porte de la petite maison et s'effaça pour laisser Rose entrer. Ils pénétrèrent dans un modeste vestibule qui desservait un salon simplement meublé de confortables canapés de cuir et de tables basses. Devant la cheminée ouverte, on avait jeté un grand tapis usagé mais de belle facture. Un pan de mur était occupé par des rayonnages de bibliothèque et, en face d'eux, une grande fenêtre donnait sur le parc. Les murs étaient ornés de tableaux du même artiste que ceux du cabinet médical. La maison était pleine de charme, et Rose en tomba immédiatement amoureuse.

— Il y a un bureau par là, ainsi qu'une salle à manger et une cuisine. Et trois chambres à l'étage.

Ce charmant petit logis ne correspondait pas à l'idée qu'elle s'était faite de Jonathan. Décidément, elle n'arrêtait pas de se tromper sur lui.

— Elle est parfaite, dit-elle. Vous n'avez pas besoin d'en changer la décoration.

— C'est ce que je ne cesse de répéter, mais Ashley semble croire qu'elle doit être modernisée.

— Personnellement, je ne changerais rien. Mais, bien sûr, je ne suis pas chez moi.

Jonathan lui sourit et le cœur de Rose bondit, comme chaque fois qu'il la regardait ainsi.

— Dans ce cas, je vais la laisser telle quelle. Elle me plaît ainsi. Je peux poser les pieds sur les tables et me retourner sans craindre de renverser un bibelot. Je m'y sens plus chez moi que dans n'importe laquelle des demeures où j'ai vécu.

Rose s'approcha de la bibliothèque où l'on trouvait aussi bien des ouvrages classiques que des best-sellers. Des revues médicales étaient posées par terre. Sur une table basse trônait une photo encadrée d'un homme et une femme enlacés en train de pique-niquer sur l'herbe. Rose reconnut la petite maison de gardien en arrière-plan. La femme avait un visage assez ordinaire si l'on exceptait ses yeux d'un vert étonnant. L'homme était le portait de Jonathan en plus jeune.

— Vos parents ? demanda-t-elle.

Il prit la photographie et une tristesse déchirante passa dans son regard.

— Oui. La photo a été prise pour leur anniversaire de mariage. Maman est morte peu après, dit-il en reposant le cadre sur la table. Mon père n'a pas mis longtemps à se remarier. Six mois, je crois. Et, il a divorcé de sa troisième épouse il y a un an. Il ne supporte pas d'être seul.

Son amertume toucha Rose.

— Vous ne vous entendez pas avec lui ?

Avec un rire dur, il se détourna pour regarder par la fenêtre.

— On peut dire ça. Il ne voulait pas que je fasse ma médecine. Il pensait qu'en tant que fils unique, je devais reprendre l'affaire familiale. Je crois qu'il ne m'a jamais pardonné de ne pas avoir cédé. Et je ne lui pardonne pas d'avoir oublié ma mère aussi vite. Il aurait au moins pu attendre un délai décent avant de se remarier.

— Il voulait peut-être vous apporter une certaine stabilité ?

Peut-être n'a-t-il jamais pu l'oublier, et que c'est la raison pour laquelle ses unions ne durent pas ?

Jonathan se retourna et glissa un doigt sur sa joue.

— Ah, Rose… Vous essayez toujours de voir le meilleur de chacun. Il n'y en a pas beaucoup comme vous…

— Hé ! ne me faites pas passer pour une sainte ! J'espère que je ne suis pas ennuyeuse à ce point-là.

— Vous êtes tout sauf ennuyeuse, Rose Taylor.

Elle retint son souffle quand il renversa doucement son visage pour plonger son regard dans le sien. Sûre qu'il allait l'embrasser, elle ferma les yeux, le cœur battant, et sentit ses lèvres effleurer sa bouche pour le plus léger des baisers.

Ouvrant les yeux, elle vit qu'il la regardait intensément.

— Venez, marchons jusqu'au manoir. Allons voir si on y trouve quelque chose à manger. Dans le cas contraire, nous irons déjeuner au pub du village. Ça vous va ?

Rose le dévisagea, abasourdie. Avait-elle mal interprété son attitude ? Possible. Elle ignorait comment fonctionnaient les hommes tels que lui. Une chose était sûre, elle se sentait amèrement déçue…

Jonathan perçut la perplexité de Rose. Elle ignorait qu'il avait dû faire appel à toute sa volonté pour s'arracher à elle. Pour la première fois de sa vie, il voulait aller lentement avec une femme. Elle devenait importante pour lui et il refusait de brusquer les choses. Il avait envie de la courtiser en prenant son temps, de ne surtout pas la traiter comme la première fille venue. Il commençait à croire qu'il avait peut-être trouvé son âme sœur, et cette idée l'effrayait. Rose n'était de toute évidence pas femme à aimer à la légère. Il devait être sûr de ne pas la blesser avant d'aller plus loin. Il étouffa un grognement. Il n'avait jamais pensé à l'avenir avant, mais il avait peut-être enfin rencontré la femme qui pouvait changer sa vie… Il était vraiment dans de sales draps.

*
* *

Il fallait plusieurs minutes de marche pour atteindre la demeure. Au détour d'un virage, elle apparut soudain aux yeux ébahis de Rose, magnifique manoir Georgien à la façade imposante et gracieuse. Il y avait trop de fenêtres pour qu'elle puisse les compter, mais, à vue d'œil, le logis comportait au moins une dizaine de chambres.

— C'est splendide ! s'exclama-t-elle. Époustouflant.

— Pour moi, c'est juste la demeure où j'ai grandi.

Ils gravirent un escalier de pierre pour accéder à l'imposante porte d'entrée et pénétrèrent dans le hall.

— Il y a quelqu'un ? appela-t-il. C'est Jonathan !

Silence.

— Mme Hammond, la gouvernante, doit être dans son bureau. Jetons un coup d'œil dans la cuisine. Mary, notre cuisinière, y passe son temps. Elle doit faire un somme. Mon père veut qu'elle prenne sa retraite depuis longtemps, mais elle refuse d'en entendre parler. Elle dit que l'oisiveté la rendra folle. Je suis sûr qu'elle vous plaira. Elle fait de la pâtisserie tous les jours. D'ailleurs, ça sent les scones…

Ils traversèrent le hall d'entrée, descendirent un escalier et s'engagèrent dans un couloir desservant de nombreuses portes.

— Du temps de mes grands-parents, c'est là que logeaient les domestiques. À l'époque, une vingtaine de personnes travaillaient ici. Aujourd'hui, seules Mary et Mme Hammond sont à demeure. Deux femmes viennent tous les jours du village pour aider au ménage. La plupart des pièces sont fermées. Mon père ne garde ouvertes que celles qu'il utilise, sauf s'il a des visiteurs, auquel cas il fait appel à du personnel d'appoint.

Guidés par l'odeur de pâtisserie, ils tournèrent à gauche au bout du couloir et entrèrent dans la plus grande cuisine que Rose ait jamais vue. Il y avait une énorme cuisinière ancienne d'un côté, et une immense table de ferme en chêne occupait le centre de la pièce. Une pile de scones tout chauds et un gâteau à la carotte y étaient posés, ainsi qu'une jatte de légumes découpés. Dans un coin, une vieille dame ronflait doucement, assise dans un fauteuil.

Jonathan s'approcha doucement et posa la main sur son

bras. La vieille dame marmonna puis ses yeux délavés se posèrent sur lui, et un grand sourire illumina son visage ridé.

— Monsieur Jonathan ! Combien de fois vous ai-je dit de ne pas me surprendre ainsi ? Un de ces jours, vous allez me faire mourir d'une crise cardiaque. Les vieux cœurs n'aiment pas les surprises.

— Allons donc, votre vieux cœur se porte comme un charme.

— Qui est-ce ? s'enquit Mary en se levant, soutenue par Jonathan.

— Rose, une amie.

Les yeux gris pétillèrent.

— Une amie, hein ? Vous n'avez jamais amené d'amie ici. Sait-elle où elle met les pieds, au moins ? Et qu'en pense lord Cavendish ?

— Le choix de mes amis ne concerne pas mon père, Mary.

— Je suis ravie de vous connaître, dit Rose en lui tendant la main. Je doute que lord Cavendish et moi nous rencontrions jamais. Jonathan et moi ne sommes pas ce genre d'amis.

— Ne faites pas attention aux élucubrations d'une vieille femme, dit Mary en ébouriffant les cheveux de Jonathan comme s'il avait dix ans. Notre Jonathan a besoin d'une fille bien avec du cœur, pas comme celles qu'il fréquente d'habitude.

— Je mets de l'eau à chauffer ? proposa Rose qui ne savait trop que dire.

— Non, allez dans le salon, je vous apporte un plateau.

— Je préférerais rester ici, si ça ne vous dérange pas. C'est une pièce si accueillante !

Mary lui lança un regard pénétrant et sourit, songeuse.

— Vous avez peut-être enfin trouvé quelqu'un de bien, monsieur Jonathan. Aucune de ces autres filles ne penserait à descendre ici saluer une vieille domestique. Pas comme votre mère, ajouta Mary, les yeux embués. Elle ne prenait pas ses grands airs. Elle n'était jamais plus heureuse que quand elle était ici, à bavarder avec moi, les mains pleines de peinture. Il lui arrivait même de faire de la pâtisserie avec moi quand l'envie lui en prenait. Elle riait lorsque votre père lui disait que c'était inconvenant… Cette maison n'a plus jamais été la même depuis qu'elle est partie, conclut-elle en reniflant.

Rose savait maintenant qui avait peint les magnifiques paysages qui ornaient les murs du cabinet et de la maison de Jonathan. Sa mère avait été une artiste talentueuse.

Mary se rassit pendant que Rose mettait l'eau à chauffer et rassemblait le nécessaire pour préparer du thé.

— Vous avez salué votre père, monsieur Jonathan ? demanda Mary tout en surveillant Rose du coin de l'œil.

— Père est là ? s'exclama-t-il, surpris. Je le croyais en Amérique pour affaires.

— Il est rentré hier soir. Avec une femme qui va rester le week-end. Elle a déjà toutes sortes d'exigences, comme si la maison lui appartenait ! Il faut ouvrir toutes les pièces, envoyer chercher du personnel au village… Elle ne me croit pas quand je lui dis qu'on peut très bien se débrouiller comme ça… Mme Hammond lui mange déjà dans la main, mais on ne me la fait pas, à moi !

Le tintement d'une cloche résonna impérieusement, et Mary jeta un regard vers les vieilles cloches alignées au mur.

— C'est elle. Elle attend probablement son thé. Je ferais bien de leur préparer un plateau, dit-elle en s'extirpant péniblement de son fauteuil.

— Ne bougez pas, Mary, ils peuvent attendre, dit Jonathan en s'accroupissant près d'elle. Ils n'ont peut-être pas tort, un peu d'aide vous soulagerait. Je croyais que des personnes du village venaient pendant la journée ?

— Oh ! elles font seulement le ménage. Elles disent qu'elles sont payées juste pour ça… Mme Hammond cherche une nouvelle cuisinière, plus jeune, qui peut monter et descendre des plateaux toute la journée. Mais je ne partirai pas, ajouta la vieille dame d'un air rebelle. J'ai passé toute ma vie ici, et je n'en sortirai que dans une caisse !

Bien que touchée par sa situation, Rose réprima un sourire. Elle doutait que quiconque puisse obliger Mary à faire quoi que ce soit. Et l'amie de lord Cavendish aurait mieux fait de descendre au Ritz si elle voulait qu'on soit aux petits soins pour elle.

— Si vous preniez votre thé en bavardant avec Jonathan, Mary ? proposa-t-elle. Dites-moi comment préparer le plateau, et je le porterai moi-même. J'en profiterai pour me présenter. Et pendant mon absence, vous pourrez parler à Jonathan de vos douleurs à la poitrine.

— Comment savez-vous ? Je veux dire... quelles douleurs ? Je n'ai aucun problème.

— Oh si, répliqua Rose avec douceur. Je vous ai vue vous frotter la poitrine quand vous vous êtes levée tout à l'heure. Et vous semblez avoir le souffle court. Ce n'est probablement rien, mais il vaut mieux s'en assurer.

— Pourquoi ne m'avez-vous rien dit, Mary ? s'insurgea Jonathan, les sourcils froncés. Je serais venu plus tôt si j'avais su que vous aviez besoin de moi.

— Bon, d'accord, si vous voulez m'examiner, allez-y, marmonna Mary, résignée. Mais n'en parlez à personne, hein ?

Tandis que Jonathan retournait à sa voiture chercher son stéthoscope, Rose prépara le plateau sur les instructions de la vieille domestique.

— C'est la troisième porte à droite en haut des marches, expliqua-t-elle. Et si vous pouvez dire à *lady Poseuse* qu'il n'y a jamais eu de tisane de pissenlit dans ma cuisine et que je n'en servirai pas tant que je vivrai, je vous en serai reconnaissante, ajouta-t-elle avec malice.

Portant le plateau, Rose gravit le majestueux escalier jusqu'au premier étage.

La porte indiquée par Mary était ouverte et, toussotant pour s'annoncer, elle entra dans la pièce. Un homme se leva et elle reconnut le père de Jonathan. Il avait le même nez arrogant, la même grande bouche, les mêmes cheveux épais que son fils.

— Bonjour, dit lord Cavendish, surpris. Vous devez être nouvelle. Je ne crois pas vous avoir jamais vue.

Il avait un ton aimable, mais Rose se sentit mal à l'aise sous son regard inquisiteur qui la détaillait.

— Laissez le plateau ici, ordonna sa compagne en congédiant Rose d'un geste.

Âgée d'un an ou deux de plus qu'elle, elle était beaucoup plus jeune que lord Cavendish.

— Je ne suis pas nouvelle, précisa Rose en posant le plateau sur une table. Je suis venue avec Jonathan, et il examine Mary. Elle ne se sent pas très bien, et j'ai proposé de vous monter le plateau.

Le regard de lord Cavendish s'assombrit.

— Jonathan est ici ? Pour voir Mary ? Pourquoi ne m'a-t-elle pas dit qu'elle avait un problème ? Je descends la voir.

Laissant Rose avec son invitée, il quitta la pièce.

— Je suis Rose Taylor, se présenta Rose.

Deux yeux froids l'examinèrent d'un air critique.

— Je travaille avec Jonathan, je suis son infirmière.

Les yeux gris s'étrécirent, et la femme hocha la tête comme si tout devenait clair.

— Bonjour, mademoiselle Taylor, lâcha-t-elle froidement sans même prendre la peine de se présenter. Alors, la cuisinière a-t-elle réussi à trouver de la tisane de pissenlit ? Elle a eu tout le temps nécessaire.

Rose s'aperçut que la femme n'avait pas écouté un mot de ce qu'elle avait dit.

— Mary ne se sent pas bien, répondit-elle sèchement. Si vous voulez bien m'excuser, je vous laisse prendre votre thé.

Au pied de l'escalier, elle trouva Jonathan et son père en grande conversation dans une tension presque palpable.

— Mary a besoin de repos, père. Au moins une semaine.

— Je le lui ai dit cent fois, mais elle refuse de m'écouter.

— Quand le lui avez-vous dit ? Vous n'étiez pas là ces six derniers mois, répliqua Jonathan avec brusquerie.

Remarquant sa présence, les deux hommes se turent.

— Père, je vous présente Rose Taylor. Rose, voici mon père, lord Cavendish.

— Veuillez pardonner ma grossièreté de tout à l'heure, dit lord Cavendish. J'étais impatient de vérifier l'état de santé de Mary et de voir mon fils… qui n'a pas jugé utile de me rendre visite depuis longtemps, ajouta-t-il avec un regard éloquent en direction de Jonathan.

— Ce n'est ni le moment ni l'endroit, père, dit Jonathan.

Il affichait un air sombre que Rose ne lui avait jamais vu, et elle en déduisit que les choses allaient mal entre eux.

— Tu as raison, Jonathan. Maintenant, si vous voulez bien m'excuser, je dois voir Mme Hammond pour discuter avec elle du remplacement temporaire de Mary.

Dès qu'il fut sorti, Rose se tourna vers Jonathan dont le visage habituellement jovial était tendu à l'extrême.

— Comment va Mary ?

— Elle souffre de légers troubles cardio-respiratoires. Je veux la faire admettre à l'hôpital pour des tests. Devant son manque d'enthousiasme, j'ai menacé d'appeler une ambulance si elle refuse. Mon père a raison… J'aurais dû venir ici plus souvent, surtout en son absence.

— Allez passer vos coups de téléphone pendant que je m'occupe de Mary. J'essaierai de la convaincre de se faire examiner.

— Je regrette de vous avoir mêlée à tout ça, fit-il avec un sourire désolé. Moi qui voulais vous offrir une journée de détente loin du travail…

— Ça ne me gêne pas. Les amis ne doivent-ils pas s'entraider ?

Il parut surpris.

— Ah ? commenta-t-il d'un air songeur. À vrai dire, je n'ai jamais eu à compter sur mes amis. Ils sont là quand j'ai besoin de me détendre, c'est tout ce que j'attends d'eux. Vous êtes généreuse, Rose Taylor, ajouta-t-il en souriant.

Elle sourit tristement. Tant mieux si Jonathan la considérait comme son amie…

Elle trouva Mary au dernier étage du manoir. Assise dans un fauteuil, la vieille dame regardait par la fenêtre. Les bras croisés sur sa poitrine, elle foudroya Rose du regard.

— Si vous êtes montée jusqu'ici pour me convaincre d'aller à l'hôpital, vous perdez votre temps. Vous pouvez le dire à monsieur Jonathan de ma part.

— Vous ne seriez hospitalisée que pour une nuit, deux tout au plus. Juste le temps de faire des examens, après quoi vous reviendrez ici. Et je vais proposer de vous installer dans une chambre où vous n'aurez plus tous ces étages à monter.

— Cette chambre est très bien. J'y vis depuis que j'ai commencé à travailler ici, il y a trente ans, et je ne vois pas pourquoi je déménagerais, dit Mary en battant furieusement des paupières pour refouler ses larmes.

— Qu'y a-t-il, Mary ? Qu'est-ce qui vous tracasse ? s'enquit Rose avec douceur. Vous pouvez me le dire.

— Si je pars d'ici, je ne reviendrai pas. L'amie de lord Cavendish le persuadera d'engager quelqu'un de plus jeune, j'en suis sûre. Elle n'est ici que depuis deux jours, et déjà, elle s'imagine qu'elle sera la prochaine lady Cavendish.

Voilà donc ce qui tourmentait la vieille dame… Mais Rose sentait que Jonathan n'accepterait jamais qu'elle s'en aille.

— C'est chez moi, ici, et je n'ai pas d'autre endroit où aller. Je n'en partirai pas de mon vivant !

— Depuis quand cachez-vous vos symptômes, Mary ?

— Un ou deux mois. Au début, j'ai cru que c'était une indigestion. Puis la douleur a augmenté quand je montais l'escalier, et j'ai compris que ça devait être mon cœur.

— Pourquoi n'avez-vous pas prévenu Jonathan ? Vous deviez savoir qu'il s'inquiéterait pour vous et qu'il viendrait tout de suite.

— Il a assez de soucis comme ça. De toute façon, ajouta Mary en baissant la voix pour adopter un ton de conspirateur, je n'arrive toujours pas à me faire à l'idée que le gamin que j'ai vu grandir est devenu médecin.

Rose approcha une chaise et s'assit.

— Vous semblez l'aimer beaucoup.

— Le pauvre chou était tout petit quand sa maman est morte. Je suis probablement la personne qui a été la plus proche de lui pendant son enfance. Quand il rentrait à la maison pour les vacances, il passait son temps dans la cuisine avec moi, lorsqu'il n'était pas dans le parc.

— Et lord Cavendish ?

— La mort de la mère de Jonathan l'a anéanti. Il a réagi en se jetant à fond dans le travail et ne s'est pas rendu compte que Jonathan avait plus que jamais besoin de lui. Puis, six mois après son veuvage, il est rentré d'un voyage à l'étranger marié à la seconde lady Cavendish. Ça n'a pas duré longtemps… Il a divorcé de sa troisième épouse il y a un an et, apparemment, il se prépare à se remarier.

— Une quatrième fois ? N'est-ce pas un peu exagéré ?

— Bah ! il a toujours aimé les femmes, répondit Mary en regardant par la fenêtre, les yeux embués. Je crois qu'il ne s'est jamais remis de la mort de la première lady Cavendish. Une vraie lady. Oh ! elle était issue d'un milieu modeste et n'appartenait pas à l'aristocratie, mais elle traitait les gens avec respect et dignité. Cette femme, en bas, ne lui arrive pas à la cheville…

On frappa à la porte et Jonathan entra. Rose se sentit un peu coupable d'être surprise en train de cancaner.

— Comment va la femme de ma vie ? s'enquit-il en souriant à la vieille dame. Alors, Mary, Rose vous a-t-elle convaincue d'aller à l'hôpital ?

— Je pense que Mary n'a rien contre, intervint doucement Rose. Elle a juste un peu peur que votre père ne la remplace pendant son absence.

Jonathan parut complètement ébahi.

— Où avez-vous pêché cette idée, Mary ? Je suis d'avis que vous avez besoin d'aide, mais personne n'envisage de vous remplacer. La maison s'écroulerait, sans vous, et nous avec. Vous êtes ici chez vous, Mary. Ne l'oubliez jamais.

Mary parut soulagée, puis sa bouche se plissa.

— Il ne s'agit pas seulement de vous, monsieur Jonathan. Pour l'instant, c'est votre père qui prend les décisions, et s'il se remarie, il se conformera aux désirs de la nouvelle lady Cavendish.

— Mon père a peut-être ses défauts, Mary, mais il n'acceptera jamais de vous chasser. J'ignorais qu'il projetait de se remarier, ajouta-t-il, les yeux rétrécis.

— Surtout n'en parlez pas ! s'exclama Mary. Ce n'est pas encore officiel. J'ai juste entendu son invitée parler au téléphone. Elle disait à son interlocuteur de ne pas faire de projets pour cet été car elle prévoyait une grande fête.

Jonathan pinça les lèvres.

— Laissez-moi me charger de mon père, Mary. Bon, je vous emmène à l'hôpital, on nous attend. Si vous voulez prendre quelques affaires, je vais prévenir mon père... Rose, je suis absolument désolé, mais il n'y a que deux places dans ma voiture. Si je demande à mon père de vous conduire à la gare, pourrez-vous rentrer par vos propres moyens ?

— Bien sûr, pas de problème, répondit-elle en souriant. Plus tôt Mary sera examinée, mieux ça vaudra. Nous vous laissons vous préparer, Mary.

Dans le couloir, Jonathan se tourna vers Rose.

— Je dois parler à mon père, ce ne sera pas long. Ça ne vous ennuie pas de patienter au rez-de-chaussée ?

— Je vais attendre dans le jardin. Si votre père ne peut pas m'emmener à la gare, pourrez-vous m'appeler un taxi ?

— Il vous emmènera, répliqua-t-il sombrement. S'il est un domaine où mon père est irréprochable, c'est le savoir-vivre.

Le parc était aussi somptueux que le manoir. Déambulant près de la demeure pour le cas où on aurait besoin d'elle, Rose remarqua une petite arche en pierre, sur la droite. Passant dessous, elle découvrit avec ravissement un charmant petit jardin dissimulé aux regards. Quelqu'un avait pris le temps d'aménager l'endroit de façon moins classique et structuré que le reste du parc. C'était une orgie de fleurs et de plantes, et le parfum du romarin, de la lavande et de la menthe embaumait l'air. Avisant un banc qui faisait face aux collines voisines, Rose s'assit et ferma les yeux.

Les choses allaient vraiment mal entre Jonathan et son père, et elle était prête à parier qu'il ne l'aurait pas amenée ici s'il avait su que son père s'y trouvait. Comment pouvait-on ne pas s'entendre avec son père ? Surtout quand il était la seule famille qui lui restait ?

Rose commençait à prendre conscience que Jonathan était un homme plus complexe qu'elle ne l'avait cru, un homme qu'elle aimait davantage à chaque minute passée avec lui.

Des voix lui parvinrent d'une fenêtre ouverte derrière elle.

— Comment pouvez-vous envisager de vous remarier ? grondait la voix furieuse de Jonathan.

— Ce que je choisis de faire de ma vie ne te regarde pas.

Et à propos de mariage, quand vas-tu cesser de séduire toutes les femmes de la planète et avoir une vraie relation ? Tu ne peux pas continuer ainsi. Il va bien falloir que tu finisses par accepter tes responsabilités.

— C'est un peu fort, venant de vous !

Gênée, Rose se leva et commença à s'éloigner.

— Qu'en est-il de la prude petite chose que tu as amenée ? Elle a l'air d'avoir la tête sur les épaules. Pourquoi diable ne trouves-tu pas une femme comme elle avec qui te fixer ?

Rose se figea. Ça devenait terriblement embarrassant. Comment lord Cavendish osait-il la traiter de prude — même s'il y avait du vrai dans ses propos ? Cependant, elle brûlait de savoir ce que Jonathan allait répondre.

— Rose ? La future lady Cavendish ? lâcha-t-il avec un rire dur. Reconnaissez pourtant qu'elle serait beaucoup plus à sa place que vos deux dernières épouses. Au moins, elle a une cervelle et un cœur généreux sous cet aspect prude, comme vous dites. Elle vaut cent fois mieux que les femmes que vous avez épousées après maman.

— Pourquoi nous disputons-nous continuellement, mon fils ? demanda tristement lord Cavendish. Tu sais que j'ai besoin de ton aide. Je ne rajeunis pas, et gérer mes affaires en même temps que ce domaine devient difficile.

— Vous allez bien ? Vous n'êtes pas malade, au moins ? À quand remonte votre dernier check-up ?

Jonathan semblait sincèrement inquiet et, malgré les paroles dures qu'ils avaient échangées, il était évident que les deux hommes tenaient l'un à l'autre.

— Je vais bien, rassure-toi. Mais je me sentirais beaucoup mieux si tu te fixais. Tu ne peux pas continuer à vivre ainsi. Bon sang, ton nom est tous les jours dans les tabloïds ! Chaque fois avec une fille différente. Tu dois te marier, avoir des enfants. Avant de disparaître, j'ai besoin de savoir que quelqu'un va perpétuer la lignée familiale.

— Est-ce pour ça que vous avez épousé maman ? lâcha Jonathan avec colère. Pour qu'elle vous donne un héritier qui assurerait la pérennité du nom ? Ne l'aimiez-vous donc pas ?

— Bien sûr que je l'aimais ! Elle est la meilleure chose qui me soit jamais arrivée.

— C'est pour ça que vous vous êtes remarié dans les six mois qui ont suivi sa mort ?

Ne supportant plus cet échange, Rose s'éloigna sur la pointe des pieds et alla attendre devant la porte du manoir.

Elle frissonna en se rappelant les adjectifs dont l'avait qualifiée Jonathan. Généreuse et intelligente. Elle aurait aimé l'entendre dire qu'elle était belle et sexy, même si c'était faux. Elle ne voulait pas qu'il la voie comme une sœur, mais comme une femme excitante, intéressante.

Si elle n'avait pas d'avenir, elle avait un présent, après tout. Et pourquoi pas ? Prude, rien que ça ! Elle pouvait être aussi excitante que n'importe quelle femme et, avec un peu d'aide, elle pourrait même être sexy. Elle avait l'impression d'avoir passé sa vie dans une douce léthargie avant de découvrir que tout pouvait s'arrêter à n'importe quel moment. Mais elle s'était réveillée, et elle voulait connaître la vie avant qu'il ne soit trop tard. Et qui était mieux placé pour la lui montrer que Jonathan Cavendish ? Après tout, elle ne risquait pas de lui briser le cœur…

7.

— J'ai hâte d'y être ! Tu crois qu'il y aura beaucoup de célébrités ?

Jenny frétillait d'excitation sur sa chaise. Jonathan venait d'informer son personnel qu'il avait réservé une table à un gala de bienfaisance et que tout le monde était invité. Après un instant d'hésitation, Rose avait accepté. Quel mal y avait-il à cela ? Après tout, c'était une nouvelle expérience à ajouter à sa liste et une opportunité unique de passer un moment avec Jonathan en dehors du travail.

— Il y en aura sûrement une ou deux, répondit-elle en souriant devant l'enthousiasme de son amie.

— Il faut qu'on aille faire les boutiques pour se trouver une tenue. Et tu dois aller chez le coiffeur. Va chez le mien, il est fantastique. Il saura quoi faire de tes cheveux.

— Qu'est-ce qui ne va pas avec mes cheveux ? s'enquit Rose avec méfiance, se rappelant la coiffure hirsute de Jenny quand elle l'avait rencontrée.

Jenny l'étudia d'un air songeur.

— Je tuerais pour avoir tes cheveux. La coupe est juste un peu démodée. En fait, sans vouloir te vexer, toute ta personne a besoin d'être… actualisée. Ce cardigan que tu aimes tant, par exemple, tu dois t'en débarrasser.

— Qu'est-ce qu'il a ? Il est chaud et confortable.

— Et il te donne l'air d'être dans un sac. Tu ne veux pas ressembler à une vieille fille, n'est-ce pas ? Pas au milieu de tous ces gens glamour. Non, ajouta Jenny en levant la main pour couper court à ses protestations, je ne le permettrai pas !

Démodée ? Vieille fille ? Jusqu'à récemment, personne

n'avait critiqué son aspect. Pas plus qu'on ne l'avait complimentée à ce sujet, d'ailleurs. Mais elle n'y avait pas attaché d'importance. N'avait-elle pas toujours pensé que l'apparence ne comptait pas ? Quoi qu'il en soit, la nouvelle Rose était déterminée à sortir de sa coquille. Elle s'était promis d'essayer de nouvelles choses et, si cela incluait un *relooking*, pourquoi pas ?

Quand arriva le samedi après-midi, Rose avait du mal à se reconnaître.

Le coiffeur de Jenny lui avait légèrement dégradé les cheveux tout en gardant leur longueur et, séparés par une raie latérale, ils tombaient d'un côté de son visage. Et si elle devait constamment souffler dessus pour voir ce qu'elle faisait, quelle importance si, comme le disait Jenny, elle était chic et séduisante ? Toutefois, les cheveux dans les yeux n'étaient pas la seule chose à gêner sa vision. Jenny avait aussi insisté pour qu'elle ne porte plus ses lunettes. Elle s'était donc rendue chez l'opticien et avait accepté d'essayer des lentilles de contact. Elle avait réussi à les mettre non sans mal, mais elles la faisaient pleurer. Si elle ne s'y habituait pas, elle remettrait ses lunettes. Pas question d'aller à cette soirée en larmoyant !

Elle avait écumé les magasins avec Jenny et, après plusieurs heures, avait eu un coup de cœur pour une robe rouge coupée dans un beau tissu chatoyant.

— Eh bien ! s'était exclamée Jenny, estomaquée. Je n'aurais jamais cru que tu cachais une silhouette pareille sous tes horribles frusques ! Même en étant au régime pendant un an, je n'arriverais pas à avoir un corps comme le tien. Pourquoi diable le dissimules-tu ?

— Je suis trop mince. Je déteste voir saillir mes os. On m'appelait « sac d'os » quand j'étais petite. On m'a même traitée d'anorexique.

Se jugeant laide et empotée, elle en avait toujours gardé des complexes. Aujourd'hui, tout cela lui semblait dérisoire. Et Jenny avait raison, la robe mettait joliment sa silhouette en valeur. Elle avait un tomber superbe et dansait au moindre mouvement. Pour la première fois de sa vie, Rose se sentait séduisante.

— Et ne crois pas échapper à l'achat de nouveaux sous-vêtements, avait poursuivi Jenny, impitoyable. Tu portes des culottes de grand-mère !

— Mes sous-vêtements sont très bien. D'accord, ils sont plus pratiques que sexy, mais qui les verra ?

— Là n'est pas le problème. Si tu ne te sens pas sexy sous tes vêtements, comment auras-tu l'air sexy ?

Rose n'avait pu s'empêcher de rire. Elle avait suivi Jenny au rayon lingerie d'un grand magasin et s'était laissé convaincre d'acheter plusieurs soutiens-gorge en dentelle et les slips assortis.

Elle avait pris grand plaisir à tout cela. C'était la première fois qu'elle dépensait autant d'argent pour elle. Après tout, s'était-elle dit avec un coup au cœur, elle n'aurait peut-être plus jamais l'occasion de s'habiller ainsi. Et, maintenant, économiser pour l'avenir semblait bien inutile. Sa maladie avait au moins le mérite de la libérer des contraintes dérisoires de la vie quotidienne.

Après avoir mis la touche finale à son maquillage — en suivant scrupuleusement les conseils de la vendeuse du rayon cosmétiques — elle dut admettre qu'elle n'avait vraiment plus rien d'une vieille fille coincée. Elle gloussa. Il ne lui manquait plus qu'un fume-cigarette et une flûte de champagne pour ressembler à une femme fatale !

Elle descendit lentement l'escalier en savourant le contact du tissu soyeux de la robe contre sa peau.

En la voyant entrer dans le salon, son père s'efforça de siffler.

— Est-ce vraiment ma petite fille ? Si femme, si belle ?

Au cours des deux dernières semaines, son état avait continué à s'améliorer. Il se déplaçait plus facilement avec une canne, et son élocution devenait plus claire. Il pouvait se débrouiller seul pour de nombreuses activités, même s'il mettait deux fois plus de temps qu'avant. Recouvrer son indépendance lui faisait un bien immense, et Rose savait que bientôt ses parents pourraient se débrouiller sans elle. Cela la soulageait d'un grand poids pour l'avenir.

— Oui, papa, je sais que c'est incroyable, dit-elle en virevoltant. Moi-même, j'ai du mal à me reconnaître.

— Je ne t'ai jamais vue aussi radieuse, remarqua pensivement sa mère. Est-ce juste cette soirée ou y a-t-il une autre raison à tant d'éclat ?

Rose avait tout fait pour dissimuler ses soucis à sa mère, s'efforçant de ne penser qu'à ce qui la rendait heureuse, comme Jonathan…

Il avait insisté pour lui envoyer une voiture.

— Comme les autres, vous êtes mon invitée, et il n'est pas question que je vous laisse venir à pied. Cédez, pour une fois, avait-il ajouté avec un sourire craquant.

Elle ne s'attendait toutefois pas à le trouver devant sa porte, irrésistible avec son smoking et son nœud papillon. En la voyant, il parut décontenancé. Il s'inclina légèrement, puis émit un sifflement admiratif.

— Vous êtes éblouissante, dit-il. Je ne vous avais jamais vue avec les cheveux détachés. Ça vous va très bien.

Elle rosit de plaisir. Il était peut-être simplement poli, mais son regard ne trompait pas. Il pensait ce qu'il disait.

— Vous n'êtes pas mal non plus, bredouilla-t-elle.

— Je vais saluer vos parents avant de partir.

Il la frôla en entrant dans le petit vestibule, et elle huma avec délices le parfum épicé de son après-rasage.

— Vous allez susciter bien des jalousies ce soir, chuchota-t-il, son souffle doux comme une caresse sur sa peau.

Il échangea quelques mots avec ses parents, puis entraîna Rose vers la luxueuse limousine qui les attendait.

Elle y retrouva Jenny en compagnie de Vicki et de son mari. Des sièges s'alignaient de chaque côté, et il y avait même un minibar. Jonathan en sortit une bouteille de champagne frappé qu'il déboucha élégamment avant de remplir des flûtes qu'il distribua à ses invités.

— J'espère que vous passerez tous une excellente soirée. Rappelez-vous que c'est pour une bonne cause.

— Je suis contente que vous ayez pu venir, dit Rose à Vicki après qu'elle lui eut présenté son mari. Comment allez-vous ?

— Beaucoup mieux. Je ne pouvais pas manquer cette réception, c'est ma préférée de l'année.

Vicki, qui avait décliné le champagne au profit d'un jus d'orange, leva son verre en direction de Jonathan.

— Allez-vous être mis aux enchères comme l'an dernier ?

— Pas si je peux l'éviter, répondit-il en grimaçant. J'ai passé un marché avec les organisateurs, cette année. Ils ont accepté que je ne participe pas à condition que je fasse la plus grosse enchère pour un autre invité.

— Mis aux enchères ? répéta Jenny, perplexe. Que voulez-vous dire ?

— Chaque année, lors de cette soirée destinée comme vous le savez à collecter des fonds, on demande à plusieurs célibataires fortunés d'accepter de se mettre aux enchères, expliqua Vicki. Ils doivent défiler pendant que des femmes surenchérissent pour gagner un rendez-vous avec eux. Ça peut être très chaud. Comme l'année dernière…

— Que s'est-il passé ?

Jonathan regarda sévèrement Vicki en secouant la tête, mais elle ne se laissa pas impressionner.

— Il y a presque eu une émeute. L'organisateur a demandé à Jonathan d'enlever sa veste et sa chemise… mais il a été autorisé à garder son nœud papillon, gloussa-t-elle.

Troublée par l'image d'un Jonathan à demi nu défilant sur un podium. Rose faillit s'étouffer avec son champagne.

— Qui a gagné ? demanda Jenny.

— Une vieille dame. Si vous aviez vu sa joie quand elle a appris que son enchère était la plus élevée !

Tout le monde rit, même Jonathan.

— En fait, elle a acheté ce rendez-vous pour sa fille. Je ne sais pas qui était le plus embarrassé des deux… Nous avons partagé un repas agréable, mais je ne recommencerais pour rien au monde.

La limousine s'arrêta devant le grand hôtel où avait lieu la soirée.

Dès que le chauffeur leur ouvrit la portière, ils furent entourés par une meute de photographes et les flashs crépitèrent.

— Regardez par ici, Jonathan !

Intimidée, Rose se rencogna dans la voiture pour ne pas être photographiée.

C'était compter sans Jonathan. Laissant les autres entrer dans l'hôtel, il remonta dans limousine et referma la portière.

— Qu'est-ce qui ne va pas, Rose ?

— Je déteste être prise en photo.

— Je n'aime pas ça non plus, mais si nous posons pour une ou deux photos, ils nous laisseront tranquilles.

— Je ne peux pas.

— Mais si, dit-il fermement. Ils veulent photographier la femme magnifique qui m'accompagne, c'est normal. Si j'avais su que vous détestiez ça, je serais arrivé séparément, mais il est trop tard maintenant. Et plus vous vous cacherez, plus vous exciterez leur curiosité. Suivez-moi, ce sera fini dans quelques minutes. D'accord ?

Elle acquiesça et descendit de voiture, la tête haute. De nouveau, les flashs crépitèrent, aveuglants.

— Qui est votre amie, Jonathan ? C'est sérieux ? Allez-vous enfin vous ranger ?

Le cœur de Rose sombra quand elle réalisa que sa fuite n'avait fait qu'aggraver les choses.

— Ça va, laissez-nous tranquilles, dit calmement Jonathan. Mlle Taylor est une invitée parmi d'autres qui m'accompagnent ce soir.

— Cela signifie-t-il que votre relation avec Jessamine Goldsmith est terminée ? demanda quelqu'un.

— Mlle Goldsmith et moi sommes bons amis et n'avons jamais été autre chose.

— Alors, il est faux qu'elle vous ait quitté parce que vous refusiez de vous engager ?

— Absolument faux. À présent, si vous voulez bien nous excuser, mes invités m'attendent.

— Pouvez-vous nous parler un peu de vous, mademoiselle Taylor ? s'enquit un autre reporter en brandissant son micro sous le nez de Rose, manquant la faire trébucher.

Vif comme l'éclair, Jonathan la retint d'une main tout en repoussant le micro de l'autre.

— Continuez à avancer, lui souffla-t-il à l'oreille. Je me charge d'eux.

— C'est bon, chuchota-t-elle. Je peux répondre.

Prenant une profonde inspiration, elle se tourna vers les paparazzi en arborant son plus beau sourire.

— Je crains qu'il n'y ait pas grand-chose à dire. Je suis l'infirmière du Dr Cavendish et, comme il vous l'a précisé, je fais partie du personnel qui l'accompagne. Je sais que vous vous intéressez tous à la bonne cause qui nous réunit ici, et si vous voulez, je peux vous parler de l'œuvre caritative à laquelle les fonds recueillis ce soir sont destinés.

Du coin de l'œil, elle remarqua la surprise de Jonathan avant qu'il ne hoche la tête en signe d'approbation. Elle était allée sur internet pour se renseigner sur la fondation en question et, tout en continuant à marcher, elle résuma brièvement ce qu'elle savait sans cesser de sourire. Le stratagème fonctionna. Dès qu'une voiture déposa de nouveaux invités, les paparazzi foncèrent les accueillir.

Dans l'hôtel, Jonathan fut immédiatement entouré. Rose le laissa saluer ses connaissances et, repérant Jenny et Victoria, elle les rejoignit à leur table.

— J'ai déjà aperçu au moins dix vedettes ! s'exclama Jenny, tout excitée. Génial, non ? Je n'arrive pas à croire que je suis là ! Regarde, murmura-t-elle en désignant une actrice. J'ai vu son dernier film cette semaine. Elle est magnifique ! Et tu as vu sa robe !

C'était impressionnant, en effet. Rose se sentait terne et intimidée en présence de tant de gens connus. Elle remarqua lady Hilton parmi la foule. Elle souriait, mais Rose perçut son inquiétude de manière presque tangible. Oubliant sa timidité, elle se leva et se fraya un chemin entre les tables pour s'approcher d'elle.

— Lady Hilton, lui murmura-t-elle. Vous allez bien ?

— Ma chère petite, j'ignorais que vous veniez ce soir. Je suis ravie de vous voir, dit la vieille dame en l'embrassant.

— Comment va lord Hilton ?

— Il n'y a pas de changement depuis la dernière fois que vous l'avez vu, mon enfant.

Comme promis, Rose se rendait régulièrement chez eux pour leur apporter son soutien.

— Il a insisté pour que je vienne, malgré mon désir de rester avec lui. Il dit que les Hilton n'ont jamais manqué cette soirée de bienfaisance depuis vingt ans et qu'il n'est pas question de commencer aujourd'hui, expliqua tristement Sophia Hilton. Nous vous devons tant, ma chère petite ! Sans votre aide, nous n'aurions jamais pu le garder à la maison. Jonathan a beaucoup de chance de vous avoir. Goodall est avec Giles, mais je rentrerai après les enchères… À propos de Jonathan, où est-il ? J'aimerais lui parler.

Rose se réjouissait de pouvoir les soulager un peu pendant la sombre période qu'ils traversaient. Elle éprouvait un sentiment poignant, à la fois doux et amer, à aider ce couple à vivre ses derniers moments ensemble.

— Pourquoi ne venez-vous pas vous joindre à nous ? proposa-t-elle impulsivement.

Sophia parut soulagée.

— Avec plaisir, merci, ma chère. Ça m'évitera de répondre aux questions sur mon Giles. Les gens sont gentils, mais ça devient pénible.

— Venez, dit Rose en souriant. Vicki et son mari sont à notre table. Elle sera ravie de vous voir.

Lady Hilton parut contente de revoir Vicki. Visiblement impressionnée, Jenny esquissa une révérence quand on la présenta à lady Hilton et rougit jusqu'à la racine des cheveux en se rendant compte de sa bévue.

— Les enchères commenceront avant le dîner et se poursuivront pendant le repas, expliqua Vicki. Voici la liste de tout ce qui va être mis aux enchères.

Rose prit le fascicule en papier glacé et parcourut la liste. Il y avait des voitures, des séjours sur des îles privées, des voyages en jets privés, des diamants, des tableaux et… un rendez-vous avec un riche célibataire londonien. Elle aurait aimé participer aux enchères, mais n'en avait pas les moyens et devrait se contenter du rôle de spectatrice.

— Etes-vous intéressée par quelque chose, ma chère ? s'enquit Sophia Hilton. Je crois que je vais faire une offre pour un tableau, que je remettrai en vente l'an prochain, comme toujours. Nous avons assez de tableaux comme ça.

— Je crains de ne pas pouvoir me le permettre, avoua Rose.

— Lady Hilton, Sophia, quel plaisir de vous voir ! dit Jonathan en les rejoignant. C'est gentil de nous faire l'honneur de vous asseoir à notre table.

— Je n'ai pas pris votre place, j'espère ? Je peux retourner à ma table. Rose préfère sûrement être auprès de vous qu'auprès d'une vieille dame comme moi. N'est-elle pas magnifique ? ajouta Sophia, les yeux pétillants.

— Si, répliqua-t-il calmement. La plus belle de toutes.

Rose sentit ses joues s'empourprer mais se rappela qu'elle ne devait pas prendre les paroles d'un tel séducteur au sérieux.

— Malheureusement, je n'aurai pas besoin de ma place pendant une bonne heure, ajouta-t-il avec une petite grimace de dépit. Malgré mes protestations, lady Somerville m'a encore enrôlé pour son « enchère spéciale », et elle ne veut rien savoir.

Rose réprima un gloussement. C'était la première fois qu'elle le voyait aussi mal à l'aise.

— C'est de ça que vous parliez dans la voiture ? L'enchère à laquelle vous aviez juré de ne plus participer ? demanda Jenny.

Il poussa un profond soupir.

— J'ai eu beau lui dire que j'offrirais la plus grosse enchère pour n'importe qui d'autre, elle n'a rien voulu entendre. Elle prétend avoir besoin de moi pour faire monter les enchères car c'est moi qui ai gagné le plus l'an dernier.

— Vous n'avez qu'à vous dire que c'est pour une bonne cause, conseilla lady Hilton.

Une femme agitait frénétiquement la main à l'autre bout de la salle pour attirer l'attention de Jonathan.

— On dirait que c'est à moi. Souhaitez-moi bonne chance, marmonna-t-il en s'éloignant.

— Vous devriez faire une offre pour lui, dit lady Hilton à Rose. Une femme bien ne lui ferait pas de mal. Il a besoin de se fixer. Son père se fait du souci pour lui.

Jonathan et elle ? songea Rose. C'était inconcevable, lady Hilton devait le savoir.

— Jonathan et moi ne sommes guère assortis, observa-t-elle d'un ton égal.

— Pourquoi ? Ne le trouvez-vous pas charmant ? Il héritera du titre à la mort de son père, et la moitié des femmes de cette pièce sauteraient sur l'occasion de devenir la future lady Cavendish. Que lui reprochez-vous ?

— Rien, balbutia Rose en regrettant que le sol ne puisse s'ouvrir pour l'engloutir. C'est juste que je ne suis pas faite pour être la dame du manoir.

Et, de toute façon, elle n'avait pas d'avenir à lui offrir…

— Sottises ! Si vous dites ça parce que vous êtes roturière et qu'il appartient à l'aristocratie, n'y pensez plus. Sa mère, la première épouse de l'actuel lord Cavendish, était aussi une roturière. Les temps changent. En mieux… Je crois que son père ne s'est jamais remis de la mort de sa première femme, ajouta-t-elle. Elle était l'amour de sa vie.

— Que lui est-il arrivé ?

— Elle est morte d'une pneumonie quand Jonathan avait sept ans. Le pauvre petit était anéanti et son père l'a envoyé en pension au moment où il avait le plus besoin de lui. Il ne le lui a jamais pardonné. Mais son père n'arrivait pas à faire face ; il ne supportait plus la vue de ce fils qui lui rappelait douloureusement sa mère. Il s'est remarié six mois plus tard, sans doute parce qu'il se sentait très seul, mais Jonathan ne lui a pas pardonné ça non plus.

Voilà qui expliquait la tension entre eux, songea Rose.

— Pourquoi lord Cavendish n'a-t-il pas expliqué à son fils ce qu'il ressentait ?

Lady Hilton parut surprise.

— Les hommes ne parlent pas de ces choses, ma chère. Du moins pas à l'époque. Oh ! je sais que de nos jours, on déballe ses sentiments sans pudeur, mais Jonathan et son père n'ont pas été élevés ainsi !

Rose, qui avait la chance d'avoir toujours été entourée de l'amour des siens, compatissait au malheur de Jonathan.

Elles se turent quand une grande femme aux courts cheveux platine pria les invités de regagner leurs tables.

— C'est Mme Tenant, chuchota lady Hilton. Elle était mannequin dans les années soixante. Son père était très fortuné. Elle s'est mariée par amour et a été follement heureuse. Elle aide lady Somerville à diriger les enchères.

Julia Tenant salua l'assemblée avec un fort accent du Yorkshire très éloigné de l'élégant accent du Tout-Londres.

— Nous allons commencer par l'enchère des beaux partis londoniens, annonça-t-elle. Je sais que vous appréciez particulièrement cet événement. Ce soir, nous avons cinq messieurs, tous célibataires et tous impatients de sortir avec les dames chanceuses qui gagneront l'enchère. Soyez généreuses, mesdames !

Tous les regards se tournèrent vers le podium qui avait été érigé au centre de la salle. Le silence se fit tandis que Julia présentait le premier « candidat », un joueur de tennis britannique qui s'était brillamment illustré au cours de l'année. Il monta sur la scène d'un air emprunté, vêtu en tout et pour tout d'un short de tennis. Il y eut quelques sifflements quand il s'avança au bord du podium et fléchit son avant-bras dans un geste qui était devenu familier aux fans de tennis.

— Qui fait la première offre ? Allons, mesdames, ne soyez pas timides. Qui me propose cent livres ?

De nombreux bras se levèrent.

— Cent cinquante ! cria quelqu'un au fond de la salle.

En se retournant, Rose vit une jeune femme qui agitait les bras, une liasse de billets de banque dans chaque main.

— Deux cents, renchérit une autre voix.

L'enchère atteignit bientôt quatre cents livres, et quand Julia annonça que le joueur offrait deux places V.I.P. pour le tournoi de Wimbledon en juin, elle monta jusqu'à cinq cents avant que la jeune femme qui avait fait la première offre ne l'emporte.

Les trois enchères suivantes se succédèrent rapidement.

Jonathan était le dernier. On lui avait fait enlever sa chemise, et il parcourut le podium en pantalon de smoking, nœud papillon et veste, dévoilant son torse athlétique. S'il était gêné, son sourire confiant le cachait bien. Rose frissonna. C'était vraiment l'homme le plus sexy qu'elle ait jamais vu.

Les enchères commencèrent à trois cents livres et atteignirent rapidement cinq cents.

— Allons, mesdames, vous pouvez faire mieux que ça ! Jonathan est l'un des meilleurs partis de Londres. À ma connaissance, il n'a personne dans sa vie en ce moment.

L'enchère monta de cent livres de plus. Puis de cent autres. Soudain, lady Hilton leva la main.

— Mille livres, lança-t-elle sous le regard médusé de Rose à qui elle adressa un clin d'œil coquin.

— Mille livres ! Adjugé à lady Hilton, commenta Julia, enchantée. Un nouveau record.

Pendant qu'elle remerciait l'assemblée, Jenny et Vicki tournèrent des regards effarés vers lady Hilton qui chuchota à l'oreille de Rose :

— Je l'ai acheté pour vous, ma chère.

— Moi ? s'étrangla Rose, persuadée qu'elle avait perdu la raison. Pourquoi ?

La vieille dame prit sa main dans la sienne.

— Parce que je pense que vous êtes faits l'un pour l'autre, voilà pourquoi. Même s'il ne le sait pas encore.

Lady Hilton ignorait à quel point elle se trompait. Rose était loin d'être un beau parti. Outre le fait qu'elle avait un avenir incertain, qu'elle ne pouvait pas avoir d'enfants, et qu'elle était mortellement ennuyeuse, que pouvait-on lui trouver ? Surtout un homme comme Jonathan, qui était sorti avec les plus belles femmes du monde.

Le cœur de Rose sombra. Elle avait apprécié sa compagnie ces dernières semaines. Plus qu'apprécié. Mais bientôt, tout serait fini. Qu'elle décide de se faire opérer ou non, elle retrouverait sa vie à Édimbourg. Une vie dont elle s'était contentée avant de connaître Jonathan, même si maintenant elle savait qu'aussi longtemps qu'elle vivrait, cette existence lui semblerait affreusement terne et solitaire sans lui.

Jonathan, qui avait remis sa chemise, se glissa sur une chaise à côté d'elle.

— Dieu merci, c'est fini ! Merci d'avoir fait la dernière

enchère, Sophia. Où voulez-vous que je vous emmène ? À une course de chevaux ? Un match de polo ?

Lady Hilton sourit tristement.

— J'aimerais beaucoup vous accompagner, Jonathan, mais je crains que cette soirée ne soit ma dernière sortie avant longtemps. C'est pourquoi j'ai demandé à Rose de me remplacer. Je sais qu'elle travaille dur, et elle ne se ménage pas en venant s'occuper de nous. Je ne pense pas que le polo ou les courses lui conviennent, vous devez trouver quelque chose de plus… approprié pour elle.

Rose était affreusement embarrassée. Lady Hilton chargeait Jonathan de la sortir, comme si elle était un vulgaire petit chien ! C'était vraiment trop.

— Vous n'avez pas besoin de me sortir, lui murmura-t-elle à l'oreille. Faisons juste semblant, pour lady Hilton.

Jonathan sourit.

— Je ne suis pas homme à reculer devant quoi que ce soit, lui chuchota-t-il. Et je ne vous vois pas baisser les bras non plus. En attendant, ajouta-t-il en lui tendant la main, on danse ?

Dans une sorte de brouillard, Rose le suivit jusqu'à la piste de danse. Heureusement, elle connaissait la valse. La gorge serrée, elle se revit tournoyant avec son père dans leur petit salon sur la musique de Strauss. Jamais elle n'avait imaginé qu'elle mettrait ses leçons en pratique dans un cadre aussi somptueux.

Jonathan la tenait fermement contre lui ; elle sentait son parfum boisé, les muscles durs de sa poitrine. Elle frémit au souvenir de son torse athlétique pendant la présentation. Qui aurait pu penser qu'il avait un corps pareil ?

Chassant ces pensées troublantes, elle le regarda dans les yeux. Il soutint son regard, et le cœur de Rose chavira. Pourquoi avait-il fallu qu'elle tombe amoureuse de lui ? Et pourquoi devait-elle affronter un avenir aussi incertain ? Pourquoi ? Pourquoi ?

— Vous êtes la plus belle femme de la soirée, et la plus remarquable, murmura-t-il dans ses cheveux.

Assez ! S'il croyait pouvoir s'amuser avec elle, il allait être déçu.

Elle s'écarta pour scruter son visage.

— Qu'attendez-vous de moi, Jonathan ?

— Que voulez-vous dire ? demanda-t-il en la faisant tournoyer.

— Je ne suis pas une femme pour vous.

Il fronça les sourcils.

— C'est à moi d'en juger, non ? Croyez-moi, vous êtes exactement celle qu'il me faut.

Il s'immobilisa près d'une porte donnant sur l'extérieur et l'entraîna dans l'air frais du soir. Elle respira le parfum entêtant des roses qui flottait jusqu'à eux.

Jonathan écarta une mèche de cheveux de son visage.

— Je pense que vous ne savez pas combien vous êtes adorable. Pas seulement physiquement. Vous êtes une femme unique, Rose Taylor. Et je ne comprends pas que personne n'ait encore pris votre cœur… À moins qu'il n'y ait quelqu'un à Édimbourg ? ajouta-t-il, rembruni. Mais bien sûr, quel idiot je suis ! Quelqu'un doit vous attendre là-bas. Vous l'aimez ? Etes-vous prête à le quitter pour moi ? Je promets que vous ne le regretterez pas, chuchota-t-il en lui souriant tendrement.

Rose avait le tournis. Elle brûlait de lui dire qu'il n'y avait personne d'autre et qu'elle voulait passer sa vie avec lui, quel que soit le temps qui lui restait. Mais ce ne serait pas juste, ni pour elle ni pour lui. Elle venait d'apprendre avec une joie sans nom qu'il tenait à elle, et elle l'aimait déjà trop pour le priver de l'existence heureuse qu'il méritait.

— Il n'y a pas d'avenir pour nous, dit-elle sombrement.

— Alors, il y a quelqu'un d'autre.

Elle n'hésita qu'un instant avant de répondre. Elle ne voulait pas lui mentir, même si elle ne pouvait pas lui dire toute la vérité.

— Non.

— Dans ce cas, je n'accepterai aucun refus. Je vous dois un rendez-vous. Donc, nous sortirons ensemble, que ça vous plaise ou non, conclut-il en souriant, mais d'un ton sans appel.

Elle ne put résister à la tentation d'un autre souvenir, de quelques instants de bonheur de plus à engranger.

— Bon, d'accord. Si vous insistez, je sortirai avec vous. Du reste, ce n'est pas vraiment un rendez-vous galant.

— Si j'insiste ? grommela-t-il. Eh bien, oui, j'insiste. Alors c'est réglé. Je vous ferai savoir quand et où.

De retour chez lui, Jonathan arpenta son appartement avec agitation. Qu'avait donc Rose Taylor pour l'obséder ainsi ? Certes, elle était très belle, mais il était déjà sorti avec de belles femmes. Même un top model. Non, ce n'était pas ça. C'était elle, avec sa détermination teintée de vulnérabilité, et cette authenticité qu'il n'avait jamais rencontrée chez personne. Elle ne s'intéressait ni à son titre ni à sa fortune et n'était pas émerveillée par lui, contrairement à la plupart des femmes. Nullement impressionnée, elle semblait plutôt désapprouver son mode de vie.

Elle pensait probablement qu'il manquait de sérieux, le jugeant incapable d'engagement. Quel mal y avait-il à cela ? Il était important de s'amuser dans la vie, non ? Il aurait tout le temps de se fixer plus tard. Un frisson de dégoût le parcourut à cette idée. Il lui suffisait de penser à son père et à ses mariages en série pour savoir que se marier était une perte de temps. Son père était mal placé pour l'accuser d'inconstance et d'irresponsabilité. Il n'y avait qu'à voir la façon dont il avait traité la mère de Jonathan, qu'il avait remplacée alors qu'elle était à peine enterrée. Belle publicité pour la vie conjugale, en vérité !

Rose était différente. Il la soupçonnait de ne pas donner son cœur à la légère. Celui à qui elle l'offrirait devrait le mériter. Elle incarnait un défi, c'est pourquoi elle l'attirait tant.

Jamais il n'avait été repoussé par une femme et ça n'arriverait pas maintenant. Pour leur rendez-vous, il l'emmènerait où elle voudrait. Il lui prouverait ainsi qu'il la voyait telle qu'elle était, et non comme une femme parmi d'autres. De toute évidence, les fêtes sur les yachts n'étaient pas de son goût. Elle avait dit qu'elle aimait faire de longues promenades, s'asseoir avec un bon livre quand il pleuvait dehors. Jouer de la guitare. Pique-niquer.

Il s'y était mal pris avec elle. Quand ils sortiraient ensemble, il lui montrerait qu'il pouvait être sensible et attentionné, et qu'il n'avait pas besoin de fêtes extravagantes ni d'une foule d'amis pour se distraire. Il s'assit devant la fenêtre et contempla les lumières de Londres. Une idée commençait à germer dans son esprit. Il savait où il allait l'emmener : là où elle découvrirait le vrai Jonathan Cavendish.

8.

Comme convenu, Jonathan vint chercher Rose le samedi matin. Il passa quelques minutes à bavarder avec ses parents devant une tasse de café, analysant avec son père les derniers résultats de football.

— Dites-moi quand vous voudrez assister à un match. Je peux toujours avoir des billets. Vous n'aimez pas le cricket, par hasard ? J'ai des billets pour Lords le week-end prochain.

Rose grimaça. Son père appréciait encore plus le cricket que le football. S'ils se mettaient à en parler, ils n'avaient pas fini. Elle se réjouissait de voir son père aller aussi bien. Assister au match d'Arsenal lui avait fait faire d'énormes progrès, et il redevenait peu à peu l'homme qu'il avait été avant son attaque. Elle bénissait Jonathan pour cela.

— Bon, vous deux, assez parlé de cricket ! intervint sa mère. N'est-il pas temps que vous partiez, jeunes gens ?

Jonathan se leva.

— Mon appartement donne sur Lords, dit-il. Que diriez-vous de venir déjeuner la prochaine fois qu'il y aura un match ? De mon salon, on a une vue imprenable sur le terrain.

Le père de Rose jeta un coup d'œil à sa fille. Il avait très envie d'accepter, mais voulait savoir ce qu'elle en pensait.

— C'est à toi de décider, papa, dit-elle, mais elle secoua discrètement la tête, ne voulant pas être encore plus redevable à Jonathan.

— Un jour peut-être, mon garçon, répondit son père.

— Quand vous voudrez. Bon, allons-y. Je ne ramènerai pas votre fille tard, c'est promis.

Rose fronça les sourcils. Il ne la ramènerait pas tard, vraiment ! Pour qui la prenait-il ? Cendrillon ?

— Ne m'attendez pas, dit-elle à ses parents. Il est possible que j'aille au pub retrouver mes amis en rentrant.

Et toc ! pensa-t-elle, contente d'elle. C'était à elle de décider quand elle rentrerait. Pas à lui.

— Où allons-nous ? demanda-t-elle comme ils filaient sur l'autoroute en direction du nord.

Il pouvait l'emmener n'importe où, et ne sachant comment s'habiller, elle avait opté pour une simple robe d'été en espérant qu'elle ne détonnerait pas. Elle avait aussi remis ses lunettes. Au moins, elle y voyait correctement, et avec ses cheveux sagement nattés, elle était redevenue elle-même et se sentait sereine.

— Vous verrez, éluda Jonathan. J'ai eu du mal à trouver où vous emmener, et j'espère avoir fait le bon choix.

— Du moment que je suis vêtue comme il convient, ça m'est égal.

— Vous seriez vêtue comme il convient même si vous portiez un sac.

Mmm... Encore un compliment creux, songea Rose. Si elle portait un sac, elle aurait l'air d'une clocharde. Qui essayait-il de leurrer ? En ce qui le concernait, il serait parfaitement à sa place où qu'ils aillent avec son jean délavé et sa chemise à manches courtes.

Au bout d'une heure, il quitta l'autoroute et s'engagea sur une route bordée de champs qui déboucha bientôt sur un groupe de maisonnettes. Un panneau indicateur leur souhaitait la bienvenue à Cambridge.

— Je ne sais pas si ça va vous plaire, mais j'ai pensé qu'on pourrait louer une barque et s'arrêter pique-niquer au bord de la rivière, dit-il. Je le faisais souvent quand j'étais étudiant ici, et je sais exactement où nous pouvons amarrer le bateau.

Rose lui trouva l'air nerveux et sa vulnérabilité la toucha.

— Heureusement qu'il ne pleut pas à verse ! ironisa-t-elle

en souriant pour lui montrer qu'elle plaisantait. On est près de l'endroit où vous vivez, non ?

— Oui. Cavendish House est à une demi-heure d'ici. Et, rassurez-vous, s'il avait plu, j'aurais trouvé une solution de rechange.

— C'est vous qui avez préparé le pique-nique ?

Il secoua la tête d'un air penaud.

— Je l'ai commandé chez Harrod's, avoua-t-il, et ils éclatèrent de rire. Désolé, les vieilles habitudes ont la vie dure. Mais franchement, Rose, je ne pense pas que vous auriez trouvé ma cuisine mangeable.

Il gara la voiture au bord de la rivière, non loin du centre-ville. Rose était curieuse de découvrir Cambridge dont elle ne savait pas grand-chose, sinon que c'était une célèbre ville universitaire.

— Montrez-moi le collège que vous avez fréquenté, dit-elle, désireuse d'en savoir plus sur lui.

— Vous êtes sûre que ça vous intéresse ? Ils sont tous un peu pareils, vous savez.

— Pas pour moi. J'adorerais voir où Newton, Darwin et Wordsworth ont vécu et étudié. Faites-moi ce plaisir.

Il s'inclina bas.

— Vos désirs sont des ordres. Venez, alors. J'ai fait mes études à Trinity College. Nous pourrons y louer une barque. Ça donne sur la rue principale. Les gardiens se souviendront peut-être de moi…

Il semblait tout excité, comme s'il était content qu'on s'intéresse à lui.

Il la prit par la main et, marchant dans les rues, ils passèrent devant des immeubles modernes et des collèges anciens. Rose tournait la tête de tous côtés pour admirer de vieux bâtiments, une église, une maison médiévale, mais Jonathan la poussait à avancer.

— Je veux d'abord vous montrer le pont des Soupirs, dit-il, enthousiaste comme un petit garçon. Il relie la partie ancienne de St. John's College à la nouvelle bâtisse.

Il lui fit franchir un lourd portail de bois, puis ils passèrent devant la loge d'un gardien et pénétrèrent dans une cour. Rose s'immobilisa, émerveillée par les élégants édifices ornés de vitraux qui se dressaient de chaque côté. Des étudiants se hâtaient en bavardant, des livres sous le bras, apparemment oublieux de leur prestigieux environnement.

— Je crois que si je venais étudier ici, je n'arriverais pas à travailler. Je passerais mon temps à admirer ce cadre somptueux.

— Je suppose que c'est beau, oui. J'ai cessé de le voir avec le temps, avoua-t-il. J'aime le redécouvrir à travers vos yeux. Comme si je ne l'avais jamais vu avant.

Le cœur de Rose se serra douloureusement. Pourquoi n'arrêtait-il pas de dire de telles choses, lui laissant croire qu'il pouvait l'aimer ?

— Venez.

Il l'entraîna sous un autre passage voûté qui menait à un pont couvert en pierre délicatement sculptée dont la réalisation avait dû prendre des années.

— Je comprends pourquoi on l'appelle le pont des Soupirs, remarqua-t-elle. Il est si beau ! On ne peut que soupirer de plaisir en le voyant.

— Il tient son nom du pont des Soupirs de Venise. Certains pensent que c'est une copie mais, leur romantisme mis à part, les deux ponts ont juste en commun d'être couverts.

— Ne me gâchez pas mon plaisir. Imaginez pouvoir réaliser une œuvre pareille où vous voulez… C'est le genre de monde où vous vivez, murmura-t-elle en se tournant vers lui. Un monde où l'argent et la position rendent tout possible.

— Vous n'approuvez pas ?

— Je n'approuve ni ne désapprouve. Je n'arrive simplement pas à m'imaginer dans cette situation.

C'était vrai. Son univers et celui de Jonathan étaient à des années de lumière l'un de l'autre.

— Nous ne sommes pas si différents, vous savez, Rose, dit-il en lui relevant doucement le menton pour plonger son regard dans le sien.

Profondément troublée, elle se demanda à quoi il jouait. Essayait-il de la faire tomber amoureuse de lui ? Ignorait-il que c'était déjà fait ?

Elle recula pour mettre un peu de distance entre eux. Si elle restait près de lui, elle ne pourrait pas s'empêcher de se jeter dans ses bras.

— Alors, où est le collège où vous avez fait vos études ? Comment avez-vous dit qu'il s'appelle, déjà ?

— Trinity College. On peut y accéder par là.

Il reprit sa main pour la conduire vers un bâtiment couvert de vigne vierge et lui désigna le dernier étage.

— Ma dernière chambre était là-haut. J'avais une vue imprenable sur la rivière. Venez voir la chapelle.

L'édifice était de toute beauté avec son plafond voûté et ses magnifiques vitraux. Des bancs s'alignaient de chaque côté, et Rose se représenta le service vespéral, surtout l'hiver, quand la neige enveloppait le monde extérieur d'un épais manteau blanc, et que la chorale chantait à la douce lueur des cierges. Elle sentait l'histoire suinter de chaque pierre, de chaque pavé usé par le temps, imaginant les étudiants qui y avaient laissé l'empreinte de leurs pas depuis des siècles.

— Vous en avez vu assez ? demanda doucement Jonathan qui ne l'avait pas quittée des yeux pendant la visite.

Elle hocha la tête. Plus elle connaissait Jonathan, plus elle regrettait que la situation ne puisse être différente. Il était facile d'imaginer un futur avec l'homme qu'elle découvrait, et la pensée qu'elle partirait bientôt pour ne plus jamais le revoir lui déchirait le cœur.

— Si vous voulez rester encore un peu, je vais chercher le pique-nique dans la voiture. Retrouvez-moi au bord de la rivière. Je n'en ai pas pour longtemps.

Rose continua à déambuler dans la petite chapelle, le cœur serré. Ici, elle aurait aimé pouvoir s'abandonner à l'espoir que tout allait s'arranger et qu'un miracle se produirait, la libérant de la menace de mort qui pesait sur elle et lui rendant son avenir. Hélas ! c'était impossible. Même si cet anévrisme n'évoluait pas, même si elle vivait longtemps, elle ne pourrait malgré tout pas courir le risque d'avoir des enfants.

Le chagrin l'envahit. Elle aurait tant aimé avoir des bébés ! Deux, peut-être trois. Pourquoi la vie était-elle aussi injuste ? Avec colère, elle refoula les larmes qui lui piquaient les yeux. Il était inutile de s'apitoyer sur son sort. Elle devait rester positive. À Édimbourg, elle avait un job qu'elle aimait, beaucoup d'amis, et sa musique. Peut-être avait-elle encore de nombreuses années devant elle pour profiter de la vie. Cela devrait lui suffire. Il le fallait. Même si c'était une existence sans enfants, sans Jonathan.

Quand elle descendit au bord de l'eau, elle s'était ressaisie et, lorsque Jonathan arriva avec le panier de pique-nique, elle ne put s'empêcher de rire. Seigneur, combien de personnes pensait-il donc nourrir ?

— Qu'avez-vous là-dedans ? plaisanta-t-elle en désignant l'énorme panier. Un évier ? Une cuisine entière ?

— Je ne sais pas, mais c'est fichtrement lourd. On m'a demandé ce que je voulais, et comme je n'en avais pas la moindre idée, j'ai dit oui à tout. Il y a du vin, des assiettes, une nappe. Mais, à en juger par le poids, ils ont dû ajouter des tables et des chaises pendant qu'ils y étaient.

— Du moment que ça ne nous fait pas couler à pic…

Il descendit jusqu'à la rive et, après avoir échangé quelques mots avec le loueur de barques, il sauta dans l'une d'elles et y hissa le panier. Il aida Rose à s'y installer, et elle constata avec plaisir que le siège était rembourré et confortable. Elle laissa sa main glisser dans l'eau tandis que Jonathan se plaçait à l'autre bout de l'embarcation et utilisait la longue perche pour l'éloigner de la rive.

Le visage offert à la caresse du soleil, Rose ferma les yeux et se laissa bercer par le doux clapotis de l'eau tandis que la barque glissait sur la rivière, manœuvrée par Jonathan. Ils passèrent sous des saules pleureurs dont les longues branches souples plongeaient dans l'eau. Elle se sentait délicieusement bien ; c'était exactement le genre de chose qu'elle aimait. Jonathan avait bien choisi. Il ne cessait pas de la surprendre, et plus elle le découvrait, plus elle l'aimait. Son cœur se contracta de souffrance. Comment trouverait-elle la force de le quitter le moment venu ? Ne voulant pas gâcher ces précieux moments avec lui, elle chassa cette pensée.

— Vous n'allez pas me faire la sérénade ? le taquina-t-elle en entrouvrant les yeux. Ce n'est pas inclus dans le marché ?

— Si vous m'aviez entendu chanter, jamais vous ne me demanderiez une chose pareille, répliqua-t-il avec malice. Mais vous pouvez très bien chanter pour nous deux.

— Je ne peux pas chanter sans ma guitare, j'ignore pourquoi. Peut-être parce qu'elle me permet de me cacher derrière quelque chose.

Elle regretta aussitôt ses paroles.

— Pourquoi voudriez-vous vous cacher ? demanda-t-il avec curiosité. Ignorez-vous combien vous êtes belle ?

— Allons, Jonathan, gardez vos compliments pour celles qui y croient !

— On ne vous a jamais dit que vous étiez exaspérante ? Que quand on vous fait un compliment, un compliment sincère, vous devez l'accepter de bonne grâce ?

— Dans ce cas, merci, gentil monsieur. On ne vous a jamais dit que vous étiez le roi de la perche ?

Jonathan éclata de rire et passa la main sur son front.

— Il fait beaucoup plus chaud que je ne le pensais. Vous permettez que j'enlève ma chemise ?

Toujours gentleman. Les amis de Rose auraient ôté leur chemise sans lui demander son avis. Toutefois, en le voyant passer à l'acte, elle se mordit la lèvre. Elle aurait peut-être dû insister pour qu'il la garde. Maintenant, elle allait devoir détourner les yeux pour éviter de le regarder de peur qu'il ne devine les pensées qui lui passaient par la tête. Elle sourit. Un homme comme lui savait probablement très bien ce qui lui trottait dans la tête…

— Vous voulez essayer ? proposa-t-il. C'est très facile.

Elle acquiesça et se leva avec précaution pour gagner la poupe où il se tenait. Comme elle le rejoignait, le bateau tangua. Vif comme l'éclair, Jonathan la prit par la taille pour l'empêcher de tomber. Troublée, elle ferma un instant les yeux, grisée par le parfum de son après-rasage mêlé à l'odeur de sa sueur. Puis il la lâcha doucement.

— Écartez les jambes pour garder l'équilibre. Puis enfoncez la perche jusqu'à ce qu'elle touche le fond. Poussez fort, puis remontez-la entièrement. Non, ça ne suffit pas…

Il posa les mains sur les siennes pour la guider et elle sentit la chaleur irradier de son corps juste derrière elle.

— Il faut que la perche glisse entre vos mains pratiquement jusqu'au bout. Et, pour diriger la barque, poussez la perche quand elle est dans l'eau vers la droite ou vers la gauche. Vous avez compris ?

La manœuvre était beaucoup plus difficile que ne l'avait prétendu Jonathan. La perche était lourde, peu maniable, et Rose se réjouissait qu'il reste à proximité pour l'aider. Quoi qu'il en soit, elle était décidée à y arriver seule, et au bout d'un moment, elle parvint à trouver son rythme.

— Je peux me débrouiller, maintenant. Asseyez-vous.

— Vous êtes sûre ?

— Je peux le faire. À présent, détendez-vous.

Elle ne faisait pas avancer la barque aussi aisément que lui. Le bateau avait la fâcheuse tendance d'aller d'un côté à l'autre, comme animé d'une vie propre, mais elle n'avait rien heurté et, grosso modo, ils progressaient dans la bonne direction.

— Le pont sous lequel nous passons est surnommé « le pont mathématique », indiqua Jonathan.

Bien que concentrée sur ce qu'elle faisait, elle se permit un rapide coup d'œil au pont en question, un étrange ouvrage de bois qui ressemblait à un Meccano d'enfant.

— Pourquoi l'appelle-t-on ainsi ?

— D'après la rumeur, il a été initialement construit sans plans préalables, et un mathématicien d'un des collèges a voulu savoir comment il était fait. Alors il l'a entièrement démonté, mais il n'a pas pu le reconstruire comme avant.

Rose jeta un nouveau coup d'œil sur le pont. Dans sa distraction, elle oublia de relever la perche et s'aperçut soudain qu'elle se trouvait maintenant derrière elle. Affolée à l'idée de la perdre dans la rivière, elle s'y accrocha de toutes ses forces et, brutalement arrachée à la barque, tomba dans l'eau glauque avec un cri perçant.

Elle refit surface en haletant, totalement désorientée.

Jonathan avait ramassé des rames au fond du bateau et revenait vers elle en ramant.

— Il fallait me dire que vous aviez envie de vous baigner, observa-t-il avec un sourire narquois. J'aurais trouvé un meilleur endroit.

Mortifiée, elle le foudroya du regard.

Il lui saisit la main et la hissa sans cérémonie dans la barque où elle s'écroula, pantelante.

— Ça va ? s'enquit-il avec sollicitude.

— Ça va, oui, mis à part le fait que je me sens la reine des idiotes et que je suis trempée comme une soupe.

Elle lui jeta un regard meurtrier puis éclata de rire malgré elle. Jonathan n'était pas responsable de sa mésaventure et, de son point de vue, le spectacle avait dû être plutôt drôle.

Il récupéra la perche plantée dans l'eau.

— On regagne la terre ferme ?

— Je préférerais me sécher d'abord. Je n'ai pas envie de traverser Cambridge dans cet état.

— Je comptais m'arrêter juste un peu plus loin.

Ils avancèrent encore de quelques mètres, puis il accosta et l'aida à sauter sur la rive. Après quoi il prit le panier de pique-nique, l'ouvrit, et en sortit une nappe blanche.

— Tenez, dit-il. Enlevez vos vêtements mouillés et enveloppez-vous là-dedans. Il y a là-bas un petit fossé où personne ne vous verra, précisa-t-il en lui désignant un groupe d'arbres. Vos affaires sécheront au soleil.

C'était de pire en pire, mais Rose savait qu'il avait raison. Elle ne pouvait pas attendre que ses vêtements sèchent sur elle au risque de prendre froid.

Dans la relative intimité du fossé, elle enleva sa robe, gardant son soutien-gorge et son slip, et drapa la nappe autour d'elle comme une toge. Elle s'assura qu'elle tenait bien en place, et étendit sa robe sur l'herbe pour la faire sécher. Heureusement, elle s'était déchaussée avant de monter dans le bateau, sans quoi ses sandales auraient été fichues.

Quand elle rejoignit Jonathan, il haussa les sourcils devant sa tenue peu conventionnelle puis ouvrit une bouteille Thermos et remplit une tasse de café brûlant.

— Tenez, ça vous réchauffera. Vous ressemblez à une déesse grecque dans cet accoutrement.

Elle se tortilla, embarrassée par son regard. Une déesse grecque, à d'autres ! Elle avait tout d'un rat mouillé, oui !

Il lui tendit sa chemise.

— Mettez ça sur vos épaules, ça vous tiendra chaud.

Rose enfila la chemise qui sentait vaguement l'après-rasage. Comme elle lui arrivait sous le genou et couvrait l'essentiel de sa personne, elle enleva la nappe qui l'enveloppait et se frictionna la tête avec pour se sécher les cheveux.

— Nous nous passerons de nappe, dit-elle en la mettant à sécher sur l'herbe.

Comme elle s'asseyait près de Jonathan, il se rendit compte qu'elle avait encore froid et, prenant ses pieds dans ses mains, il entreprit de les masser. Parcourue de délicieux frissons, elle voulut s'écarter mais il la tenait fermement.

Renonçant à lutter, elle se détendit et, s'appuyant sur les coudes, ferma les yeux pour mieux savourer les délicieuses sensations qu'il éveillait en elle. Le soleil réchauffait son visage tandis qu'au loin des rires d'enfants se mêlaient au murmure de la brise dans les frondaisons. Même en rêve, jamais elle n'aurait imaginé un tel scénario. Jonathan et elle, juste tous les deux, comme s'ils étaient destinés à être ensemble, toujours. Le sort était cruel de lui faire découvrir l'amour maintenant, lui donnant un aperçu de ce qui aurait pu être.

— C'est mieux, commenta-t-il en la lâchant. À présent, si nous mangions ?

Incapable de parler, elle hocha la tête. Il sortit une bouteille de vin, des verres, des assiettes en porcelaine et des couverts. Puis des miniquiches, des olives, du pain croustillant, du fromage, différentes viandes froides. Assez pour nourrir une armée. L'eau à la bouche, Rose se rendit compte qu'elle avait faim.

Jonathan prit une olive.

— Vous aimez ça ? demanda-t-il.

Elle acquiesça, et il porta l'olive à ses lèvres. Leurs regards se soudèrent, et Rose sentit son souffle s'accélérer. Involontairement, elle entrouvrit les lèvres et il glissa l'olive dans sa bouche. Il la regarda mâcher lentement sans la quitter des yeux. Promenant un doigt sur ses lèvres, il essuya délicatement une goutte d'huile. Puis il se pencha et posa doucement sa bouche sur la sienne. Chavirée, elle savoura le goût de ses lèvres, leur pression ferme. Sa langue taquina la sienne. Avec un grognement sourd, il l'attira contre lui. Ses baisers devinrent plus exigeants, et elle y répondit avec ferveur. Nouant ses bras autour de son cou, elle se délecta de la chaleur de sa peau, de la souplesse ferme de ses muscles.

Il glissa la main sous sa chemise, explorant, caressant sa peau à la rendre folle de désir.

Ils s'étendirent l'un contre l'autre. Sentant la force dure de son désir contre sa hanche, Rose se déplaça légèrement pour épouser chaque centimètre de son corps.

— Je n'ai jamais connu de femme comme vous, murmura-t-il. Je ne peux pas croire que j'ai passé presque trente ans sans vous. Je vous ai cherchée toute ma vie…

Un frisson glacé parcourut l'échine de Rose. Ce n'était pas censé se passer comme ça. Elle n'était pas censée tomber amoureuse de lui, ni lui d'elle. Ils auraient dû s'amuser de manière inoffensive, sans se briser le cœur. Encore quelques jours, puis elle sortirait de son existence pour toujours. Le soleil disparut alors derrière un nuage, et elle frissonna de nouveau.

— Vous avez froid, remarqua-t-il.

Il se leva et lui tendit la main pour l'aider à se mettre debout.

— Si nous emportions tout cela chez moi ? J'allumerai un feu, et nous finirons notre pique-nique au lit.

Ses yeux verts brillaient, suppliants ; ses intentions étaient limpides.

Rose savait qu'elle aurait dû refuser, mais elle avait aussi conscience d'en être incapable. Si elle ne devait avoir que cette nuit, alors elle devait la prendre.

Jonathan regarda Rose remettre les affaires dans le panier. En la voyant revenir vers lui avec ses cheveux ébouriffés tout à l'heure, il avait pensé qu'il n'avait jamais vu femme plus belle ni plus désirable. Et quand elle avait enfilé sa chemise qui montrait ses longues jambes magnifiques, le bout de ses seins pointant sous le fin tissu, un désir irrépressible s'était emparé de lui.

Il préférait de loin cette Rose à la femme sophistiquée du gala de bienfaisance. Bon sang ! Il la préférait à toutes les femmes raffinées avec lesquelles il était sorti au fil des ans. Il n'avait éprouvé pour elles qu'un désir fugace. Ce qu'il ressentait pour Rose était différent. Il la désirait, oui, au point d'en avoir mal, mais il y avait plus. La tendresse. La joie d'être avec elle. L'enchantement de voir le monde à travers ses yeux.

Partagé entre la peur et l'excitation, il eut le vertige en prenant conscience de la vérité. Il aimait Rose Taylor. Il l'avait attendue toute sa vie et, désormais, rien ne serait plus jamais pareil.

Ils demeurèrent silencieux pendant le trajet jusque chez lui. Rose le regardait à la dérobée. Chaque fois qu'il croisait son regard, il souriait et elle sentait son cœur palpiter.

Dans la maison, Jonathan la prit par la main et l'entraîna dans la chambre. Refermant la porte du pied, il l'attira dans ses bras.

— Je n'ai jamais désiré une femme comme je vous désire, Rose, murmura-t-il d'une voix rauque.

Elle leva son visage vers le sien, consciente que, quoi que lui réservent les jours, les semaines, et les mois à venir, elle était exactement où elle voulait être.

Elle noua ses bras autour de son cou, puis leurs bouches se trouvèrent, et elle s'abandonna à ses baisers.

Plus tard, ils terminèrent leur pique-nique, blottis l'un contre l'autre devant le feu qui crépitait dans la cheminée.

Appuyée contre Jonathan, Rose savourait la douceur de ses bras autour d'elle en contemplant les flammes.

— Il va falloir que je rentre bientôt, dit-elle doucement.

— Tu n'es pas obligée de partir. Reste avec moi.

Elle tourna la tête pour le regarder.

— Je ne parlais pas seulement de ce soir. Je dois rentrer à Édimbourg. J'ai une vie là-bas. Un appartement, des amis. Tu sais comme moi que ça ne peut pas durer entre nous.

— Que veux-tu dire ? Ça peut durer aussi longtemps que nous le voudrons.

Elle soupira tristement. Jonathan ne pouvait pas savoir que chaque moment pouvait être le dernier qu'ils passaient ensemble. Et elle était déterminée à ce qu'il ne l'apprenne jamais, pour ne pas le faire souffrir. Son anévrisme pouvait se rompre à tout instant. Si elle n'en mourait pas, elle risquait d'être handicapée, et elle refusait d'être un fardeau pour quiconque. Elle redoutait cela plus encore que la mort.

— Nous sommes différents, dit-elle doucement. Tu as ta vie et moi la mienne. Et c'est bien ainsi.

Rejetant la tête en arrière, il éclata de rire.

— Tu penses que parce que je suis le fils d'un lord et que j'hériterai un jour du titre, nous ne pouvons pas être ensemble ? Seigneur, Rose, on est au XXIe siècle, même les princes épousent qui ils veulent, de nos jours !

— Mais on ne parle pas de mariage, n'est-ce pas ? Nous nous connaissons à peine. Allons, ajouta-t-elle avec un petit rire forcé, ne donnons pas plus d'importance à cette aventure qu'elle n'en a.

— Je te connais assez pour savoir que tu incarnes tout ce que j'ai toujours voulu. Mais je ne m'attends pas à ce que tu éprouves la même chose. Nous avons besoin de temps, pour que j'arrive à te convaincre que j'ai changé. Mes jours de fête sont derrière moi, murmura-t-il en la serrant contre lui. Ne renonce pas à moi, Rose. Pas encore.

Ses mains se promenaient de nouveau sur son corps. Comment pouvait-elle réfléchir quand sa tête était pleine de lui, que son corps brûlait sous ses caresses, que son désir de lui était si fort ? Mais c'était tout ce qu'elle pouvait lui offrir, tout ce qu'elle avait. Elle enroula ses jambes autour de lui.

— Assez parlé, chuchota-t-elle en l'attirant à elle.

*
* *

Les jours qui suivirent furent les plus doux-amers de la vie de Rose. Pendant la journée, ils se volaient des baisers, échangeaient des caresses discrètes et des regards éloquents. Le soir, elle rentrait chez elle s'assurer que son père n'avait besoin de rien, puis Jonathan passait la chercher pour l'emmener dans sa maison de Londres. Sitôt la porte refermée, ils se jetaient dans les bras l'un de l'autre, s'arrachaient leurs vêtements, n'arrivant parfois même pas jusqu'à la chambre.

Les rares fois où ils ne se voyaient pas, elle restait dans sa chambre à jouer de la guitare et composer des chansons. C'était la période la plus heureuse de sa vie, la plus triste aussi. Parfois elle avait mal à la tête et la terreur s'emparait d'elle à l'idée que c'était peut-être le signe d'une prochaine rupture d'anévrisme. Elle passait des heures sur internet à chercher une solution nouvelle à son problème, mais, comme l'avaient dit les médecins, elle n'avait que deux options. Se faire opérer ou pas. Quoi qu'elle décide, elle risquait la paralysie, voire la mort.

Ne rien faire et continuer à vivre comme avant en profitant de chaque jour ? Cela la vouait à une existence sans avenir, au jour le jour, où elle ne se marierait pas, n'aurait pas d'enfants, n'aurait plus Jonathan. L'autre option ? Se faire opérer en connaissant les risques encourus, mais en sachant aussi que cette possibilité lui offrait une chance d'avenir. Un avenir où elle serait libre d'aimer et d'être aimée. D'avoir des enfants. De vieillir, tout simplement.

Avant sa rencontre avec Jonathan, il lui avait paru logique de ne rien faire. À présent, elle aspirait à autre chose.

Arpentant sa petite chambre, elle se rappela avec émotion les jours heureux où son père était en bonne santé, la maison remplie d'amour et de rires, le futur plein d'espoir.

Une chose était sûre : elle ne pouvait pas en parler à Jonathan. Il insisterait pour rester auprès d'elle quoi qu'il arrive et cela, elle ne le permettrait pas. Il ne faudrait pas longtemps pour que son amour se change en devoir, en regret, voire en répulsion.

Si elle lui en parlait, il voudrait l'aider à prendre une décision. Et quoi qu'elle fasse, quoi qu'il advienne, il se sentirait responsable. Une seule personne pouvait décider quoi faire. Elle.

Son cœur douloureux arrêta le choix avant même que sa raison ne l'accepte. S'en remettant au destin, elle se ferait opérer. Elle quitterait Jonathan en le persuadant qu'elle ne l'aimait pas, puis elle disparaîtrait de sa vie et subirait l'intervention. Si tout se passait bien, elle retrouverait Jonathan et lui dirait la vérité. Dans le cas contraire… Au moins, elle lui aurait rendu sa liberté pour qu'il puisse vivre sa vie.

Il lui restait une semaine à passer avec lui, et elle allait profiter pleinement de chaque instant.

— Je reprends mon travail lundi prochain, si ça vous va, dit Vicki en s'appuyant au bureau de Rose. Je me sens tellement mieux, maintenant que je n'ai plus de nausées !

Elle posa la main sur son ventre et le cœur de Rose se serra à la pensée du petit être qui grandissait en elle. Maintenant que Vicki revenait, elle n'avait plus d'excuse pour s'attarder. Mlle Fairweather avait programmé l'opération pour dans deux semaines. Sa décision prise, Rose en avait informé ses parents. Cela avait été l'une des pires soirées de sa vie, mais elle avait enfin trouvé du réconfort en pleurant dans les bras de sa mère.

Vicki jeta un coup d'œil à la porte du cabinet de Jonathan qui était en consultation.

— Vous allez lui manquer, dit-elle. Je suppose que vous ne serez pas libre pour me remplacer pendant mon congé de maternité ?

Rose sourit tristement. Vicki ne pouvait pas savoir combien elle aurait aimé pouvoir le faire.

— Mon travail à Édimbourg m'attend, et je ne pense pas que vous puissiez compter sur moi… mais je reviendrai vous voir quand le bébé sera né, promit Rose en priant silencieusement pour que ce soit vrai.

— Vous allez me manquer à moi aussi, dit Vicki. J'ai du mal à imaginer le cabinet tel qu'il était avant vous et Jenny. Les patients adorent Jenny, maintenant qu'ils sont habitués à elle.

— Tant mieux, car Jonathan lui a offert un poste permanent. Mme Smythe Jones est venue le voir l'autre jour. Elle a décidé d'aller s'installer en Nouvelle-Zélande pour être auprès de sa sœur.

Vicki émit un sifflement.

— Jamais je n'aurais pensé qu'elle quitterait un jour le cabinet. Il est toute sa vie depuis presque quarante ans. Elle était déjà là quand l'oncle de Jonathan a commencé et a refusé de partir en retraite l'an dernier, même quand Jonathan lui a assuré qu'elle aurait une pension presque aussi élevée que son salaire. Elle a dit qu'elle se sentirait seule chez elle. Avec sa sœur, bien sûr, elle ne manquera pas de compagnie.

Toutes deux se tournèrent vers Jenny qui était au téléphone et écoutait patiemment son interlocuteur, le coupant de temps à autre d'un compatissant « Oh ! Seigneur ! » ou « Pauvre de vous ! », et échangèrent un sourire.

— Je suppose que Jenny était partie déjeuner quand Mme Smythe Jones est passée, car jamais elle n'aurait toléré que Jonathan l'engage si elle avait vu sa coiffure ! pouffa Vicki.

Au fil des semaines, Jenny avait en effet retrouvé la coupe punk qu'elle affectionnait. Personne ne lui avait rien dit, mais Rose avait été secrètement soulagée qu'elle laisse ses piercings chez elle, un anneau dans le nez risquant d'être un peu trop quand même.

Bientôt, Rose abandonnerait tout cela, peut-être pour toujours, et cette pensée lui brisait le cœur.

9.

Ce jour-là, ils apprirent que lord Hilton était mort pendant son sommeil. Rose s'était attachée au couple, et la tristesse la submergea quand Jonathan lui apprit la nouvelle.

Il l'attira dans ses bras et elle s'y blottit. Elle s'y sentait bien, en sécurité, et aurait voulu y rester toujours.

— Comment lady Hilton le prend-elle ? s'enquit-elle.

— Elle m'a prié de te dire qu'elle t'est très reconnaissante pour tout ce que tu as fait pour eux. Elle est entourée de parents et d'amis, mais elle aimerait que tu assistes aux funérailles. Giles le souhaitait.

— Bien sûr que j'irai. Tu seras là aussi ?

— Je serai toujours là, Rose. Ne le sais-tu pas, maintenant ? dit-il avec tant d'amour dans les yeux qu'elle en frémit. Elle te convie chez elle avec les autres invités après l'enterrement. Elle a quelque chose à te dire.

La gorge atrocement serrée, Rose n'arrivait plus à parler. Il l'aimait. Elle n'en doutait plus, bien qu'il ne l'ait pas dit expressément.

Il ignorait qu'ils vivaient leurs derniers jours ensemble. Elle avait envoyé sa démission à Édimbourg, et elle était effective immédiatement, car l'opération était programmée pour la fin de la semaine suivante. Comme prévu, elle ne dirait rien à Jonathan. Elle lui ferait croire qu'elle ne l'aimait pas et qu'elle retournait en Écosse. Elle aurait sûrement du mal à l'en convaincre, et la pensée de le faire souffrir lui déchirait le cœur, mais elle devait le faire. Et, si l'intervention réussissait, elle reviendrait tout lui dire. Sinon… il serait libre de vivre sa vie.

*
* *

Ce soir-là, Jonathan l'accompagna au pub. Ils y étaient retournés ensemble une ou deux fois, et il s'y sentait bien, ayant adopté les amis de Rose. Chaque fois, Rose avait accepté de chanter en s'accompagnant à la guitare.

Elle prit son instrument et monta sur l'estrade, captant son regard au milieu de la salle bondée.

— J'aimerais vous chanter une nouvelle chanson ce soir, dit-elle doucement. Je l'ai composée récemment, et j'espère qu'elle vous plaira. Elle s'appelle *Tous mes lendemains*.

D'une voix rauque, elle chanta pour lui. La chanson parlait d'amour et de malheur, des moments précieux dont il faut profiter avant qu'il ne soit trop tard. Le dernier vers du refrain disait :

« Tous mes lendemains se résument à toi aujourd'hui. »

En prononçant une dernière fois ces mots, sa voix se brisa et ses yeux s'emplirent de larmes.

La chanson terminée, elle esquissa un sourire tremblant. Les applaudissements crépitèrent, les acclamations fusèrent, mais Jonathan resta pétrifié. S'il n'avait pas été sûr du contraire, il aurait juré qu'elle lui avait dit adieu…

Les obsèques de lord Hilton eurent lieu deux jours plus tard dans la chapelle familiale. L'été était arrivé, et les parents et amis du défunt se rassemblèrent sous un soleil éclatant. Rose s'efforça de ne pas penser que, bientôt, une foule semblable pourrait l'accompagner à sa dernière demeure. Refusant de gâcher un seul instant du temps qui lui restait avec des pensées sinistres, elle se ressaisit.

Les funérailles de Giles ne furent pas tristes, et on rendit un bel hommage à l'homme remarquable qu'il avait été, amoureux de sa femme tout au long de leurs cinquante ans de vie commune.

Le père de Jonathan était là et, après l'enterrement, il eut un aparté avec Rose.

— Je suis heureux de vous revoir, ma chère, dit-il. Si vous persuadiez Jonathan de vous amener dîner chez moi pour que nous apprenions à mieux nous connaître ?

Rose le regarda droit dans les yeux. S'il lui arrivait malheur, Jonathan aurait besoin de son père. Elle ne savait pas si elle pouvait les réconcilier, mais elle devait essayer.

— J'ignore si je pourrai le convaincre, répondit-elle avec franchise. Il semble vous en vouloir. Il croit que vous ne tenez pas à lui.

Lord Cavendish parut atterré puis il eut un sourire amer.

— Je comprends pourquoi mon fils est si entiché de vous. Mais il ne peut pas croire une chose pareille. Bon sang ! il est ce que j'ai de plus cher au monde ! Pourquoi s'est-il mis cette idée en tête ?

— Peut-être parce que vous l'avez envoyé en pension après la mort de sa mère ?

Lord Cavendish passa la main dans ses cheveux épais si semblables à ceux de son fils.

— Je l'ai envoyé en pension parce que j'ai cru que c'était mieux pour lui, dit-il avec raideur. J'étais souvent absent à cause de mes affaires, et sans sa mère... il n'y avait personne à la maison pour s'occuper de lui.

Du coin de l'œil, Rose vit que Jonathan bavardait avec lady Hilton. Elle poursuivit :

— C'était un enfant unique, et vous l'avez arraché à tout ce qu'il connaissait et aimait, au moment où il souffrait du pire des chagrins. Il ne vous est pas venu à l'esprit qu'il avait besoin de son père ?

Lord Cavendish parut encore plus décontenancé, si possible. Il regarda au loin.

— J'ai rencontré la mère de Jonathan quand j'étais à l'université et je l'ai aimée immédiatement. Elle a été comme une étoile dans ma vie solitaire. Comme vous pour Jonathan, je présume... Elle n'était pas issue de l'aristocratie, et mes parents n'approuvaient pas notre relation, mais je n'avais que faire de leur opinion. Je n'imaginais pas l'avenir sans elle. Je l'aurais épousée même si ma famille m'avait jeté à la rue, ce que Dieu merci elle n'a pas fait, ajouta-t-il en souriant. Nous nous sommes mariés et nous avons passé quelques trop courtes années ensemble. Elle était peintre, le saviez-vous ? Vous-même, il paraît que vous composez des chansons ? Ma Clara et vous vous ressemblez beaucoup... Je travaillais énormément pour monter mon affaire pendant qu'elle peignait, et je suppose qu'elle se sentait seule. Puis Jonathan est arrivé et j'ai cru que je lui manquerais moins. Alors j'ai passé encore plus de temps loin de la maison pour mes affaires.

Son regard se voila, sa voix se fit rauque.

— Elle me manquait terriblement, mais je pensais que nous avions encore de nombreuses années à passer ensemble.

Impulsivement, Rose posa une main douce sur son bras pour lui témoigner sa compassion.

— Puis, quand Jonathan a eu sept ans, ma chère Clara est morte. J'ai cru devenir fou de chagrin. Chaque fois que je regardais Jonathan, je voyais sa mère, et je ne pouvais pas le supporter. Je me suis jeté à corps perdu dans le travail pour oublier et, comme je ne pouvais pas m'occuper de mon fils, je l'ai envoyé en pension, en effet. Je le regrette aujourd'hui. Je connais à peine mon fils, par ma faute.

— Mais vous vous êtes remarié, plusieurs fois, je crois, objecta Rose en souriant pour adoucir ses propos.

— Je voulais retrouver ce que j'avais connu avec Clara, mais jamais plus ça n'a été pareil, admit-il en la regardant dans les yeux. Avez-vous déjà été amoureuse, Rose ? Je veux dire, amoureuse au point d'avoir l'impression qu'il est la partie manquante de votre âme ?

Hochant la tête, Rose se mordit la lèvre pour refouler ses larmes.

— Alors, vous savez que personne ne peut se mesurer à l'être aimé, quoi que vous fassiez. Votre âme demeure en deux morceaux. Une part de vous manque toujours.

— Mais, en Jonathan, il vous reste une partie d'elle, dit-elle, la gorge serrée.

Le regard de lord Cavendish se posa sur son fils et s'adoucit.

— Je sais. Mais j'ai peut-être trop attendu pour le comprendre.

— Il n'est jamais trop tard, du moins pas pour vous deux. Parlez-lui. Je sais que c'est difficile, mais dites-lui ce que vous venez de me confier à propos de Clara. Il comprendra.

Lord Cavendish la considéra longuement d'un air appréciateur. Il sourit, et le cœur de Rose manqua un battement. Elle eut la vision de l'homme que Jonathan deviendrait avec l'âge, et elle aurait donné d'importe quoi pour être là pour le voir.

— Je crois que je vais apprécier votre compagnie, Rose Taylor, répondit-il gentiment. À présent, si vous voulez bien m'excuser, je vais aller parler à mon fils.

Rose le regarda rejoindre Jonathan. Il posa la main sur son épaule, lui murmura quelques mots, puis les deux hommes s'éloignèrent ensemble.

Plus tard, au manoir des Hilton, Sophia demanda à Rose de l'accompagner dans son bureau quelques instants. Elle la suivit à contrecœur. Cette journée l'avait ébranlée et elle ignorait combien de temps encore elle pourrait tenir, mais si Sophia Hilton parvenait à faire bonne figure, elle le pouvait aussi.

Lady Hilton ouvrit le tiroir d'un ravissant secrétaire et en sortit une enveloppe qu'elle lui tendit.

— Giles voulait que je vous remette ceci, ma chère. Nous vous connaissons depuis peu, mais nous en sommes venus à vous considérer comme notre fille.

Intriguée, Rose ouvrit l'enveloppe et trouva un chèque dont le montant la laissa pantoise.

— Qu'est-ce… C'est beaucoup trop généreux, et absolument pas nécessaire…

— C'est pour votre mariage, expliqua Sophia en souriant. Giles et moi savons ce qui se passe entre vous et Jonathan. Nous n'avons pas eu de fille, et ça nous ferait très plaisir que vous utilisiez cet argent pour vous marier.

— Mais nous n'allons pas nous marier. Je… nous n'en avons même pas parlé, bredouilla Rose.

— Ça va venir.

Rose lui rendit l'enveloppe.

— Je regrette, je ne peux pas accepter. Il n'y aura pas

de mariage, quoi que vous en pensiez, balbutia-t-elle d'une voix enrouée par l'émotion.

— Vous ne croyez pas qu'il vous aime ? Ou vous pensez à tort qu'il ne vous épousera pas parce que vous êtes issus de milieux différents ? La mère de Jonathan était roturière, ma chère, ce qui n'a pas empêché son père de l'épouser.

C'était vraiment trop. Les obsèques, la bonté des Hilton… Que ce couple qu'elle connaissait à peine ait pu penser à elle alors qu'ils traversaient la plus cruelle des épreuves… Et savoir que ses moments avec Jonathan arrivaient à leur terme… C'était plus qu'elle n'en pouvait supporter.

— Excusez-moi, bredouilla-t-elle, je dois y aller…

Elle s'enfuit avant de fondre en larmes.

10.

Pour leur dernière soirée, Rose proposa à Jonathan de passer la nuit dans la petite maison près de Cambridge. C'est là qu'ils avaient fait l'amour pour la première fois et qu'elle avait connu le plus grand bonheur de sa vie.

Son cœur se fendait à l'idée que cette nuit serait peut-être la dernière qu'elle passerait dans ses bras.

— Allons d'abord voir Mary, si tu es d'accord, suggéra-t-il. Elle a repris son travail et je veux m'assurer qu'elle ne se fatigue pas.

— Bien sûr, acquiesça Rose.

Les médecins avaient diagnostiqué une angine de poitrine à la vieille cuisinière, mais, avec un régime adapté et quelques exercices légers, elle avait encore de belles années devant elle.

Ils la trouvèrent dans son domaine, la cuisine. Elle avait perdu un peu de poids et fut ravie de les voir.

— Comme c'est gentil de me rendre visite ! Vous avez senti l'odeur de ma pâtisserie depuis Londres ?

— Père est là ? demanda Jonathan après l'avoir embrassée.

— Oui. Sans cette femme, Dieu merci. Il semble avoir recouvré la raison. Si vous alliez le voir ? Il parle sans cesse de vous. Il est si fier de vous, monsieur Jonathan !

— Il va falloir que je m'habitue à ce nouveau père, fit Jonathan, gêné. Je me demande ce qui l'a changé à ce point…

Le regard qu'il décocha à Rose en disait long sur ses soupçons.

— Oh ! mon cher petit, je suis si heureuse que vous soyez réconciliés, tous les deux ! Il vous aime, vous savez.

Jonathan s'agita, mal à l'aise.

— Et c'est réciproque. À présent, Mary, pouvons-nous vous voler quelque chose à manger ? Je veux dîner en tête à tête avec Rose dans mon cottage.

— Restez donc dîner ici, votre père serait si content !

Jonathan consulta Rose du regard et elle hocha la tête.

— D'accord. Rose et moi aurons d'autres occasions.

Rose en voulut secrètement à lord Cavendish qui lui volait sa dernière soirée avec Jonathan.

Le dîner lui parut long, même si lord Cavendish se révéla un hôte charmant. Elle prit toutefois plaisir à voir les deux hommes échanger des plaisanteries avant de parler de Clara.

Il était 10 heures quand ils purent enfin prendre congé.

Dans la petite maison, Jonathan attira Rose à lui et l'embrassa à perdre haleine. Mais, avant de faire l'amour, elle voulait lui laisser un souvenir qu'il se rappellerait quand elle serait partie. Elle voulait chanter pour lui une dernière fois.

Elle s'arracha à ses bras.

— Assied-toi et ne bouge pas, ordonna-t-elle.

— Pas question. J'ai trop envie de toi.

Il reprit fiévreusement sa bouche et elle céda, répondant avidement à ses caresses pour imprimer à jamais ces précieux instants dans sa mémoire.

Plus tard, alors qu'ils reposaient dans les bras l'un de l'autre, il la scruta à travers ses paupières mi-closes.

— Je t'aime, Rose Taylor, murmura-t-il d'une voix rauque. Et je t'aimerai toute ma vie.

Le cœur de Rose bondit de joie dans sa poitrine. Hélas ! elle ne pouvait pas lui dire les mots qu'il attendait.

Elle se força à rire.

— Eh bien, quelle surprise ! Je l'ignorais totalement.

Elle se glissa hors du lit et commença à s'habiller en évitant son regard, mais elle sentit sa perplexité.

— C'est tout ce que tu as à dire ? s'enquit-il en sautant du lit pour la prendre dans ses bras. Tu ne comprends pas ? Je t'aime, et j'ai envie de passer le reste de ma vie avec toi. Je veux que tu me fasses l'honneur de devenir ma femme, Rose.

Elle se tortilla pour se dégager.

— Mais je ne veux pas t'épouser. Je suis désolée, Jonathan,

mais tout ça, dit-elle en désignant le lit défait, n'était qu'un très agréable intermède. Je vais rentrer à Édimbourg, ma vie est là-bas.

— C'est impossible ! Et nous ? Même si tu ne m'aimes pas, je sais que tu ressens quelque chose, dit-il en passant la main dans ses cheveux ébouriffés. Je ne peux pas me tromper.

Rose continua à s'habiller au prix d'un effort surhumain.

— Je regrette, Jonathan, je ne pourrai jamais épouser quelqu'un comme toi, qui ne pense qu'à s'amuser. Quand je me marierai… — sa voix se brisa comme elle prenait conscience du mal qu'elle lui faisait — ce sera avec un homme qui saura que la vie n'est pas faite que de plaisir. Un homme que je pourrai respecter.

— Mon Dieu, Rose… Je sais que je ne suis pas le genre d'homme que tu aurais souhaité, mais je t'aime. Je peux changer. Plus de fêtes, c'est promis. Je ne te l'ai pas dit, mais j'ai accepté un poste à mi-temps à l'hôpital. Je vais terminer ma formation de chirurgien, comme j'ai toujours voulu le faire.

— Et le cabinet de ton oncle ?

— J'engagerai quelqu'un pour s'en occuper. Tu m'as fait comprendre que j'attendais autre chose de l'existence. Avant, ma vie n'avait pas de sens, elle était creuse.

— Tu ne dois pas chambouler ta vie à cause de moi, remarqua-t-elle tristement. D'autant qu'à partir de demain, je n'en ferai plus partie.

Elle se retourna et le regarda dans les yeux. Elle devait le faire souffrir maintenant, même si ça lui brisait le cœur.

— J'ai passé de bons moments avec toi, Jonathan, mais c'est fini. Je m'en vais, et rien de ce que tu pourras dire n'y changera rien. Je ne t'aime pas.

Les yeux verts de Jonathan devinrent de glace. Il commença à enfiler son jean.

— Alors, tu m'as fait marcher ? remarqua-t-il amèrement. Tout ça ne comptait donc pas pour toi ? Je suppose que je l'ai mérité, avec toutes les filles que j'ai fait souffrir. C'est mon tour, maintenant.

Rose se recroquevilla sous son regard. Elle brûlait de se

jeter dans ses bras et de lui dire la vérité. Malheureusement, c'était impossible.

Il mit sa chemise et ramassa ses clés de voiture.

— Il est temps que je te raccompagne chez toi.

11.

Couchée dans son lit d'hôpital, Rose se sentait groggy. La prémédication atténuait un peu son anxiété, mais elle se demandait si elle ne vivait pas ses derniers instants.

— Tu peux encore changer d'avis, lui chuchota sa mère dont la peur était palpable derrière le sourire qu'elle affichait.

— Ma décision est prise, maman.

On lui avait rasé une partie du crâne en vue de l'opération et, avant, elle était allée chez le coiffeur se faire couper les cheveux très court. Elle avait du mal à se reconnaître avec ses cheveux ras, son visage émacié, ses yeux cernés. Fermant les paupières, elle vit le visage souriant de Jonathan. Elle se reprit. Il ne fallait pas penser à lui ; elle avait besoin de toute ses forces pour affronter l'épreuve qui l'attendait.

— Laisse-moi l'appeler, supplia sa mère.

Elle avait imploré Rose de prévenir Jonathan, mais Rose avait tenu bon. Elle avait terminé la chanson qu'elle avait écrite pour lui, et avait demandé à sa mère de la lui remettre s'il lui arrivait quelque chose. Son père était resté à la maison, promettant d'être à son chevet quand elle se réveillerait.

— Nous en avons déjà parlé, maman. Si je survis à l'opération avec des séquelles cérébrales, tu ne dois rien lui dire. Je veux qu'il se souvienne de moi comme j'étais avant.

— Mais… tu vas t'en remettre. Tout ira bien, ma chérie.

Peu après, on vint la chercher pour la conduire au bloc opératoire. Elle embrassa sa mère pour ce qui était peut-être la dernière fois puis se retrouva en salle d'opération. Quelques instants plus tard, l'anesthésiste lui demanda de compter jusqu'à dix. Elle ferma les yeux, s'autorisant enfin à penser à Jonathan, et s'endormit en imaginant ses lèvres sur les siennes.

Jonathan ne tenait pas en place. Depuis que Rose était partie, elle occupait toutes ses pensées. Il n'avait plus envie d'assister aux réceptions auxquelles on le conviait. Il ne voulait que Rose. Seuls ses patients et son travail l'empêchaient de sombrer dans la folie. Plusieurs fois, il avait envisagé de sauter dans le premier avion pour Édimbourg. Peut-être arriverait-il à la persuader de revenir. Il ne pouvait pas croire qu'elle ne l'aimait pas, même un peu.

Il prit ses clés de voiture. Il allait rendre visite aux parents de Rose. Peut-être parviendrait-il à leur arracher une adresse...

Une demi-heure plus tard, il sonnait à leur porte quand il vit un taxi se garer derrière sa voiture. Au bout d'un moment, le père de Rose vint ouvrir, s'appuyant à peine sur sa canne. Il semblait avoir fait des progrès considérables, mais Jonathan fut choqué par son expression tourmentée.

— Qu'est-ce qu'il y a ? le pressa-t-il, le cœur battant.

Était-il arrivé quelque chose à Rose ? Mon Dieu, non !

— Je suis désolé, Jonathan, dit Tommy d'une voix étranglée. Je ne peux pas vous parler. Mon taxi m'attend.

— Où est la mère de Rose ? Il se passe quelque chose... C'est Rose ? insista Jonathan en lui barrant le chemin.

— Je n'ai pas de temps à perdre. Je me rends à l'hôpital.

— L'hôpital ! s'exclama Jonathan, de plus en plus angoissé en se retenant de le secouer pour le faire parler.

— Elle nous a fait promettre de ne rien vous dire.

— Dites-moi juste où elle est.

— Je ne peux pas. Je vais à l'hôpital, mais si vous suivez ce taxi, je ne pourrai pas vous en empêcher, n'est-ce pas ?

Jonathan comprit le message.

Tandis qu'il suivait le taxi trop lent dans la dense circulation londonienne, des images insupportables tourbillonnaient dans sa tête. Sa Rose, morte ou agonisante. Ici, à Londres. Pourquoi avait-elle refusé qu'on le prévienne ? Il voulait juste savoir qu'elle allait bien. S'il arrivait à s'en assurer, il pourrait passer le reste de ses jours sans elle. Du moment qu'il la savait là, en vie quelque part.

Le taxi s'arrêta devant le service de neurologie de l'hôpital. Les pièces du puzzle dansaient dans la tête de Jonathan. La tristesse de son regard, son refus de parler d'avenir, la chanson qu'elle avait composée… « Tous mes lendemains se résument à toi aujourd'hui. » Qu'avait-elle voulu lui dire ?

Fou d'angoisse, il laissa sa voiture en stationnement interdit et courut pour rattraper Tommy.

— Elle est ici, n'est-ce pas ?

Tommy acquiesça, les yeux noyés de larmes.

— Est-elle en vie ? Dites-le-moi, je vous en prie…

— Je ne sais pas… Elle est au bloc opératoire pour se faire enlever un anévrisme au cerveau. C'est ça qui a causé mon attaque. Les médecins savaient que c'était héréditaire, et ils ont voulu qu'elle se fasse examiner.

— Et ils ont trouvé quelque chose ? murmura Jonathan.

Il pouvait à peine respirer. Tout s'expliquait, maintenant. De façon terrible, déchirante.

— On l'opère en ce moment, et je suis venu attendre avec sa mère. On ignore si elle survivra à l'intervention.

— Bien sûr qu'elle survivra, affirma Jonathan avec effort, sans pouvoir dissimuler totalement la peur qui le glaçait. Rose est une battante.

Quand elle ouvrit les yeux, Rose crut qu'elle rêvait. Ou qu'elle était au paradis.

— Comment te sens-tu ? demanda doucement Jonathan.

Ses yeux étaient bizarres, comme s'il avait pleuré. Ridicule ! Jonathan ne pleurait jamais.

— Je suis en vie ? parvint-elle à articuler.

Il glissa la main sous sa nuque et l'aida à boire une gorgée d'eau. Un vrai nectar. Elle était vivante ! réalisa Rose. Incroyable !

— L'opération s'est bien passée. Tu dois te reposer quelque temps mais, après, tu pourras reprendre une vie normale.

Elle n'arrivait pas à le croire. Elle remua les orteils. C'était si bon. Puis elle étendit les doigts. Elle pouvait bouger, parler, voir, comprendre.

— Tu m'as trouvée, murmura-t-elle, puis ses paupières se fermèrent irrésistiblement, et elle sombra dans le sommeil.

Il était encore là quand elle se réveilla, la contemplant comme s'il n'arrivait pas à la quitter des yeux.

— Bonjour, chérie, dit la voix de sa mère qui tenait la main de son père, tous deux assis de l'autre côté du lit.

Elle se leva pour embrasser sa fille.

— Bienvenue parmi nous.

Elle laissa la place à son mari, et Rose vit avec émotion une larme glisser sur sa joue ridée.

— Mon enfant, murmura-t-il simplement. Ma petite fille... Tu vas avoir une vie longue et heureuse. Dieu soit loué !

— Jonathan refuse de quitter ton chevet avant d'être sûr que tu vas bien, dit sa mère.

Rose se tordit la tête pour le regarder. Il n'était pas rasé et avait le teint gris. Depuis quand était-il là ?

— N'essaie pas de parler, dit-il. Tu es sous sédation depuis l'opération, et tu dois te reposer.

— Depuis quand ? chuchota-t-elle.

— Deux jours. Les deux jours les plus longs, les plus durs, les plus effrayants de ma vie. J'imagine l'horreur que vous avez vécue ces dernières semaines, toi et tes parents... Tu dois dormir, maintenant. Mais, quand tu te réveilleras, je serai là. Je ne te quitterai plus jamais, quoi que tu dises, ajouta-t-il en souriant tristement.

12.

Par une belle journée ensoleillée pleine de promesses, Rose remonta lentement l'allée parsemée de pétales de fleurs vers Jonathan qui l'attendait.

Ses parents étaient assis au premier rang. En dehors d'une légère déformation de la bouche et d'une claudication résiduelle, son père avait presque entièrement récupéré. Il n'arrêtait pas de répéter à qui voulait l'entendre que son attaque avait été la meilleure chose qui lui soit jamais arrivée. Sans cela, Rose n'aurait jamais su qu'elle avait un anévrisme et… Il n'achevait pas sa phrase, c'était inutile. Si l'on n'avait pas procédé à l'ablation de l'anévrisme, Rose ne serait peut-être pas là aujourd'hui, à marcher lentement vers l'homme qui allait devenir son époux.

Au lieu de la traditionnelle *Marche nuptiale*, l'orchestre jouait la chanson qu'elle avait composée pour Jonathan, *Tous mes lendemains*. Ils avaient beaucoup, beaucoup de lendemains devant eux, désormais.

Rose ne savait trop comment réagir à la perspective de devenir un jour la nouvelle lady Cavendish, mais quelle importance puisqu'elle avait Jonathan à ses côtés ?

Jonathan pour sa part rayonnait de bonheur. Il avait tout ce dont il avait toujours rêvé, à l'exception de quatre ou cinq enfants qu'ils comptaient bien faire très vite.

Devant l'autel, Rose leva les yeux vers lui et retint son souffle en voyant l'amour inconditionnel qui brillait dans son regard.

Prenant sa main dans la sienne, il répéta les mots bibliques d'une voix qui résonna sous les voûtes de la petite église.

— « Ne m'incite pas à te quitter ou à m'empêcher de te suivre, car où tu iras, j'irai, et où tu habiteras, j'habiterai. Ton peuple sera mon peuple, et ton Dieu mon Dieu. »

Il se pencha vers elle et murmura contre sa bouche :

— Souviens-toi, ma chérie. Quoi qu'il arrive, tu ne dois plus jamais me tenir à distance. Le promets-tu ?

Elle lui sourit.

— Tu plaisantes ? Toi et moi sommes unis à jamais. Pour le meilleur et pour le pire, dans la richesse et la pauvreté. Dans la maladie et la santé. Et je n'irai nulle part sans toi. Plus jamais, jura-t-elle, le cœur débordant de joie. Je serai là tous tes lendemains, je te le promets.

Retrouvez en août 2019,
dans votre collection

Blanche

Le docteur des Highlands, de Scarlet Wilson - N°1441

En décrochant son diplôme de journaliste, Kristie se berçait encore d'illusions. Mais ses rêves de gloire se sont envolés avec les années. Aujourd'hui, le reportage qu'on lui confie pour la télévision lui fait l'effet d'un supplice. La voilà contrainte de passer un an dans les Highlands avec celui qu'on surnomme déjà « le Dr Sexy ». Un scénario d'autant plus ridicule que le médecin en question, s'il est en effet très séduisant, se révèle particulièrement odieux !

Une maman pour Sam, de Traci Douglass

Alors que Wendy désire secrètement trouver l'amour et être mère, elle n'en a pas le droit. Comment pourrait-elle prendre le risque de donner naissance à un petit être innocent, alors que la maladie plane comme un spectre au-dessus de sa tête ? Alors qu'elle devrait se satisfaire de ce travail au service de traumatologie qu'elle aime tant, elle se surprend soudain à vouloir davantage. Depuis sa rencontre avec le Dr Thomas Farber, père d'une petite Sam, elle rêve même d'avoir une famille, enfin...

Le rêve de Jessica, de Susan Hampton - N°1442

Trahie par l'amour, Jessica a décidé de ne plus s'attacher à rien ni à personne. Seulement, le jour où elle prend un nouveau poste de pédiatre à Armidale, elle se met à douter. Non seulement l'hôpital, situé dans la campagne, lui plaît, mais surtout, ses collègues lui donnent l'impression d'appartenir à une famille. Parmi eux, le Dr Harrison Wainwright, père célibataire et brillant médecin, se montre particulièrement prévenant à son égard...

À l'épreuve de la passion, d'Amy Ruttan

Il y a cinq ans, Ruby a commis une folie, et a accepté le mariage blanc que lui proposait son ami Aran. À l'époque, elle aurait fait n'importe quoi pour rester dans le Grand Nord et y créer une équipe médicale d'assistance aux blessés. Et puis, cette union ne les liait pas vraiment, puisqu'Aran partait accomplir son devoir de médecin militaire. Aujourd'hui, tout a changé : Aran est de retour. Alors, pour convaincre son entourage de la véracité de leur mariage, Ruby va devoir vivre sous le même toit que son trop séduisant mari...

Blanche

Un pacte avec le cheikh, de Susan Carlisle - N°1443

Un prince ? Que fait donc Tariq al-Marktum dans son laboratoire ? s'interroge Laurel, sous le choc. En choisissant la recherche médicale, elle a fait vœu de solitude, et cet homme lui fait l'effet d'un intrus ! L'offre qu'il est venu lui faire achève bientôt de la surprendre. Ses recherches sur l'hémophilie bénéficieront de fonds inépuisables, à la seule condition qu'elle suive Tariq au royaume de Zentar... et qu'elle l'épouse !

Amoureuse d'un pompier, d'Amalie Berlin

Il y a deux ans, Lauren Autry, alors pompier et élève parachutiste, s'est vue éliminée à une épreuve d'endurance, au profit de Beck Ellison. Si depuis, elle le considère comme son ennemi juré, elle n'a d'autres choix que des se montrer professionnelle, lorsqu'elle doit travailler en équipe avec lui à l'assaut d'un feu de forêt. Et c'est bientôt la flamme de la passion qui les rapproche...

Le mariage du Dr Burnside, d'Olivia Gates - N°1444

Par amour, le Dr Laura Burnside quitte les États-Unis pour l'Argentine, le pays de son fiancé Diego, enthousiaste à l'idée de travailler à son côté pour une association humanitaire. Mais l'Argentine est à ce moment-là en pleine ébullition et, ce que Laura ignore, c'est que sa vie le sera aussi bientôt...

Rencontre à Destiny, de Christyne Butler

Tanya n'arrive pas à y croire : de retour à Destiny pour soigner son grand-père, sur qui tombe-t-elle, le soir même de son arrivée ? Devlin Murphy. Bien que dix années aient passé depuis la folle nuit qu'ils ont partagée, il n'a pas changé : il est toujours aussi séduisant. Et Tanya n'est pas au bout de ses surprises, car, à l'évidence, Devlin n'a aucun souvenir de leur précédente rencontre...

Un seul regard de lui, d'Abigail Gordon - N°1445

Après une rupture qui lui a brisé le cœur, Leonie a décidé que, l'amour, ce n'était plus pour elle, et elle s'est jetée à corps perdu dans son travail à l'hôpital. Soigner ses petits patients, les sauver, voilà tout ce qui lui importe. Jusqu'à l'arrivée de Callum Warrender, son nouveau et très charismatique patron, qui fait vaciller ses certitudes. Car, chaque fois que son regard rencontre celui de Callum, elle n'a plus qu'une seule envie : se blottir dans ses bras...

Seconde chance pour un médecin, de Judy Duarte

Alors qu'elle accompagne une amie blessée à l'hôpital, Leilani fait une rencontre qui la bouleverse : le médecin de garde n'est autre que Luke Wynter, son amour d'adolescence. L'homme à qui elle est unie par le lien le plus solide qui soit : un enfant. Mais cela, Luke l'ignore... et n'est pas près de l'apprendre. Car malgré ses scrupules, Leilani est décidée à garder le secret...

HARLEQUIN

Leur mission : sauver des vies.
Leur destin : trouver l'amour.

Composé et édité par HarperCollins France.

Achevé d'imprimer en juin 2019.

CPI
BLACK PRINT

Barcelone

Dépôt légal : juillet 2019.

FSC
www.fsc.org
MIXTE
Papier issu de sources responsables
FSC® C108412

Pour limiter l'empreinte environnementale de ses livres, HarperCollins France s'engage à n'utiliser que du papier fabriqué à partir de bois provenant de forêts gérées durablement et de manière responsable.

Imprimé en Espagne.